The Mystery Collection

TOM CLANCY'S POWER PLAYS　COLD WAR

死の極寒戦線

トム・クランシー　マーティン・グリーンバーグ／棚橋志行 訳

JN285736

二見文庫

死の極寒戦線

主要登場人物

ロジャー・ゴーディアン……アップリンク社の経営者
ピーター・ナイメク……同社の保安部長
メガン・ブリーン……同社の特別プロジェクト担当副社長
アラン・スカーボロー……同社の私設特殊部隊〈剣（ソード）〉隊員
ロン・ウェイロン……同社の南極基地保安長
マーク・ライス……同社の南極基地鎮火隊隊長
アニー・コールフィールド……NASA宇宙センター宇宙飛行士長
シェヴォーン・ブラッドリー……ロボット工学の専門家
フランク・ゴーリー……スコットランドのインヴァネス管区警察警部補
ネッサ・リーア……インターポールの捜査官
ユーイー・キャメロン……スコットランドの土地環境特別調査委員会評議員
ラス・グレインジャー……米国南極基地のヘリコプター操縦士
ゲイブリエル・モーガン……闇経済を支配する謎の政商
マーク・イレータ……絵画の天才贋作者
ブルクハルト……モーガンの傭兵隊隊長
コンスタンス・バーンズ……モーガンの経営する企業の核廃棄物輸送部部長

1

二〇〇二年二月二十七日

南極、マクマード涸れ谷《ドライヴァレー》、ブル峠（南緯七七度三〇分、東経一六一度八〇分）

ヘリコプターの姿が見えてくるかなり前から、彼らの耳にはその音が届いていた。そのヘリがアスガルド山脈に向かって南進しながらオリュンポスの氷結した峰々の頂までやってきた。

ヘリの操縦士は彼らの後方から接近し、すこし機首を下げて、眼下の一団の上空を通過しながら挨拶をした。拡声装置から元気な声が呼びかけ、風防ガラスの後ろから赤い袖がはためいた。操縦士の操る大きなベル２１２ヘリはこの谷に彼らを降ろしたヘリと同じ航空機だったが、全米科学財団（ＮＳＦ）のマークからみて彼らの基地のものではなかった。

スカーボローの率《ひき》いる調査隊も、人間との接触のありがたさはよく知っていた。コールドコーナーズ基地を出てから丸一日かけての本格的な調査にのりだしたところだったし、頼りあう気持ちが善き隣人をつくる役に立つなら、ここは地球上でもっとも友好的な地点といえる。

手を振る操縦士に、三人全員がそれぞれ明るい赤色をしたコートの袖を持ち上げて挨拶を返した。そのあとヘリは、水晶のように澄みきった空で水平飛行に入り、ヴァルハラ氷河の縁を回りこみ、海岸に向かって走る山々のねじれた背骨を越えて見えなくなっていった。そそくさと離れていったのは不思議でもなんでもない。ヘリの飛び去った方向へ三〇マイルほどのマーブル岬に固定された燃料補給用の離着陸所がある。勤務交代時間に間に合うようにそこへたどり着きたいのだろう。

何分かたっても、スカーボローの耳には回転翼《ローター》が空気をたたく音が聞こえていた。峠の磨かれた褐色の壁と壁のあいだを反響している。

地球上でいちばん友好的な地点であり、いちばん静かな場所でもある、と彼は思った。生まれたときから極地の砂漠に生息しているのは原始的な無脊椎《むせきつい》動物だけだ。陸地にちっぽけな蠕虫《ぜんちゅう》と昆虫がひと握りと、氷結した湖の下に酸素を嫌う微生物がいるだけだ。彼らから騒音公害をこうむることはない。ときおり谷の壁を風が打つ音や、それよりはるかにめずらしい人間の侵入の音を除けば、この静寂を破るものはなにひとつない。

スカーボローは扱いにくいパイル織りのミトンから手を解放し、いちばんきびしい夏の日々を除いた短期の保護用には充分な、薄いポリプロピレンの裏地だけを残した。この日の朝、彼の一行がキャンプを出発したときには気温は華氏一六度（摂氏約マイナス九度）だった。体感温度がマイナス二〇度（摂氏約マイナス二九度）あるとはいえ、現地の基準からいえば焼けつくような暑さだ。位置はすぐに確認できるだろう。

　スカーボローはパーカーからGPS受信機をとりだしてキーパッドのボタンを押した。地形図作成衛星がアスガルド山脈の北の谷系の画像をディスプレイに映し出し、その輪郭から彼は昔風の船の錨《いかり》を思い出した。次にメニューを〝誘導〟の選択肢まで下へ移動させた。探索目標を示す色つきのアイコンが、峠とライト谷の合流点にあるごつごつした深いV字形の切れこみのそばに現われた。最後に存在が確認された座標だ。

　スカーボローは毛皮の縁のついたフードを引き上げ、さらにしばらくディスプレイに神経を集中した。冬になるとすぐに伸びてくる白髪まじりのむさくるしいあご髭をバラクラヴァ帽がおおっている。マスクの目の部分にあいた細い切れ目の上に極地用の黒いスノーゴーグルをかけ、丈夫な防風ズボンをはき、体温の最適条件を維持するために首と脚にゲートルをつけていた。この地球の底では牛命は寒さに制限を受け、寒さに適応し、その限界はどれだけうまく寒さに適応できるかによって決まってくる。低体温症のおそれがあるため、危険を承知で外に出るときには無数の装置と衣類を重ね着していく必要がある。三〇ポンド余分の重さを背負う単調で退屈なお決まりの手順は、不機嫌な気分が基地に蔓延してなかなか消えない原因のひとつだ。

　いまの状況に限らず、この南極ではひとはユーモアのセンスを失くすと頭がおかしくなる、とスカーボローは思った。ありがたいことに大部分の人間はそれを実行していた。フェルト・ペンを握らせるとすばらしい描き手になる彼の宿舎の同室者は、落書《グラフィティ》の傑作で衣裳入れを飾り立てていた。そこにはその同室者とスカーボローがふてくされてふさぎこんでいる精霊のコンビとして描かれていた。ふたりはワッフルニットの長下着を着て、巨大なコカコーラの瓶に封じこめられている。現在の極地では、いちばん上に着るフリースの上着はリサイクルされたプラスチックのソフトドリンク容器を原料にした合成繊維でできている。それを揶揄《やゆ》した一種のジョークなのだ。絵の上には〝ファッションの虜《とりこ》〟という題名が記されている。このキングサイズの風刺漫画がベールを脱いだのは数カ月前のことだが、金曜日の夜に行なわれるポーカーの会の常連たちはいまだにこの絵を見ては刺激を受け、自分も衣裳入れになにか描いてやると息巻いていた。外の氷原で厚着をしなければならないことにだれかから不平をこぼされた記憶はスカーボローにはなかったが。

彼は位置を確認するとGPS装置をポケットに入れ、ローヴァーの通った跡を探して彼の前を歩きまわっているブラッドリーとペイトンを氷堆石《モレーン》越しにちらりと見た。口に出さないよう注意はしてきたものの、スカーボローも彼らと同じ懸念をいだいていた。NASAとの独占契約で開発されたスカウトⅣ遠隔惑星探査車は、莫大なドルと労働をつぎこみ、アップリンク・インターナショナル社の威信をかけて生み出されたものだった。その車両からの信号が最終段階の実地試験中にとつぜんぷっつりととだえた。プロジェクトの関係者はだれもが緊張に包まれながら、不具合の原因がマイクロプロセッサーの欠陥やプログラミングのエラーや、ひょっとしたら配置に失敗した無線伝送マストのようなものであってくれればいいがと願っていた。

いいかえれば、単純なものであってほしいと。

しかしスカーボローには希望的観測にすぎないような気がした。コールドコーナーズ基地に流れている多くの似たような説も同様だ。スカウトの中枢システムには多種多様な代理機能がそなわっているし、移動実験室としてのこの車の性能でいちばん重要なものは遠距離通信パケットだ。火星の表面で集められた情報は宇宙空間を通って地球へ届かなければなんの値打ちもない。データの転送は必要不可欠な機能だ。小さな失敗でローヴァーの予備中継器がすべて破壊されたとは考えづらく、責任のなすりつけあいが起こりそうな予感があった。

スカーボローはバラクラヴァ帽の下でこっそり眉をひそめ、口をへの字にゆがめた。シェヴォーン・ブラッドリーとデイヴィッド・ペイトンは氷の上に来て六週間が過ぎたばかりだった。最後の日没が来るまでにはハーキュリーズＬＣ１５０スキー輸送機で文明世界へ戻るロボット工学の専門家だ。

スカーボローはちがう。基地の越冬支援隊といっしょに、はや二度目の十八カ月の職務期間に突入している彼は、孤立感を共有するとたちまち緊張が高まりかねないことを経験から学んでいた。この土地に慣れた南極居住者たちと夏の分遣隊《ぶんけんたい》のあいだにきわめて厄介な状況が発生することもしばしばで、探検案内人としての彼の役割のなかには、いわゆる〝歯車に油を差す〟作業も含まれていた。ブラッドリーのことは少々知っていたし、彼女がその意味で厄介な存在になるとは思わなかった。しかしペイトンはちがう。

スカーボローは幅の広い砂利の層を越え、時間と気候に磨かれて表面がぴかぴかになったむきだしのまだらな岩盤を越えて、科学者たちのほうへ向かった。ブーツのゴム底の下で石のかけらが砕けた。周囲のあちこちに巨礫が散らばっており、多くはひざくらいまでの高さだが、なかにはこの一行が持ち運んでいるリンゴ形の組み立て小屋が小さく見えるくらいのものもあった。スカーボローが目にしたもっとも印象的な岩は、キャンプ地の方角にあった。巨礫の投げ散らされた広大な区域で、巧みに切り抜ける必要のあるきわめて危険な場所だった。古生代にすさまじい氷河の流れによって高台から削りとられ、推定二百万年ほどのあいだ雨を奪われてきたこの風景は、別の星から飛んできてここにすっぽり収まったのかと思えるほどだった……もちろん、だからこそここはローヴァーの試走の場所に選ばれたのだ。惑星地質学者たちによれば、地球上にここほど火星に似た場所はないという。

スカーボローはペイトンのそばで足を止め、気づかれるのを待ったが、知らぬふりをされた。

だからコホンと咳払いをした。「どうだった？　スカウトがスクリーンから消えた地点のそばまで来たが？」

なおも地面を調べながらペイトンはただ首を横に振った。

ブラッドリーはもうすこし愛想がよかった。「大きな期待はしていなかったから」彼女はいった。「スカウトはこの一帯を横断したはずよ。リンクがとぎれる前に送られてきた情報からみて、まちがいないわ。だけどおそらく、この石だらけの表面に車輪の跡は残らなかったでしょうね」

スカーボローはその点を考えた。

「おれの衛星地図によれば、峠の低いところにはたくさん砂があって、その近くで峠とライト谷はつながっている」彼はいった。「表面の砂に轍《わだち》は残るし、ローヴァーの轍はやたらと固いから、あれば見逃すはずはない。あれ以外にこの一帯に機械の子馬はいないしな」

彼の使った〝機械の子馬〟という表現がブラッドリーから控えめなくすくす笑いを呼び起こした。

「かわいい」と、彼女はいった。

ペイトンがようやくスカーボローを見上げた。「スカウトは二五セント硬貨を入れて乗る子どもの乗り物じゃない」同僚とはちがってなんの面白みも感じなかったペイトンは、そっけなくいい放った。「こんなところで時間を無駄にしてないで、先に進んだほうがいいんじゃないのか」

スカーボローはためらった。我慢しろ、と彼は心のなかでつぶやいた。ローヴァーのプロジェクト・ディレクターであるペイトンはちやほやされることに慣れていて、自分の予定が狂うとそれが不可抗力であっても腹が立つらしい。この回収任務にもただちにとりかかるよう急《せ》き立てていたが、最大風速三〇メートルの突風が吹き荒れる風力一〇の嵐、基地の気象学者たちのいう〝気象爆弾《ウエザーボム》〟が続き一週間の延期を余儀なくされていた。不安な憶測にじりじりする一週間だった。ぜんまいがきつく巻かれていても無理はない。だからといってこの男の偉ぶった態度が鼻につかないわけではなかったが。

「わかった」スカーボローは感情を抑えた声でいった。「行こう」

そして彼らは出発し、スカーボローは一マイル以上も黙って先導を続けた。彼の予言どおり、峠の地形はライト谷との合流点に向かうあいだに激しい変化を見せていた。褪《あ》せた銅のような色をした砂が峠のざらざらした表面にまき散らされ、四方八方に飛び散って厚く積もり、黒ずんだ重い流砂が足元の地面をすきまなくおおっていた。スカーボローのＧＰＳ装置が彼らの行く手になにがあるかを判断するのに貴重な働きをしてくれるのは確かだが、だからといって強まってくる風への対策が容易になるわけではない。風は高いところからすさまじい勢いで吹き下りてきた。うなりと咆哮をあげ、粉々になった一面の砂を投げつけてくる。前に進む一歩一歩が骨の折れる作業になった。

そのうちにスカーボローはちらりと思った。この荒れ狂う強風でローヴァーの通った跡が全部消えてしまったのではないだろうか。なんの成果も得られないまま苦労して進んでいくうちに、その思いは不安へと強まってきた。その不安が心に重くのしかかってきたそのとき、ペイトンがとつぜん足を止めて彼の肩にふれた。

「待て！」ペイトンは指差した。「あそこを見ろ」

スカーボローとブラッドリーはそっちへ顔を向けた。ほんの数ヤード左から丸く盛り上がった砂丘が峠の壁ぞいに続いており、まぎれもない車の轍の跡が砂丘の側面を縫うように上下していた。

轍を調べるために一行は急いでそこを横断し、ひとつの砂丘のふもとでいっしょに腰をかがめた。

「深いやつほど新しい。そしてこいつはかなり深い」スカーボローはいった。「二週間以上たっているとは思えない、時間的にも妥当なところだ」

「うちのベイビーのよ、アラン」と、ブラッドリーが轍のまだら模様を指し示していい、スナップ写真を撮るためにデジタルカメラをとりだした。「これ以上の証拠は望めないくらいよ」

スカーボローはうなずいた。すべり止めのついたスカウトのチタン製ホイールなら、まさしくこんな跡が残っただろう。轍の間隔の狭さからみて無人機以外の車両とは考えにくい。それに、彼がすこし前にブラッドリーにいった言葉は誇張ではなかった。この一帯にほかの機械の子馬がいないのは紛れもない事実だ。野外調査員たちは自分たちの活動が環境に与える影響を抑え、科学情報源としての涸れ谷《ドライヴァレー》を保護するために、氷結していない地面の上に車輪や牽引車つきの車両を走らせるのは控えていた。湖面を横断するのに使う動力つきの乗り物も、補給品と装備を引くスノーモービルに限られていた。みずからに課したこの管理規定は、アメリカ合衆国が調印している世界的な条約で正式に文書化される三十年ほど前から守られていたものだ。ローヴァー試走の承認をとりつける交渉のなかで、アップリンクとNASAは、混乱の跡を決して残さない、つまり彼らの作成した提出書類中の表現を借りれば〝自然の景観にもたらされるあらゆる乱れを最小限に抑え修復する〟旨を条約加盟国に確約していた。

しかし結局、外交上のこまごましたやりとりや署名による誓約以上の決め手になったのは、アップリンク社の創立者であり牽引車でもあるロジャー・ゴーディアンの名声だった。現実問題として、この荒涼とした酷寒の原野での条約履行は自主管理に依存している。決まりを破った者がいたとしても、だれにその事実がつかめよう？

数字を見れば合点がゆく。スカーボローはとっくの昔に計算をすませていた。南極大陸の総面積は五五〇〇万平方マイルで、オーストラリアの二倍、ヨーロッパの三倍にのぼる。観測基地に閉じこめられる冬の人口はおよそ二千人で、夏の居住者はその四倍ほどだから、季節にもよるが、ひとりあたりの開けた空間は平均五万ないし一五万平方マイルになる。

この広大な土地でなにかを見張ったり巡視したりするのはむずかしい。涸れ谷《ドライヴァレー》での実験を規制しているのと同様の取り決めによって南極全土で軍事基地の設置が禁じられており、武器を使った実験観察の実施も禁じられている現状では、事実上不可能といっていい。

しかし、いまスカーボローが心配しているのはそういう問題ではなかった。彼はしゃがんだ姿勢から立ち上がり、首にかけたケースから双眼鏡をとりだして目の高さに持ち上げた。ローヴァーの轍らしき跡に彼は勇気づけられた。たしかに風で轍は乱れていた。もともとの継ぎ目がすっかり消えて、こうして見ているあいだにもさらに消えていき、細く伸びた小さな砂の断片になりかけていた。しかし峠の東を急カーブしたところで途切れるまで、はっきり目に見える轍が何百ヤードか続いていた。

「ようし」彼はいった。「仕事にかかれそうだし――」

スカーボローは言葉を止めた。あるものが目の隅にちらっと入った。彼のはるか上方、サーベラス山の切り立った斜面が形作っている峠の左側の壁に、一瞬、明るいものがまたいた。興味を引かれ、もっとよく見ようと斜面に双眼鏡を向けたが、見えたのは垂直な断層のあいだを最上部へつながっていくひと続きの裸の岩の出っ張りだけだった。

「なにか見えたの？」後ろからやってきていたブラッドリーがたずねた。

スカーボローはしばらく返答を見合わせた。きらめきは二度と起こらなかった。光源の位置にも確信がもてなかった。そのあと双眼鏡の視界がぼやけ、彼はいらだってうなった。極寒の気象条件下では、吐いた息から空気中に水蒸気がたちのぼって双眼鏡のレンズ上で凝結し、表面がたちまち薄い霜におおわれる。スノーゴーグルにも同じことが起こる。いや、はずすとまつげがくっついて凍りつきかねないぶん、こっちのほうが始末が悪い。サバイバルの手引書はこの興味深い極寒気象下現象にあまり行を割いていない。たぶん著者がそれを危険というよりただの厄介な状況と考えているからだろう。その相違が一瞬にしてなくなることを極地に暮らす人びとは知っている。

スカーボローは双眼鏡を下ろしてミトンでぬぐい、そっとケースに戻した。

「氷のなめらかな表面に反射した太陽の光だったらしい」彼は肩をすくめた。「そいつがたまたま目に飛びこんできたようだ」

こんどはペイトンも近づいてきた。こわばった姿勢はじれったさの表われだ。また時間を無駄にしていると文句をいわれないうちに、スカーボローはスカウトの轍にそって先を急いだ。

ブル峠は東へ曲がるにつれて狭くなり、壁が間近に迫ってきた。壁面いっぱいに影があふれ、黒いシロップのように谷底を浸していた。左斜面はくずれてぼろぼろになっている。強風にこっぴどい仕打ちを受けてきたのだろう。はるか昔に始まったにちがいないゆるやかな風食の一過程だ。

スカーボローの心の目には、巨大な反芻《はんすう》動物が浮かんでいた。彼らは飽くことなく黙々とこの稜線を食《は》みつづけて、こっちに巨大な岩の出っ張りを残し、あっちに倒れた花崗岩の厚板を残し、不ぞろいな瓦礫の山を裂け目に吐き出している光景が浮かんでいた。反対側のサーベラス山は、それとはまったく対照的な姿で立ちはだかっていた。つまり、群を抜いて高くそびえ、均質強固で、溝の刻まれた表面はふもとから氷におおわれた頂まで影で黒ずんでいた。

幅の広い岩の肩を回りこんだスカーボローの目が半マイルほど先の峡谷を初めてとらえたのは、三十分ほどしてからだった。若いころに初めてグランドキャニオンを訪れたときのことがとつぜん頭によみがえってきて、彼はしばらく立ち止まった。その夏の旅に出かける前には両親から各種の教材が与えられていた。本、ビデオ、旅のパンフレット、その他もろもろが。その場所について知っておくべきことはすべて学びつくしたと思うくらいまで、彼はその教材を消化吸収した。

ところが、実際にサウス・リムに立ってそこから深い裂け目を見晴らしたとき、言葉や写真や映像で知識を仕入れてきても実際に自分の目でそれを見たときにどう感じるかはわからないことをスカーボローは思い知った。自然の造った歴史的建造物を彼は思い出した。シヴァの寺院。ヘールの針。ポイント・ハノーヴァー。これらは写真にあったとおりの姿だったが、それでいてまったくの別物だった。これを矛盾とは思わなかった。十一歳の誕生日を迎えたばかりのアラン・スカーボローは、このたった一度の体験で、じかに体験することがどれほど大事かを知ると同時に、そういう体験への飽くなきあこがれも獲得した。この認識は彼の原点となり、いまなお褪せることなく彼のなかに生きつづけている。

それ以来、きれいに境界を引かれた場所に押しこめられ距離を隔てた窓から現実を観察して満足することはなくなった。外へ飛び出したい衝動にかならず駆られるようになった。大学卒業と同時にみずから希望して予備役将校訓練部隊に入り、海兵隊に入り、退役と同時に氷河時代が一万年ほど幕を引きそこねている土地で民間企業の仕事に就いたことに、それ以外のどんな理由があっただろう？　それ以外のどんな理由が？

谷との合流点付近に刻まれたV字形の深い溝を、スカーボローはなにかに魅入られたように陶然と見つめた。少年時代に見た写真や記述のように、彼は衛星画像の表示からこの地域の地理的特徴について詳細な情報を入手していた。ここへは準備をしてやってきた。しかし、この裂け目の広大な広がりに彼の感覚は圧倒された。そして想像力をかきたてられた。はるか古代の峠を巨大な生物が大きな音を鳴り響かせながら通り抜けていくときに固い岩を食んでいくところを、彼はふたたび頭に思い描いた。氷河の移動に関する知識はつかのま頭から吹き飛んだ。科学はブラッドリーとペイトンの仕事だ。おれの仕事は、この調査隊が谷を渡り、無事に――できれば火星探査車を自分たちの手で回収して――コールドコーナーズ基地へ帰還を果たせるようにすることだ。

彼は短い時間で多くの空想をめぐらすことができた。峠のそばにあるこの峡谷は先史時代の言語に絶するほど大きな怪物が残したものだと、もう簡単に信じられた。葦や低木の茂みを食んでいる太った河馬《かば》のように後ろの斜面をむしゃむしゃやっていたかもしれない生物と同じたぐいの、動きの鈍い略奪者ではない。それはティラノサウルスに近い代物《しろもの》だっただろう。地球の皮に嚙《か》みついて引きはがし、丸ごと飲みこんで、獲物と見れば突進していく肉食の猛獣だ。彼らの牙が突き刺さった場所には永遠の溝が残っている。

まるで傷のようだ、とスカーボローは思った。治癒してふさがることの決してない傷のようだ。

彼のかたわらにブラッドリーが大股でやってきて双眼鏡でのぞいていたが、彼女が峡谷に焦点を合わせていないのは、ひと目でわかった。彼女は峡谷ではなく地面を見渡していた。

「わからないわ」彼女はいった。

自分も同じことをしているべきだった、とスカーボローは思った。

「なにが?」

彼女はスカーボローを見た。

「ローヴァーの轍よ」と、彼女は双眼鏡をさしだした。「自分の目で確かめてみて」

スカーボローはすぐにそれを受け取って、帯状についているスカウトの轍の跡を目で追った。轍はそこそこまっすぐな線を描いて、およそ一〇〇ヤードほどなにもない砂地を横切り、それから峡谷のほうへ曲がっていた。それにはおどろきはしなかった。それはむしろ、ローヴァーがこの領域にたどり着いたときに計画どおり調査を進めていたことを確認するもののような気がした。ローヴァーの任務のひとつは、この峡谷の内部から地質学的標本を探して、映像に収め、集めてくることだったからだ。では、ブラッドリーはどうしてこんなに当惑しているのだろう？

しばらくして彼は理解した。

峡谷の平らな扇状の堆積層にたどり着いたところで轍は消えていた。そして、スカーボローが自分の位置から判断できるかぎり、その向こうのどこへも続いていなかった。

「こんなばかな」彼はいった。「跡が消えている」

「ええ」彼女はいった。「どういうことかしら？」

スカーボローは考えこんだ。「わからん。風に吹き消されてしまったのかもしれない」

返ってきた沈黙から、ブラッドリーがその説を疑わしいと思っているのは明らかだった。無理もない。彼の説は説得力にとぼしかった。スカウトの車輪の跡が消えている地点から峡谷の入口まではかなりの距離があったし、峠のこの一帯では例の強風もここまでよりわずかながら弱まっている。轍が先に続いていないなどありえない気がした。部分的にでもなにかしらの痕跡が残っているべきだ。しかし、彼の立っている場所から見るかぎり、ローヴァーは砂に飲みこまれてしまったかのようだった。

スカーボローの息で双眼鏡の視野が曇り、それが凍りつく前に彼は水蒸気をぬぐった。それからスノーゴーグルを拭いた。わざわざそうする必要があったわけではない。自分がなにを見たかはわかっていた。もっと正確にいえば、なにが見えなかったかは。彼が念じたところで車輪の跡もローヴァーも現われはしなかった。この魔法にはコカコーラの瓶の精霊の力も及ばなかった。

「どうした?」ペイトンが肩越しに説明を求めた。「なんでここに突っ立ってるんだ?」

スカーボローはペイトンを振り返った。ヴォイス・チップに汚い台詞《せりふ》を四つばかり記憶させたつむじ曲がりのおしゃべり人形のような男だ。それでもスカーボローには率直に答える義務があった。率直かつ楽観的な返答をしたいところだが、どうすれば両立するかわからなかった。だからふたつの中間を選んで、ペイトンの反応にそなえた。

「スカウトの轍の跡は峡谷の手前で消えている」彼はいった。「見てわかるかぎりでは、そのあとどこにも出てこない」

ペイトンは相手を見た。

「峡谷の手前」と、ペイトンはおうむ返しにいった。そしてすぐにスカーボローのいった言葉の意味を理解した。「ローヴァーと基地の連絡がとだえたあたりだな」

スカーボローはうなずいた。

「理解できない」ペイトンがいった。「スカウトがそのあたりまで来たのなら、まだそこにあるはずだ」

スカーボローもふだんなら、それが筋の通った結論であることに同意していたかもしれない。しかし現実問題として、あの探査車はここにいない。そして、彼の頭にはいろんな可能性がどっさり浮かんできていたが、あの車が作戦行動中行方不明（ＭＩＡ）になった状況を説得力をもって説明できるものはひとつもなかった。

「とにかく進んでみよう。どうなっているのか確かめよう」彼はいった。「ほかにいい方法も浮かばない」

ペイトンが手のひらを上に向けてスカーボローのほうへ突き出した。「双眼鏡を貸してくれ」彼は嘲笑まじりにいった。「見てみたいんだ。自分の目でな」

あんたのパーカーの前にぶら下がっているケースのなかの双眼鏡を使えばいいじゃないかといってやりたい衝動にスカーボローは駆られた。それを押しとどめて彼は双眼鏡を手渡した。

「どうぞ」スカーボローはいった。「見おわったらシェヴォーンに返してやってくれ」

ブラッドリーが同情のうなずきらしきものを送ってきた。スカーボローはありがたいと思った。そして、いらだちを抑えてよかったと思った。

ペイトンが轍の跡をつぶさに観察するあいだ、ふたりは黙って待っていた。しばらくしてペイトンが双眼鏡を胸の前に下ろした。

「ばかな、こんなことが――」といいかけたところで、彼はとつぜん言葉を止めた。「待て。どっちでもいいが、音が聞こえないか？」

スカーボローには聞こえた。かん高い金属的なうなりだ。激しく吹き寄せる風の音に負けずに近づいてきているような気がした。ブラッドリーをちらりと見た。好奇にみちた様子で首を傾けているところから、耳をすませて音源を突き止めようとしているらしい。周囲は音が反響しやすい構造になっているため音源の見極めはむずかしかったが、スカーボローには峡谷の方向から来ているような気がした。

どうやらペイトンも同じことを考えているようだ。彼はふたたび双眼鏡を持ち上げ、峠の壁に大きく口を開けているぎざぎざに向けた。

「いったいなんなんだ、これは？」彼はいった。声が震えていた。その直後には手も震えていた。「スカーボロー、あんたの仕事だ。仕事をしろ、おれに答えろ」

スカーボローは峡谷に目を凝らした。最初、彼の注意を引くものはなかった。と、そのとき、ひとつの物体がものすごい勢いで砂の上に飛び出てきた。遠目にはただの点のように見える。しかし信じられないスピードで接近してきた。それにふさわしい速さで見る見る大きくなってくる。

ペイトンは双眼鏡をつかんだ手袋の手をぶるぶる震わせながらスカーボローの横に立ちつくしていた。スカーボローは双眼鏡をケースからとりだすことで一瞬の時間を失いたくなかった。うなりはどんどん大きくなってきた。それが左右の石壁のあいだを押し寄せてくるあいだ、彼の耳にはその音が充満していた。峡谷の内側からやってくる物体は、双眼鏡を通さない裸の目には固い真っ黒な芯のまわりに激しく沸き返っている黒煙の雲のように見えた。

このペースでいけば、一分以内に彼らのところへやってくる。しかしその正体はまったく見当がつかなかった。

「双眼鏡をくれ」彼はペイトンにいった。「早く」

科学者は答えなかった。ショックで感覚が麻痺してスカーボローがいることも忘れているらしい。

スカーボローは手を伸ばして双眼鏡を奪おうとしたが、ペイトンの握りしめた手は開こうとしなかった。力を強めてペイトンの硬直した指から双眼鏡をもぎとり、レンズから霜をぬぐった。

レンズ越しにひと目見ただけで、なにがペイトンを呆然自失に追いこんだのかはわかった。沸き立つ雲は煙ではなく、こまかな赤茶けた砂の嵐だった。そして砂を蹴り上げながらすさまじい勢いで近づいてくる物体は、峠にも谷にも、この大陸のどこにもいるはずのないものだった。こんなものがいる理由が思い浮かばなかった。

そうだ、嵐だ。湾岸戦争時のほろ苦い記憶が思考の扉を勢いよくくぐり抜けてきた。砂漠の嵐だ。

「アラン、教えて」ブラッドリーがにじり寄って、彼の腕に腕をこすりつけた。「なにが見えているのか教えて」

スカーボローは片手を上げた。

「待った」彼はいった。「確かめる必要がある」

だがそれは嘘だった。最初は信じられなかったが、自分の見たものがなにかけわかっていた。本当に必要だったのは自制をはたらかせることだった。

彼が兵団の一員として湾岸戦争に従軍していたとき、特殊部隊は事前の偵察やヒットエンドラン戦法の任務に高速攻撃車両（ＦＡＶ）と呼ばれる全面を武装した砂丘走行車《デューンバギー》を使っていた。余分な外装をはぎとって、溶接した鉄パイプのフレームとロールバーだけになった低い車体は、敵に嗅ぎつけられたり追跡されたりするような識別可能な痕跡をほとんど残さず、地上のステルス爆撃機という評価を獲得していた。前に二名、一段高くなった後ろの銃座にもう一名が乗れるこの車両は、さまざまな形の対戦車砲をルーフに搭載し、前と後ろに機関銃や擲弾発射機《グレネードランチャー》があった。そして側面には、装備や小火器や銃弾の蓄えを入れる貨物台があった。あの当時、スカーボローと仲間のひとりは砂漠の演習でＦＡＶを駆り、砂丘や塹壕《さんごう》をなんの障害もなしに時速八五マイルで疾走したものだ。

スカーボローは神経を高ぶらせてひゅっと息を吸いこんだ。衣服のいちばん内側の下に汗をかいていた。氷点下の寒さだというのに大量の汗をかいていた。その後バギーは軽攻撃車両（ＬＳＶ）と名称が変わり、弾薬類の進化で殺傷力も大きく強化されたが、名称はともかくその高速推進殺戮機械が彼のほうへまっすぐ驀進してきていた。だれが発進させたのか思い巡らしているひまはなかった。あの車両には人員と武器が詰めこまれている。とんでもない事態に見舞われていると知るにはそれだけで充分だった。

彼は双眼鏡を下ろし、隠れる場所がないか急いで見まわした。

サーベラス山の急斜面には、ぼろぼろの岩くずが三〇フィートほど縞模様を描いていた。亀裂の走った左斜面のそばの砂地から、大きな石のかたまりが突き出ていた。そこが唯一見込みのある場所だった。

スカーボローはブラッドリーのひじをつかんだ。「移動しないと。あの岩まで行くぞ」

近づいてくる攻撃車両を目にして、ブラッドリーは困惑と恐怖のあえぎを洩らした。LSVはいまにも彼らのところへたどり着こうとしていた。回転するタイヤから後ろへ長い砂のスカーフが勢いよく流れ出ている。乗組員たちは緩衝ヘルメットをかぶってフェースマスクとスノーゴーグルをつけ、風に耐えて地形に溶けこむことのできるつなぎの迷彩服に身を包んでいた。ルーフの対戦車砲に挟まれている重火器を、スカーボローはM‐2五〇口径機関銃と見た。銃座の男が黒い金属のハンドルバー・トリガーを握っている。助手席の男の前の牽引フックにはM‐60機関銃がとりつけられていた。M‐2より小さいが、人間をばらばらに吹き飛ばす能力に遜色はない。

「なんてことなの」ブラッドリーは半狂乱だった。「あの車……アラン……積んでる銃は……」

「いいから来るんだ！」スカーボローは彼女の腕をぐいっとひっぱり、ペイトンを見やった。

無表情な手足の動かないマネキンのままだ。「ふたりとも動くんだ、さもないと死ぬぞ！」

呆然としていたペイトンがスカーボローの叫んだ警告でようやくはっと我に返った。スカーボローは突き出た岩を身ぶりで示し、そこをめざして駆け出した。ブラッドリーの腕を放さず、体の横に引きずるようにして。細身のブラッドリーは、かさばる装備と衣服を除けば一一五ポンドくらいしかない。手を貸してやらないと彼女はついてこられそうになかった。

大きな岩が突き出たところにスカーボローとブラッドリーがたどり着きかけ、その一歩か二歩後ろにペイトンが続いていた。そのとき襲撃者たちの武器が火を噴いた。機関銃がけたたましい音をたて、三人の後ろの地面に弾がびしびし音をたてた。スカーボローは突き出た岩の陰へブラッドリーを押しやって、彼女を追うように飛びこみ、腹ばいに着地した。岩の反対側にまたバリバリと銃撃の音がして、うめき声があがった。スカーボローがひざをついて体を起こすと、ズボンの脚から土埃がこぼれ落ちた。岩の端からさっと一瞥すると、恐れていたことが起こっていた。ペイトンが地面に手足を投げ出すようにして倒れていた。衣服が銃弾に切り裂かれ、傷口から空中に蒸気がたちのぼっていた。体の上に血が見える。周囲にも。あちこちに。

華やかな赤いコートから、焦げた赤色の寒冷砂漠の砂に暖かな赤い血が流れこんでいく。

スカーボローは遮蔽物の陰にふたたび体を沈めてブラッドリーを見た。

「だいじょうぶか？」彼はささやき声でたずねた。

質問の意味がのみこめなかったかのように、彼女は声もなく彼を見つめた。そのあと丸く体を縮こめた彼らの上に影が降りた。岩のすぐ向こうにＬＳＶが急停車した。すぐそばだ。

スカーボローは手を伸ばしてまた彼女の腕をつかんだ。「だいじょうぶか?」

こんどは彼女はうなずいた。

「よし」彼はいった。「よく聞くんだ、シェヴォーン。おれたちは投降しなければならない」

ブラッドリーはその考えにおどろきの表情を見せた。そして頭を振ってその考えを却下した。

「いや、いやよ、だめ」彼女はいった。「相手の目的さえわかっていないのに」

「関係ない。おれたちには生き延びる必要がある」

ブラッドリーはためらった。「ペイトンを……見たでしょ……彼は……?」

「もう手遅れだ」スカーボローにはＬＳＶのエンジンがたてるブルルルという静かだが避けられない脅威の音が聞こえていた。「投降する以外に生き延びられるチャンスはない。もちろん強制はしない。きみはきみで心を決めろ」

ブラッドリーは耳ざわりな震える息を二度吸いこんだ。

スカーボローは待った。エンジン音は相変わらず聞こえていた。獲物を見つけたジャングルの猫がたてるような音だ。

「いいわ」彼女はいった。「いっしょに投降する」

彼女が震えだしたのを見てスカーボローは手を伸ばし、彼女の手を握った。「立ち上がったら、頭の上に腕をおけ。そしてそこから動かすな。いいか？」

ブラッドリーはうなずいた。

「手を放さないで」彼女はいった。「やれると思う。だけど放さないで」

スカーボローはゆっくり岩の端から頭を上げていった。車両は五フィートと離れていないところに止まっていた。静寂のなか、乗組員たちはなんの感情も表わさずに彼と向きあった。衝撃緩衝バーの架台に載った四つのヘッドライトに太陽の光がきらりと反射した。上で構えられている機関銃と地面に力なく倒れているペイトンから目をそらすように、スカーボローは努力した。運転席にいる男にじっと視線をそそごうとした。それ以外にどうしたら自制心を保てるかわからなかった。

「われわれはアメリカの捜索隊だ！」彼は叫んだ。「武器は持っていない！」

車両のエンジンが空回りする一定のうなりを除いて、さらに沈黙が続いた。

スカーボローは喉のかたまりをごくりと飲みこんだ。「わかるか？　こっちは武器を持っていない！」

さらに短い沈黙が続いた。そのあと軽攻撃車両（ＬＳＶ）の運転手が助手席の男のほうを向いて、スカーボローには理解できない言語で話しかけ、岩の突き出たほうへまた顔を戻した。

「その岩から離れろ」といった男の英語には強い訛《なま》りがあった。「早くしろ」

スカーボローはブラッドリーを見た。二重の手袋越しに彼女の指が彼の手に押しつけられるのを感じ、ぎゅっと握る力を強めた。

「いいか?」彼はブラッドリーにたずねた。

「いいわ」

スカーボローの右手がブラッドリーの左手をつかんだまま、ふたりは腕を高く掲げてゆっくり立ち上がった。そして岩の陰から外に足を踏み出した。

「そこで止まれ」と運転席の男がいい、ふたりの様子を仔細に調べた。「おれのほうを向け」

ふたりは力と勇気を分けあいながら、つないだ手を頭上に上げたまま男の命令にしたがい、いっしょに正体不明の襲撃者たちに向きあった。

そのふたりに、助手席の男が長くて黒い機関銃の銃身を向けた。そして与えられた命令を正確に実行した。

2

二〇〇二年三月一日
カリフォルニア州サンノゼ

アークティック・ブルーのボディ、珊瑚色のサイド・コーブ、そしてベージュ色のビニールの内装。コルベット一九五七ロードスターはピート・ナイメクにとっては夢の車だった。流線形のグラスファイバーに実現された輝かしい霊感のきらめき、優雅なクロムめっきの飾り、自慢のデュアル4バレル・キャブの二八三馬力を採用しているが、行き過ぎた贅沢さは微塵も感じさせない。アメリカ合衆国でショールームを飾ったものは六千台をわずかに超えるのみで、ラムジェットの噴射燃料を注入されたものは二百台を切り、半世紀後のいまでも元気に走りまわっているのは厳選されたほんのひと握りにすぎない。

組み立て作業中のわずかなミスも見逃さない、シヴォレーならではのきびしい基準にしたがって再調整された、燃料噴射システム採用のコルベット一九五七。販売されたりオークションに出ることがあるとしての話だが、その値打ちはおそらく一〇万ドル、いや一五万ドルはくだるまい。

それがナイメクのものになった。

つまり、すっかり彼のものに。

旗が交差したフロントグリルの紋章から、大きなツインの排気管まで、すべてナイメクのものだ。着脱可能なハードトップの屋根から幅の広いホワイトウォール・タイヤまで。この車が。夢の車が。それだけではない。この車を、彼はなんの予告もなしに自分のコンドミニアムで受け取った。華やかな赤い蝶形リボンと手書きの感謝の言葉がしたためられたメモが広角のフロントグラスにテープで留めてあった。彼が世界でいちばん敬愛している男からの、思いがけない贈り物だった。

別の朝ならナイメクも至上の喜びに浸っていただろう。実際、計器盤のワンダーバー・ラジオをオールディーズの局に合わせてこのコルベットでロジータ通りにあるアップリンクの本社へ向かい、地下駐車場の専用スペースに入れて、二十五階にある自分の部屋へエレベーターで上がっていくあいだは、ずっとそんな喜びに浸っていた。

ところがいま、コンピュータのわきでマウスを一回クリックしただけで、気分は重苦しく憂鬱なものに変わっていた。

腕時計で時間を確かめたところに電話が鳴った。九時だ。ゴーディアンはもう出社しているだろう。

「ナイメクです」と、彼は答えた。

思ったとおりボスからだった。

「ピート、こっちに上がってきてくれないか」

「メガンから届いたeメールの件ですか?」

「そうだ」

「こっちもいま読んだところです」ナイメクはいった。「すぐうかがいます」

彼は受話器を受け台に戻し、急いで外の廊下に出た。

数分後、ナイメクはゴーディアンの待合室に足を踏み入れて、秘書のノーマに元気よく挨拶をし、彼女から許可のうなずきを得ると、用心深いギリシャ神話のグリュプスのように彼女が守っている内側の重厚なオークの扉へ歩を進め、こつこつと二度ノックして肩で扉を押し開けた。

なかに入ったところで立ったまま待ち受けた。床から天井まである窓の前に置かれた机の奥に、ロジャー・ゴーディアンは腰をおろしていた。窓からはサンノゼのスカイラインやダウンタウンの東、ふもとのサンタクララの丘陵の上にそびえるハミルトン山の起伏の連なりを見晴らすことができる。ゴーディアンを一瞥しただけでふたつの物語が見えた。ひとつは、いまはもう復帰を果たしているものの、昨年受けた生物テロの影響がまだ残っていること。もうひとつは、カナダのオンタリオ州のウイルス製造工場に襲撃をかけて入手した遺伝子遮断コードと同じくらい回復に重大な役割を果たした意志の強さだ。あれは昨年十一月、感謝祭の直前のことだった。あの事件が起こった時期はナイメクの記憶にこびりついて今後も消え去ることはないだろう。ゴーディアンが昏睡状態からよみがえったのは、ほかならぬ感謝祭の日だったからだ。そして、彼の覚醒にはおびただしい流血と犠牲が支払われていた。

　感謝祭からまだ四カ月にもならないのか。もっと前のことだったような気がする。

　ゴーディアンの体重は病魔と闘っていたときよりはすこし増えていたが、それ以前にくらべるとまだずいぶんやせていた。あの病気がもたらした破壊の猛威は、彼の容貌にくっきりと跡を残していた。青白い頬、かすかに筋張ったような気がする白髪まじりの髪、きれいに血管の浮き出たこめかみの皮膚、落ちくぼんだ目の下の隈《くま》。それでも、彼の目が発する眼光の鋭さと明るさに衰えはなかった。快方に向かっているし、時間の経過とともにさらによくなるだろう。

　ナイメクの心がときおりざわつくのは、完全に取り戻すことのできる大きな損失はめったにないことを知っているからだった。

　いまはその方向に考えをすべりこませないようにしよう。

「ノックしたな」ゴーディアンがいった。

「いつもしてなかったですか？」

　ゴーディアンは首を横に振った。「それが始まったのは、わたしが復帰してからだ」

　ナイメクはゴーディアンの向かいに腰をおろした。

「そうでしたか？」ナイメクはいった。

「そう」ゴーディアンは肩をすくめた。「もちろん、わたしの観察のほうが絶対正しいというつもりはないが」

ナイメクはあごをこすった。「どのみち、いっときの気まぐれかもしれませんし」

ゴーディアンは小さな笑みを浮かべてなにもいわなかった。彼が両手で持っているフォトフレームは八×一〇の写真用だ。ナイメクの椅子からは表側が見えなかったが、入ってきたときゴーディアンが見ていたのはこれだったのだとわかった。

「コールドコーナーズ基地から悪い知らせが入ってきたこんなときに、お礼をいうのもなんですが」ナイメクはいった。「ほかに適当な機会を思いつかないので。あの車ですが、その……」

言葉が見つからず、彼は口ごもった。

ゴーディアンは机の向こうから彼を見た。「気に入ってくれたかな？」

「もちろん」ナイメクはいった。「あれは……極上の逸品です」

「無事に届いたんだな？」

「昨晩。あれをうちまで転がしてきた男からドアマンがことづかったそうで、どなたかから特大のお届けものです、ロビーへ受け取りにきてくださいとインターフォンで連絡がありました」

ゴーディアンは満足そうにうなずいた。

「注文どおり実行してくれたようだな」と、彼はいった。

ナイメクは相手を見た。「こんなことを——」

「きみがこの十年間でわたしのためにしてきてくれたことに、わたしがどれほど感謝しているか示す必要なんてなかったというのか？　感謝する必要があるのはわたしのほうだよ、ピート」

ナイメクはなおもゴーディアンを見つめていた。

「信じられない気持ちだ、もう十年になるのか」ナイメクはいった。

「きっかりな」とゴーディアンはいった。

また間があいた。

「しかし」ナイメクがいった。「あの車がどのくらいの値段か、おおよそ見当がつくだけに……」

「それくらいの余裕はある」

「そういう問題じゃ……」

「もっと月並みなもののほうがよかったのか？　たとえば、宝石をちりばめたネクタイ・ピンとカフス・ボタンのセットとか？　きみが正装向きの人間に思えたことは一度もなかったからな」

「保安部門の長ですからね」ナイメクはいった。「わたしが雇われたのは、わが社の従業員と施設をしっかり守るためです。だから自分の知っている最上の方法で務めを果たす」彼は肩をすくめた。「そうでなければ、この仕事を任される値打ちはない」

「たっぷり値打ちはあるさ」ゴーディアンはいった。「アップリンク・インターナショナルが取り組んでいるような危険度の高い冒険的事業のたぐいに従事している会社は多くない。いつでも世界じゅうを飛びまわれるように待機していてほしいなんて要求せずに、きみの求める給料を喜んで支払う会社を、いますぐ十以上並べ上げることができる。なぜきみがここにいるのか、わたしもきみも知っている。きみがずっとここにいる理由を。だから、堅いことはいわずにあの車を堪能してほしい。あれがあったら、きみのところにあるという例の時代がかったビリヤード・ホールの、ワーリッツァーのジュークボックスやソーダ・バーがいっそう引き立つんじゃないかと思っていたんだ」

ナイメクは片眉を上げた。「あそこの話がお耳に入っていたとは知りませんでした」

「風の便りでね」ゴーディアンはいった。「いつか見にいきたいものだ。一四・一コンティニュアスでわたしの腕を試してみてくれ」

ナイメクは心のなかでおどろきを静めた。

「喜んで」と、彼はいった。

ゴーディアンはうなずき、まじめな表情になった。そしてゆっくり大きく息を吸いこみ、次の話に移る準備をさりげなくととのえた。

「さてと」彼はいった。「南極の話をしないとな」

「はい」ナイメクはいった。

　ゴーディアンはためらった。彼はまたフォトフレームをちらりと見て、それからナイメクに視線を戻した。

「行方不明になった捜索隊だが」彼はいった。「あのメンバーに知り合いは?」

　ナイメクは首を横に振った。「彼らの人事記録は読みました。そのくらいです」

「わたしは三人とも会ったことがある」ゴーディアンはいった。「デイヴ・ペイトンとシェヴォーン・ブラッドリーとの結びつきはローヴァー計画とのからみに限られている。彼らはあの分野における最高の人材だ。そしてうちの人間だ」

　ふたりは黙って顔を見合わせた。うちの人間。この短い表現がもつ言外の意味をナイメクは充分に理解していた。アップリンク社は広範な地域に前哨基地を数多く建設してきた。ゴーディアンにとってそこで働く従業員の安全はなにより大切なものだ。彼の夢、大文字Dの夢《ドリーム》は、政治指導者が遮断しようとする情報を開放することによって、腐敗した政府の抑圧を受けている一般市民にいま以上の大きな自由と繁栄と安定をもたらすことだ。ゴーディアンは〝情報は民主主義の最良の道具〟という古い格言に自分の財産を賭けて、さまざまな頭脳を結集し、軍事航空技術で手にした資産を世界最大の遠距離通信網に投入した。そのなかにはきわめて危険な地域に衛星地上ステーションの施設を建設し、そこに人員を送りこむことも含まれていた。またそれは容易ならぬ敵をつくることにもなった。世界のいたるところにいる悪人たちは自分たちの支配が脅かされると色めき立った。かくしてゴーディアンは出費を惜しまず、多くの国の軍隊よりも優秀な世界規模の企業保安部門を組織した。〈剣《ソード》〉と名づけられたこの私設部隊は、アップリンクに敵対する人びとの狂暴な衝動を消し去る解毒剤として創設された。つねに敵の一歩先を行くための方便だ。しかし予測のつかない事態はかならず存在する。ときには敵が、攻撃準備がととのうまでレーダーの目を逃れる狡猾さと技術を持ち合わせていることもある。思ったより敵の鉤爪が鋭く反射神経がいいこともある。そして偶然の出来事が窮地を招くこともある。

ナイメクに経験から学んだことがあるとすれば、それは攻撃を受ける可能性を完全に排除する予防接種は存在しないということだ。

「あの案内人については、なにをご存じなんです？」彼はいった。「スカーボローでしたか……名前は？」

「アラン・スカーボローだ」ゴーディアンはいった。「コールドコーナーズへ最初に派遣された探検案内人チームの壮行会で引き合わされた。かつて海兵隊に所属して、テキリスのA&M大学で士官訓練を受け、ペルシャ湾岸で小隊長として戦闘を経験してきた……第二師団だったと思う。大柄な筋肉もりもりのテキサス州出身の男で、その体つきにふさわしい性格の持ち主だ。きみがすぐに好きになるタイプの男だよ。あの男ならどんな状況でも頼りにできると、きみも思うはずだ」

「メグが捜索隊を率いさせたのもうなずけますね」

ゴーディアンはうなずいた。

「捜索隊が困ったことになっても、スカーボローなら救援が到着するまでなんとかその状況を乗り切ることができると、わたしは確信している。またあの男ならコールドコーナーズ基地が救助活動にのりだすのを待つ必要もないはずだ。あの近辺には全米科学財団（NSF）の野営地があちこちに点在している。マクマード基地からヘリコプターが定期的に飛んでいて、野営地を監視《モニター》しているし、緊急時には力を貸してくれる。短期間なら峡谷一帯に空中投下されている食糧や医療品の救援物資を利用することもできる」

「スカーボローがお話のように有能な男なら、SOSを送ってきそうなものだ」ナイメクがいった。「ところが彼は送ってきていない。彼の捜索隊はある朝キャンプを出発した。次にわかったのは彼らが姿を消したことだ」

ゴーディアンはまたひとつ大きく息を吸いこんで、それを吐き出した。

「そうだ」彼はいった。「そこが問題なんだ」

ナイメクは考えこんだ。

「連絡をとらなければならない家族は？」と、彼はたずねた。

「ペイトンは離婚していて十代の息子がひとりいる。ブラッドリーは独身だ。彼女の雇用記録一覧に記されているいちばん近い親族は、ニューメキシコ州の姉だ」

「スカーボローは？」

「奥さんはいない。子どももいない。兄弟姉妹もいない。両親は亡くなっている」

ナイメクはゴーディアンを見た。

「では、われわれが唯一の家族みたいなものですね」

「ああ」

ふたりは椅子にかけたまましばらく無言でいた。ゴーディアンは触れただけで壊れるかもしれないみたいにフレームの縁をいたわるようにやさしく握り、手のなかの写真をしばらく見つめていた。そのあと彼は、ガラスの奥の写真がナイメクのほうを向くようにひっくり返した。

写真のなかには六十歳くらいの夫婦がいた。それがだれかナイメクにはひと目でわかった。男のほうは縮れたふさふさの銀髪と知的な顔の持ち主で、縁なし眼鏡を鼻の高いところにかけていた。その隣にいるのはほっそりとした小柄な美しい女性だった。年齢による衰えを知らずに熟成した美しさの持ち主だ。ふたりは品のいい正装に身を包み、薔薇の花びら色のちらちら光る肖像写真用背景の前でポーズをとっていた。

「スタイナー夫妻ですね」ナイメクはいった。低く小さな声で。「ちくしょう、お似合いのふたりだったのに」

「ああ」

また沈黙が降りた。

数年前、アーサーとエレイン・スタイナー夫妻はロシアにあるアップリンクの施設で保守点検の仕事をしていた。そして、そこが雇われテロリストたちの襲撃を受けた。ふたりは襲撃の何時間か前に発電所の故障を調べるために車で外へ出かけ、そのまま帰らぬひととなった。襲撃が撃退されたあと、ロケット弾の爆発で開いた地面の穴のなかでふたりの血まみれの死体と破壊されたジープが発見された。彼らは考えられる最悪の時間にまずい場所へやってきて、電線を切断したあと施設に向かおうとしていた襲撃隊に遭遇したのだ。

「この写真は、ふたりの結婚四十周年の夕食会に出席した人びとのところに郵送されてきたものだ」ゴーディアンがようやく口を開いた。「ルビー婚式というやつだ。知ってるかな？　贈り物をシンボルにした伝統的な呼びかただが？」

ナイメクは首を横に振った。「わたしは独身ですから……その手のことはあまり考えたことがない」

ゴーディアンは相手の顔を見た。「結婚して最初の十五年間は一年一年が小さな一里塚になる。一周年が紙婚式。二周年が綿婚式。その次が革、花……などなど」彼はためいきをついた。「十五年が過ぎると特別な記念日は五年ごとになる。理由はよくわからない。しかしとにかく魔法の数は五になる。わたしはアシュリーと結婚して三十二年になる。あと三年で珊瑚婚が来る。そのあと五年すればルビー婚を迎える。その次はサファイヤ婚、金婚、エメラルド婚と続く。六十周年はダイヤモンド婚だ。現在の平均寿命にしきたりが追いつき追い越したかという問題は興味深い。アッシュなら答えを教えてくれるかもしれない。女は知っている。女は生まれた瞬間からすべてを知っているんじゃないかと思うことがときどきある」

「一歩先を行っていて勝てそうにない」と、ナイメクがいった。

「引き分けに持ちこめれば御の字だ」ゴーディアンがいった。「その記念日のシンボルだが、ピート。スタイナー夫妻が殺される前だったら、わたしの運命がもちこたえていたとしても、きみに講釈をぶつことはできなかっただろう。それがどういうものかなんてまったく知らずに、わたしは三十年近く結婚生活を続けていた。いまでも耳にこびりついているが、ノーマに叱られて思い出していなかったら、たぶん銀婚式がやってこようとしていることにも気がつかなかっただろう。人生の大半をアップリンク社のことにかまけてきて、その人生を愛する女性とどう分かちあうかをわたしは忘れていた」

「それが、アーサーとエレインが亡くなってからは？」

ゴーディアンはフレームの表側をナイメクのほうに向けたまま黙りこんだ。彼の目は部屋の壁の外にあるはるか彼方の地平線を見ているみたいに、そこにあってそこになく、遠くの一点に焦点を結んでいた。

「あれを境に状況は変わった」彼はいった。「ふたりの遺体が飛行機で合衆国に運ばれてきた日のことが思い出される。彼らはNATOの飛行機に乗ってやってきた。IL‐76輸送機だ。二十三名の死者がいた。多くはカリーニングラードにかけられた襲撃で犠牲になったひとたちだった。うちがテロリストの潜伏先にかけた襲撃で命を落とした者もいた。二十三人は棺に入って到着した。ニューヨークのケネディ国際空港だ。その到着を待つあいだ、わたしは罪悪感ばかりを感じていた。彼らを危険な場所へ送りこんだのはわたしだ。友人たちを、従業員たちを、わたしは送りこんだ。なのに彼らを守ってやれなかった。埋葬のために彼らを故国へ運んでくる飛行機を待つ以外、なにひとつできなかった」

「どれひとつ、あなたの責任じゃない」ナイメクがいった。「ひとをかならずいつも守れるものではありません」

ゴーディアンはうなずいた。

「わかっている、ピート。あの滑走路に立って、そのことをはっきり思い知らされた」彼はいった。「あの飛行機が着陸したのは夕暮れどきで、金色の光が翼に輝いていた……灰色の上の金色だ。そのあと色は深まりオレンジ色になった。そして棺が運び出されるあいだに紫色になった。わたしの手配した楽団がバッハを演奏していた。『マタイ受難曲』の一節だ。あの調べは記憶に焼きついている。厳粛で黙想にふさわしい調べだった。しかしあそこには、あの荘厳な日没の風景といっしょに悲しみと絶望からわたしを引き上げてくれるなにかがあった。崇高な希望にあふれたものが。希望を持ちたいと願わせるなにかが。そしてわたしは、自分もかならず家庭生活に時間を割き、それをアーサーとエレインがおたがいにいだいていた愛情に恥じないものにしてみせると誓った。あくなき前進を続け、ありったけの財産と影響力を使って、この世界のためになることをしようと誓った。あのふたりのために、わたしにはそうする義務がある。殺されたひとりひとりの人間のために。彼らをかならずいつも暴力から守れるわけではない。しかし、われわれは不断の警戒に努めなければならない」

ナイメクは写真を見つめてしばらく考えこんだ。それからゴーディアンに注意を戻した。

「メグはわたしにコールドコーナーズに来てもらう必要があると考えている」と、ナイメクはいった。

「ああ」

「そしてあなたも彼女の考えに賛成している」

「そうだ」ゴーディアンはいった。「きみの考えは？」

「自分が乗りこんでなにができるのか、と考えざるをえません。あそこのスタッフはあの土地のことを知りつくしている。マックタウンからも惜しみない援助を受けている。彼らができるかぎりの努力をしていることを、われわれは信じてやる必要があります」

ゴーディアンはナイメクにじっと視線をそそいだ。

「彼らはカレンダーと競走をしている」彼はいった。「ものの三週間もすれば南極には冬が来る。暗闇と悪天候の数カ月が。一度冬ごもりを余儀なくされたら、あらゆる捜査は打ち切りになる。メガンは一刻も無駄にしたくないんだ。それに、時間の余裕のない状況におかれたときにきみがどんな能力を発揮するかを彼女は知っている」

ナイメクは自分の頭が急に鈍くなったような気がした。捜査か、と彼は心のなかでつぶやいた。メガン・ブリーンの要請を誤解していた。彼の投入で調査の結論が変わるかどうかの問題ではないのだ。問題は結論などではない、むしろ漠然とした疑念のほうだ。メガンの、ゴーディアンの、そして彼自身の頭に浮かんでいる疑念のほうだ。南極は仮借のない土地だ。その事実を肝に銘じずにあそこへ出かける人間はいない。しかしスカウトⅣとその捜索回収隊が続けて行方不明になったのには、巨大な、そして不吉な疑問符が浮かんでいた。そして悲劇のにおいがした。あそこの涸れ谷《ドライヴァレー》でなにかおかしなことが起こっている。その真相解明の力になってほしいとナイメクは求められているのだ。それならたしかに貴重な戦力になれるかもしれない。

しかし問題があった。自分の最大の責任はサンノゼのロジャー・ゴーディアンを守ることだとナイメクは思っていた。

「急いで荷造りをしにいく前に、お訊きしたいことがあります」ナイメクはいった。「リッチが演習と訓練に忙殺されているいま、本塁をだれに任せましょう？　執拗にわたしの許可を求めていまの仕事にとりかかったリッチですから、よほどの理由がないかぎり呼び戻すわけにいきません。わたしの見るところ、そこまでの理由はない。まだいまは」

「リッチにはいまの仕事を続けてもらおう。きみがいなくなるといっても長くなるわけじゃない。基地からの最終便は三週間後だ。きみにはその指定席を約束する」ゴーディアンはいった。「それまでの留守はロリー・ティボドーに任せよう」

「これまでの行動から、ロリーで――」

「だいじょうぶだとわたしは信じている」ゴーディアンが途中で割りこんだ。「それに地方の〈剣《ソード》〉分遣隊も信頼できるんだろう」

「そういう問題ではなく」ナイメクがいった。「この何カ月かでわれわれは何度か九死に一生を得てきました。その危機を招いた油断のならない敵たちは、いまも地下に潜伏しています」

ゴーディアンは相手に目をそそぎつづけた。

「赤ん坊みたいに四六時中わたしを守ってもらう必要はない、ピート」彼はいった。「ほかに心配なことは？」

ナイメクは思案した。反論を余すところなく述べるには膨大な言葉が必要になる。だから潔《いさぎよ》く降参した。

「あのコルベットですが」彼はいった。「かわりにあの娘《こ》の面倒を見てもらえますか？」

ゴーディアンの唇にかすかな笑みが浮かんだ。

「彼女のことならまかせておけ」彼は注意深くフォトフレームをおいた。「それがふたつめの約束だ」

ナイメクはすわったまま三十秒ほどゴーディアンの顔を見ていた。それから黙ってうなずき、椅子から立ち上がってオフィスを出ていきかけた。

「ピート、最後にもうひとつ……」

ナイメクは振り向いてゴーディアンと向きあった。

「NASAのなつかしい友人が、コールドコーナーズで記者と上院議員の小さな視察団の案内役をつとめてくれることになった。よりによってこんなときにとは思うが、政府の資金調達支援の一環だけに断わるわけにはいかないんだ」ゴーディアンはいった。「いずれにしても、アニーによろしく伝えてくれ」

真鍮のドアノブにかかったナイメクの手が急にこわばった。「アニー？」

「アニー・コールフィールドだ」ゴーディアンはいった。「忘れるわけはないだろう？」

ナイメクはごくりと唾をのみこんだ。

「もちろんですよ、よろしく伝えておきます」と、彼はいった。

そして大股で部屋を出ていった。

3

二〇〇二年三月二日
スコットランドの北部高地地方《ハイランド》

ユーイー・B・キャメロンはロスマーキーのはずれに十八世紀からある屋敷から、日課になっている夜明け前の散歩に出てきたところだった。五代さかのぼった彼の大叔父には北部《ハイ》高地地方《ランド》のキャメロン族の長でロヒールのキャメロンと呼ばれたユーイン卿の嫡男がいる。しかしユーイーは、後世の語り草になった祖先の勇気や獰猛さはなにひとつ感じていなかった。感じられるのは長い長い夜のうちに悪化してきたさしこむような神経性の胃痛だけだった。

もし発電所の監督官からそっと手渡されたあの文書の内容が事実なら……いやちがう、と彼は思った。あれが事実である点に疑いはない。わざと愚か者を演じて逃げ道を探してはならない……

謎めいた点は多々あるにせよ、もしあの文書に関するわたしの解釈が正しいとわかり、あの監督官の話が事実と確認されたら……

そしてもし、そのあと発電所の大株主たちにあの取引に関する納得のゆく説明ができなかったら?……。あれはスコットランドの法律と国際法にははなはだしく違反しているし、まず不可能だろう……

もし、もし、もし……

ユーイーは屋敷内の通路の端にたどりついた。芝生とその向こうを走る狭い郡道をヒイラギの垣根がへだてており、そこのベリー類の輝きもいまは薄明のなかで薄れている。路肩に足を踏み出し、早朝とはいえ通りかかるかもしれない車を背にするかたちで左に折れた。そして石の堤防のほうへゆっくり向かった。ペースを上げる前にそこで脚の屈伸をするのが習慣になっていた。

朝の空気は冷たいが、風が吹き荒れているわけではない。ちょうど身が引き締まるくらいのぴりっとした冷たさだ。ユーイーは感情の起伏がおだやかなほうだが、いつもだったら彼の両側から一〇〇フィートほど空に向かって伸びている立派な樅の木のように気分を高揚させてくれるたぐいの天候だ。

この日の彼が願っていたのは、はらわたのねじれがすこしゆるんで、すこしでも朝食への食欲がわくことだけだった。

というのも、ユーイーが手に入れた証拠が見かけどおりのものだとしたら、今夜の会議の心配など、それが招くもっと恐ろしい結果にくらべればものの数ではないからだ。たしかに最初は、自分でひそかに調査をしてみるまでこの情報は胸にしまっておきたい衝動に駆られた。しかし、それが分別ある行動とは思えなかった。もしそうしているうちにクロマーティ峡湾で行なわれているという行為が外に洩れたらどうなる？　あの通報者が我慢できなくなって、書類のコピーを別のところへ——評議会のほかの人間や、原子力公社の担当警察や、貿易産業省にいるいまいましいイギリス人官僚のところへ持っていったらどうなる？　マスコミのところへ駆けこむような軽率な行動に出る可能性さえないとはいえない。前もって知っていたことが露見したら自分の評判に傷がつくことをユーイーは知っていた。いや、それだけではすまない。かわりに責任を負わされ、評議員を辞任しなくてはならないかもしれない。民事、刑事の両方で訴追を受ける可能性もある。

彼が投げこまれていたのは、こういうとんでもない状況だった。絶体絶命だ。

考えにふけりつつ何分か歩いてふと気がつくと、堤防を過ぎかけていた。注意散漫な自分の心に眉をひそめ、いつもの準備運動にとりかかるために土堤の路肩から足を踏み出した。岩のかたわらに立って、前腕で岩に寄りかかり、頭を手で支えてから右脚を前に曲げて左脚を後ろへ伸ばし、ふくらはぎの伸びが感じられるまでそのまま伸ばしつづけた。それが終わると脚を替えた。一分ほどして、岩から突き出ている水平な出っ張りに片足をのせ、両手を腰に当て、ひざを曲げて、ひざ裏の筋と鼠蹊部の筋肉をほぐし……

発電所の監督官と会うのは避けるべきだったのかもしれない、とユーイーは思った。あのパブでひそかに会うのを断わるか、せめてテーブルの下から手渡された封筒だけでも拒むべきだったのではないだろうか。そうしておけば、やましい思いをせずに知らなかったといい張ることもできただろう。わたしは英雄ではない。十七世紀の族長で、スコットランド最後の野生狼を屠《ほふ》り、キリークランキーではボニー・ダンディーのそばで戦い、イギリスの幹部将校の喉笛を歯で食いちぎり、その傷口からどくどく流れ出す血を飲んだといわれるジェイムズ二世派の反乱者ユーイン卿からわたしの名は取られているが、わたしは彼のような戦う指揮官でもない。後日クイーンズ・オウン・キャメロン・ハイランダーズ連隊と改名され、その後シーフォース・ハイランダーズ連隊と合併してクイーンズ・オウン・ハイランダーズ連隊と改称された勇猛果敢な第七九ハイランダーズ連隊の創設者でもある、高名かつ偉大な祖先アラン・キャメロンに自分をなぞらえるつもりもない。

ユーイーはユーイーでしかなかった。この屋敷の遺産受取人であり、堅固な意志をもった独身の男であり、地区評議会の戦略委員会の直属である政策委員会の、そのまた直属である土地環境特別調査委員会の一員に選挙で選ばれた小役人にすぎない。彼のふだんの関心事は下水施設の改良や、道路や橋の修繕、信号機の設置といったたぐいのことだった。ユーイーは先祖たちの勇敢な性質を受け継いでいるふりをするつもりはなかった。彼らのような闘争的な性質は持ち合わせていない。伝説的な家系が名士録に載り、マントルピースの上に家の紋章とタータンチェックを陳列しているだけで自尊心は満たされていた。

準備運動をすませたユーイーは、前方の登りの道を車のライトがすべるように向かってくるあいだ出っ張りのそばを離れなかった。車の運転手が気がつきやすいように、朝の散歩にはかならず燃え立つような明るいオレンジ色のウインドブレーカーを着てくる。そこにライトが反射した。すぐに見えてきた小型のシトロエンは見なれたものだった。ケソックの橋のたもとでパン屋を営んでいる美しい若い女性のものだ。近づきながら彼女はスピードを落とし、ユーイーを避けるために反対車線へ出て、通り過ぎるときには礼儀正しく彼と手を振りあった。

そして道路はふたたび空っぽになった。ユーイーは散歩を再開し、体のほぐれを感じながら、心の緊張も同じようにほぐれてくれればいいのだがと思った。しかし気がつくと、いつのまにかまたあの監督官から得た情報のことを考えていた。そしてそこには、いっこうに和らぐことのない苦悩と不安がまとわりついていた。

秘密を明かされる前に、笑顔を浮かべ肩をすくめてあの男を拒むのは簡単だったはずだ。あの恥ずべき取引に目をつぶるのは簡単だったはずだ。なのにそうしなかったのは、いったいなぜか?

ユーイーはその答えを知っていた。自分にしみついている責任という厄介な感覚のせいだ。彼には公僕としての責任も公民としての責任もあった。クロマーティ峡湾の発電所はブラックアイルから海岸線をくだったインヴァネスにかけての地域から千五百人近い従業員を雇っている。地元に入ってくる賃金は年間二五〇〇万ポンドほどにのぼり、さらに数百万ポンドが二次的消費のかたちで地域経済に流れこんでくる——ゆうに州自治区民総生産の三〇パーセントにあたる金額だ。現在、労働総人口の中核を担う人びとは、一九五〇年代と六〇年代に建造された典型的な高速増殖炉を廃炉にしようという動きに加担している。だが、それに代わる第一候補のトカマク型臨界プラズマ実験装置を導入できれば、今後十年間で歳入は倍になる可能性があった。

しかし、もしあの話が真実なら……

またこの言葉だ、とユーイーは思った。

もし、もし。

もしあれが真実なら、その収入拡大だけでなく、クロマーティ原発の運転継続認可そのものまでが危うくなる。イギリス原子力公社の担当警察はたちまち発電所を閉鎖し、この地域の経済の将来を奈落の底に突き落とすだろう。

きびきびとした足どりでリズミカルに腕を振りながら、ユーイーはなだらかな登り坂を進みはじめた。血液の循環をうながして肺に酸素を流れこませたかった。なにより頭をすっきりさせたかった。

登り坂の頂点に近づいたとき、またユーイーのほうに向かってくる車の音が聞こえてきた。ゴトゴトいうタイヤの音から判断してトラックかなにかだろう。彼が坂の下りに達したとき、車はユニモグの大型トラックとわかった。ライトをハイビームにして制限速度をかなり上回るスピードで走ってくる。

ユーイーはぎょっとしてヘッドライトのまぶしさに目をしばたたかせ、路肩に寄った。トラックはここがレース場であるかのような勢いでそのまま走ってきた。運転手はギヤを五速に入れているにちがいない、とユーイーは思った。

散歩を再開するのはこいつをやり過ごしてからにしよう。運転手はインヴァネスへの配送時間に遅れてしまったどこかの愚か者で、自分の安全も他人の安全も考えずにこの静かな舗装区域をすっ飛ばして遅れを取り戻そうとしているにちがいない。ナンバープレートのナンバーをおぼえておいて、家に戻ってから警察に通報してやろうかと思ったほどだった。

ユニモグが急に車線をはみだしてユーイーのいる路肩へまっすぐ突き進んでくるのに気づいたときには、トラックはよけられないところまで迫っていた。ヘッドライトに目がくらみ、轟音に耳をふさがれたまま、ユーイーは反射的に顔の前へ両手を突き出し、道ぞいの樹木が茂っている区画へ自分の体を押し戻した。

トラックの運転席の前が突き当たる直前に、ユーイーは叫びをあげはじめた。疑問とののしりと恐怖と怒りのまじった叫び声を。しかし口から発せられたなけなしの声はエンジンの轟音にかき消され、そのあとすべてが終わった。命を押しつぶされてすべてが終わった。トラックはそのまま道路を突き進んで走り去った。大きなフェンダーに血がはねかかっていたが、この薄闇のなかではトラックが通り過ぎるところを見かけても血に気がつく者はいないだろう。

彼らはベッドに横たわっていた。夫は仰向けで、はだけた胸にキルトの掛け布団を引き上げていた。妻はそのキルトのいちばん上でわき腹を下に夫と向きあい、夫のお腹の上に右手をおいていた。彼女のネグリジェはレースの縁がついた薄いシルクの切れ端と化しており、隠れているところよりむきだしになっているところのほうが多かった。夫の体の上に投げ出された長い右脚は純白とはいわないまでも、その太腿はすべすべの乳白色だった。北部指令地域インヴァネス管区警察のフランク・ゴーリー警部補は、ネグリジェが包みきれない豊かな胸元のふくらみのその上を見ていなかったら、彼女に寄り添われている男をうらやんだかもしれないと思っていた。

彼女は美しい体の持ち主だった。

顔はわからない。生前の顔写真を見るまでゴーリーにはわからない。彼女の顔は大部分がなくなっていた。三八口径の銃弾に吹き飛ばされ、残った部分は血まみれになっていた。夫の命を奪った銃弾はさほど汚れを残していなかった。額のまんなかに弾の傷口がひとつあるきりだった。弾が発射されたとき、おそらく彼は眠っていて、なににやられたかわからないまま息絶えたのだろう。顔の表情はおだやかで目を閉じている。口の端に少量の泡が見えた。

ふたりの頭と女の左手が握ったピストルの下には、ずぶ濡れになった真っ赤な枕カバーがあった。女の指は銃の引き金に巻きついており、吹き飛ばずに残った口の部分に短い銃身が押しこまれていた。

ベッドの足元に立ったゴーリーはちくりと良心の呵責を感じた。死んだ女の美しい体をほれぼれとながめたこととは関係ない。警察の仕事ではいろんなことに気がつく。ひとの最良の部分と最悪の部分が記憶に刻まれるのもよくあることだ。自分の人間らしさを責める気はさらさらない。

しかし、この夫婦の身になにが降りかかったのか、あるいはふたりのあいだになにがあったのかはともかく、この部屋からふたりの親密な間柄ははっきりわかったし、気がとがめるのは、そこに無断で立ち入ってしまったような妙な気分に襲われたせいだろう。

彼は後ろの戸口にいる若い巡査に顔を向けた。「〈児童保護課〉のドラモンドは？」

「こっちに向かっています。いっしょにだれか民生局の人間が来るそうです」

ゴーリーは身ぶりで左を示した。主寝室の隣の子ども部屋に夫妻の男の赤ん坊がいるのを彼らは見つけていた。

「赤ん坊は静かだな。本当にだいじょうぶなのか？」

「はい。キッチンに――」

夫婦が死んでいるのを発見した女が、外の廊下で涙に暮れながらまたヒステリーを起こしはじめていた。彼女の名前はクリスティーン・ギボンといい、ネグリジェのわずかな布をまとった美しい女の親友と称していた。そして、自分はこの家の男が嫌いでならなかった、できるかぎりあの男とは接触を避けるようにしていたと、遠慮会釈のない言葉で熱弁をふるっていた。

「あのおちびさんよりよく泣きわめくな、あの女は」ゴーリーは声をひそめていった。「まあいい、いいかけた話を聞こうか……」

「キッチンに幼児用のミルクがありました。ベビーベッドのそばのたんすにおむつも見つかりました。ロバートソンが取り替えました。いま哺乳瓶に入れたミルクをあげています」

「あいつには息子が四人いるからな、おしっこでかぶれないように手早く取り替えるくらいはお手のものか」

「はい。そのようです」

ゴーリーはひとつ吐息をついた。

「よし、カメラを持った人間をここへ呼べ」彼はいった。「いわゆる〝その瞬間〟を収めるんだ……この愛しあうふたりのどちらかが次のヴァレンタイン・デーに愛の言葉をもう片方に贈るとは思えんが」

巡査は弱々しい笑みを浮かべてうなずき、部屋を出ていった。そういえばあの巡査はベッドをちらりとも見なかったな、とゴーリーは気がついた。無理もないか。インヴァネスは暴力犯罪の発生率が低いし、あの巡査は警察に入って一年目だ。この部屋のような光景に遭遇したことは一度もないにちがいない。

ゴーリーがらせん綴《と》じの手帳に目を落として、空白のページが出てくるまでぱらぱらめくり、いくつか言葉を書き加えようとしたとき、廊下に置いてきた巡査にクリスティーン・ギボンがふたたび感情的な言葉を投げつけだした。巡査がまだ聞かされていない話を彼女が始めたかどうかはわからない。

「クレアには百回もいったのに……」

クレア・マッカイ、妻のほうだ、とゴーリーは思った。

「……百回も、ちゃんと数えろっていうならもっとだったかもしれないけど、あの卑しい男を捨てて出ていくのがあんたの身のためだって……」

この卑しい男というのは夫のエド・マッカイのことだ。ゴーリーはこのギボンという女から初めて事情を聞いたとき、夫のことを名前で呼んでくれるようなだめすかさなりればならなかった。名前を口にしただけで舌が腐る、と彼女はいい張っていた。

「……あんな酒癖も女癖も悪い男、見切りをつけて別れなさいっていったのよ。なのに彼女は耳を貸さなかったの。わたしと赤ちゃんをちゃんと養ってくれてるじゃないのっていって。あのひとがいなかったらわたしはいまでも田舎暮らしよって。欠点も許せるようになってきたのとかなんとかいって。まあ、あたしにいわせりゃあのぼけなすが死んだのはいい厄介払いだけど、クレアのことは同情してやってほしいわ……」

この事件には、相手を殺してそのあと自分も自殺したという線が見えてきたし、その犠牲者は夫のほうらしいのだが、とゴーリーは思った。

「……かわいそうに、独身だったころあたしと共同で住んでたあの狭苦しいフラットにいたほうが、彼女は幸せだったのよ。いまとなっちゃ、あの男が発電所の給料の高い仕事に就いてたことなんか、なんになるの？　こんな贅沢な住まいが、なんに……」

うんざりするくどい話がまた始まってゴーリーは眉をひそめた。〝贅沢な住まい〟というのは郊外にあるこのエリスカイ・ロードぞいの、緑豊かな敷地がついたバンガローのことだ。市街の中心からも小旅行ていどの距離にある。クリスティーン・ギボンがその前にいった〝給料の高い仕事〟というのは、ブラックアイルにあるクロマーティ峡湾原子力発電所の廃棄物処理監督官の地位を指していた。

「……だから、刑事さん、悲劇が起こるのはわかってたのよ。ふたりは別々の道を行ってたほうがよかったのよ。あたしは汚い言葉をまき散らす輩《やから》じゃないけど、あの男は浮気者のくそったれだったわ。虫の居所が悪いときはクレアに手を上げてるにちがいないって前々から思っていたのよ。彼女の口からはっきり聞いたわけじゃないけどね。彼女はあいつにびくびくしていたのに、全部自分の胸に収めていたの。それが収まりきらなくなったのよ。彼女があしたのはしかたがなかったのよ。しかたのないことだったのよ、絶対に。あたしが百回もいったのに、あの娘《こ》ったら……」

クリスティーンがすすり泣きを始めると、この女から事件に直接関係のある話はもうあまり得られないとゴーリーは判断し、徐々に彼女を頭から締め出していった。うわさの部分を刈りこめば、クリスティーン・ギボンの話は短いパラグラフに収まった。けさ彼女は自分の車でこのバンガローへやってきた。〝あの卑しい男〟が車で出かけているあいだに、ふたりでネス湖のほとりへ買い物に出かける計画だった。ときおりマッカイ氏は職場の仲間の車で発電所に出かけることがあったので、彼の車が構内の車道にあるのを見ても変とは思わなかった。とにかく玄関をノックしてみたが返事が返ってこなかった。もう一度ノックしてみたが返答はなかった。そのあと呼び鈴を鳴らしてみた。それでもだれも玄関に出てこなかった。その間《かん》ずっと家のなかから子どもの泣き声がしていたため不安がつのってきた。さらに十分ほどノックと呼び鈴を試したあと、クリスティーンはクレアからもらっていた非常用の合鍵でなかに入り、玄関ホールから大声で呼びかけてみたが、やはり返事はなかった。マッカイ氏のことをあんなふうに思っていたし、クレアのいる気配がなくて赤ん坊が声をかぎりに泣き叫んでいたため、クリスティーンは心配になって子ども部屋に向かった。そしてドアの開いた寝室の前を通りかかって、ふたりが死んでいる光景を目のあたりにし、猛然と電話のところに駆けこんで警察に通報した。あまりのショックに自分が電話をかけたことをあとから思い出せないほどだった。

それ以外は取り乱した支離滅裂の話と、亡くなったマッカイ氏への中傷と非難がとめどなく繰り返されるだけだった。

ゴーリーはペンの先にふたをしてベッドわきの窓の外をちらりと見た。玄関の車回しに先に駆けつけていたパトカーの列に、三台の公用車が新たに加わっていた。一台目はパトカーだ。その後ろに鑑識のヴァンと救急車が止まっていた。回転灯やサイレンをつけている車はない。すでに事件は起こってしまったのだ、急いでもしかたがない。この近所一帯に騒ぎを引き起こす必要はどこにもない。

ゴーリーが見守るうちにパトカーの運転手側と助手席側のドアが開いて、両サイドに描かれているオレンジの横縞が切れた。ドラモンドと民生委員の女が車を降りて家に向かいはじめた。ゴーリーがいちばん後ろの救急車に目を移すと、救急医療技術者（EMT）たちが、もはや緊急事態というよりは厄介な清掃作業となった仕事にとりかかるために車を降りてこようとしていた。

ゴーリーはまた眉をひそめた。証拠が集められて検査を受け、死体は検死解剖のために死体保管所《モルグ》へ運ばれ、子どもは引き取る人間がいるかどうかによって親類か里親のもとで養育を受けることになるだろう。

ゴーリーと部下の巡査たちは親族や友人や知り合いへの事情聴取を続ける。そして事件の正式な報告が提出されるとき、そこには衝動的な家庭内暴力事件、つまり行き着くところまで行った結婚生活の失敗例と書きこまれ、最後の行為は冷たく踏みにじられた親密な舞台装置のなかで最後まで役柄を演じさったふたり以外には永遠の謎になるだろう、とゴーリーの直感は告げていた。

やはりふたりは別々の道を行ったほうがよかったのか。

ゴーリーはふいに新鮮な空気を吸う必要を感じて、ベッドのわきから向き直り、家の外の芝生の上へ出ていった。

4

二〇〇二年三月二日
フランス、パリ

マーク・イレータは両手の手のひらでひじを支えるように腕組みをした。階段でアメリカ人の夫婦と四歳くらいの悪ガキが——ルーヴル美術館に四歳の子どもを連れてくるとは！——よろめきながらそばを通り過ぎていくあいだ、イレータは銅像の前にじっと立っていた。吸った息を止めて、意志の力でその瞬間をやり過ごし、彼らのたわごとを聞き流した。「モナリザはおれたちに微笑むかな？」あの肖像画がカーニバルのトリック画かなにかみたいに父親がいった。四歳児はもっとフライドポテトが欲しい、いつ電車を見にいくのといってぐずっていた。

イレータの後ろの踊り場にツアー客の一団がどっと上がってきて、スウェーデン語か北欧のどこかの言葉でしゃべりたてていた。永遠の微笑みを探しているアメリカ人の家族に続いて、イレータは自分を押し出すようにふたたび前に進みはじめた。モナリザと同じ部屋に展示されている何枚かの絵を——何枚かの傑作を——見たいという気持ちがなかったら、階段を上がっていくあいだに彼らにしかるべき方向を教えてやったかもしれない。そっちに行ってくれればじゃまにならない。

ダ・ヴィンチのもっとも有名な絵の前は黒山の人だかりだった。人込みはこの部屋の不変の風景だ。イレータはそこを通り過ぎて、同じくらい美しいのに知名度ははるかに低い、そばに並んでいるダ・ヴィンチのいくつかの作品を一瞥《いちべつ》したが、鑑賞のために愚かな群衆の近くへ行きたくはなかった。気になっていたのはウッチェロとピエロだ。このルネッサンスの巨匠たちのことを考えることは最近なかったし、彼らの陰影と遠近法の問題をこの十日間ずっと考えてきたピカソへの解毒剤にしたかった。

進んでいく彼のそばを、フランス人のでぶ女がものすごい勢いでかすめていった。イレータは立ち止まって女に嫌悪の表情を投げた。しかし女は気がつかないまま、同じくらい丸々と太った連れに、芸術なんて役に立たない、無益《イニュテイル》だとまくしたてていた。イレータはあまりフランス語ができないし、厳密にいえば役に立たないというより〝むなしい〟に近い意味に解釈できるのかもしれないが、彼はこういう会話には敏感だった。八歳のとき画家になりたいと自宅の食卓で宣言したのを皮切りに、この手の会話はいやというほど聞かされてきた。

そして、なにはともあれその画家になった。贋作《がんさく》を描く人間を画家と呼ぶことができさればの話だが。

微細な区別をつける人間の頭脳の力には測り知れないものがある。とりわけ道徳や倫理といった灰色の領域については。イレータはきわめて柔軟な考えかたの持ち主だった。自分の行為を正当化するのは朝飯前だ。まずなにより、彼には生き延びる必要があった。食べなくてはならなかった。ジーンズの上のローレックスと特別仕立てのスポーツコートから明らかなように、文字どおりの極貧にあえいでいた時代からは長い年月が経っているにせよ、それは記憶が薄れるほど遠い昔のことでもなかった。

自分の行為を正当とするふたつめの理由は、彼は真の芸術家だからだ。正真正銘の芸術家だからこそ、彼は模倣する名匠たちのしていたことを理解するだけでなく、さらに高いレベルへ踏み出した。名品を模写することで技術が蓄積された。これはすばらしい伝統のひとつだ。名匠とうたわれた画家もその多くは徒弟時代に師匠からこうして技を盗んできた。

イレータは名匠たちの表現様式と技術を学びとり、そののちに彼らが取り組んだと思われる主題に取り組んだ。ただ絵を写し取るだけではない。彼が描きおえたときにイーゼルに載っている作品を、名匠自身の手になるものと信じる者がいたとしても、それは彼には関係のないことだ。イレータのほうからその絵を自分の作品以外のなにかと称して手渡したことは一度もない。そして彼の知るかぎり、絵を売った人びとも同様のはずだ。

この認識が故意に知らぬふりをした結果だとしても、良心にはなんの揺らぎもなかった。そのおかげでローレックスのような玩具を身に着けられるのはわかっていても。

そして、自分の行為を正当化するには最後にもうひとつ、議論の余地のない大きな理由があった。芸術そのものだ。芸術はすべてに勝るからだ。芸術はマーク・イレータに勝るのと同様、ダ・ヴィンチにも勝る。ピカソに勝り、イレータの現在の雇い主であり最大の後援者であるゲイブリエル・モーガンにも勝る。芸術が絶えることは決してなく、あしたこの美術館の作品がすべて燃えてなくなっても芸術が絶えることはない。

イレータは身震いして、はっと振り返った。頭で考えていたことをうっかりこの部屋にいるほかの人びとに漏らしてしまったのではないかと不安になったのだ。しかしだいじょうぶだった。観光客たちは野原で草を食んでいる牛たちのようにさまよいつづけていた。

イレータは腕時計をちらりと見た。まだ三時間ほど時間をつぶさなければならない。

彼がパリを訪れたのは次の何作かの準備のためではない。まったくちがう仕事のためだ。モーガンが彼を雇ったのは贋作を描かせるためではなく贋作を見破らせるためだった。

イレータは前にもこの手の仕事をしたことがあった。ナチの党員たちから受け渡されてきたとおぼしきジョットの作品を検分した彼は、片方の目の下の色合いを理由に――この不注意以外はみごとな出来栄えだった――手を出さないほうがいいとモーガンに進言した。鑑定の専門家ふたりから異論が出たが、彼は自分の意見をつらぬいた。結局モーガンは彼のすすめにしたがってこの絵には手を出さなかったが、未練がなかったわけではなかった。

その後この絵はオーストラリアのとあるコレクションのなかに姿を現わし、そこで最新式の科学分析を受けた結果、贋作の宣告を受けた。一カ所、下塗りに不注意なところがあったために正体を露呈したのだ。

　これ以降モーガンは、自分の購入する重要な作品はすべてきみに見てもらうとイレータにいった。モーガンはそういうが、イレータは怪しいものだと思っていた。しかしモーガンにそういわれたことで心理的な圧迫は強まった。贋作画家転じて真贋鑑定家となった彼は、誤りを犯すことに大きな恐れを感じていた。モーガンはそれを巨額の報酬と同じくらい大きな刺激要因と考えているにちがいない。

　モーガンが頼りにするのは心理学や金だけではない。彼は雇った専門家の判断を助けるしかるべき道具をかならず用意した。今回はスケッチと絵の具の見本を含めた小さな紙片をイレータが受け取れるよう手を打っていた。この紙片が、つまり少量の絵の具だけでなく記述とラフスケッチも含まれているがゆえにきわめて稀少なこのピカソ直筆の手紙が、モーガンのものでなくピカソ美術館のものであっても、イレータの良心はまったく痛まなかった。ただしこれには、ある種の物理的な準備が必要だった。このパリへの旅がその第一段階だ。

　イレータは腕を組んだり解いたりしながらルーヴルの展示室を動きまわった。絵を見ることですこし神経の高ぶりを静めたかったが、うまくいかなかった。二時十分ちょうどにピカソ美術館にいることになっている。早めに着いてうっかり注意を引きたくはないが、気持ちの高ぶりは抑えがたかった。彼は辛抱強い人間ではない。辛抱強い人間のふりをすることもできない。芸術家らしく、イレータは考えるのと同じ速さで取り組み、駆けだし、動きだす。

芸術においてはひとつの財産かもしれないが、実生活においてはなにかにつけて血圧が上がり、うんざりした気分を抑えきれなくなる。彼はド・フリースのメルクリウスとプシュケーの彫刻から注意を引きはがし、押し寄せてくるアドレナリンになすすべもなく駆り立てられて階段を通り過ぎ、ホールを抜けて中庭と公園へ出た。

「ふたり《ドゥ》」と、彼女の耳元で声がいった。そのあと声は、彼女のために英語で繰り返した。

「ふたり配置につきました」

ネッサ・リーアは通りの反対側から見張っていた。標的がチュイルリーの庭園を通ってルモニエ将軍通りに向かうあいだ、彼女の視界はぞろぞろ歩いていく群衆にところどころさえぎられた。アメリカ人は長身だったし、グレイのTシャツとケミカルウォッシュのジーンズの上にいつも着ている黒っぽい仕立てのいい上着のおかげで追跡は楽だった。男は尾行に気がついておらず、疑ってもいなかったためいっそう楽だった。

もちろん、尾行に値するような行動に出る計画があの男にあるとはかぎらない。彼女が率いる国際刑事警察機構《インターポール》特別隊のフランス人たちは、あの男を〝指《ドワ》〟と呼んでいた。彼らがムッシュ・イレータにその名をつけたのは、あの男の絵筆が信じられないくらい巧みで融通無《ゆうずうむ》碍《げ》だったからだ。彼らはあの男こそレンブラントのスケッチからマティスの初期の習作までさまざまな贋作を描いた張本人とにらんでいた。しかしあのアメリカ人とその作品群のつながりが確認されたことはまだ一度もない。作品の多くは贋作という確認すらなされていなかった。イレータはきのうの午後にパリに到着したが、ここまでのところはほかの旅行者がするのと同じようなことしかしていなかった。きょうルーヴル美術館を大急ぎで通り抜けたのと同じように、きのうは昼間のうちにオルセー美術館を、夜はノートルダム大聖堂を、すさまじいスピードで駆け抜けていった。美術館に一定の時間いなければならないという法律がフランスにないとすれば（あってもおかしくないが）、彼はなにひとつ悪いことはしていなかった。

「ちょっと待った《ウン・モマン》。ちきしょう《メルド》」チームのひとりがののしりの言葉を吐いた。ネッサは停止しているトラックの陰から身をのりだして公園のほうをのぞきこんだ。イレータは屋台の前で足を止めてサンドイッチを買っていた。尾行者はそのまま通り過ぎざるをえない。あとはネッサが引き継ぐしかなかった。

彼女は前に進み出た。おざなりなオリエンテーションの期間を除けば、彼女はこの仕事を正式に任されてからまだ一週間たらずで、パリの街もしっかり把握していなかったが、それだけにいかにも旅行者らしくは見えるだろう。道に迷ったふりをするのはむずかしくないし、苦労してフランス語の発音をまちがえる必要もない。

イレータは小さなフレンチロールにハムとチーズを載せたものをむさぼるように食べて、

リュクサンブール公園のほうへ向かった。まだ二時間以上時間をつぶさなくてはならない。モンマルトルの丘に登ろうかとも考えたが、数カ月前に最後にここを訪れたとき絵を数点あずけていったフォー・ギャラリーには近づかないようにと、モーガンから警告を受けていた。きびしい警告を。

さて、どうしたものか？　彼は公園でつかのま足を止め、黄色い小石にブーツの踵をこすりつけた。そばを通り過ぎていく形と色に目を向けた。ウールとふくらんだナイロンのぶあつい織物、青いウェッジヒール、グリーンのツイード。いまはまだ三月だ。五月なら目の保養ができたかもしれない。しかし晩冬にくっきりした線は望めない。気晴らしになるほどのものはなにひとつなかった。

今回の仕事が終わったら——チューリヒでさらに遅れが出るだろうが、そのあとは——自分への褒美としてフィレンツェかローマあたりへ旅に出よう。引き受けているほかの仕事にとりかかる前に何週間か滞在して、自分の作品を描いたり、少々スケッチを楽しんだりしてもいい。

しかし、あと二時間をどうつぶす？

前方に地下鉄《メトロ》の入口が見えてきて、彼はポケットに手を入れ、きのう到着と同時に買っておいた回数券《カルネ》を探った。時間をつぶしたいとき地下鉄《メトロ》に勝るものはない。

「ちきしょう」ネッサはそっとつぶやいた。それから襟元のマイクで仲間たちに伝わるように声を大きくしてメトロの駅名を読み上げた。

急いで階段を降り、小走りで標的を探しはじめた。反対側のどこかをジャルダンが降りているはずだ。彼の姿を探しながら、ハンドバッグの中身を押し動かしてメトロの切符を探した。

こういう事態を想定して検討を重ね計画を立ててきたというのに、いま彼女の頭は混乱におちいりかけていた。

地下鉄の構内は迷路さながらだった。あのトンネルの交差点は左？　それとも右？　いくつもの異なる路線が縦横に走っていた。

ジャルダンがどちらかに行くだろうけど、それはどっち？

「右に行ってください」耳のなかでジャルダンの声がいった。

「わかっ《ウィ》た。ありがとう」ネッサはくるりと向きを変え、鶴のように首を伸ばしながら韓国人旅行者の小さな群れを回りこみ、また小走りに進んでいった。二〇メートルほど先をスーツ姿の男が歩いていた。通路の向こうのプラットホームから徐々に音楽が聞こえてきて、そのあとラバーホイールの列車がやってくる低い音が聞こえた。

「くそっ」と、彼女は駆け出した。

遅かった。いまのは電車が入ってきた音ではなく出ていった音だったのだ。

ネッサは悪態をつくのに気をとられて、プラットホームの端のルーヴル美術館の広告の前に立っている長身のやせたアメリカ人にぶつかりそうになった。男はひじを手のひらで包むように胸の前で腕組みをしており、体勢を立てなおした彼女に眉をひそめて不機嫌そうな目を向けた。

地下鉄の路線をあてもなく縦横に行き来したイレータは、三十分を残して最後にシュリー・モルラン駅に着いた。メトロから地上に出てビラーグ通りを進み、博物館になっている著名な作家ヴィクトル・ユゴーの家の方向に向かっていた。

腕時計をちらりと見た。地下鉄を出て五分もたっていないというのに恐怖に身がすくんだ。遅れてしまう。彼は向きを変えて走りだし、ヴォージュ広場を猛スピードで横切り、そぞろ歩く人びとを狂ったようによけては進んだ。テュレンヌ通りを走り、車道を駆け抜けた。毎日自宅で走ってはいたが、これほど必死に走ることはめったにない。イレータは十五分を残してピカソ美術館にたどり着いた。

一階の奥の端で『読書する女』の緑色をじっくり観察していたとき、火災警報が鳴った。息はととのっていた。階段をゆっくりと降り、警備員の指示どおりまっすぐ進み、またひとつ階段を降りて、奥へ戻り、左に折れたところにその階段はあった。

三十代とおぼしき女が彼にぶつかってきた。香水の強烈な香りがふわりと鼻をくすぐった。

ポケットに封筒が押しつけられる感触がした。イレータは封筒を胸ポケットにすべりこませ、ふたたび警備員の指示にしたがって進みはじめた。

外でサイレンが鳴っていた。警察と消防車が来ている。地下で煙を見たとだれかが叫び、二階の裏手のギャラリーから煙が出ていたと別のだれかが断言していた。あいにくどちらも本当だったが、どちらに仕掛けられた小さな装置も美術館とその宝物に被害を与えるほどの薬品は噴射しないはずだった。

イレータは飛びこんでくる消防隊員と歩道に集まっている群衆には目もくれなかった。一台のタクシーがちょうど縁石の前へやってこようとしていた。彼はタクシー待ちをしていたふたりの旅行者を押しのけ、彼らの抗議に耳を貸さず、勢いよくドアを開けてなかに飛びこんだ。タクシーはためらわずに急発進して離れていった。この客をどこに連れていけばいいか、すでに運転手は知っていた。

ネッサが縁石の前にたどり着くと、ジャルダンが車のトランクに両手をばしっとたたきつけた。

「ちきしょう、なんてこった」国際刑事警察機構《インターポール》のフランス人捜査員は悪態をついた。

ピエールが駆け寄ってきて、自分たちの不運を呪う耳ざわりな悪態にすぐさま加わった。

「落ち着きなさい」彼らのところにやってきたネッサが命じた。

「ここまで来て見失っちまうなんて」といってからジャルダンはまた悪態をついた。

「落ち着いて、ふたりとも」ネッサはいった。「警報が鳴ったとき美術館でだれかがあの男になにか手渡していたわ。とにかくあれがなにか突き止めないと」

「ほんとに？」ピエールがいった。「だれが渡したんです？」

「階段の上には女がひとりと、警備員がふたりと、旅行者みたいな感じの女がいたわ」彼女はふたりにいった。「まずその旅行者を探すのよ。いなくなりそうなのはその女だけだから」

スイス、チューリヒ

ゲイブリエル・モーガンは生まれてこのかた絶好の機会にも大きな試練にも出会ってきたが、いま直面している苦しみは最大級にランクされるにちがいない。なぜなら彼はいま、〈A〉というチューリヒでも最高級の新しいレストランにいるというのに——Aはアメリカを表わす頭文字かもしれないし、アルファベットの一番目かもしれないし、好きに解釈すればいい——すばらしい主菜の数々からどの料理も注文できず、注文すべきでもなかったからだ。

マスタードとシェリー酒のほのかな香りを運んでくるブルーベリーとタラゴンのソースをかけたアメリカ産の野鴨。外国産だが味は一級品のフォアグラのスープにダチョウの肉の小片をちりばめ、白インゲンのソースと粉トウガラシのトルティーヤを添えた一品。エスコフィエも言葉を失ったであろうブールブランを使った、見かけによらずさっぱりした舌平目のベルモット漬け。

こうした料理をどれひとつモーガンは食べることができなかった。いや、正確にいえば、代償を払う覚悟があればどれでも食べることはできる。ここ六、七カ月のあいだ、彼は胃腸の不調に悩まされつづけていた。医者たちはさまざまな見解を伝え、数えきれないほど改善法をすすめてきたが、彼らの助言は同じところに行き着いた。あっさりしたものを食べなさい。クリームソースも、香辛料も、魅惑の肉もだめ。できれば外食も完全にあきらめたほうがいいが、どうしても必要な場合には淡泊なものを注文するのが望ましい——焼いた去勢鶏、それも香辛料やソースや塩胡椒がかかっておらず、皮を除いたものを。いっそのことセックスをするなといわれるほうがまだましだ。

いや、そうもいえない。たいていの日には食事を制限するくらいの意志は働かせることができる。しかし、もうひとつの欲求は食欲以上に抑えがたい。それは〈A〉の赤い個室でこのテーブルの向かいにすわっている双子のミーザー姉妹が、きっと証言してくれるだろう。

モーガンは娘たちをちらりと見た。すでにふたりは、なにを食べるか決めていた。ルクレティアはラディッシュとマンゴーのソースで蒸し煮にした鮭と蕪《かぶ》だ。これについてくる小キュウリの酢漬けが彼女の大のお気に入りだった。あらゆる種類の辛味に目がないミンツは、アメリカのケイジャン料理風にトウガラシその他の香辛料をまぶしてフライパンで強火で調理したナマズだ。モーガンと目の合ったルクレティアが微笑を浮かべた。そこには、あなたの望みはすぐに満たされますよとほのめかすものがあった。いつも姉への競争心が旺盛なミンツが、テーブルの下から手を伸ばしてモーガンの脚を爪でやさしく掻いた。

モーガンがこの娘たちをここに連れてきた大きな理由は、この町の高級住宅街にある伝統的なドイツ風レストランではなく、あえてここにやってくるほど革新的な人間を自認している地元の住民たちに、この姉妹がスキャンダラスな効果をもたらすからだった。

この双子の姉妹の先祖にはイタリアの女優だった母親のほかにも、異なる三人の伯爵と、王位に就いていないドイツの王子がひとり含まれている。ふたりの父親が製薬の分野で築いた財産は、地元民にたびたびうわさと議論の種を提供していたが、娘たちのほうの財産は、大胆な黒いスカートとさらにもう少し大胆なブラウスにもほとんどおおわれていなかった。

モーガンはメニューに注意を戻した。比較的淡泊で過去にお腹をこわしたことのない、板の上で焼いた鮭を選ぶことはできる。しかし、アメリカ北西部産のヒマラヤスギではなく地元の松の木の上で調理される点が、どうにもひっかかった。味に大きな差が出るかどうかはなんともいえないが、代用の木で風味を添えた料理を食べていると思うと、本物を得られない人生を——ひょっとしたら永遠に——送らなければならない運命にあることを思い出してしまう。簡単にアメリカ合衆国には戻れないと思うと、消化不良の連続よりはるかにいらだちをおぼえた。

モーガンはメインコースの問題を先延ばしにして、どのサラダを選ぶかの検討にもう一度とりかかった。そちらに注意を向ければアメリカのことを頭から追い払えるかもしれない。スイスが身の毛のよだつ牢獄でないのはまちがいないし、アメリカへの思慕はイソップの寓話で手の届かないブドウにキツネがいだいた負け惜しみのようなものなのだろう。

彼の一族はこの地で富を築いた。モーガンは大人になってからは外国暮らしがほとんどだったが、育ったのはチューリヒの、このレストランからさほど遠くないところだ。少年時代は不愉快とはいわないまでも窮屈だった。父親の行動は一族の資産を拡大するためだったにせよ、両親は厳格なうえに冷淡だった。この街に――田舎にさえ――帰ってくるたびに、抑圧の感覚が雲のようにのしかかってきた。母国語であるスイスのドイツ語方言で話すたびに、口のなかにとまどいを感じた。モーガンができるかぎりこの言語を使わずにおこうとするのにはそんな理由もあった。

しかし、小ぎれいな通りと立派なギルド会館、中世風の正面をそなえた建物と比類のない銀行を持つチューリヒが、一族の事業にとって完璧な舞台装置であるのもまた事実だった。モーガン家は何世代にもわたってヨーロッパとアメリカの両方で美術品と古美術品の取引にたずさわってきた。世界大戦とその余波が一家にとてつもない富をもたらしたのは事実だが、二十世紀初頭に彼らが裕福で大きな尊敬を受けていたのも事実だった。そのころにモーガン家は（当時の名前はモレラゲノーだったが）美術品と不動産以外のものに初めて事業を拡張した。具体的には鉄道列車に。そしてそこから発電と商業輸送に手を延ばした。

異なる先祖が帝国の異なる部門に重きをなし、帝国全体は繁栄と衰退を繰り返しながら時代とともに変容していった。モーガンの曾祖父はルノワールの小品がまとまって南米経由で彼の手に入ったときに思いきった躍進に打って出た。ナチ党員がくすねてきた本物にまちがいないこの数点は、ある顧客に売却されて莫大な利益をもたらした。その客はきわめて思慮深いことで知られており、金の延べ棒で支払いをしたという。そこからは、モーガンの父が好んで使った言い回しを借りれば〝足し算の問題〟だったが、もっと客観的な観察者なら掛け算にたとえていたかもしれない。この帝国の美術部門から流れこんでくる金は、会社の購入に、ときには創設にあてられ、一族の持ち株会社はさらに多様化した。

モレラゲノー家だったころから一族がこだわってきた基本的な行動原則のなかには、帝国に君臨する一族の主《あるじ》がみずから事業にたずさわることや、思慮分別、そしてなにより失敗を恐れない勇気が含まれていた。

ウェイターが現われたとき、一族の現支配者の頭から胃腸の用心と下痢の心配を吹き飛ばしたのは、その失敗を恐れない姿勢だった。彼は茄子とマスタードのソースをかけたツサギとダチョウの煮込み《ラグー》に、ポテト・ダフネ、そしてたまたまキャヴィア・ソースのペルー産アスパラガスだった今夜の野菜を選んだ。

モーガンが双子の料理の注文をすると、ふたりは感謝を表わすうなずきを送った。早くも腹がぎゅるぎゅるいいはじめ、ウェイターにメニューを返すときには後悔した。しかし彼はモーガン家の人間だ。引き返しはしない。不屈の精神の仕上げに——そして、ちがいのわかる隣人たちにはこの双子姉妹をもてなしていること以上に刺激的にちがいない、これ見よがしの行為——彼は一九八五年のラトゥールを頼んだ。まだ比較的若いが、どの料理にも決して格負けしないボルドー・ワインを。

「お嬢さまがた、ちょっと仕事で席をはずさせていただくが、どうぞ召し上がれ」というと、モーガンは身をのりだしてミンツから軽いキスを受け、太腿をぎゅっと握られてからトイレのあるバーカウンターの奥の部屋に向かった。その途中で足を止めて、今夜はいつもに増して酔いが回っているらしいフラウ・リーバーに挨拶をした。彼女は夕食のお相手を退役したフランスの将軍と紹介したが、モーガンは初対面だった。慇懃《いんぎん》に会釈をし、いつか役に立つかもしれないと考えてアンブローズ・ザヴィエルという名前を頭に刻みつけた。

男子用トイレに入ってドアを施錠してから、ポケットに入った〝アルファ・ページャー〟と呼ばれる文字と数字の両方が使える小さなポケットベルをとりだした。モーガンは親指を使って小さなキーボードに重要なひと組の数字を打ちこみ、モデムを作動させた。三十秒とたたないうちにワイヤレス・メッセージ・ネットワークにログインし、暗号化された匿名ユーザーとしてこのシステムを使うための送信にかかった。

じつをいうと簡単な芸当ではなく、この送信にはひとつでなくふたつの異なるサーバーのかなり大きなプログラムが必要になる。さいわい、このサーバーにプログラムを据えるにあたっては、モーガンがその会社を所有していることが大きな助けになっていた。このプログラムの厳密な機能構造にはほとんど関心はなかったが、どんな働きをするかという基本的な概念は把握していた。モーガンには美術以外の分野では結果しか見ない傾向があった。美術の分野においてさえ彼の関心を引くのは生半可なことではない。

たとえば、いまトイレに確認にきた問題には大いに関心があった。

ヤフーの電子メール・アカウントに届いているメッセージの行列が画面に現われた。大半はアカウントを意図的に散らかしているリストサーブの産物だ。彼の商売をのぞき見するのがむずかしくなるよう手当たり次第におかれたダミーもいくつかあった（アメリカ合衆国政府の三つの異なる機関と、度重なる障害の原因になっているある国際的企業をはじめ、そういう卑劣な活動を企てかねないところがいくつかあった）。メッセージひとつひとつを開いて、本当に読んでいるみたいに時間をおいた。そして最後に本当に読みたいメッセージにたどり着いた。

「へミングウェイはとんまだった」

たしかに愚かで退屈だが、だからどうだというわけではない。

これはモーガンの雇っている男が、つまりあの絵描きのイレータが、モーガンによって真贋鑑定家に変身したあの贋作の天才が、必要な文書を手に入れてチューリヒに向かっているという意味だった。

ありがとう《ダンケ》、イレータ君。いい仕事だった《アウスゲッアイヒネット》。

このメッセージは予期していた。矢印三つあとのメールも予期はしていたが、できれば受け取りたくないメッセージだった。

「目は魂の出入口。しかしときには魂ですら道を迷う」

これはパリにいる代理人のひとりから送られてきたものだった。目。すなわち国際刑事警察機構《インターポール》がイレータを見つけて追跡したが途中で見失ったという意味だ。

モーガンはこういう不測の事態を心配していた。美術館の女をすっかり信用してはいなかったからだ。モーガンが公衆の前にわざわざ姿を見せ、手紙の受け取りにあの絵描きを使ったのはそれが大きな理由だった。いずれあの絵描きは作戦終了時に消すつもりでいた——ずっと以前から。ニューヨークにいるアメリカ人の知り合いの表現を借りるなら、ばらすつもりでいた。

それでも、やむをえないとはいえ多くの作品を失うと思うと胸が痛んだ。ジョット、ボス、ドナテロ、彼らほど知られていない無数の画家の偽物たち。どの作品も陰気なイレータ氏の才能豊かな手から魔法のように呼び出すことができるのだが。

配下の者たちが絵描きを無事にスイスへ送り届け、さしあたりは隠しておくだろう。尾行や発覚のおそれはない。彼らはインターポールの扱いになれているし、効果のほどが実証された捜査員をまく方法をいくつも身につけている。

モーガンは残りのメッセージを開いては手早く消していった。そして四つか五つ消去したところで現われた思いがけない書きこみに目を奪われた。

「意外な展開。彼には女がいた」

発信元を示すものはなく署名もなかったが、モーガンにはだれから送られてきたどんな連絡か瞬時にわかった。期待はずれだ。なぜならこれは、スコットランドの厄介な問題は——厳密にはモーガンではなくコンスタンス・バーンズ嬢のかかえている問題だが——まだ未解決という意味だからだ。

関与すべきでない秘密に関与した女。その女は始末しなければなるまい。

ことによるとだ。ちがうかもしれない。モーガンはドアに両肩をもたせかけた。メッセージにこの女がなにかを知っていると示唆する箇所はない。それどころかメールの送り主がこの点を持ち出すことにしたこと自体、状況がまったく定かでない証拠だ。送り主は多彩な能力の持ち主だし、現場で自明の判断をくだしてもらって疑問は差し挟まないというのが彼らの了解事項だった。この電子メールが届いたのは、送り主に自信がなく、事を進める前にモーガンの意向を——そして支払いの意志を——確認したいという意味だ。

女か。モーガンは双子の姉妹のことを考えた。あのふたりはチューリヒに限れば彼のもっとも親密な知り合いといえるかもしれない。しかし、どちらも彼の事業のことはまったく知らない。どっちを殺すのも愚かな資源の浪費だ。

片や、恋人を殺されて恨みを晴らそうとしている激高した女か。もっと貧弱な材料からでもグランドオペラがいくつも生み出されてきた。

あの工作員ならいつもどおり手際よくその女を始末できるだろう。しかし事件を追っている捜査官がいたら？　そいつも消すか？　あの厄介な状況と結びつきかねないものを全部消していったら、スコットランド人全員が不幸な出来事に出くわすことになる。

ばかな。そんな努力をする価値はない。

モーガンは白いタイル張りの床を見つめながら、これは〝シャクトリムシ〟ことコンスタンス・バーンズの問題だと思った。バーンズはすこしずつ、しかし着実に足手まといになってきている。例の南極の仕事にはまだ役に立つ。しかし、いつまで役に立つ？　圧力をかけられても信頼できる女とは思えない。なにかのはずみで思いがけないまずい状況におちいっても信頼できるか？　イギリス政府から送り出された百戦錬磨の捜査員の前には、もろくもくずれ落ちるだろうか？　そいつが立ちはだかったら、死をまぬがれるためにモーガンを売るだろうか？

かもしれない、とモーガンは思った。あの女にそんなチャンスをやるものか。このスコットランドの状況には周到な逃げ道を作っておいたほうがいいかもしれない。危ない状況になったらいくつかの責任をあの女に押しつけられるようにしておくのだ。だったら、あの女に責任をなすりつけられる殺人事件は多いほどいい。

「追って指示をする」と、モーガンは親指で返事を打った。

さいわい残りのメールはわけのわからないたわごとばかりだった。彼はTとZとKをいっしょにクリックし、それからプログラムを閉じた。電子メールのプログラムに入りこむのにたどった電子経路を消去する作業を一万マイル離れたところにあるサーバーのプログラムが開始しているあいだに、モーガンは洗面所へ行って手を洗った。

5

二〇〇二年三月四日

南極、ロス氷棚《ひょうほう》（南緯七〇度〇〇分、西経三〇度四二分）

書類は周到に書き換えられていた。彼らが破廉恥な違法行為をよどみなく実行できたのは、そのおかげだった。

書類のうえでは、人目につかないよう隠されたこの四つの樽、溶接された鋼鉄と鉛の棺には、使用ずみ燃料の入った五五ガロンのドラム缶がそれぞれ十個収まっていた。海に接しておらず国際間の海上輸送を外国の港に頼っているオーストリアのトゥルム原子力発電所から生まれたものだ。

実際には、この放射性廃棄物はスイス中部にある国営発電所フェルスハウデンで生まれたものだった。

書類のうえでは、この樽は欧州高速貨物移送網と連結しているオーストリア連邦鉄道経由でイタリア北東部のトリエステに運びこまれ、そこから地中海沿岸のナポリの港に送り届けられていた。

実際には、スイスの鉄道網であるスイス連邦鉄道がベルンの出発駅でこの樽を拾い上げていた。そしてナポリで数時間のうちに税関を通過し、ドイツの旗を立てた〈ワルキューレ〉というタンカーに積み換えられていた。

書類のうえでは、この容器の最終到着地は日本の青森県六ヶ所村と記されていた。容器はそこに保管されて、最終的にプルトニウム・ウラン混合酸化物（ＭＯＸ）への再処理を受け、日本にエネルギー需要の三分の一を提供している軽水型原子炉で燃料として利用される。本来の予定では、〈ワルキューレ〉はジブラルタル海峡を渡ってアフリカの象牙海岸ぞいを南下し、南アフリカを回りこんでインド洋に入り、インドネシア諸島を通り抜けて太平洋へ、そして最後に日本の海岸に到着する航路をとって積荷を引き渡すことになっていた。

実際には、貨物の最終到着地は青森どころか青森に近い場所でもなかった。アメリカ＝スイス原子力協力協定のもとで、アメリカ政府は兵器に利用可能なＭＯＸ抽出物を生み出すことのできる放射性物質の輸送統制を強化してきていた。そのアメリカに秘密会談の記録が漏れたといううわさが流れたあと、スイスと日本の引き渡し交渉はとつぜん中止されていた。フェルスハウデンの経営陣はその後、廃棄物処理の別経路を慎重に探していた。そしてそれを発見した。

かくして〈ワルキューレ〉は、予定の航路をそれてアフリカ最南端の喜望峰を越え、東の環太平洋地域には向かわずにじわじわと南極海へ入りこんでいった。

南アフリカの領海をはずれた公海の、真っ暗な月のない夜空の下、多くの樽はアルゼンチンに本社をおく貿易会社の、海氷にそなえて強化されたトロール漁船に機械の巻き上げ機で積み換えられた。

トロール船に運びこまれた樽は放射能を遮断する特別な船倉に保管され、南半球のさらに高緯度へ運ばれて、最後に南極収束線を横断した。

亜南極地帯の島々を通り過ぎるあいだに船は薄い海氷に遭遇したが、リベットを打った鋼鉄の二重船殻《ダブル・ハル》は比較的容易に進むことができた。さらに旅を続けるうちにトロール船は、アメリカ海軍と海洋気象局が週ごとに編集して亜南極や南極の海上にいる護衛船や調査船がインターネットで利用できるようにしている氷分布図を利用して、大きな浮氷のかたまりのあいだを縫うように迂回し、大陸を回りこみながらロス氷棚《ひょうほう》に向かった。接着剤でくっつけたみたいに海岸線に張りつき、外のロス海へ五〇マイル以上広がっている巨大な氷床だ。

三月四日、トロール船はこの巨大な氷床の端に錨を下ろし、問題の貨物を南極本土に運びこめるようゴムベルトをつけたキャタピラーのトラックに荷降ろしした。航海は終わった。

樽の最終到着地である大陸の内部には、海運業者たちもフェルスハウデンの監督官たちもあえて知ろうとしない特別隊がいた。

ある種の取引においては、口にしないほうがいい質問があることを当事者全員が心得ているのも珍しいことではない。

スコットランドの北部高地地方《ハイランド》

スコットランド高地の北を走る海岸ぞいとそこからほど近い島々に、かつて五百を超える石の砦があった。その遺物がよく見られるのは丘陵地帯だ。有名な観光地になっているもの以外にも、百もの壁や土台や墓標が何平方マイルにもわたって散らばっており、草木に隠れているものもあれば簡単に目につくものもあった。鉄器時代に造られた砦状の円塔はいまも遠い記憶の名残《なごり》をとどめている。大昔からある変化に富んだ小さな断片は、そのすりきれた石に無数の解釈ができる。乳牛たちの牧草地に並んでいる石は、最初に彫り出され積み上げられたあと、その後のすばらしい繁栄を見てきたのかもしれない。あるいは彼らが見たのは臆病でよこしまな人間だけだったかもしれない。こういう遺物に初めて触れた旅人は息をのみ、バグパイプ奏者たちに駆り立てられて朝霧のなかで格闘しているキルトを着た戦士たちを思い浮かべるかもしれない。この近くで育った地元民は、この岩々を逢い引きや、人目を避けてマリファナのたぐいを吸いにくるのにもってこいの場所と考えているかもしれない。

どの解釈にもそれなりの正当性があるだろう。遠いものも近いものも含めて、過去はスコットランドそのものと同じくらい変化に富んだひとつの国だ。それを有益な形に再構築するのは想像力ではなく自制の仕事になる。そのためにはさまざまな可能性から有益なものを選び出し、幻影は固く押しとどめなければならない。

交通事故を皮切りに、刑事になってから出会った十二件の殺人事件まで、フランク・ゴーリーは警察官としていろんな捜査にあたってきたが、どの事件にも同じことがいえると思った。嘘を片方へ押しやり、もう片方へ事実を押しやるだけの問題ではない。嘘は簡単に見破られることが多い。しかし事実にはちょっとした別の問題がある。

エドとクレア・マッカイ夫妻の事件の場合、事実はこうだ。信頼すべき情報から判断すると、エドワード・カイリーン・マッカイは女癖の悪いろくでなしだった。ここ何年か妻といっしょにインヴァネスから姿を消してウェールズやイングランドで仕事をしていたようだが、隣人たちの評判は相変わらずだった。あのおしゃべりなクリスティーン・ギボンが非難していたように、二、三カ月前に戻ってくるなり以前と変わらない評判を獲得していた。その点は多くの人間が証言するだろうが、奇妙なことに最近つきあっていた女の名前となると彼らの情報は不足しているようだった。

夫の浮気な目を銃弾でえぐり出すようなまねをする可能性がクレアにあったかどうかについては、彼らは断言しないだろう。つまり、たぶんその可能性を認めることはできないだろう。隣の部屋にちっちゃな赤ん坊がいたとなればなおさらだ。ああいう状況ではなおさらだ。

子どもがいないせいか、ゴーリーには母子のきずなをロマンティックに解釈し、その関係をやわらかなバラの花びらにくるんで見すぎる傾向があったが、そんなものではないと教えむこともあった人物がここにいてくれたらと思うのは、まさしくこういうたぐいの問題にぶつかったときだ。

ネッサ・リーアは現実を見定める立派な羅針盤を持っていた。彼女を子犬のころから育て、刑事捜査課巡査の群れのなかから彼女を選び出し、正真正銘の犯罪解決人に仕立て上げたのはこのおれだと、ゴーリーはよく好んで口にした。しかし彼はいい仕事をしすぎたらしい。数カ月前にネッサを国際刑事警察機構《インターポール》にさらわれてしまったのだ。彼女が何年も前からその仕事に就きたがっていたのは確かだが、ゴーリーは自分の手から力ずくでもぎとられたような気がしていた。〝財政難〟を理由に代わりの人間がまったくやってきていない状況だけに、なおさらあの損失は痛かった。

地域警察副本部長のナブ・ラッセルは後任を約束していたが、それは漠然とした遠い未来のことだった。それまでのあいだゴーリー警部補と刑事捜査課の残りの面々は、ラッセルが〝捜査課巡査〟の婉曲語法としてよく使う〝手持ちの人間〟で間に合わせることを期待されていた。仕事熱心な一団で、大半が過剰労働ぎみで、ときに荒っぽい仕事もいとわない彼らは、わずかな手がかりを追跡するのは得意だったが、ゴーリーがリーア巡査部長と何度かひねり出したような突飛《とっぴ》な発想は望むべくもなかった。

近所の住民に探りを入れるのもネッサならうまくやっただろう。声が一本調子なせいで警察官よりサッカー選手に見られがちなアンドルーズ巡査よりは、ずっとうまくやってのけただろう。アンドルーズの聞きこみは性急すぎた。ゴーリーは彼の手をつかんで待てとうながさなければならなかった。

クレアはひとを殺すような人間に見えましたか？

いいえ、刑事さん。

ではけっこうです。

おい、ちがう、こんなふうにやるんだ。

ミセス・マッカイに沈んでいる様子はなかったですか？　退屈そうな様子は？　思案に暮れているような様子はありませんでしたか？　怒りっぽいひとでしたか？　ふだんよりいらいらしていませんでしたか？

表現はともかく、答えはいつも「いいえ」だった。ええ、たしかにエディを怒鳴りつけたりたしなめたりはしたかもしれないわ。でも、殺すとなるとどうかしら？　殺しておくべきだったのかもしれないけど、ああなるまでは彼女のお友だちもご家族も、まさかそんなことになるとはだれも思ってなかったでしょうね。産後の憂鬱におちいっていたようには見えなかったわ。出産後も〝お母さんと赤ちゃんの運動プログラム〟で体形は元に戻っていたし、あそこの指導員も――あのひとも美人だけど――クレアは子どもとすごく親密だったっていってたわ。妹さんの話では、クレアは以前銀行の金銭出納係をしてたけど復帰する予定はなかったそうよ。出世を気にするような仕事じゃないものね。

とまあ、これがアンドルーズの手を借り、およそ一日半かけてまとめられた彼女に関する情報だった。大きな疑問がひとつ残った。彼女はどこで銃を手に入れたのか？　夫のものではなかった。少なくとも、夫のものだったことを指し示すものはまだどこにもなかったし、以前銃があったのを思い出せる人間もいなかった。クリスティーン・ギボンさえおぼえていなかった。

状況から犯人と見られている人物に関して袋小路に突き当たったゴーリーは、きょうは注意を犠牲者に戻し、夫の雇い主たちのところで聞きこみをして行き詰まりを打開するつもりだった。ところが早朝の霧のなか、前方に立ちはだかるクロマーティ峡湾のドーム型原子炉が見え、スコットランドらしくない人工の創造物が寄せては砕ける波のなかを踏み渡ってくるように見えたとき、ゴーリーの頭に浮かんだのはエドワード・マッカイのことではなく、洗礼名をルシアス・エドワードというマッカイの息子のことだった。母や父なしで育つのと、自分が別の部屋にいるとき母が父を殺して自殺したと知って育つのには大きなちがいがある。

子どもに遺す遺産としてはあんまりだ。ゴーリーはそう思った。自分の務めを果たす以上のことをあの子にしてやれるわけではないし、その仕事が何年かして少年の心に苦痛をもたらすかもしれないのは遺憾だったが、なにがあったのかという疑問を少年の心から取り除くために最善を尽くすしかなかった。どんな状況でもそうしただろうが、気力や体力がくじけそうになったらベビーベッドにいる赤ん坊を思い出し、十五年後の彼を想像することで少々力を奮い起こすことができるだろう。

発電所と道路のあいだに小さな谷が走っていて、出入用道路は濠《ほり》の上にかかっているみたいに見えた。コンクリートの障害物がおかれているため、近づく車はジグザグの小道に入るしかない。発電所の入口には二重のフェンスに蛇腹形の鉄条網が張り巡らされていた。ゲートに門衛がふたりいて、ゴーリー警部補がたしかに本人だと証明できる証拠を求めてきた。

「わかったよ、しかしおれのことは、この前の土曜日に五ポンド借りにくるくらいよく知ってるはずだろう、ジェイムズ？」ゴーリーはバッジを突き出しながら門衛のひとりにいった。

「手続きですよ、警部補」と門衛の男は答え、すこし声を落として「こんどの金曜日にはきっと返しますから」と付け加えた。

発電所の入口でゴーリーを出迎えたのは、地元のサッカー・チームでプレイできそうなくらい背が高くて肩幅の広い若い女だった。女はくどくどと儀礼の言葉を口にしたりはせずに、まっすぐ彼を所長の部屋へ案内した。ゴーリーは急ぎたい気持ちに反して自分の歩く速さが一歩ごとに鈍っていくのに気がついた。白い防音タイルと白いリノリウムに白い壁が挟まれている廊下を見て、ゴーリーは病院の廊下を思い出した。ただしここには、消毒薬のにおいではなく木のつや出し剤のにおいがした。

廊下に磨く必要のある木はなかったし、所長の部屋にもなかった。所長室のなかで木でで

かとい、ファイルキャビネットがいくつかと、書類が散乱している机がひとつと、ファイルキャビネットがいくつ

かと、コンピュータを載せた可動式カートがふたつあるだけだった。ふたりが部屋に入ったとき、ジョン・ホーレスは机の向こうにすわったままフクロウのような目を一度しばたたかせた。

「どうぞ」とホーレスはつっけんどんにいったが、ふたりはすでに入っていた。

「わたしは――」

「ゴーリー警部補ですな。それで？」

ゴーリーは所長の机の向かいの椅子に腰をおろした。「こちらの従業員が亡くなった事件の捜査にあたっています」

「エド・マッカイ。有能で仕事ができた」

所長の態度はロンドンだったら――発音から見てあそこの育ちらしい――ありふれたものかもしれないが、この土地では侮辱すれすれであると同時に不審に思われかねないくらい神経にさわるたぐいのものだった。

「彼の仕事はどういう仕事だったんでしょう？」と、ゴーリーはたずねた。

「廃棄物処理の監督です。うちは字義上も精神に照らしてもバーゼル協定を遵守《じゅんしゅ》してますよ、警部補。UKAEに確かめてもらえれば、きっと――」

「原子力委員会のことですか？」

「そのとおり。わたしたちは規制を受けている――きびしい規制を。複雑な計画の立案なしにここから出ていくものはない。あそこにあるわたしのかごのなかに投げ入れられたちっぽけなハンカチにまで、きちんとした説明報告が必要になる。環境を汚染するようなまねは絶対にしない。予防措置を講じている。うちの記録は称賛に値する立派なもので……」

「わかります」と、ゴーリーはいった。別の状況ならこの演説は省かせたくなったかもしれない。マッカイの仕事についてはすでに少々つかんでいた。しかしすぐに情報を知る必要がないときでも、相手に話をさせてやるのが捜査に有益なのは知っていた。だからこの所長が安全にまつわる統計数字を並べはじめたときも、腕組みをし、椅子に背をもたせて黙って聞いていた。この三十年間に世界各地から七千を超える使用ずみ燃料が輸送されてきたが、事故は一件も起こっていない。使用ずみ燃料にはパンより確かな輸送記録があって……

ホーレスが統計の数字を並べつづけているあいだにゴーリーの頭には、この男の頭の形は原子炉ドームの形に似ていなくもないという考えが浮かんだ。

「興味深い」ようやくゴーリーは口を開いた。「マッカイさんのことはよくご存じでしたか？」

「ああ、もちろん。あなたのおっしゃった〝よく〟というほどではないかもしれない。しかし彼のことは知ってましたよ。補佐役でしたからな」

「彼がこちらへ来たのはほんの数カ月前のことではなかったですか？」

「六週間と二日前だ」フクロウの目がまばたきをした。「彼は九〇年代前半にここで仕事をしていて、その後ナンバーランド発電所に移った。当時は、大事な仕事が続々と出てきていてね。子どもが生まれることになったし、友だちや家族が近くにいたほうが心強いと考えて、奥さんがあそこへ帰りたがったんでしょうな。彼はじつに有能だった」

「彼の履歴を見せていただきたいのだが」

「どうしてまた、警部補？　新聞には奥さんに撃たれたと載っていた」

「結論は急がないようにしている」ゴーリーは立ち上がったが、協力する気をうながす足しになると考えてそのあと口調をやわらげた。「たしかに証拠はその方向を指し示しています。しかし警察は独自の調査をする必要がありましてね。こちらと同じように、わたしたちにもわたしたちなりの手続きというものがあるのです」

　ホーレスは同情するかのようにうなずいた。

「同僚のかたたちに話をうかがいたいんですが」と、ゴーリーはいった。

「ご希望にそいましょう」と、ホーレスはスピーカーフォンのボタンを押した。ゴーリーをここへ案内してきた女がふたたび現われた。「必要なことはこのクリスタに申しつけてください」

　死んだ男と同じ部署にいた職員たちはマッカイに関する情報をほとんど持ち合わせておらず、女にだらしがなかったのではないかというゴーリーのほのめかしには、目配せではなく肩をすくめる動作が返ってきた。しかしマッカイの秘書にはいささか愛情が芽生えていたらしい。トーラ・グラントは〝すてきな〟とか〝とても有能な〟という表現で自分の上司を表現していたが、ゴーリーが質問を続けるうちに徐々に彼女はたんなるイエスとノーしかいわなくなってきた。最後に警部補は単刀直入に切りこんだ。

「彼と肉体関係がありましたか？」

トーラの顔は信号機と見まがうくらい真っ赤になった。

彼女はなにかいおうとして、すぐいいやめた。ゴーリーはすこし待ってから、「とても魅力的な男だったようだね」と、おだやかにうながした。

「抱きあったりキスしたり、ちょっと戯れてただけです」彼女は大きく息を吸い、それを見た警部補は嘘のようだなと思った。「関係はありませんでしたが、あってもおかしくなかったのは認めます」

そう認めるとともに彼女の肌の色はふつうの状態に戻った。顔はすこし怒っているように見えたが、泣きだしたりほかになにかいったりしそうな気配はなかった。ゴーリーはすこしだけ間をおいてから、いくつかありきたりな質問に戻って様子をうかがった。

「彼が銃を持っていたのをご存じでしたか？」ゴーリーはたずねた。

「そういう話を聞いたことはありませんでした」

「ここ一週間かそこら、彼の様子がおかしかったことは？」

「わたしにわかるかぎり、そういうことはありませんでした」

「奥さんに会ったことは？」

「ありません。一度も。ありません」

「その点は確かですね」ゴーリーはこれ見よがしに手帳を閉じて片づけた。しっかり練習を積んだ芸当だ。ドアから出ていきかけたところでさりげなく質問を投げかける機会を彼はうかがっていた。「なにか思いついたことがありましたら、お電話ください」といって、彼は名刺を手渡した。

「はい」

ゴーリーは一歩足を踏み出し、そのあとスコットランド・ヤードからたったいま霊感が飛びこんできたかのように頭をひょいと横に傾けた。「ほかにはいませんでしたか？」

「ほかには？」

「ほかの女をご存じではないですか？」

トーラはまた真っ赤になった。「わたしは――」

わかったところでは、マッカイが女と話しているのを秘書は何度か耳にしていたが、特にめだったのがひとりいた。カーダ・ダフという女だ。めだつはずだと、部署の電話記録を見たときゴーリーは思った。マッカイ氏はこの三週間のあいだ、一日に二度も三度もその女に電話をしていた。

カーダ・ダフは少女のころからあらゆる種類の薬が大嫌いだった。アスピリンさえも。ところが二十六歳になったいま、彼女は生きていくのに薬が必要になった。正確にいえば毎日一五〇ミリグラムの合成甲状腺ホルモンが。この薬を飲む必要ができたのは、甲状腺を失ったために体が甲状腺ホルモンを作り出せなくなったからだ。

右前葉に丸い灰色のかたまりが発見され、六週間前に医師たちの手で切除された。昔の四分の一ペンス銅貨くらいのそのかたまりは悪性の腫瘍だった。研究所の報告書には骨髄甲状腺癌と分類されていた。遺伝によるものもあるが、放射能が原因となることのほうが多い、比較的めずらしい種類の癌だ。彼女の場合の原因は不明だった。警告をしてやる必要のある兄弟姉妹や子どももいないし、原因がわかったところでほとんどちがいはないという判断をくだした彼女は、あえて遺伝子検査は受けなかった。外科手術以外に治療法はない。

彼女の予後は、手術の準備中に受け取った資料にあったふたつの異なる図表から予測がついた。どちらのグラフを参考にするかによるが、同じ状況におかれた患者の七八パーセント、もしくは九一パーセントが病気の発見後も五年間生きていた。そして六一パーセント、もしくは七五パーセントが十年間生きていた。カーダの若さから考えて、どちらの図表を参考にするとしても肯定的な側に落ち着く可能性のほうが高かった。楽観的になっていい根拠はあった。とはいえ数字と確率が未来を保証してくれるわけではない。心のことはなおさらだ。

数字と確率が不安をやわらげてくれるわけではないし、小冊子のお願いにあるような〃状況と折り合いをつけていく〃などという連日の皮肉につきあえるはずがない。

皮肉というのは、たとえば小さな青い錠剤だ。あれがないと彼女は憂鬱《ゆううつ》になって気持ちを集中することができない。あれを飲むと頭がざわつくが、飲み忘れると皮膚がティッシュペーパーでできているみたいな感覚に見舞われる。彼女は瓶から一錠とりだして舌の下に押しこみ、グレープフルーツジュースを二度口に含んで流しこもうとした。

そしてきちんと飲みくださないうちにくしゃみをした。むずむずするたぐいのくしゃみだ。風邪のひきはじめによくあるたぐいの。

今週は困る。あしたは劇場の面接だ。支配人の補佐というささやかな仕事だが、絶対に逃したくない。新しいスタートを切って新しい活動にのりだすための就職活動だ。自分のかかったのは癌なのだ、いつ死んでもおかしくないという思いが、再スタートへの決意を強めていた。

電話が鳴った。受話器に手を伸ばしながら、エドと彼を殺した恐ろしい奥さんにからんだ話ではないかという予感がした。だから相手が警部補と名乗ってもおどろきはしなかった。

「もちろんです、ゴーリー警部補、わたしが知っていることはすべてお話しします」彼女はいった。「三十分後にお医者さまのところに行くことになっています。立ち寄るのはそれが終わったあとにしていただけますか?」

警部補は予定が書きこまれた手帳を調べた。しなければならないことがほかにいくつかあった。あしたの朝一番でどうか？

カーダは手術をする前なら面接がキャンセルになっても了承しただろう。警部補に会うために予定を組みなおすことさえしただろう。しかし、いま彼女は固く心に決めていた。なにがあろうと、たとえエド・マッカイのことだろうと——神様が彼の魂を安らかに眠らせ、同時に地獄に堕《お》としますように——絶対にあしたの予定は変えるものですか。

「その翌日ではいけませんか？」と、彼女はたずねた。

警部補は了承し、家への行きかたを聞いてから電話を切った。

カーダはまたくしゃみをした。薬は大嫌いだが風邪薬は飲んでおかなければ。彼女はグラスにもう一杯ジュースをそそぎ、一瞬、自分がどうしたかわからなくなった。甲状腺の薬は飲んだんだっけ？　飲まなかったんだっけ？

カーダは飲んだと判断し、外側に曜日の記された錠剤入れを手にとった。それから紅茶を片づけ、朝刊が届いているかどうか見にいった。

エド・マッカイについてクリスティーン・ギボンは、長々と中傷のことばを吐き散らした。そのなかには、場所の名前もいくつか含まれていた。ギボンは電話帳より少々薄い程度にしか選択の幅を狭めてくれなかったが、ここではアンドルー巡査がともあれリストを絞る仕事に貢献した。彼は名前の挙がった場所のうち六つですでに聴取を行なってきたが、なんの成果も得られていなかった。ゴーリー警部補は最後の三つを自分で引き受け、昼食後に続けて訪問した。

マッカイの評判は三カ所とも同じようなものだった。最近マッカイが気前よくおごっていたかどうかによって、〝女を見る目があった〟か〝本当にいやなやつ〟のどちらかの答えが返ってきた。

〈ライオンズ・ブリッジ〉では、話を聞いている最中に入ってきた客を見て店主がたじろいだ。ゴーリーは瞬時にその理由に思いあたった。

「寝取られ男か？」彼はたずねた。

「まあ、おれはそういう表現はしないがね」昼間はバーテンダーも兼ねている店主がいった。

ゴーリーはおざなりな質問を二、三して、それから問題の常連のところへ行った。

「反吐《へど》の出る野郎だったぜ、いっつもおれにウインクしやがってよ。あいつよりくたばるにふさわしいやつはいねえや。はっきりいわせてもらうがな」フレイザー・ペイトンはウイスキーを持ち上げて、ぐっと飲んだ。「一回、この手で首をねじ切ってやろうかと思ったくらいだ、いつかの夜にやっときゃよかったといまでも思ってるぜ。いいか、いまだってだ」

「もうそんな努力をする必要はなさそうだがな」と、ゴーリーはいった。

「ああ」ペイトンはグラスをカウンターのほうへ押しやって店主の注意を引いた。

ペイトンが生きているうちにマッカイに襲いかからなかった理由は想像に難《かた》くなかった。立ち上がったペイトンの身長は五フィート二インチくらいで、マッカイより頭ひとつ半くらい低かった。体重もあの男の半分以下だろう。

それでも、ちびの人間にはかっとなりやすいのが多い。このくらい心底嫌っていたのなら、あの男を殺して、それを隠すために妻を殺し、そのあと自殺に見せかけた可能性もある、とゴーリーは思った。

「悪い野郎だったぜ、警部補さん。うちのマージーは女盛りのだまされやすいやつだった。いまは母親のところにいる。ママのところへ逃げていっちまったんだ、あいつは」

女の下半身を表わす同義語がひとしきりペイトンの口から吐き出された。ゴーリーはテーブルの上の男の手を見た。ほっそりした、かぼそいくらいの指だ。手を見ればいろんなことがわかるが、この男が人殺しかどうかは判断がつかなかった。いろんな可能性がありすぎる。

「奥さんはいつ出ていったんだ?」と、ゴーリーはたずねた。

「今年の九月で七年になる。あの野郎がインヴァネスを出ていく直前だ」

「七年?」

「あの野郎はおれにおびえてたぜ、まちがいねえ」と、ペイトンはいった。

店主がやってきて酒をつぎ足した。「落ち着け、若いの」と店主はペイトンにいった。

「あんたにおびえてた?」ゴーリーがいった。

「おまえは夢を見ているんだ、若いの」店主がいった。

「ちがうって、本当だ。あいつが戻ってきたのは耳に入ってた。見かけたこともあった。三日前だったか、ロスマーキーのパブでおれはあいつに出くわした。たしかにあいつだった。一丁前の人間みたいに評議員と会っていやがった。おれを見て隠れたんだぜ。ほんとだぜ」

ペイトンは店主に顔を向けて指を持ち上げた。「隠れたんだよ。たしかに隠れたんだ」

「その評議員はだれだったんだろうな?」ゴーリーはうながした。

「キャメロンさ」ペイトンは勝ち誇ったようにいった。「土地委員会のユーイー・R・キャメロンだよ。評議員も数あるなかで、あの男は紳士だ。二年前におれの家の前の下水溝を修理してくれた。あの男にゃなんの悪意も持ってねえよ、警部補さん。公明正大な、市民のために尽くす男だ、先祖のひとたちとおんなじように」

「キャメロンだったのは確かだな?」ゴーリーはたずねた。

「ああ、確かだとも。それとあのなめくじ野郎のマッカイだがな、おれがやってくるのを見てあいつは目をそむけやがった。おれにびびってたんだ。自分じゃ気がついてなかったかもしれねえがな。いい女を女房にしたってこった。因果応報ってやつよ。あのベッドにいたのがおれの昔の女房だったとしても、引き金を引いてただろうぜ」

「三日前の夜といえば」ゴーリーがさりげない口調でいった。「マッカイが死ぬ前日だ」

「女房が殺したんだ」店主がいった。

「それは捜査をしてから判断する」ゴーリーはいった。

ペイトンは店主の持った酒瓶に手を伸ばして首のところを傾け、またグラスにお代わりをついだ。

「キャメロンだったのは確かだな？」ゴーリーがたずねた。

「あの男だった」

ゴーリーは椅子に背をあずけて偶然の一致に考えをめぐらせた。彼の記憶が確かなら、スコットランドの貴族と半貴族を祖先にもつ一族の末裔ユーイー・B・キャメロンは、マッカイとその妻が死んだのと同じ夜に交通事故で亡くなっていた。

なんとも奇妙な偶然だ。

6

スコットランドの北部高地地方《ハイランド》、インヴァネス
二〇〇二年三月六日

フランク・ゴーリーは窓辺におかれた古い揺り椅子に腰かけて、外の通りを走る車のライトが暗い寝室の壁をすべるようによぎるところを見つめていた。うすら寒い静かな夜だ。妻のナンはぶあついキルトをかぶって眠りこけており、かるく規則正しい寝息をたてていた。

ゴーリーは眠れなかった。フランネルのローブを着て羊毛の靴下をはき、ナンの手編みのひざ掛けをひざに載せていた。椅子はかけ心地がよかったが、後ろに揺らしすぎるとギーッと耳ざわりな音がする。ばねだ、とゴーリーは心のなかでつぶやいた。油を差してやらなくては。頭のなかの雑用リストにしるしをつけた。長いリストには優先されるべき項目がたくさんあった。だが、ばねに油を差すのにたいした時間はかからない。週末に時間を見つけよう。どのみちしなくてはならないことだ。あの便所の水漏れを直すよりは簡単だ。忘れずにやろう。こんどの週末ならなんとかなりそうだ。それまでは椅子を後ろに揺らしすぎないようにしよう。夜も更けた。静まり返っているせいで、どの音もふだん以上に響く。ナンの眠

りをじゃましたくない。夜まともに眠れなくなってこれで五日目だ。それとも六日目か？きのう、おとといと、時間をさかのぼって数えていった。外の車はゆっくり通りを走っていた。エンジンの音が聞こえ、低いサーッというタイヤの音がして、角の交差点のそばで減速した。そのあと車のライトは彼のベッドの上でぴたりと止まった。霜のついた窓ガラスの向こうに停止信号の赤いぼんやりした光が見える。この運転手は法律をきちんと守っている。感心なことだ。午前二時になろうという夜更けの時間だというのに。

インヴァネス管区には六万人の市民にたいし、その秩序を守る警察官は百三十人しかいない。そのひとりがこのあたりにいて、運の悪い人間に信号無視で出頭を命じる確率はきわめて低い。もちろんゴーリーはここにいる。そして彼にはもちろん、お気に入りの椅子のふっくらしたクッションを捨てて外に出ていく気はなかった。

信号が青になって車は角を曲がっていった。そのライトが窓をかすめ通り、壁から壁へゆらゆら飛び移り、それからすべるように天井を横切った。ゴーリーは過去に向かって日数をかぞえた。五日目だ、うん、この椅子にすわってひざ掛けをかけ、目を開けたまま過ごすようになって五日目になる。エリスカイ・ロードへの呼び出しに応じたあと丸一日が過ぎるまで、あの事件の不審さに気がつかなかった。気づくのが遅れた理由はわからない。しかしそれ以来、彼の頭はその埋め合わせをしてきた。

ゴーリーは椅子にすわって考えていた。キルトを重ねた下でナンが身じろぎをした。横から仰向けになったのか、仰向けから横になったのか、横から反対の横になったのかはわからない。部屋はとても暗かった。ナンには冬になるとキルトを頭までかぶる癖があった。あれだけの生地と詰め物の下で死んだように眠りこけている。飼い猫が足板に前足をかけて朝食をねだっても、ナンはまず気がつかない。それとも気がつかないふりをしているのか。腹立たしいことだ、猫の気まぐれにこのおれが恩恵をほどこしてやらなければならないとは。

ときどきゴーリーは不機嫌そうに自分の胸に親指を突きつけて抗議した。先にベッドに入ってあとから出てくるとはどういうことだ。そんなルールがどこにある？　不公平もいいところだ。この家では、おれとあの毛皮玉とどっちが偉いんだ？　文句をいってもナンはどこ吹く風という感じだった。かすかに苦笑いを浮かべることはあったとしても。

後ろにもたれすぎ、がたのきた椅子のばねがきしむあたりまで傾いたことにゴーリーは気がついた。そして用心深く前に戻した。揺り椅子は猫とはちがう。ほんのわずかな音でも、毛布を通り抜けてナンの眠りを妨げるには充分だ。昨夜と一昨夜は、椅子を揺らした音を聞きつけられた。ナンにはかなわない。彼女は何枚も重ねたぶあつい掛け布団から目を出してちらっとのぞき、なにを悩んでいるのと訊いた。彼女にまったく見当がついていないわけではない。いっそなにも知らなければそのほうがいいのだが。

エドワードとクレア・マッカイ夫妻が死んだ事件は地元の新聞とテレビのニュース番組をかなりにぎわしていた。交通情報や、一日の総括や、酒に酔った始末に負えない十代の若者たちが街の公園で起こしたぼや騒ぎなどよりはおいしいネタだったにちがいない。それに、以前クレアとアパートの部屋を共同使用《シェア》していたことがあるクリスティーン・ギボンが、あのバンガローで出くわした恐ろしい光景の一切合財を記者やレポーターに大盤ぶるまいしていた。ナンは夫の心を見透かしていた。ナンにはかなわない。

　眠っている妻の上に積み重なっているキルトをゴーリーは見つめた。ナンは大柄な女だ。彼が片ひざをついて求婚した二十五年前ですら、浮浪児のようなやせっぽちとはいえなかった。しかし、ヌード雑誌の見開きページに載るような女と結婚したかったわけではない。ナンは自分のいちばんの取り柄はなにかを心得ていて、そこが引き立つように自分という人間をまとめ上げている。

　ゴーリーはときどき不満をこぼすことはあったが、彼女がある種の淫らな表情を目に宿したときには、夫婦生活の喜びに関して他人をうらやむ理由はどこにもなかった。どの車に乗るか選べといわれたら、かならずフィアットよりラグジュアリー仕様のセダンを選ぶだろう。前者の強烈な魅力を評価しないわけではないが。

　また一台、車が近づいて通り過ぎていった。ヘッドライトが壁を転がるようによぎった。壁から黒い蝶のように影が散らばって、また集まった。ゴーリーは死んだクレア・マッカイに思いを馳せた。かつて彼女の寝室だったあの凄惨な犯罪現場で、クレアはどんな様子だったのだろう。あのちっぽけなネグリジェを着て、夫の死骸に片足を半分からめ、夫の裸の胸に片手を投げ出し、夫を殺したあとみずからの命を断つのに使った銃をもういっぽうの手に握って横たわっていたクレア・マッカイ。彼女が人目を引く肉体の持ち主だった点はゴーリーにも証言できる。ああいう容姿には維持管理が必要だ。おそらく日ごろから定期的な運動を心がけていたのだろう。最近出産したにもかかわらず体になんのたるみも残っていないのがゴーリーにわかるくらい、彼女の体はむきだしになっていた。

彼女が自分の手で作り出した首から上のおぞましい光景を、記憶から洗い流してしまえたら、とゴーリーは思わずにいられなかった。

彼は眉をひそめた。自分の手で作り出した……

クレア・マッカイ。彼女が最後にとった行動とその実行法についてゴーリーが考えはじめてから、これで五日目になる。口のなかに銃弾が撃ちこまれ、その軌道は口蓋を突き抜けて脳に達していた。頭部に損傷をもたらすだけに、銃を使った自殺のなかではいちばん確実だ。しかし、それにはかなりの努力が必要だ。クレアは引き金を引く手を不自然な角度で自分に向ける必要があっただろう。おそらくは、銃身を固定するために撃つほうの手首をもういっぽうの手で握って支える必要があっただろう。そうなると銃を口に押しこんだとき銃身が目に見えることにもなる。まあ、ずっと目をつぶっていたのでなければだが。

ゴーリーが見つけたとき彼女の目は開いていたが、死後にまぶたがめくれ上がった可能性もある。いずれにせよ、こめかみを撃つやりかたのほうが一般的だ。それなら銃を握るのは片手ですむ。そのほうが簡単だし、たいていきれいにすむ。血や組織の飛び散りも少なくてすむ。たいていは。しかし欠点もある。びくびくするあまり、頭皮をかすめるように弾がそれて致命傷を負わせることができず、不具者になったり植物人間になったりしかねない。

このいく晩かゴーリーの頭を悩ませてきたもうひとつの状況は、現場の乱れだった。彼の経験でいえば、女には自殺するとき顔を傷つけないようにする傾向があった。女は薬や毒を飲んだり、風呂場で手首を切ったり、自動車の排気ガスを引きこんで眠ったりする。ピストルを使う場合でも運命の一撃は胸部に向けられることが多い。もちろんかならずそうとはいえない。しかしきれいに死にたがる傾向はある。自分の容姿に気を使っているクレア・マッカイのような見目のいい女が……ずたずたになって発見されるような行為に及ぶとはどうしても思えなかった。それに、彼女の着ていたきわどいネグリジェの問題もある。あれは爪を磨いてカーラーで髪をととのえて眠りに落ちる前に着たものとは思えない。いわゆるロマンティックな気分になっていないかぎり、女があんな刺激的なネグリジェを着て、自分を抵抗しがたい魅力的な存在に仕立て上げることはない。なのに、クレアのエドにたいする情熱はとつぜんきりもみを始め、ふたりに愛の営みをもたらす直前に急降下して、ぎざぎざの裂け目に墜落した。

ゴーリーは眉間のしわを深くして椅子のなかで尻の位置をずらした。彼女の夫が状況を暗転させるなにをしたというのだ？

静寂のなかで眠っている妻をゴーリーは見つめた。彼は闇に囲まれていた。しばらくのあいだ通り過ぎる車もなく、角の交通信号は無人の通りに意味もなく光を放っていた。書き置きがなかったことが不思議でならなかった。あのバンガローで赤ん坊がきちんと世話を受けていたことが気になっていた。あの子の部屋は小さな部屋だがきちんと片づいていて、パジャマやタオル類もきれいに洗濯してあったし、たんすの棚にはナプキンやコットンの束のたぐいがしまってあった。ベビーベッドのなかにはおもちゃとぬいぐるみがあり、その上には明るい色の動く彫刻《モビール》が吊ってあった。しっかり世話を受けていた。なのに、夫の頭に銃弾を撃ちこんでから自分に銃を向けるあいだ、クレアはそれが息子にどういう結果をもたらすかをまったく考えていなかったかのようだ。紙を一枚つかみとって、家族や名づけ親や友人の名前、つまり息子の後見を頼みたい人間の名前を書きつけることすら考えなかったように見える。それどころか彼女は、自分の責任を放棄して息子の行く末を国にゆだねていった。

警察官人生二十五年のゴーリーはたくさんのことを見てきた。いやになるくらい多くのことを。勝手な憶測をしない分別はある。それでもこんどの事件は妙な気がした。そして、科学捜査研究所から報告が届いたときに頭のなかで整理したい奇妙な点がさらにいくつかあった。報告が届くにはあと二週間ほどかかるというが、ゴーリーは早める方法を知っていた。

両手の指を組み合わせて頭の上に腕を伸ばすと、頸椎《けいつい》と脊椎がぽきぽき鳴った。ナイトスタンドの上の照明つきの時計は、まもなく午前三時を指そうとしていた。ああ、もうこんな時間か。ベッドわきのかごから子猫がぽんと飛び出てくる前にうたた寝できるくらい疲れていたらいいんだが。しかし、あのやんちゃな猫が騒ぎだすまでいくらもあるまい。もうしばらくこの椅子でくつろいで、それからキッチンに行ってフェリックスの缶詰を開け、ティーポットを火にかけて……

「フランク？　またあのギーギーいうできそこないにいるの？　ぐっすり眠ってたのに目が覚めちゃったわ」

ゴーリーはベッドを見た。ナンが頭から毛布をはねのけ、ひじを突いてわずかに体を起こしていた。暗くて顔はよく見えなかったが、例によって彼をにらんでいるにちがいない。椅子では音をたてなかったはずだが……

「すまん」彼はいった。「立ち上がって、ちょっと朝食の用意でもしようかと……」

ナンはベッドわきの時計のほうへ身をのりだした。「朝食？　本気なの？　まだ午前三時にもなっていないっていうのに」

「よく眠れなくてな」と、彼はいった。

「まったく！　フランク、こんなこと続けていちゃだめよ。毎晩毎晩、ずっとすわったまま起きていて、それから仕事に出かけるなんて。休息をとるよう努力するって約束したはずじゃ……」

「努力はした」

「もう若くないのよ、わかっているの?」

「身にしみている」

「だったらどうして? なにが問題なの?」

「わからん」と彼はいった。真実に近い答えだった。

「フランク、あなたを憔悴させているのがエリスカイで起こった例の事件なら、隠さずに……」

「落ち着け」ゴーリーは途中でさえぎった。そして揺り椅子から立ち上がり、ばねのたてる耳ざわりな音を無視してベッドのナンのいる側へ行き、そこでかがみこんだ。「いいか、ナン。今夜は帰ってきたら毛布の下でおとなしくしているようもっと努力するから、信じろ。造作ないはずだ。妻ならではの直感をちょいと働かせれば」彼はそういうと、いきなり前に身をかがめてカップ状に丸めた手にナンのあごをのせ、彼女の唇に時間をかけてたっぷりキスをした。

彼女が吐息をついた。これだけ接近すると、どんな顔をしているかは簡単にわかる。おどろきと腹立ちと愛情でしわが寄っていた。

「こんなやさしいところを見せて、どういうつもり?」彼女はゴーリーの胸をそっと突いた。

「わたしを静かにさせるため?」

「そうかもな、おまえ」と、ゴーリーは妻の上にかがみこんだままいった。「ひょっとしたら、幸運な男のひとりになるのも悪くないと思いついただけかもしれない」

屋敷に向かう小さな私設車道に大きな樅の木が並んでいた。その並木が、まるで槍や剣を構えて城への道を守っている番人のように、近づいてくるゴーリーを見張っていた。大きな家に向かう警部補のフォード・モンデオのタイヤは、ぶあつい石の路床をかき分けるように進んでいた。家そのものよりもむしろ、家を建てさせた所有者の趣味のよさをはっきり訪問者に印象づけるために設計された道だ。

屋敷が造られたのは十八世紀。ここを初めて領有したキャメロンの祖先にとっては、紛れもない繁栄の時期とはいえないまでも比較的平和な時期だった。ゴーリー警部補が知りたければ、小さな活字でハイランドのキャメロン一族の偉業の数々を詳細に記録したぶあついパンフレットをすぐ手渡されるだろう。その小冊子は近くの町のいろんな場所で手に入れることができる。あらゆる教会や学校のみならず地元の図書館の棚にも何冊かおかれているが、後者の冊子からは事実関係の怪しい過去の話が一部割愛されている。

ゴーリーはこの土地の古い歴史にはなんの関心もなかった。正直いうと、もっと近い歴史にも関心があるかどうかは疑わしい。ユーイー・B・キャメロンの死に関する報道はかなり明瞭かつ正確なものだった。早朝に中型か大型のトラックにはねられたのだ。内傷と外傷から、ほとんど即死とみられていた。霧が出ていて細い道が曲がりくねっていたために、毎日欠かさない運動の一環として朝の散歩をしていた犠牲者が見づらかったのだろう。自分がやったと名乗り出る者がいなかったため、捜査は公開のかたちになった。はねたものを運転手が見ておらず、なにか音はしたものの、犬かなにかを、ひょっとしたら近くの森をさまよっている鹿かなにかをはねたのだと思ったのかもしれない。

疑わしい説明ではあるが、運転手の事務弁護士はきっとそう主張するだろう。巧みな誘導をすれば、陪審員の多くが納得してもおかしくない。被疑者がうなだれた様子で妻と子どもをお供にしたがえていたら、下級判事が眉をひそめても陪審の心はぐらつくまい。

玄関に上がる石の階段は、三世紀にわたって踏みつけられつづけ、わずかにへこんでいた。ユーイーは住みこみの人間すらおかず、ここにひとりで暮らしていた。食事を作りにくる料理人がひとりと、屋敷の清掃や整頓をするメイドがふたりいた。庭師が芝の手入れをし、生け垣の世話をしていた。しかし夜はユーイー・キャメロン氏ひとりになる。キャメロン夫人はいなかった。

しかし妹がいた。兄の死後の問題を片づけるためにエリー・キャメロン嬢がエディンバラから駆けつけていた。そして、ゴーリーが近づいていったとき玄関に出てきたのはその妹だった。

「ゴーリー警部補ですか？」

「はい」

「どうぞ」と、彼女は玄関でくるりと向きを変えて、右側にある長い廊下を歩きはじめた。ゴーリーはなかに入ってドアを閉め、それからあとをついていった。キャメロン嬢は踵《かかと》で石の床にカツンと音をたてながら、一様な速度で進んでいった。家によっては入口の廊下には歴史のある記念品が花綵《はなづな》で飾られており、なかには一族にゆかりのものもある。しかしこの家の廊下にはなにひとつ飾られていなかった。床をおおうふかふかのペルシャじゅうたんもなく、壁は漆喰《しっくい》の壁で、羽目板も張られていなかった。とにかくおかげでゴーリーは気分が楽になった。その点に敬意すらおぼえた。

由緒ある一族の末裔ではあったが、ユーイー・キャメロンは派手な生活をしていなかった。ゴーリーの読んだ死亡記事にさえそうあった。キャメロンは仕事熱心ではあったがそれ以外のときはひとりを好む、かなり内気で物静かな男だった。第十七代族長のユーイン卿や、勇猛果敢な第七九ハイランダーズ連隊の創設者アラン・キャメロン少佐や、一九四〇年のブリテンの戦いの撃墜王であり英雄でもあった〝ビック〟・キャメロン空軍大尉のような貴族たちの末裔はもちろん、家柄のいいあらゆるハイランド人に通常求められる行動規範をユーイーは守っていた。しかるべき慈善活動に貢献し、人前で酒に酔うことは決してなく、天気が許せば週に二回ゴルフをした。

キャメロン嬢は廊下の漆喰をほどこされている側の入口の前で立ち止まり、腕を伸ばして笑みを浮かべる努力をした。彼女はウールの厚手のズボンをはいて、厚ぼったい地味なコートを羽織っていた。微笑みを浮かべてはいたが、ゴーリーは彼女を見て警察管区の賃金台帳と必要経費を担当している女を思い出した。自分の机を通っていく請求伝票から毎回指紋とDNAを採取しているのではないかと思われている、気むずかしく愛想の悪い女だ。

「埃っぽくて申し訳ありません」とキャメロン嬢はいい、ゴーリーのあとから居間に入った。三十歳くらいかとゴーリーは見当をつけたが、プディングのような顔の色つやと重たげな目を見ると、もう十歳年上でもおかしくない気がした。「兄のメイドたちのことですので――どうぞご容赦を」

部屋の中央にふたつのカウチが向きあっており、それぞれの左右に凝った彫刻がほどこされたマホガニーのテーブルがあった。部屋の周囲にさまざまな種類の家具が並んでいた。どれも相当古そうだが、埃っぽい感じのものはひとつもなかった。

「なにか新しい情報でも？」と、キャメロン嬢がたずねた。

「ああ、いや、残念ながらお兄さんに関する情報はありません」ゴーリーは電話したときに訪問理由を説明していなかった。「こちらにうかがったのは、また別の問題でして。わたしの目にはさしあたり関係はないと映っていますが、見方が変わる可能性もあります。お耳に入っているかと思いますが、捜査の必要がある同時発生事件がありまして」

「残念ながらわたしは存じません、警部さん」

「警部補です、お嬢さん」ゴーリーはいった。

ほっそりした若い女が紅茶と市販のクッキーをトレーに載せて入口に現われた。赤い髪を肩からさらりと垂らしている。白いセーターは青いロングスカートのウエストバンドまで一インチほどのところで止まっていた。彼女はすべるように音もなく部屋に入ってきた。召使いの動きとは思えない。

「ゴーリー警部補」キャメロン嬢は肩書きを強調していった。「こちらはわたしの友人のメラニー・ピアースです」

「こんにちは」と女はいった。ひとこと発しただけではっきりアメリカ人とわかった。「お茶は？」

「いただきます」と、ゴーリーはいった。

メラニーが紅茶をつぎ、キャメロン嬢が友人の脇腹へそっと手を持ち上げたとき、ゴーリーはふいに理解した。

ネッサがいまでも相棒だったら、彼女からひとことあっただろう。たしかにこのアメリカ人は美しい。何十年か輝いたのちにやわらかいおぼろげな輝きへと薄らいでいくたぐいの顔だ。もっと詩才のある人間なら、丘を下りてくるお伽話の女神にたとえるだろう。

そう、そしてネッサなら、それを聞いて鼻を鳴らしただろう。あいつはよく芸術家や絵の話をしていたが……

「わたしは別の事件の捜査にもあたっています。ひとを殺したあと自殺を図った事件でして」紅茶をすこし口にしてからゴーリーはいった。「悲しむべき事件でした。赤ん坊が残されまして」

彼はふたりにマッカイ夫妻の話をし、おもだったこまかい話が出つくすと、ペイーンから仕入れたマッカイ氏とキャメロン氏の密会の話を切り出した。

「パブでお酒を？」キャメロン嬢がいった。「わたしの兄が？」

「妙でしょう、ふたりが会っていたというのは」ゴーリーはいった。「マッカイさんがこっちへやってくるなんてふつうでは考えられない。仲よしだったわけじゃないでしょう？」

「仲よしですって、警部補さん？」

「知り合いだったとは思えないという意味です」と、ゴーリーはいいなおした。

どうやらこの妹は、死んだ兄が友人たちとどのくらい親しかったか説明できるほどには兄のことをよく知らないらしい。この一族には同性愛の傾向があるのかもしれないとひらめいたのだが、その思いつきは忘れることにした。マッカイのほうにその可能性はなさそうだ。あの男はあまりに異性愛者《ヘテロ》すぎた。

「お兄さんは一度も結婚したことがないんですね？」と、ゴーリーはたずねた。

「ありません。すこしは……何人かはおつきあいしたかたがいましたが、ユーイーはだんだん独り身のほうがいいと思うようになっていったようです」キャメロン嬢はカウチの上にそっと手をすべりこませ、友人の手に重ねた。

「アドレス帳はなかったでしょうか？」ゴーリーは話をうながした。「つまり、公用で会っていたのだとしたら――」

「書斎をのぞいてみましょう」キャメロン嬢がそういって立ち上がった。「兄はとても几帳面でしたから、仕事で会ったのならきっとスケジュール帳に書いてあると思います」

その記述はなかった。スケジュール帳を見たところでは、夜に予定は入っていなかった。ヴィクトリア朝時代のものらしき机の上に大きなローロデックスの回転式卓上カードファイルがあったが、そのなかにエドワード・マッカイの名前はなかったし、右側のいちばん上の引き出しに見つかった何冊かの白い帳面には最近の仕事に関するものらしいメモが書きつけられていたが、そこにもマッカイに言及したものは見つからなかった。

「そのひとはパブでたまたまお兄さんに出くわして、交通標識かなにかをつけてもらえないかって訊いてきたのかもしれないわ」と、アメリカ人が思いつきを口にした。

「あの男はここの選挙区民じゃない」ゴーリーはいった。「ちがう区の人間です」

「発電所のためだったのかも」と、キャメロン嬢がいった。

「その線は考えられる」とゴーリーはいった。そして白い帳面にざっと目を通した。メモはかなり謎めいていた。電話をしながら取ったメモなのかもしれない。たとえば、いちばん上の帳面には交通信号に関係のある記述があった。

交通信号　3x
五〇ヤード――一〇〇。
建物なし
クロッドル峡湾

これはここから四分の一マイルほど離れたところにある小さな村の道路に信号を追加してほしいという要望についてのメモだろうと、ゴーリーは記憶の助けを借りながら推測した。最近そんな趣旨の新聞記事を読んだおぼえがあった。

二冊目の帳面には〝リン峡湾橋〟と記された上にロンドンの電話番号が記されていた。帳面のなかほどにまた一行、疑問形のメモがあった。"Hgh Spec Trprt?"と。

リン峡湾橋は橋の定義を広げる必要があるくらい小さな石の建造物で、六カ月前だったか七カ月前だったかに修理を受けていた。修理の遅れが交通に大混乱をもたらしたため、橋そのものも各種報道の対象になった。道路は完全に封鎖され、ブラックアイランドから南や西へ向かう車はまず北と東に向かわなければならず、目的地までふだんよりたっぷり一時間はよけいに時間がかかった。監督委員に任命されたあの気の毒な評議員を大いに悩ます頭痛の種だったにちがいない。

別の帳面にはこんどの祭についてのメモがあった。最後の二冊は真っ白だった。ゴーリーは帳面の束を引き出しに戻した。ファイルにいくつか目を通し、残りの引き出しも調べたが、注目に値するものは見つからなかった。ああいう事情でなければ殺人の容疑者と見られてもおかしくない男が薄暗いパブで見たという話のほかに、キャメロンとマッカイをつなぐものはなさそうだった。

ゴーリーがひとりで書斎を調べられるように、キャメロン嬢は外に出てくれた。ゴーリーは机のふたを閉じると急いで部屋を見まわし、革装の書物がきれいに並んでいる書棚に目をとめた。書物の前のあちこちに写真の入ったフレームがあった。両親といっしょのユーイー、犬といっしょのユーイー、地元の教区主管者代理からなんらかの免状を受け取っているユーイー。居間とちがってここには埃があった。どうやらメイドたちは入室を許されていなかったらしい。

ひとりの男の人生はここに至った。埃をかぶった写真、帳面に書きつけられた奇妙なメモ、そして空っぽの家。ゴーリーは机の引き出しを閉めたのを確認して、キャメロン嬢とその友人にいとまを告げた。

スコットランド、インヴァネス

ゴーリー警部補はカーダ・ダフとの約束の時間に間に合わないと判断し、遅れる旨を電話で伝えるためにウォルダー通りの近くのパブに立ち寄った。呼び出し音が何度も鳴るうちに不安になった。彼女から多くの情報が得られるとは思っていなかったが、すっぽかされたとしたらどう考えたらいいかわからない。ひとを殺して自殺した理由だのなんだのといった話自体が我慢ならなかったのもしれないとは考えたものの、先日電話をしたときの彼女には取り乱した感じはなかった。

検視の報告書が書き上がるには、まだあと二、三日かかるという話だったが、ゴーリーの机にはこの事件にはいつケリがつくのかと問う刑事捜査課の警部のメモが残っていた。グラスゴーやエディンバラのみならずロンドンからもタブロイド紙の問い合わせが来ているし、いままでは二、三時間おきに新しい進展はないかと警部に電話がかかってくるとのことだった。いずれにせよ、警部が野次馬連中の盾になってくれているのはまちがいない。

ゴーリーはロスマーキーからインヴァネスを抜けてクラヴァ・ケアンズへ、そしてカーダのフラット式アパートがある村に向かった。本道からわき道に入ってアパートの小さな一群へ向かい、それからもう一度道を折れると行く手が救急車にふさがれていた。

「警部補――いまお迎えをやったところです」救急車の反対側の扉から叫び声がした。

マッカイの子どものおむつを替えたロバートソンの声だ。

「なにがあったんだ、巡査部長？」ゴーリーはたずねた。

「また自殺です。というか、救急隊員たちの話によれば自殺らしいです、警部補。死んだのは昨夜のようです」ロバートソンは眉間に深いしわを寄せ、わけがわからんとばかりに頭を振った。一週間たらずのうちに三人が死ぬなんてインヴァネス管区にとっては戦時中以来のことかもしれない。

「二一二号室じゃあるまいな?」ゴーリーはいった。

「そこです。名前はカーダ・ダフでした、免許証で確かめたところでは。写りのいい写真じゃありませんでしたが」

「写りがいいのなんてめったにない」といって、ゴーリーは建物へ向かった。

ゴーリーの頭にすぐ浮かんだのは、カーダ・ダフはどう見ても美人とは思えないということだった。とりわけクレア・マッカイとくらべたときには。死亡時に見目のいい人間などめったにいるものではないが、この女はとりわけひどかった。鼻と目が赤く腫れ上がっていた。硬直した口は、苦しみのなかで助けを求める叫び声をあげようとしていたのかもしれない。しかし、そうしたことをすべて考慮に入れたとしても、彼女が器量のよさでエド・マッカイの妻に及ぶべくもないのは明らかだった。彼女のなかでいちばん魅力的なところは赤い髪だった。だが、それが週の大半を費やしてどうしようもないちりちりの縮れ髪となってしまったことは、専門家でないゴーリーにもわかった。

いまそのもじゃもじゃの髪は頭の片側に寄り、ねじれたひとかたまりが幽霊のように青ざめた顔とは別の方向を指していた。カーダ・ダフはカウチから数フィート離れたテレビの前に手足を投げ出して仰向けに倒れていた。左腕が哀願しているみたいに外へ伸びていた。ひじの内側に包帯が巻かれていた。死亡の前日に献血をしたらしい。

死ぬ前の最後の慈善行為か。

「鑑識は呼んだか？」ゴーリーは入口を見張っていた巡査にたずねた。

「いまこっちに向かっています。ロバートソン巡査部長がすぐ連絡していました」

救急隊員たちが部屋の片側に立って指示を待っていた。彼らが発見したとき死体はどんな状態だったかと、ゴーリーはたずねた。死体はわずかしか動かしておらず、彼女はまちがいなく死んでいたと彼らは請け合った。

「われわれを出迎えてくれたのは隣の住人です。女の」救急車を運転してきた男が進んで報告した。

「どっちの隣だ、坊や？」

「白髪まじりのミセス・ピーターズという二一三号室の女です。ノックしても返事がないので、なにかあったんではと思ったそうです。われわれといっしょに部屋に入りました」

ゴーリーはうなずいた。「では自殺と思うわけを聞かせてくれ」

「床にあった錠剤です。ヒーターのそばにひとつ、流しの下にもうひとつありました」もうひとりの女のほうがすかさずいった。彼女は鼻に鋲の形をしたピアスをしており、スコットランド低地地方の訛りのある言葉を話していた。悪い先入観をいだかせたのはそのどちらだったのか、ゴーリーにはよくわからなかったが。

「どうやってわかったんだ、嬢《ラス》ちゃん？」

「わたしはあなたの女中《ラス》じゃありません」彼女はさっと顔に血をのぼらせたが、ゴーリーはじっと返事を待った。「トイレに行ったとき目に入ったんです。手は触れてません。なにひとつ」ようやく彼女はいった。

「この仕事に就いたのはいつだ？」ゴーリーはたずねた。

「二、三週間前です。それがなにか？」

ゴーリーはそのトイレに行ってみた。現場が死亡時のままでないのは明らかだったが、彼は鉛筆を使って明かりをつけ、なかにじっと目を凝らし、それから両ひざをついてあたりを見まわした。タオル掛けの端の下、蛇腹の部分とヒーターのそばに、小さなカプセルが見えた。壁のいちばん下の幅木の枠の下にもうひとつあった。

風邪薬だろうが、科学捜査研究所の坊やたちに確認してもらおう。手をつけずにこのまま写真を撮らせたほうがいい。

あれが風邪薬なら、からっぽのごみ箱の底にあるあの瓶、つまりタリスニフという薬と一致する可能性が高い。鼻風邪のとき女房がよくくれるやつだ。女性の身のまわり品といっしょに、甲状腺の薬と思われる小さな丸薬が入った瓶もあった。

「ふたりとも、救急車のなかで待機していてくれ」警部補はふたりに命じた。「おれがいいというまで帰るな。このおれの口から帰っていいといわれるまでだ」

結局ふたりは夕食の時間をかなり過ぎるまでここに残るはめになり、ゴーリーはいらいらしすぎたと反省した。

7

二〇〇二年三月十二日
南極、マクマード海峡上空（南緯七七度八八分、東経一六六度七三分）

ピート・ナイメクはだれかの手が肩に触れるのを感じ、はっと目をさました。自宅ならすぐそばに武器があるから眠りを浅くする必要はないが、いまはちがう。ぎょっとして体を起こすとその勢いでがたんと座席が揺れた。

疲労がもたらした恐ろしい夢の残滓《ざんし》をまばたきで払いのけた。ゴーディアンがコンクリートの床の上で息絶えており、カナダのオンタリオ州に襲撃をかけたときにトム・リッチの部下四名を惨殺したあの殺し屋がゴーディアンを見下ろすように立っていた。

夢のなかであの殺し屋は精密機械のようにふたたび残忍な仕事をやってのけていたが、その目に宿った激しい自尊心はあまりに人間くさかった。

あのオンタリオ州での出来事がリッチにどんな影響を与えているか、ナイメクは想像しようとした。夢のなかで格闘しなければならないほどのどんな苦悩を、あの事件はリッチのなかに残しただろう？

ナイメクは息を大きく吸いこんで緊張をやわらげ、座席のキャンバス布に体を落ち着けた。州空軍第一〇九空輸航空団の、正確にいえばその構成部隊である第一三九戦術飛行中隊の搭載管理官《ロードマスター》バリー一等曹長が、極地用にスキーを装備したハーキュリーズのキャビンでナイメクの前に立っていた。そしてナイメクに聞こえない言葉を話していた。

ナイメクは指を持ち上げてちょっと待ってくれと合図をし、それからクライストチャーチの衣類配給センター（CDC）でもらった発泡ラバーの耳栓をすぽんとはずした。

エンジンのたてる絶え間ない騒音と振動が飛びこんできて、耳の奥がずきずきした。

騒音に負けないようにバリーが前に身をかがめて声の音量を上げた。「おじゃましてすみません、ミスター・ナイメク。機長のエヴァーズ大尉がアップリンク・インターナショナル社の熱烈なファンでして、フライトデッキからのながめをお見せしたいと申してます。着陸寸前にはとびきり感動的な景色をごらんになれますよ」

ナイメクはほっとした。またブーメランよろしく逆戻りすることになったという知らせかと覚悟していたからだ。ニュージーランドから南極まではターボプロペラ・エンジンをつけた飛行機でも八時間かかる。追い風に恵まれたときでもほんのわずか早くなるだけだ。きのうは南極大陸上空に濃霧が発生したため、帰還不能地点――道のりの三分の二まで来た南緯六〇度あたり――の直前で引き返さざるをえなくなり、七時間も無駄に空を飛ぶはめになった。一昨日はもうすこしましだった。飛行機は一時間飛んだだけでチーチ（クライストチャーチの別称）に引き返した。

ナイメクは若い搭載管理官《ロードマスター》を見上げた。ハーキュリーズの貨物室は快適さより最大限に荷物を積みこむことを第一に設計されたむきだしのがらんとした空間で、窓も前と後ろに小さな機窓がいくつかあるだけだ。ナイメクはゴロゴロ音をたてるセメント・ミキサーのなかに詰めこまれたような気分だった。

「デッキは防音されているといってくれ」彼はいった。「頼むから」

「最新の防音パネルがほどこされていますから——」

「案内してくれ」

寒冷気候用装備に身を包んだナイメクはぎくしゃくした動きで立ち上がった。赤いウインドパーカー、ジャンプスーツ、ゴーグル、ミトン、防寒靴《バニーブーツ》、保温性下着を身に着けている。リュックのなかには予備があった。アメリカ合衆国南極計画（USAP）の規則書にもとづいて衣料配給センター（CDC）が義務づけている緊急用の基準を衣類と装備が満たしていない乗客には、出発前のターミナルで代替品が支給されていた。

その同じ指導要綱によって、ナイメクはサンノゼを出発する前に身体の適格性を証明しなければならなかった。つまり徹底的な健康診断を受けなければならなかった。その検査のなかには、ラテックスの手袋をはめた指で触診するために検査台の上にかがみこんで尻を突き出すというもっとも屈辱的な検査も含まれていた。歯医者にも行かなければならなかった。

ゆるんでいた充塡材《じゅうてん》を取り替えた歯医者は、親知らずを抜いてあったのは幸運でしたねと告げた。一本でも残っていたら身体的に適格とは見なしてもらえないからだ。南極大陸の医療施設はまばらに散っており、薬の備蓄も限られているため、この過酷な環境のなかでは、歯が欠けたり歯茎が炎症を起こしたくらいのちょっとした問題でも、南極から引き揚げざるをえない重大事に発展しかねない。USAPが懸命の予防措置をほどこしているのは、そういう恐ろしいシナリオを回避するためだった。

バリーの案内で前方の隔壁へ向かうと、ナイメクと同じ貨物室にいる二十五名の男女のなかの数人が、通路をふさいでいる補給品のパレットに寄りかかって手足を伸ばしていた。ダッフルと寝袋は木の厚板の上に無造作に投げ上げられていた。彼らの大半はマックタウンへ行くアメリカの調査員と支援スタッフだ。なかには南極点のアムンゼン・スコット基地に向かう訓練生もいたし、テラノヴァ湾基地に向かうイタリアの生物学チームもいた。そして途中までこの便を利用し、そのあと地球上でもっとも寒い大陸内部の奥深くに位置するヴォストーク基地へ向かう、陽気で騒がしいロシア人の一団もいた……出身国を考えるとあの基地は彼らに奇妙にふさわしい気がした。残りの人びとはオーストラリアの過激なスキーヤーだ。彼らはどうやってかこの航空機の狭いすきまに場所を確保し、離陸時にはナイメクの右に五つ並んだ席を占領していた。

南極の山脈を初横断するためにやってきたオーストラリア人たちは打ち解けて話をしよう

としていたが、ナイメクは内心不快なものを感じていた。カジノですった金と同じで失ってもまた取り戻せるといわんばかりに軽々しく命を危険にさらす人びとを、彼は苦々しく思っていた。彼らを突き動かす競争心は理解できるが、スリルやトロフィーのためではなくもっと気高い目的のために自分を危険にさらし、ときには称えられることなく命を失った人びとを、あまりにたくさん彼は見すぎていた。

バリーはナイメクをコクピットへ案内すると、隔壁の扉からひょいと出ていった。操縦士と副操縦士と航空機関士と航空士の座席があるこの隔室には、航空機の真の年齢を示すアナログ式のディスプレイ画面が並んでいたが、それらは台に載ったデジタル式の航空電子工学《アヴィオニクス》装置で着飾っていた。バリーが請け合ったとおり、遮音材がアリソンのエンジンの轟音を削《そ》いでいたし、前と横の窓から見えるながめはすばらしかった。

操縦士が計器パネルから振り返って、ナイメクをちらりと見た。

「やあ、ようこそ」操縦士はいった。「リッチ・エヴァーズ大尉です。景色をお楽しみください、きょうは申し分のない接近条件です」

「ありがとう」ナイメクはいった。「お招きに感謝します」

操縦士はうなずいてパネルに顔を戻した。

「あなたの会社にお世話になる姪の仕事に影響を及ぼそうってわけじゃないんですが……姪はアップリンクが始めたばかりの例の新しい衛星ラジオ局に行くことになってましてね」彼

は無邪気そうにいった。「名前はパトリシア・ミラー。優等賞で大学を卒業した秀才です。専門は通信学。友だちにはトリッシュと呼ばれています」

ナイメクは操縦士の頭の後ろを見た。

「トリッシュですか」

「ええ」

「その子はちゃんと正当な評価を受けますよ」

エヴァーズはまたうなずいた。

輸送機がちぎれ雲を突き抜けて降下していくあいだに、ナイメクは窓の前に移動した。やがてハーキュリーズの機首の下に海が見えてきた。氷が点々としているおだやかな海面は、角砂糖が欠けたり砕けたりして散らばったテーブルのガラスのようだった。

「あそこにびっしり浮氷が集まっているようだが」ナイメクがいった。「あんなふうにずっと海岸まで続いているのかな？」

「場合によります」エヴァーズはいった。「浮氷は夏の何カ月かは丸い帯状に本土の周囲に群がって、そのあとまた開氷域へ離れていく傾向があります。いまごらんになっているのは、じつは中くらいに分類されるものでして。大きい平らなかたまりは、氷棚《ひょうほう》から割れて離れた卓状氷山です。あれはとても浮力が強いんです。内部にいっぱい空気が閉じこめられていましてね。だからあんなに白く光を反射しているんですよ。もっと黒いしみのついた不規則な形の氷山は、氷河が欠けたぶあついかたまりであることが多いですね。内陸から移動してきて、岸から海へ鉱物を含んだ堆積物を運んでいくんです」

ナイメクは氷の詰まった海面をなおもじっと見つめていた。「〝大きい〟というと、どのくらい？」

「平均的な卓状氷山の高さは五〇ないし一五〇フィート、横幅は二〇〇フィートから四〇〇フィートのあいだです。しかし、右の外をごらんになると、わたしの推定で三〇〇フィートを超えるのが見えますよ」

ナイメクは窓越しにその氷山を見つけ、目に錯覚を起こさせそうなその姿に仰天した。

「ほおーっ」彼はいった。「それほどとは！」

「氷山の目に見える嵩《かさ》は、だいたい水面下の三分の一くらいとおぼえておいてください。いちおうの目安です。水面下が上の九倍あるものもありますからね」

「氷山の一角ってやつだ」

「そのとおり」エヴァーズがいった。「これは余談ですが……うちの州空軍部隊が海軍の第六飛行中隊、いわゆる氷の海賊隊《アイス・パイレーツ》から南極支援作戦を引き継いで三年とすこしになります。彼らは補給品と人員を半世紀にわたって南極に運びつづけていたんですが、経費削減のために解散になりました。それから一年ほどして、わたしはニューヨーク州スケネクタディにある州軍の本拠地からチーチに転属になりました。二〇〇〇年三月二十一日のことです。そしてなんとその当日に、海洋大気局（NOAA）の極軌道衛星によって、ロス氷棚から分離した記録に残っているなかでは史上最大の氷山が発見されたんです。縦一八三マイル、横二三マイルのが。デラウェア州の二倍の大きさですよ。それまでの記録保持者の一倍でもありました」

ナイメクは小さく口笛を吹いた。「それ以来、それがたんなる偶然だったことを願いつづけているわけだ」

「天の配剤とは考えずに、ですか？」エヴァーズはまたナイメクのほうを振り返り、目玉をぐるりと上のほうへ回してみせた。「ご明察ですよ、ご友人」

ナイメクは微笑を浮かべ、外を見に窓の前へ戻った。彼はなおも尺度の感覚の調整に努めていた。

エヴァーズが彼の表情に気がついた。

「氷山のまわりに散らばっている白いのは、ほとんどが小さな氷山のまじった蓮葉氷ですね……車くらいの大きさの薄く平たい氷のことですが」彼はいった。「視界が最良のときでもこの高度からだと物の大きさは見誤りやすいし、悪天候のときはまったく判断がつきません。だからわたしたちは雪と同じくらい霧や雲を心配するんです。低い雲と雪や氷におおわれた地面のあいだで太陽の光が屈折すると、すべてが溶けあって地形の見分けがつかなくなります」

「視界ゼロってやつだ」ナイメクはいった。「車を運転していて猛吹雪に襲われたことが何度かある。フロントグラスに白い毛布を張りつけられたような気がした」

航空士が自分の持ち場についたままナイメクのほうに体を向けた。胸につけた青いラミネート製のネーム・プレートにはハローラン中尉とあった。

「それとはちょっとちがうな」彼はいった。「空を飛ぶ人間ならだれでも、霧のホワイトアウトくらい厄介なものはないっていうさ」

ナイメクは相手を見て、意図的にだろうが言葉遣《づか》いがすこしくだけすぎていると思った。

「大雪警報が出ても、吹雪が通り過ぎるまでおとなしくしていりゃそれですむ」ハローランはいった。「しかし、氷の上空で霧堤に出くわしたときにはそうはいかない。南極点の周辺では、ほんとにそういう事態に見舞われることがあるんだ」彼はぱちんと指を鳴らした。「目と脳をつなぐ方法だが、一面の白い世界にある物と物の距離を判断するには影を利用する。ところがホワイトアウトのなかでは影がなくなっちまう。だから、たとえ雲の下の空気が乾いていて、物体がひとつ見えたとしても、遠近感は誤っているかもしれない。いや、もとい……誤っていると思ったほうがいい。一日のどの時間でも太陽の傾きはあまり高くならないから、冬が峠を越したあたりは特に気をつける必要がある」

「あまり影を投げかけてくれないからだ」

「そのとおり。計器類をしっかりチェックしてないと——ときにはしっかりしてても——方向感覚を失って、わからないままやみくもに飛んで、まだ一マイルくらい上空にいると思っているうちに地上に激突しかねない。歩いてるときなら崖の縁から落っこちてしまう。事実、スコット隊は何人かそんな目にあっている。二十世紀の初めごろでしたっけ、チーフ?」

エヴァーズがうなずいた。「ディスカヴァリー号で探検に向かったときだ」

ハローランはしたり顔を浮かべていた。

「そして影響を受けるのは人間だけじゃない」彼は話を続けた。「トウゾクカモメというのはどういうやつか知ってるかい?」

ナイメクは首を横に振った。

「ふつうの海カモメを思い浮かべてもらえばいいけど、もっと頭がよくて乱暴で悪魔みたいに始末の悪いやつらでね。空中から急降下してきて、指に傷ひとつつけずに人間の手からちっちゃな食べ物のかけらをかっさらっていったり、授乳をしているゾウアザラシの乳首に舞い降りて乳を飲んでいったりできるんだ。ところが、そんな研ぎ澄まされた本能と反射神経を持ち合わせてるやつらでも、ホワイトアウトが晴れたあと、何百羽か、つまりひとつの群れ全体が地上に落ちて四分の一マイルほど散らばってたことがある」

ナイメクは無言で窓の外を見つめた。エヴァーズの説明にあったように、氷のない海面への移行はとつぜんやってきた。しばらくのあいだ眼下には、浮かんだままぴたりと動きを止めているらしき密集した氷山のほかにはなにひとつ見えなかったというのに、あっと思った次の瞬間には輸送機は氷の帯を通り過ぎ、なにもない広々とした湾の上空に来ていた。ナイメクがすこし離れた前方に目をやると、長くて白い連続した境界線がおだやかな青灰色の海の上に浮かび上がり、大きな曲線を描いて視界の端まで延びていた。

今回の任務のために予習してきた情報の概要を思い出し、ナイメクはロス氷棚が近づいてきたのだと瞬時にさとった。

「あと二分ほどで最終接近進入路に入ります」エヴァーズがいった。「荷降ろしと燃料補給のためにマックタウンに立ち寄ります。時間はかかりません。それがすんだらコールドコーナーズに向けて出発します」

「そろそろエコノミー・クラスに戻ったほうがよさそうだな」

エヴァーズはうなずいた。「すみません。ウィリーのスキー滑走路はしっかり手入れされてはいますが、がたつく可能性もありますので」彼はひとつ間をおいた。「いまから一瞬、左に機を傾けます。後ろに行ってシートベルトを締める前に右側の窓から外をごらんになってください」

航空機がすこし傾くのを感じると、ナイメクは目をやった。

彼らの下ではいま、とぎれのない真っ白な一枚の板になった氷棚が日光を受けてきらきら輝いていた。ナイメクの目がひりひりするほどのまぶしさだった。その上に階段状に隆起した氷河があって、幅の広いざらざらの舌が水を探し求めているみたいに内側から海に向かって突き出ていた。この波のような氷河の彼方、平らな氷原に盛り上がった大きなこぶの数千フィート上に、凍りついた山の頂がふたつそびえていた。大きいほうの頂からひとすじの煙がたちのぼって風にたなびいていた。

エヴァーズが肩越しにナイメクを見やった。

「氷が盛り上がってるみたいに見えるあの一帯がロス島です。エレバス山とその小さな弟のテラー山、そしてマクマード基地にいる百五十人のアメリカ人の故郷です」エヴァーズはいった。「テラーはおとなしいやつです。だが、ごらんのとおりエレバスには激しやすいところがある」

ナイメクは窓の外を見つづけた。

「マックタウンが火山からさほど離れていないところにあるのは知っていたが」彼はいった。「活火山だったとは思いもよらなかった」

「そのとおり、あれは活火山です」エヴァーズはいった。「定期的にかんしゃくも起こします。エレバスは三十年ほど前からずっと噴火状態にあります……ゆっくり煮立っている状態です。一日に六回噴火して、ときにはゴロゴロいう低い音を何マイルもとどろかせます。溶岩と灰の弾がクレーターの縁を飛び越えてきます。ここ二年ほど活動が活発になって、島には地震によるかなりの揺れが起こっています」

ナイメクは振り向いて操縦士と向きあった。

「炎と氷か」ナイメクはいった。「おれも少々の経験は積んできているつもりだし、異様な光景もいくつか拝んできた。しかしこんなのは初めてだ」

エヴァーズがしばらくナイメクと目を合わせた。

「南の未知なる領域《テラ・アウストラリス・インコグニタ》」と、エヴァーズはいった。「〝アダムの息子たちに知られておらず、人類に属するものがなにひとつない土地〟。暗黒の時代に文明の歯車を回しつづけようと努力したあるベネディクト派の修道士が作成した地図のキャプションは、そんなふうに南極を説明しています。修道士は名前をランバートといいました」

ナイメクはうなった。「ここの歴史に詳しいんだな」

「飛行の合間にいろいろ読みましてね……飛行待機がいつまで続くかわからないときにはそうやって過ごしているんです」エヴァーズはいった。「しかし、ランバート翁のいうとおりでした。ここは別世界だ。というか、そういって過言じゃない。本当の意味で南極人と呼べる人間は出てこないでしょうね。だれひとり」

「たんなるお客さん、というわけだ」ナイメクはいった。

「招かれざる客です」エヴァーズは真顔でいった。「それともうひとつ、ズボンのポッケに詰めこんでいったほうがいい情報があります。さっき衛星写真の話をしましたね。空からながめると、この大陸は巨大なマンタのような形をしているのがわかります」彼は一度言葉を切って肩をすくめた。「どうかしていると思われるかもしれませんが、あれは人間への警告にちがいないと思うことがときどきあります。この土地について母なる自然の重大な警告を発してくれているにちがいないと」

ナイメクはまだ相手を見つめていた。

「どんな?」と、ナイメクはうながした。

エヴァーズはふたたび肩を上下に動かした。

「その毒針は人類に破滅をもたらすかもしれないということです」と彼はいい、無言で飛行機を着陸させる作業にとりかかった。

マクマード基地(南緯七七度八四分、東経一六六度六七分)

ウィリーというのはウィリアムズ飛行場のことで、その滑走路はマクマード基地から八マイル離れた定着氷の上にあった。極寒気候用に支給されたフードつきの赤い装備一式に身を包んだ飛行誘導員たちが、地上走行から停止まで、手の合図を使ってしかるべき位置へハーキュリーズを誘導していった。

スキー滑走路のはずれを各種車両が囲んでいた。滑走路のすぐ横にはブルドーザーをはじめ、積雪を取り除いてかき集めて圧縮する器材が並んでいた。輸送機から降りてきた乗客たちを基地の中央収容センターに運ぶために、高さ六フィートの低圧タイヤの上に持ち上げられた四輪駆動の巨大な定期往復車両《シャトル》が待ち構えていた。側面に〝イヴァン雷帝号〟と記されている。貨物のパレットを下ろすフォークリフトや、着陸時の緊急事態にそなえる消防車があり、ヴァンやトラクターやモーターつきの橇《そり》の姿もちらほら見えた。

ウィリーの施設はふつうの小飛行場のそれとくらべてもほとんど遜色《そんしょく》のないものだった。すべてが海に浮かんだ氷の板の上に構築されているという認識が薄れてしまうほどに。航空交通管制塔や、側面に波形鉄板をそなえた保守補給用の建物がたくさんあった。しかしこうした建築物はどれも移動用の台に載っている。ここより六マイルほど基地に近い長さ七〇〇〇フィートの滑走路がある主飛行場から牽引されてきたのだ。南極の盛夏にあたる十二月の何日かまでは、車輪の着陸装置をつけた標準的な航空機も飛行場を使用できる。氷の滑走路が半溶け状態になりはじめるまでは。

ナイメクはこうした情報を資料で予習してきていたが、着陸と同時に自分の目でさらに多くを学んでいた。ハローランともうふたりの搭乗員といっしょにエプロンの近くにある暖房のきいた訪問者用ラウンジに腰をおろして、そこそこ満足できるコーヒーを飲み、燃料補給を受けながら荷物を吐き出していくハーキュリーズの様子をながめつつ、いろんな話を聞く時間も充分にあった。

寄港は思ったより長くなっていた。マクマードに到着してから二時間ほどが過ぎても飛行機は氷の上に駐《と》まったままで、周囲の活動がやみそうな気配も見えなかった。華氏マイナス五〇度（摂氏約マイナス四五度）は液圧応用機械が働かなくなりはじめる危険な限界まであとわずか八度という低温のため、エンジンはかけっぱなしになっていた。この環境ではゴムホースやガスケットやバルブシールはひびが入るくらいもろくなるし、アリソンのエンジンを動かすＪＰ８の燃料は寒冷気候用の特別仕様になっていても粘ついてすんなり流れにくくなる。

紙コップの中身を飲み干したナイメクは腕時計にちらりと目をやり、それから左側の窓の外のにぎやかな滑走路を見た。そしてうーんとひとつ声を出し、両腕を伸ばした。

「合わせたほうがいいよ」カフェのテーブルの向かいからナイメクの様子を見ていたハローランがいった。

ナイメクは首を横に振り、手首を回して腕時計の表面を向けた。

「クライストチャーチでニュージーランド時間に切り替えてある」と、彼はいった。

ハローランは横にいる仲間の州兵たちを見た。そして三人全員が声をたてて笑った。

ナイメクはいらだった。「なにかおかしなことをいったかな」

ハローランは懸命に笑いをかみ殺そうとしていたが努力は無駄に終わっていた。「悪かった、怒らせるつもりじゃなかったんだ。ここの時計に合わせたほうがいいって意味だったんだ」彼は額をぽんとたたいた。「ここじゃ六カ月くらいのあいだ、太陽は昇りも沈みもしないで、バスケットボールのリングの上の蝸牛《かたつむり》みたいにまわりを這いまわるんだ。そのあと冬のあいだは冬眠に入る」

こういう説明ではナイメクをますますいらだたせるだけだった。

「太陽が半年のあいだおれの鼻先でバランスをとったとしても、別にかまわない」彼はいった。「必要な動きをするしかないんだしな」

「もちろんだ。おれはただ、自分がどこにいるか思い出してくれっていってるだけで」

「つまり、なんだ、到着と同時にスケジュールをチェックしたほうがいいと忠告したいのか?」

ハローランは眉をひそめた。

「なあ」と彼はいい、窓に向かってあごをしゃくった。「氷上で滑走路を整備するのに、どれだけ時間がかかるかわかるかい?」

いまの話に関係があるのかどうかよくわからないまま、ナイメクは首を横に振って肩をすくめた。この一週間の大半は海の上空を飛んで過ごしてきたし、その前週はすさまじい健康診断攻めにあって、つつかれたり、つっこまれたり、紙コップのなかに小便をしたりしながら多くの時間を過ごしてきた。彼は自分の不機嫌さにいらだちをおぼえていた。そして愛しのコルベットが恋しかった。

「最低でも六十時間や七十時間はかかるんだ」ハローランが自分の投げた質問に答えていた。「まあ考えてくれ。飛行場の整備員たちが雪の撤去や地ならしを全部やりおえても、そのあと吹雪が来て一面が雪におおわれたらまた振り出しに戻っちまう。よくあることだから――

しょっちゅうだから——だれもわめき散らそうとさえ思わない。いつものことにすぎない」

「きみのいいたいのは……？」

「この話が始まったときにいったとおりさ」ハローランはいった。「合わせるんだ。この土地に自分の意見を押しつけようとしちゃいけない。おおかたの国の統治機構がこの土地を統治不能と認識してるくらいだ」

ナイメクは相手を見た。この土地。言い回し自体はありふれたものだ。しかしなにやら、ハローランが繰り返しこの表現を使っていることに興味をそそられた……たしかエヴァーズも、少なくとも一回は大陸の名前を使わずにその表現を使っていなかったか？

「おとずれる状況をそのまま受け入れろ」考えをわきにやってナイメクはいった。「そんなとこか？」

ナイメクが不機嫌なのは口ぶりからも明らかだったが、ハローランは相変わらず無頓着だった。

「そんなとこだ」

「軍人にしてはずいぶん禅《ゼン》的な姿勢の持ち主なんだな」ナイメクはいった。

ハローランはにやりと笑ってフライトスーツの上着の州空軍第一三九戦術飛行中隊（TAS）の丸い袖章に触れた。青を背景に真正面から見たハーキュリーズのスキーつき輸送機をあしらい、いちばん上といちばん下に極地の氷冠が白く縁取りされたこの袖章は、コンパスを象徴するようにデザインされていた。飛行機の翼が東西に袖章の縁まで伸び、尾部の方向舵が同様に真北を指し、南の氷冠に向かってスキーが下ろされている。

「じつに禅《ゼン》的だよな」ハローランが隣にいるマシューズという仲間の中尉にいった。「ひょっとしたら飛行機の上のここに縫いつけて、うちの正式なモットーにすべきかもしれないな。どうだい?」

マシューズはにやりとして、いい考えかもなと応じた。それから三人の航空機搭乗員はまた全員で声をあげて笑った。

ナイメクはためいきをついて、テーブルに指をコツコツ打ち当てながら、ラウンジの外でうなりをあげている飛行機のエンジン音に耳を傾けた。

おまえはまだ険しく困難な学習の道の入口にいるにすぎないと、なにかが告げていた。

コールドコーナーズ調査基地(南緯二一度八八分、東経一四四度七二分)

燃料補給を受けたハーキュリーズ輸送機は、ウィリアムズ飛行場に降り立って三時間ほどしてからようやく出発態勢に戻った。着陸したときに摩擦熱で溶けた雪がふたたび凍りついて、飛行機は停止した場所にしっかり固定されていた。その氷を車輪が砕いた耳ざわりな音から出発は始まった。車輪がひっこんだあと、飛行機は離陸に向けてスキー滑走路を猛スピードでなめらかにすべっていった。

コールドコーナーズ基地は海岸ぞいに四〇〇マイルあまり南下したところにある。空をすっ飛ばせばほんの一時間ほどだ。ナイメクは後部隔室のスリングチェアのなかでじっと耐えていた。大量の貨物と騒々しいロシア人とオーストラリアのアドレナリン中毒たちを含めた乗客の半分以上はさまざまな目的地へ乗り継いでいき、居心地はずっとよくなっていた。貨物室の荷物もなくなって、すわる場所を自由に選べるようにもなり、マクマードとコールドコーナーズ両基地のながめを天の高みから楽しめる機窓のそばにナイメクは飛びついた。

ふたつの基地はおどろくほど対照的だった。上から見るとマックタウンは工業団地に似ていた。あるいは、何十年も先を見据えた長期的な計画なしにできた鉱山の町か。おそらくばらばらの建物が百から二百あるのだろう、とナイメクは推測した。バラック式の多層建築物や、アーチ形をしたジェイムズウェイのキャンバス小屋の列、それより小さい金属の皮膚をまとったクォンセットの青いプレハブ、貯蔵倉庫、錆《さび》の暗い影を落とした一ダース以上の巨大な鋼鉄製燃料貯蔵タンクといった建物が、周囲をとりかこんでいる山の斜面に並んでいた。それらのあいだにもっとずっと現代的な複合建築物がふたつ押しこまれており、全米科学財団（NFS）本部とクレアリー科学工学センターだとバリー一等曹長が教えてくれたが、ナイメクがこの基地にいだいた全体的な印象は、まとまりなく行き当たりばったりに四方八方へ広がった不細工な施設というものだった。

それとはまったく対照的に、コールドコーナーズ基地は未来のスペース・コロニーの実用模型といった趣だった……それも偶然そうなったわけではない。ロジャー・ゴーディアンがあたりまえのように複数の仕事をこなせるのは、費用効率に関する飛び抜けた嗅覚と才能を持ち合わせているからだ。このコールドコーナーズは、衛星地上ステーションと新しい宇宙科学技術センターと人類の別の惑星への長期定住適性や能力を測る実験室がひとつになった施設として構想され、基地の心臓部は六つつながったつややかな長方形のポッドでできていて、それをジャッキで持ち上げられるようになっている。この構造のおかげで、やがて南極基地の大半に雪の吹き溜まりが押し寄せ積もったときも、基地をその上へ押し上げることができる。施設の警備問題を分析してきたナイメクは、構想から建設にいたるまでずっとその進展を見守ってきていたし、中心から離れたところにある建築物のなかには補助発電装置を収めるソーラー・パネルつきの施設や、氷面下の海水を飲料水に変える脱塩工場や、車両のガレージや、三つ並んだ衛星通信用レーダードーム、そしてもちろん、ここと文明世界をつなぐ生命線である飛行場施設があった。エネルギーと環境管理と廃棄物処理の主要なシステムは、永久に溶けない氷の層の下の多目的通廊《ユーティリティ・コリダー》、通称ユーティリダーにあった。

コールドコーナーズ基地が近づいてきたとバリー一等曹長からアナウンスがあった数分後、ナイメクはスキーがころがるドンという音を感じた。そのあと飛行機が左に急カーブすると、飛行場の広大な白い平原が窓いっぱいに飛びこんできた。

最後に飛行機が地上に降りるとナイメクはシートベルトをはずし、パーカーを着てジッパーを締め、かばんを肩にかけて、航空兵たちと別れの言葉を交わしはじめた。

出口のタラップから飛行場に降りるときには風の強さに仰天した。ウィリーの縮小版といった趣のこの飛行場には、控えめな数の人員輸送シャトルと貨物運搬車が輸送機を出迎えるために待機していた。あちこちで見られる深紅のサバイバル装備に身を包んだ歓迎委員会の小さな一団もいた。マクマードより寒いような気がしたし、歓迎の一団はフルフェースのラバーマスクをつけていて、だれがだれだか区別がつかなかった。ナイメクがリーダーとにらんだ人物が、ほかの人びとの先に立って輸送機のほうへ進んできた。

ナイメクがシャトルバスに向かって二歩ほど足を踏み出したところで、そのリーダーが勢いよく駆け寄ってきて、彼をぎゅっと抱きしめた。

「ピート」マスク越しでくぐもってはいたが聞きなれた女の声がいった。そして彼の顔のすぐそばで、「ああ、どんなに会いたかったか！」といった。

ナイメクの驚きは一瞬にして喜びに変わった。唇に当たる刺すように冷たい風も忘れて、彼はこの何時間かで初めて心からの笑みを浮かべた。

そして「こっちもだよ、メグ」といって彼女を抱きしめた。

8

二〇〇二年三月十二日
スコットランドの北部高地《ハイランド》地方

ゴーリーがニュートンモアの南にある小さなガソリンスタンドの錆びた古いポンプの前で足を止め、ハッチバックの後部に向かって給油ホースを引き出したとき、別の車が反対側に停まって、運転手が彼の横に回りこんできた。

「ポンプで満タンにする前に、あんたのタンクに小便させてくれよ」男はいった。「そのほうがエンジンの健康にいいし、経済的なこと請け合いだ」

ゴーリーはノズルを振ってトランクの上のコーヒーが入った紙コップを示した。

「いや、遠慮しとこう」彼はいった。「あのコンビニの男が反吐《へど》みたいなコーヒーをもうひと瓶入れる前に、いまの申し出をしてくるといい」

「へえ、そうかい？」男はにやっと歯をむいた。「それじゃ教えてやろう。もうそいつはすませてきちまった。そこで飲んでるのが小便以外のなんだと思うんだ？」

ゴーリーはにやりと相手に歯をむき返した。

「元気だったか、コノール？」

「車で霧のなかを五〇キロ走ってくる前かい？　それともあとかい？」

「まったく、ナンを思い出させてくれる」ゴーリーはいった。「感謝してもらいたいな、ダンディー（スコットランド東部の港町）の靴箱みたいな仕事場から救い出してやったんだ。休暇も同然だろう」

コノールは鼻を鳴らした。そして「そいつは仰せのとおりだ」といった。

ふたりは手をさしだして力のこもった握手をした。

ゴーリーは燃料タンクのふたを開けてキャップをはずし、ノズルを差しこんでハンドルを握りこみながら〝給油〟の位置に保っておくロックを探ったが、それはなかった。このコーヒー、まともに飲める代物じゃないな、とゴーリーは心のなかで不平をこぼした。コノールはただで不平はこぼさない男だった。やるせないくらいひどい天候だ。煙のような灰色のもやからときおりだしぬけに雨や湿った雹《ひょう》が落ちてくる。

すりきれて煤《すす》けたガラス・パネルの奥で、ポンプの給油量を示すメーターがのろのろと回っていた。

「さてと」ゴーリーがいった。「おれを喜ばせるものを持ってきたんだろう？」

「おれのクビを何度も切れるくらいフィスカル検察官の規則をたっぷり踏みにじるものだろ？」

「そうともいう」

コノールは革のカーコートの内ポケットに手を伸ばした。そして厚紙のフロッピー・ディスク郵送用ケースをとりだした。

「ほら」と、彼はゴーリーに手渡した。「死んじまったいい女とその旦那に関する研究所の予備段階での結果だ」

ゴーリーはうなずいてトップコートにケースを押しこんだ。

「感謝する」彼はいった。「ファイルを見るチャンスはなかっただろうな」

コノールはかぶりを振った。

「残念ながら」彼はいった。「しかし小耳に挟んだところじゃ、検視官はふたりの死は殺人と自殺によるものと断定して、調査が早く簡単にすむような報告を提出する気でいるらしい」

ゴーリーはつかのま思案して、それから肩をすくめた。

「まあ様子を見るとしよう、義弟《きょうだい》」といって、彼は給油を終えた。

「おれの赤毛はどうだ?」しばらくしてゴーリーがたずねた。

「そうだな、あんたのなかでそこだけはこの天気にぴったりだ」とコノールはいった。そして給油ポンプを受け取り、指示棒のようにそれを突き出した。「興味深い事件だ」

「それで?」

「報告書はまだできあがっていない」

「コノール——いいかげんにしろ。じらすな」

ゴーリーの義理の弟は自分の車の青いフェンダーにもたれかかり、白痴のようなにやにや笑いをひらめかせた。そして自分のヴェクトラに燃料を入れはじめた。

「イースターあたりで一パイントか二パイントおごらせてもらおう」ゴーリーはついにそう申し出た。

「あんた、クリスマスに上等の葉巻を持っていたよなあ」

「あれを持ってたのはフェンネルだ、おれじゃない」

「フェンネルとあんたは城の壁石みたいに親しい仲だ」

「報告を受け取ったらうちの巡査部長を送りこんでやる」

「あんたがぼやいてた例の巡査部長は、美術品泥棒狩りの仕事に就きたくてパリに逃げ出しちまったんだろ?　あんたがバケツ何杯ぶんも涙を流して警視に訴えたにもかかわらず、取り返してもらえなかった小娘だ」

「警視にじゃない」

ゴーリーの義弟は微笑した。「葉巻十本」

「二本にしろ。一本五ポンドもするんだぞ」

「正式ルートを使ったらどうだい。たいして時間はかかるまいし」

「三本」

コノールはノズルをポンプに戻した。「じつをいうと、研究所の報告は役にも立ちそうにない。T4がちょっぴりとはいえないくらい高く、三七ug／dlを超えてたことを除いてはな。ものすごく高い数値だ、ありゃ。胃のなかに大量のフェニレフリン塩酸塩もあった。つまり、厳密な話がお望みなら——」

「コノール、そろそろ堪忍袋の緒が切れてきた」ゴーリーはいった。「どういう意味なんだ？」

「葉巻五本でどうだい？」

「葉巻についてはできるだけのことをする。最善を尽くす」

「彼女には甲状腺がなかった。つい最近甲状腺を切除したばかりだったから合成甲状腺ホルモンを服用してた。癌だったんだろうな」

「それで？」

「まあ、彼女はそれをたくさん飲みすぎたわけだ。ホルモン剤を。T4ってやつだ。医療記録を探り出さなくちゃならんだろうが、考えられるのは、頭が混乱して一日一錠じゃなく二錠を二、三回飲んだって状況だ。そのあと風邪薬を飲んだために発作が起こった。薬物の過剰摂取だ。少量ずつでもいっしょに飲めば死ぬ可能性があるのに、これじゃ助かりようがない。薬を飲むのに無分別な人間もいるんだな」

「発作か？」

「ああ。お気の毒。薬剤師のところでよく注意されるたぐいのことだ。まあ自殺の可能性もないとはいえない。しかし、自殺に使うにはじつに独創的なやりかただな。独創的すぎる。マッカイの女房みたいに銃を手に入れるほうがずっと簡単だ」

「ふつうの人間にとって銃を手に入れるのはそんな簡単な話じゃない」と、ゴーリーは断言した。あの武器の出所はまだ明らかになっていなかったが、三日前にアンドルーズ巡査をその追跡に戻らせた。

　コノールは肩をすくめた。「あれは事故だった可能性が高い。薬は一、二年前から市場では手に入らなくなっている」

「床にあったのと一致したのか？」

「そういう報告が届くだろうな」

「ほかに情報は？」

「なにも。腕の傷は献血のときにできるたぐいのものだった。甲状腺の切断は鮮やかな手並みだったそうだ。あの傷を縫い合わせるには文字どおりの芸術的な腕が必要らしい」

「彼女の顔は腫れ上がっていた」

「ああ。鼻をやられてたんだな。彼女は風邪をひいてたろ？」

「ああ」

「胸に打撲の跡があったが、たぶん倒れたときに打ったんだろう」

「風邪をひいてるときに献血できるのか?」ゴーリーはたずねた。

「だいじょうぶだ。葉巻五本」と、コノールはあとの台詞《せりふ》をつけ足した。「それとそっちの用がすんだらディスクは返してほしい」

「わかった」ゴーリーはうなるようにいった。

ではユーイー・キャメロン評議員の事故と同様、あれも事故なのだ。偶然の一致。関連のない偶然の一致。よくあるたぐいの偶然なのだ。


一頭のセイウチが事務の女の子の出した大きな菓子パンの上で牙を研ぎながら、警部補の部屋でゴーリーを待っていた。ゴーリーの机の向こうに腰をおろし、太く短いひれで菓子くずを払いのけ、しきりに巨大な口髭をさわって髭がちゃんとあるかどうかを確かめていた。

セイウチは地域副本部長だった。この男がインヴァネス管区の刑事捜査課にやってきたのがいい前兆であるはずはない。

「副本部長」部屋に近づく前におたおたしている同僚たちから警告を受けていたゴーリーが呼びかけた。

「ゴーリー警部補、けさはもう会えないかと思ったよ」と、ナブ・ラッセル副本部長はいった。

「調べに出てまして」とゴーリーは答えた。「ご用の向きは、チーフ？」

「きみの捜査方法は〈北部指令地域〉の警察官に求められる迅速かつ円滑のモットーにのっとっていないというわさがあってな、警部補」ラッセルはいった。

ほかの男がいった言葉なら笑いを誘っただろう。しかし、これを口にしたのは副本部長だった。この男がすぐにこの管区の空前の犯罪解決率を引き合いに出してくるのをゴーリーは知っていた。前年から四ポイント・アップの六二パーセントだ。それ以上に大事なのは、〈中部指令地域〉のそれを四ポイント上回っていることだ。もちろん競争があるわけではないが。

「わたしの捜査方法はどんな検閲にも耐えると自負しています」ゴーリーはいった。

「評判のいい評議員が――それだけでなく英雄たちの遺産保有者であり末裔でもある男が――巻きこまれた交通事故を、不運な事故を、きみは安っぽい自殺事件と結びつけようとしているらしいな、フランク？」

「少なくとも片方は殺人事件です」ゴーリーはいった。

「キャメロンが奥さんのほうと寝ていたのか？」

「その証拠はありません。くさいとも思っちゃいません」

「だったら、なんのつながりがあるんだ？」

「つなげるのは早計でしょうね。まだ捜査中ですから」

「捜査中だと、おい！　わたしはマスコミじゃない。なにをつかんだんだ？」

「死んだふたりの男は殺害された夜に会っていた」ゴーリーはいった。「それだけです」

セイウチが気色ばんだ。「片方は妻に殺された。もう片方は事故で死んだんだ」

「殺人行為にはちがいありません」

「捜査の結果が出るまではだ。それにあれはきみの担当じゃないだろう」と、ラッセルが思い出させた。

「担当にさせろなんて要求しちゃいません」

「しかし、そうにおわせたんだろう」

「担当の巡査部長と会ったときも、手続きには厳密にしたがいました」ゴーリーは語気鋭く切り返した。

それは事実だった。疑念は後日パブで生まれたのだから。

「フランク」セイウチは片側に体を傾け、それからまた机の前の椅子のなかにそっと落ち着いた。こまかな地理的背景にしかるべき修正は必要だろうが、このあと副本部長がいった話は、古代ローマの時代からこのかた、大英帝国の島々で警察組織の長をつとめたほとんどの人間が口にしてきたことだったかもしれない。犯罪は解決しなければならないが現実離れした考えにふけってはならん。つながりを探す必要はあるが、妄想は蕾《つぼみ》のうちに摘み取らなければならん。捜査は徹底して行なわなければならないが、雲をつかむようなあてのない追跡は認めるわけにいかん。

事件のなかにはわかりきったものもある。そして犯罪解決率のことを考える必要がある。ついに我慢の限界が来た。「彼女の手の角度は不自然だった」ゴーリーはいった。「わたしにはあれが自殺とは思えなかった」

「なんだと?」セイウチがいった。

「彼女は自殺とは思えない不自然な銃の握りかたをしていた。男かもっと力の強い人間なら、ひょっとしたらありうるかもしれないが、あの握りかたで撃ったら弾は頭を右にそれていたはずだ。あの握りかたで撃ったのなら——」ゴーリーは自分の手を使って実演した。「彼女の腕はねじれていないとおかしい」

「検視解剖した人間がそういってるのか?」

「報告書は傷の角度にしか触れていません」

「死体が動かされた可能性はないのか? 反動で腕が跳ね上がった可能性は?」

「この点は信用していただきたい、ナブ。これはわたしの直感だが——」

「直感だと、フランク?」

「わたしはあなたを交通課から救い出して——」

「きみは二十年間ずっとその話を振りかざしておどしてきた。二十年だぞ、おい」

「あと二十年使わせていただきましょう、神の思召しがあればですが」

セイウチは反論しなかった。そのときにはデニッシュを食べおえていた。彼は立ち上がった。

「この事件にケリをつけてもらわなくてはならん、フランク。ロンドンの新聞屋どもがここぞとばかりうちをネタに遊んでいる」

「あなたがロンドンのタブロイド紙を気になさるとは思わなかった」

電話が鳴って小言の繰り返しは中断された。ゴーリーは手を伸ばして受話器を上げた。

キャメロンの交通事故の担当刑事からだった。あの評議員をはねたと思われるトラックがたったいま見つかったとのことだった。


トラックが見つかったネス湖のほとりの道へ折れながら、ゴーリーは古びた石造りの家をちらっと見た。十五年前、この石造りの家にはケヴィンとメアリー・マクミラン夫妻が住んでいた。彼が初めて捜査にあたった殺人事件の現場だ。合点のゆく事件だった、あれは。警察が駆けつけたとき妻は頭を殴られて床に倒れており、夫はそれに使われたハンマーを握っていた。当時巡査部長だったゴーリーが容疑者の取り調べに使った時間は二本指で報告書をタイプする時間より少なかった。

見つかったトラックは製造から一年のフォードだった。〈ハイランド特殊運輸〉という会社の車で、キャメロンが殺された夜に盗難にあっていた。ディーゼルエンジンの牽引用大型トラックで、前のフェンダーにかすかな傷があり、ヘッドライトのひとつが壊れており、若い刑事が予備報告で使った言葉をそのまま引用するなら〝仕上げの塗料ではない赤い乾いた異物〟がフェンダーの上に付着して小さなしみになっていた。

「うちの直通電話に通報がありました」ルイスがいった。「新聞もたまには役に立つもんですね」

ふたりの捜査官が運転台のそばに立ち、鑑識のひとりが車の床に小さな電池式の真空掃除機を走らせた。トラックの外装にほとんど汚れは見られず、道路わきで一週間埃を積もらせていたとは思えなかった。

「これまでわたしが見たなかでいちばんきれいなトラックですよ、内も外も」ルイスがいった。「床からものを食べられるくらいだ」

「掃除機で掃除してあるわけだ？」

「たぶん」

「しかしフェンダーに血痕らしきものがある。それとガラスにも」

「はい」

フェンダーにDNA検査をほどこし、ヘッドライトのガラスと現場に落ちていたガラスを照合できる。このトラックがキャメロンの命を奪ったものならそう判明するだろう。

「キャメロンの発見現場からここへは五分もかかりません」ルイスがいった。そして額の髪を押し戻した。頭に禿げている場所はないが、櫛を入れて禿げを隠そうとするようなしぐさだった。「事故のあった朝からここにあったのだとしたら、わたしを含めた二十数名の警官が少なくとも二回はそれを見逃したことになります」

「ここに置いていったのはいつだと思う?」ゴーリーはたずねた。

ルイスは肩をすくめた。「バリケードを築いて、仕事帰りの通行人たちに質問してみます」

ゴーリーは二、三歩後ろに下がって現場を見渡した。道の反対側の路肩には車が待機できるだけの広さがあった。松の木陰に車を駐めるのは簡単だ。

キャメロンの帳面に〝特殊運輸〟という名称はなかったか?

ゴーリーはポケットの手帳を探ってとりだしたが、開きもしないうちから、評議員の帳面に書かれていた内容を書きつけていなかったことに気がついた。

へぼ刑事の仕事だ、こいつは。あのセイウチに知れたら、なんていわれるか。

「巡査部長、借りられる電話はないか?」と、彼はルイスにたずねた。

「わたしの携帯電話があります、警部補」

ゴーリーは手をさしだした。

呼び出し音の二回目で、妹の友人でアメリカ人のメラニーが出た。キャメロン嬢は外出していたが、わたしが帳面を確かめましょうとメラニーが申し出た。彼女が引き出しを開けているあいだゴーリーは耳を傾けていた。

「右？　それとも左？」と彼女に訊かれ、ゴーリーは狼狽した。

「左だったと思うが」

「なんにもないわ。待って、右を見てみるわ」

帳面はそこだった。二冊目のなかほどに“Hgh Spec Trprt?”という記述があった。

ハイランド特殊運輸《スペシャルティ・トランスポート》だ。それとも、きわめて特殊な運輸《ハイリー・スペシャル・トランスポート》か。あるいは、ヒュー・スペクター運輸か。

「電話番号があったでしょう？」ゴーリーはいった。「読み上げてもらえませんか？」

近くにかけるだけという巡査部長への約束を破ることになったが、その番号を巡査部長の電話に打ちこんだ。折り目正しい感じだが非常に若いお役所的な声が、受話器の向こうから答えた。

「UKAE核廃棄物管理局、運輸部です」

「運輸部？」

「どういったご用でしょう？」

「おたくの仕事を具体的に教えてくれないか、坊や？」

「いたずら電話でないと納得できる説明をしていただかなければ、電話を切らせていただきます」と、男はいった。

ゴーリーが自分の身分と電話をしているおおよその理由を説明すると、若い男はたちまち協力的になった。この地域の〈土地環境特別委員会〉の一員だったキャメロンと話をしたおぼえがあると男はいった。評議員からは使用ずみ核燃料の輸送に適用される慣例と規定について問い合わせを受けた。長い話をしたわけではない。キャメロンにはコンスタンス・バーンズに問い合わせるようすすめた。UKAE廃棄物部の部長は代議士には自分で応対したがるのだ、と男は説明した。

「VIPはみんな部長が引き受けます」若い男はいった。「彼女と評議員が話をしたかどうかはよくわかりませんが、評議員が彼女のところに問い合わせたのはまちがいないと思います」

「ちょっとお話を聞きたいと、そのひとに伝えてもらえないか？」自分にVIPの資格があるかどうかはよくわからなかったが、ゴーリーはいった。

「すみません、いま彼女は休暇をとっておりまして、スイスにいます。毎日、朝と夕方に電話がかかってきますが。あなたの番号をお伝えしましょうか？」

「どうして逆に彼女の番号を教えてくれないんだ？」

「ええと、その、うちにはプライバシー保護の方針が――」

「おいおい、いい子だから」ゴーリーはいった。

「うーん」

「いつなんどき便宜が必要になるかわからんぞ」と、警部補はほのめかした。

「じつをいうと、便宜を図ってもらえるならお願いしたいことが。スピード違反の呼び出し状がありまして」

「スピード違反？　いつハイランドに来たんだ？」

「ガールフレンドのほうでして、警部補。彼女から休日に誘われて、その、ご想像はつくと思いますが……」

「呼び出し状の始末をなさるんですか？」バーンズ女史の携帯電話の番号を打ちこむゴーリーにルイスがたずねた。

「きみがやってくれるとありがたいな」と、ゴーリーはいった。

電話にはだれも出なかった。ゴーリーは留守電にメッセージを残し、そのあとこんどはホテルにかけた。フロントから部屋に電話してもらったが応答はなかった。

クロマーティ峡湾発電所の所長は使用ずみウランの輸送がいかに安全かを強調していた。ゴーリーは車で発電所を訪ね、この問題がなぜ頭を離れなかったのか、その理由を突き止めることにした。

不意をつかれた受付は何分か費やして、ゴーリー警部補をホーレスの部屋へ送り届けるのに適当な付添人を見つけた。所長室に着いたとき、家具のつや出しのにおいといっしょに書類の山もすこし大きくなっていることにゴーリーは気がついた。ホーレス本人は相変わらずで、その態度は高慢とはいわずともていねいとは呼びがたいものだった。

「ユーイー・キャメロンから電話を受けたかどうかは思い出せませんな。秘書に日誌を調べてもらうといい」と、ホーレスは告げた。この所長は万年筆を持ったまま、質問に答えるたびに机のいちばん上の書類にちらっと目を落としては、また一枚書類をチェックしていった。

「よろしければ、そうさせてもらいましょう」ゴーリーはいった。

「マッカイが発電所のことで彼のところに電話したんですか?」

「わかりません」

「彼はわたしのところにはなにも持ってこなかった」ホーレスはいった。「なんの問題も報告されていない」

　ゴーリーはうなずいた。問題が起こったときマッカイがホーレスに話をしなかった理由はいくらも考えられた。たとえば、ホーレスも一枚かんでいるのではと考えたからかもしれない。

「では、あなたの秘書と話をさせていただきます、そのあとマッカイの秘書とも」と、ゴーリーはいった。

「どうぞ」と、ホーレスはいった。彼はもう机に頭をくっつけるようにして、書類に並んだ空白にすさまじい勢いで照合ずみのしるしを入れていた。

秘書の記録にはマッカイが死んだ前週にマッカイと会う予定は記されておらず、その記録によれば、マッカイがやってきて以来、定期スタッフ会議のときを除いてふたりはまったく話をしていなかった。ゴーリーはその点にはなんの判断もくださず、彼が入口に現われたときトーラ・グラントが眉をひそめたことにも気を悪くはしなかった。マッカイの代わりが来ていないせいで、彼女は書類の処理に追われて過労ぎみらしい。ゴーリーが最初に部の職員名簿を求めると、彼女の顔はさらにむずかしくなった。

「それは人事部のアディーのほうへお願いします」腕組みした腕に指の爪を食いこませて彼女はいった。

ゴーリーはうなずいた。「ミス・グラント、廃棄物を原子炉から移すにはどんな手続きが必要になります？」

「すべての段階を知っているとはいいかねます。手続きのことでしたら男性職員に訊いてください。ゴミを片づけるのとはわけがちがうんです、警部補さん。使用ずみ燃料には慎重な取り扱いが必要です。膨大な数の規則があります。原子炉のそばにある池のひとつで冷却をしなければなりません。使用ずみのロッドはかなり長いあいだ――何年も、外には出しません」

「マッカイさんがやってきてから使用ずみ燃料を移送したことは？」

「記録にあたってもよろしいですが、前回は八カ月前だったと思います。決まった時間割というものはありません。なにしろ、あれを再処理する場所は非常に限られていますし、移送には大変な手続きが必要なんです。使用ずみのロッドは特殊なコンテナに入れて運ばなければなりませんし、国外へは特別な船でしか運べません」

「その船の所有者は？」

グラントは眉をひそめたが、コンピュータのキーボードを引き寄せた。そしていくつかキーを打って住所録を出した。

「BNFL。英国核燃料公開会社。おわかりいただけると思いますが、資料はごく限られています。ややこしいのは輸送の方法です。送り先はセラフィールドが多いですね」

「マッカイさんがやってきたあと、前任者は？」

「マシュー・フランクリンはUKAEに移りました。エネルギー委員会です」

「仕事熱心でしたか？」

「わかりません。わたしはマッカイさんといっしょにこっちに来ましたので」

ゴーリーは言葉をとぎらせ、先をどう続けるか思案した。秘書は頭の横の髪を耳の後ろにかき上げ、全身を波打たせてためいきをついた。優秀なほうなのだろうが、仕事に追われているのとボスを失ったことでいささか頭が混乱しているらしい、とゴーリーは思った。魅力的な丸顔をしているが、五年もしたら、あるいはもっと早いかもしれないが、顔はいわゆる十人並みになって、腰まわりがふっくらし、脚も太くなるのだろう。自分の妻を思い出してゴーリーはこの娘に同情をおぼえた。

「ユーイー・キャメロンがどういう人物かご存じですか?」と、彼はたずねた。

グラント嬢は首を横に振った。

「マッカイさんはだれか政府職員の話をしてなかったですか?」

彼女はまたかぶりを振った。

「しそうにもなかった?」

「大事な問題はすべて所長が処理するのが通例でしたから」と、グラント嬢はいった。

マッカイはスケジュール帳をつけていなかった。部の通話記録にキャメロンの電話番号は現われず、ふつうとは思えないあのカーダ・ダフのもの以外はだれの番号もなかった。マッカイが死ぬ前に取り組んでいた用紙や書類を次々とゴーリーに見せていくあいだに、秘書のためいきは大きくなってきた。ゴーリーがおかしいと思うものはひとつもなかった。それとも、なにもかもがおかしいのか。なんともいえない。

「〈特殊運輸《スペシャルティ・トランスポート》〉」彼はようやくいった。「この名称に心当たりは?」

「使用ずみ燃料や大きなものを取り扱うトラック運送業者です」秘書はいった。

「ここにそれと関連した報告書は?」

「輸送記録があります」と彼女はいい、ファイルのある場所へ行ってぱらぱら目を通した。

ゴーリーはフォルダーを受け取って机の上で開いた。フォルダーのいちばん上に四枚の汚い紙片があった。別の報告書からコピーされたもので、別の報告書ももっとぶあつい綴じこみ書類からコピーされたものだった。この四枚には積みこんだ時間と輸送経路と引き渡し場所が記されていた。どれも〝付随事項〟と〝注釈〟の箇所は空白だった。

「廃棄物が積みこまれ、次の輸送機関に受け渡されたときに記録するものです」秘書はいった。「原本は委員会が保管しています」

「UKAEが」

「ええ」

「マッカイ氏がこれを調べていたとしたら、どういう理由だろう？」ゴーリーはたずねた。

「調べていたのだとしたら、別の使用ずみ廃棄物輸送計画を手伝うためでしょうね。わたしが仕事に戻るとお困りになります、警部補さん？」

ゴーリーはうなずいたが、秘書はためらった。「聞きました——エドの女が……」

「ああ、カーダ・ダフか。あれは自殺ではないような気がする」と彼はいい、さらにあとを付け足した。「たぶん薬物による事故だ」

秘書は口元をすぼめるように閉じて頭を振り、机のほうへぱっと顔をそむけて泣いた。

ゴーリーは書類に注意を戻した。日時と廃棄物の量のわずかなちがいを除いては、そっくり同じといっていいほどだった。積みこみはかならず同じような夜遅い時間に行なわれ、同じ経路で運ばれ、およそ六十分後に波止場の積み降ろし区域で引き渡されていた。

ゴーリーは手帳をとりだした。キャメロンの帳面にはリン峡湾橋の名が書かれていた。あの橋はここに出てこない――たいした目じるしでもない――しかしあのトラックはあそこを渡ったはずだ。

そうか、マッカイはそこに気がついたのだ。

ゴーリーは輸送の日時を書きとめ、確かめるまでもなくそのひとつに橋が閉鎖されていた期間が何日か含まれていることを確信した。

9

二〇〇二年三月十二日
地球上空九三〇〇万マイル

誕生から四十五億年を経た太陽にとって、これから起こる出来事はなんら異常なことではなく、大気と回転運動の過程で起こる自然な相互作用がもたらす結果にすぎなかった。

煮えたぎるガスとプラズマのかたまりである太陽は、わたしたちの惑星のような固い球体とはちがい、回転軸を中心に一体となって回転しているわけではない。むしろその回転は流動的で、半径の八五パーセントを占める外層を構成している放射と対流の領域は両極付近より赤道のほうが速く回転する。このため北の正磁極から南の負磁極へ経線にそって走る磁力線は、引き伸ばされたりねじられたりする。

以下のようなモデルを考えるとわかりやすい。

水平方向で三つに切断された球を思い浮かべてほしい。次に、切断されたそれぞれの部分にピンを刺し、上端から下端にゴムひもをかけたと想定する。球のまんなかの部分を残りの部分より速く回すと、回転にしたがってゴムひもは伸ばされていく。まんなかをあとの部分より速く回しつづけると、ゴムひもは球にぎゅっと巻きつき、ついには絡みあったりもつれあったりする箇所が現われる……先にプツッと切れてしまわないだけの弾性があると仮定すればだが。

　太陽がこのような速度に差のある回転をしているために、ガス状の外層を貫いて走る磁力線は伸びたりもつれあったりして、同じようなもつれを、つまり幅の広い渦巻き状の磁場が生じる。その磁場は正負の極性が対《つい》になったものから成ることが多く、小艦隊の船のように小さな磁場を並べていっしょに太陽の表面を横切っていく。細くなった力線は正の磁場から突き上がり、負の磁場に引きこまれて、正負が対《つい》になっている閉じたループをつくり、そのループは太陽のコロナに向かって数千マイル外側まで達する。この強力な磁場の力が太陽をとりまく大気に及ぼした圧力が、内側から吹き上がる熱いガスの流れを鈍らせる。その結果、こうした磁場におおわれた領域の温度は周囲より二〇〇〇度ほども低くなり、地球から見ると黒いしみのように見える。

　これらは太陽黒点と呼ばれ、十一年から十二年の周期のなかで最小から最大まで数を増やしていく。典型的な黒点は数日をかけて、ときには数カ月をかけて大きくなり、周期が頂点に達したあとは縮んでいき、磁力のひももほどけていく。太陽の回転につれて表面を横切る黒点は、赤道あたりでは二十七日、両極付近では三十五日をかけて一周する。

　ゴムひも同様、黒点から伸び上がる磁力線はときにプツンと切れることがある。これが起こるのは磁力線が太陽の表面から二五万マイル上空という限界を超えて伸び上がり、コロナを突き破ったときだ。そのときに素粒子の燃えさかる大渦巻きのなかに蓄えられたエネルギーが解き放たれる。そして素粒子は宇宙空間へ吹き出し、電磁波の嵐が吹き荒れる。

これは太陽フレアと呼ばれ、その放射は、地球に向かった場合には数日のうちに地球を直撃する。大きなフレアになると太陽表面の八〇〇〇平方マイルにおよび——これは地球の十倍にあたる——一〇〇メガトンの水爆数百万個の爆発に匹敵する威力で地球の磁場に世界的な擾乱《じょうらん》を引き起こすことが知られている。完全な予測はむずかしいものの、黒点活動のいちじるしい増大は太陽フレア発生の指標と考えていい。

黒点の周期が頂点をむかえていた三月三日、日常的に黒点の動きを追っている天文学者たちの目をそれほど引くものではなかったそばかすのような黒点の群れが、太陽の裏側に移動した。そのあと、地球から目で観察ができなくなった二週間のあいだに、この黒点群は裏側で大きくなり、数を増やし、長い密集したひもの形をとりはじめた。そして三月十二日にはきわめて非対称的な形の黒点群になっていた。ぎっしり密集した箇所が顔じゅうにできた汚い吹出物のように太陽の裏側に広がっていた。大きさと数の段階的成長はこのあとさらに何日か続くことになる。

重ねていうが、長い目で見ればこの急激な大発生はいっときのささいなことだ。太陽の生涯のなかで千年に一度くらいは起こる現象だ。

なんら異常なものではない。

しかし人類の歴史年表には、文書に正確に記録された前例はなかった。

後日、これに匹敵する出来事が最後に起こったのは西暦四八〇年の夏であるという数名の学者の見解をめぐって論争が巻き起こる。マヤ文明初期の象形文字の石碑を含めて、この年については中国と朝鮮とバビロニアとケルト人と中央アメリカに記録があり、これは太陽黒点の模様が急速な変化を見せ、極地から何千マイルにもわたってまばゆいほどに明るい荒々しい北極光と南極光が見られたことを示す相関的な証拠と解釈されてきた。そしてこの同じ夏には、スパルタ王レオニダス一世と三百人のスパルタ軍戦士が〝熱い門〟と呼ばれるエーゲ海沿岸とギリシャ中部のあいだの狭い山の峠で、攻めこんでくるペルシャの何十という大軍に雄々しく抵抗したが、背後から守備隊に襲いかかることのできる山越えルートをペルシャ軍に教えた地元の裏切り者がいたために皆殺しに近い憂き目にあっていた。

偶然の一致か？　おそらくそうだろう。この峠で敵を食い止めようと決断する前にレオニダスが参考にした神託には、天空に起こった見たことのない現象についての解釈が影響を及ぼしていたといわれてはいるが。

こうした憶測は別にして、最大級のすさまじいものだったとしてもひとつの磁気嵐が古い時代にギリシャをはじめとする各地の出来事に重大な影響を及ぼしたかといえば、やはり疑問はぬぐえない。

なにしろそれは、その衝撃波でとんでもない混沌状態におちいるような長距離通信網や高圧送電線網に、まだ文明社会が依存していなかったころのお話なのだから。

南極、コールドコーナーズ基地

廊下の洗面所への旅はピート・ナイメクに、マクマードで予感した険しい学習の道を一歩進ませることにもなった。

自分にも責任の一端はある、とナイメクは思った。ウィリーの乗客用ラウンジで三、四杯コーヒーを飲んだせいか、ハーキュリーズの離陸後まもなく、彼は尿意をもよおした。しかし貨物区画の仮設トイレを隠しているシャワーカーテンのなかを、つまり小便用のじょうごとおぞましいはねが飛び散ったプラスチックの肥桶がついている五五ガロンのスチール製ドラム缶をちらりとのぞき見ただけで、彼はコールドコーナーズに着くまで我慢することにした。そしてようやく、メガンのオフィスに向かう途中で彼女からトイレ休憩のできる場所を教えてもらった。

男女共用トイレでただひとつの仕切りのなかに入ったナイメクは、ボクサーショーツと長い防寒下着とフランネルの裏地がついたブルージーンズと重ね着しているさまざまなシャツを引きはがすのは、忍耐と自制が必要な厄介な運動であることを知った。しかし、きまりの悪い思いをせずにどうにか作業をすませることができた。

そしてそのあと、手を洗うとき水を出しっぱなしにしてはならないという貼り紙の指示にしたがって洗面器に水を満たし、液体石鹸をつけて、栓をした洗面器のなかで手を洗った。新しい冷水で顔を洗おうとしかけたとき、一覧になった長い〝べし〟〝べからず〟集の二番目の項目が目に入り、ひとりにつき洗面器一杯分が限度になっていることを知った。これでおしまいか。

ペーパータオルで手を拭き、容器に投げ入れてドアに向かった。そばの壁にコイン投入式のコンドーム・マシンがあった。足を止めて掲示を確かめた。驚きはしなかったが機械の中身は支給品ではなかった。

ナイメクは洗面所を出た。男女入りまじった小さな一団が不審そうに横目で彼を見ながら通り過ぎていった。とまどいながらも彼はメガンの待つ廊下に向かった。

彼女のオフィスでふたりだけになって腰をおろすと、さきほどの不愉快きわまる視線について彼女に質問した。

「規則は守っていたぞ」と、彼は右手でボーイスカウトの名誉の身ぶりをした。「守ってなかった場合に彼らがどうやって気がつくかわからないが」

メガンは机の向こうから面白そうな表情で彼を見た。

「あのひとたちは、ほとんどがOAEなの」と、彼女はいった。

ナイメクは顔をしかめた。「ほとんどが、なんだって？」

「長期滞在南極調査員《オールド・アンタークティック・エクスプローラー》……氷の上が長いひとたちよ」彼女はいった。「ごめんなさい。しばらくいると、ここ独特の言い回しに毒されてくるの」

「しかし、それと彼らの態度といったいなんの関係があるんだ？」

「隔離は排他的な精神構造を生むの。スタッフには局外者にとげとげしくなる傾向があるのよ。つまり局外者と察知した人間にね。そのとげをきわだたさせる原因のひとつが、水の消費量というわけ」

「やれやれ」ナイメクはいった。「訪問予定の例の政治家たちはもっと愛想よく迎えてもらいたいな」

メガン・ブリーンは微笑を浮かべた。彼女の笑みはいつも本物だ。そしていつも控えめだ。ここ数年のあいだにナイメクは、世間にはこの組み合わせをすなおに受け止める人間と受け止めない人間がいるのを知った。すなおに受け止める者は魔法にかかって手も足も出なくなる。受け入れない者は彼女を計算高くひとを操るのが巧みな女と考える。彼女がロジャー・ゴーディアンの懐刀をつとめている男性優位の世界では、その割合はほぼ半々だった。

ナイメクはこの笑みをそのまますなおに受け止めていた。

「うちの脱塩工場が一日に製造する利用可能な水は、多いときで一万五〇〇〇ガロンよ」彼女はいった。「料理に掃除に機械に車両に水栽培……あらゆるものに使われているわ。そういうとかなりの量と思うでしょう、ピート。でもね、水を出しながら手を洗うと二ガロン必要だけど、洗面器にためて使えば一ガロンですむわ。なんならシャワーの効率のいい使いかたと悪い使いかたの比較統計値も並べ立てることができるし――」

「トイレのもあるにちがいない」彼はいった。

「ごく少量の流しかたなら一・五ガロン。標準モデルの場合は三から五ガロンよ」

「あの貼り紙をしたのはきみなんだな？」

「言葉も自分で選んだわ」

「だったら、ひどい歓迎を受けた一件は不問に付そう」

ふたりともいまは笑顔を浮かべていた。

「名札ができるまで待って」彼女はいった。「不愉快な思いをさせた相手がだれか知ったら、あの不平分子たちもあわててじゅうたんの下に逃げこみたくなるわ」

ナイメクはすわったままオフィスをさっと見まわした。よく整頓された小さい真四角の部屋で、青みをおびた防音パネルが張られており、蛍光灯は頭上のくぼみにとりつけられていた。窓が一枚もない。部屋に活気を添える装飾のたぐいもなにひとつない。メガンの右側の壁は、ほとんどが二枚の大きな地図におおわれていた。一枚は南極大陸の衛星画像。巨大なマンタのような形だ。もう一枚には涸れ谷《ドライヴァレー》のぎざぎざの地形が示されていた。後者には赤、黄、青の三本のピンが異なる地点を目立たせていた。

ナイメクはメガンに目を戻した。最後に見たときの彼女は颯爽《さっそう》とした女企業戦士の権化《ごんげ》だった。高価なデザイナー・スーツと肩の上で切りそろえたV字形のあかぬけた髪型で、自分が勝利を収めるために戦っていることを世間に示していた。いま彼女の髪は胸当てつきのオーバーオールと栗色の綾織りのシャツの上までゆるやかに垂れ下がって、濃い鳶《とび》色のうねりで顔を縁取りながら、とっぷり日が暮れた黄昏のアイルランドの松林のように大きなエメラルド色の瞳をきわだたせていた。ずだ袋を着ても彼女は変わりなく美しいだろう、とナイメクは思った。

彼はすわったまましばらく彼女を見ていた。検討すべき問題は一ダースも思いつく。どれも差し迫った問題ばかりだ。彼が遠く離れた母国から解決するためにやってきた事件と関係のあるものばかりだ。しかし、いちばん最初に話したい問題をどう切り出せばいいのかよくわからなかった。

「それで」彼はいった。「どうしてた？」

メガンは机の上に両手をおいたまま肩をすくめた。

「寒かったわ」彼女はいった。「そして、おおむねずっといそがしかったわ」

「いそがしくないときは？」

「寒くてさびしかったわ」

ナイメクは彼女に小さくうなずいた。サンノゼ本社の彼女のオフィスには何枚か写真があった。花瓶には通りの花屋で買ってきた新鮮な花が飾られていた。そしてたっぷりの日差しがあった。

「ひとは南極に来て自分を知るそうだ」彼はいった。「あるいは、自分を創造しなおすそうだ。ここは既知のあらゆるものからかけ離れている。空白の世界だ。そこに書きこみをしているみたいな気分になるにちがいない。空白のページに自分の人生を書き入れているみたいな気分に」

メガンはまた肩をすくめた。

「そういうひともいるかもしれないわね」彼女はいった。

「じゃあ、きみは?」

彼女は一瞬ためらった。それがなければ、この質問になんの動揺もなかったふりに成功していただろう。

「こんな場所は地球のどこにもないわ。雄大な土地よ。独特の美しさがあるわ。静かに考える空間と時間をひとに与えてくれるわ。だけどわたしがここにいるのは、わが社の活動を軌道に乗せるのにわたしが必要だってゴードにいわれたからよ」

「では、ボスのたっての頼みじゃなかったら……」

「あったかいひざの上に飛び乗る子猫みたいにカリフォルニアへ駆け戻るわ」彼女はそう答えてまっすぐナイメクを見た。こんどの答えによどみはなかった。

本当に気になっている疑問を問いただしてみようか、とナイメクは考えた。しかし思いとどまって話題を変えることにした。そして涸れ谷《ドライヴァレー》の地図のほうにくいっと頭を傾けた。

「あのピンは行方不明になった捜索隊に関係のあるものだな」と、彼はいった。

「ご明察よ、ピート」メガンは椅子にかけたまま くるりと回転し、地図と向きあって指を差した。「黄色のは彼らが野営した場所よ。マケルヴィー谷がブル峠の北口と交わるところ。見える？」

ナイメクはうなずいた。

「赤いピンは野営地から四マイルほどまっすぐ峠へ進んだところ」彼女はいった。「彼らが最後に目撃された場所よ」

「目撃者は？」

「ラス・グレインジャーというヘリコプターの操縦士。マクマード暮らしが長いひとで、あの峡谷一帯にある調査基地へ定期的に飛んでいるの」

「うちの捜索隊となにか接触は？」

「なかったわ」といってから、彼女は一瞬考えこんだ。「いえ、訂正させて。挨拶だけは交わしてるわ。だけどラスがスカーボローたちの上空を通過したのはまったくの偶然だったの」彼女は一度言葉を切った。「彼らにはなんの問題もなさそうだったそうよ」

「それはいつごろのことだ？　何時ごろかという意味だが？」

「何時かといわれると紛らわしい話になるわ。でもあなたがなにを訊こうとしているかはわかるような気がするから、その文脈で答えさせて」彼女はいった。「一年が六カ月の昼と六カ月の闇にざっと分けられる土地だから、時間の決めかたはそれぞれの基地の裁量に任されているようなものなの。たいていの基地は通信が楽になるから母国の時間帯に時計を合わせているわ……でもそれだと、ほかの基地と取り決めをしなければならなくなったとき混乱におちいりかねないでしょう。このコールドコーナーズではグリニッジ標準時を採用しているわ。たんにマックタウンがそれを使っていて、両者にかなりの交流があるからってだけの理由だけど」

「なら、とにかくスカーボローの率いる一行がその操縦士と接触したというそのときだ――」

「ええ」メガンはいった。「ラスはマーブル岬に向かっていたわ」彼女は涸れ谷《ドライヴァレー》の地図上の位置を身ぶりで示した。「あそこはウィルソン谷氷河のふもとにある小さな燃料補給施設でね。マクマードからは北西に五〇マイルくらいのところよ。勤務時間内に立ち寄る予定の最初の二カ所をすませたあとだったそうだから、ラスがうちの一行を見たのは午前七時くらいだと思うわ」

「彼らが外を歩いていた時間は、どのくらいと……？」

「長くて二時間ね。彼らが旅した地域には単調な岩だらけの箇所がいくつかあったけど、スカーボローは早めに野営地を出たでしょうから」

「軍隊時代の習慣か？」

　彼女はうなずいた。「一分も無駄にするタイプじゃないわ」

　ナイメクは地図に目を凝らしてじっくり考えた。

「彼らは出発しはじめたところだった」彼はいった。

「ええ」

「その日の朝、操縦士が彼らを見たあとは？　どこの地点からもコールドコーナーズに報告は入っていないのか？」

　メガンは首を横に振っていた。

「報告はたいてい本人たちの裁量に任されるから。もちろんローヴァーを発見していたら連絡が来ていたでしょう。どう見ても助けが必要だったらね。だけどうちは一度も遭難救助信号《メーデー》を受け取ってないわ。そこなのよ、ピート……困ったことになったのならなぜスカーがそれを知らせてこなかったのか理解しようとすると、心配でたまらなくなるの」

「おれもボスも不思議でならなかった」ナイメクはあごをこすりたてた。「その操縦士から直接話を聞けるチャンスはないだろうか？」

「段取りをつけるのは簡単なことよ。ラスはしょっちゅううちに寄って手を貸してくれてるから」

ナイメクは満足してうなずいた。彼はまだ地図を見つめていた。

「青いピンはスカウトⅣの送信がとだえた地点だな」

「ええ」メガンはいった。「捜索隊の野営地から見た峠の反対側の端ね。一二マイルほど離れているわ」

「なぜ彼らはもっと近くにテントを張らなかったんだ？」

「あの峡谷一帯に入りこむにはヘリコプターを使うしかなくて、ブル峠への着陸には危険がともなうの。幅の狭い箇所がいくつかあるし、風も変わりやすいわ。だから北のマケルヴィー谷と南のライト谷のあいだにいくつかある降下地帯のなかから選択するしかないの。そして、ライト谷から歩いて接近する経路は障害だらけなの。山の背やら丘やら、ありとあらゆる小高い切り立った場所があって」

ナイメクは黙って考えこんだ。そして壁の地図から向き直ってメガンを見た。

「どのくらいあればヘリコプターを用意できる？　おれが自分の目でその地域を調べられるように？」

メガンは机を挟んで彼と向きあった。弱々しい笑みで口元がひきつっていた。

「気がかりなことでもあるのか？」ナイメクはたずねた。

「ピート、いまの台詞をいったのがほかのひとだったら冗談に決まっていると思ったでしょうね。ここに着いてまだ一時間もたっていないんだから。お腹にすこし食べ物を入れなさい。

しっかり休息をとりなさい。計画を練るのはそれからにしましょう」

「飛行機のなかで少々まどろんできた」と、ナイメクはいった。

メガンは口をすぼめるように閉じた。口元に完全な笑みは浮かばなかった。

「折衷案はどうかしら？」彼女はいった。「いっしょにカフェで軽く食事をするの」

「腹は減ってないし——」

「きょうのおすすめは、自家製のパンに七面鳥のあつあつの胸肉を挟んだサンドイッチよ。うちの温室トマトは信じられないくらいおいしいわ。それとコーヒーも。選りすぐりのラテとモカ。カプチーノもあるわ。それにエスプレッソも。ふつうのがお好みなら、ふつうにロ一ストした豆をブレンドしたのも四、五種類あるわ」

ナイメクは彼女を見た。

「南極でラテか」彼はいった。

彼女はうなずいた。「ここはアップリンクの基地ですからね。そのうえ、わ、た、し、の基地だもの。こんなみすぼらしい地母神みたいな服を着てても、わたしはメガン・ブリーンですから」

ナイメクのほうもふっと顔をほころばせずにはいられなくなった。

「わかったよ、姫」彼はいった。「食事に行こう」

地球から一〇〇万マイル

人工衛星は独りぼっちの夜鳥のように大気圏外の宇宙空間をすべり抜けながら、太陽風に乗って襲いかかってくる嵐の前兆を鋭い電子の感覚器官で捕捉していた。

太陽観測衛星SOHOは一九九〇年代に、太陽と太陽圏からの放射に関する豊富な科学情報を集めるためにNASAと欧州宇宙機関（ESA）が設立した合同宇宙探査衛星だ。アトラスIIAS（アトラス／セントール）打ち上げロケットの上段に搭載されてケープ・カナヴェラルから離昇した十四カ月後の一九九六年三月初旬に、この衛星はL1ラグランジュ点の名で知られる時計と反対まわりに太陽をめぐる軌道に乗った。ラグランジュ点というのは、宇宙にある小さな物体にはそこに強い引力をはたらかせるふたつの天体間で安定した軌道にとどまることのできる位置が存在する、という理論を打ち立てた十八世紀フランスの大文学者、ジョゼフ＝ルイ・ラグランジュにちなんだ名称だ。

物体は数式ではじき出された軌道にいなくてはならない。この星と星の綱引きを受けている物体がその位置から数度以上ずれると、精密なバランスがくずれてその軌道はたちまち崩壊する。

SOHOの場合、L1点は地球から月までの距離の四倍に等しく、その点から大きくそれることがあれば、制御を失って地球か太陽に飛びこむはめになるのは避けられない。しかし、観測衛星の開発チームが取り組まなければならない厄介な問題は、SOHOにとってより好ましい軌道の位置がL1点をわずかにずれたところにあることだ。向かいあうふたつの球体をまっすぐ結んだ線上に衛星がある場合には、電波障害が生じ、空電雑音がデータ送信に悪影響をもたらすからだ。もうひとつの問題は、太陽系のほかの天体——遠くの惑星や衛星や小惑星——にもそれなりの弱い引力があり、それがSOHOの通り道をあっちこっちへ小さく揺らしてついには悲惨な結果を招きかねない点だった。

この両方の問題に開発チームが見つけた解決法は、耐用年数に限界が生じるのを承知で、周期的に軌道を調節する搭載型推進システムをSOHOにそなえつけることだった。反動推進エンジンの動力源であるヒドラジン燃料をひとたび使い果たせば、SOHOはしかるべきラグランジュの位置から足を踏みはずし、宇宙空間をころげ落ちて回収不能になる。

当初の計画では、巨額のドルを投入したこの宇宙船は推進剤の蓄えが干からびて任務を果たせなくなるまで二年から五年のあいだ探査と実験を行なうことができるとみられていた。

六年後のいまも、まだ衛星はしっかり頑張っていた。

長持ちするように造られたものは、思った以上に長持ちすることが多い。

二〇〇二年三月、SOHOのペイロード・モジュールにある一ダースもの科学機器のうちSWANとMDI/SOIのふたつが、かつてのアメリカ大草原の農民ならイナゴ風と呼んだであろう天体物理学の大嵐を嗅ぎつけた。

ＳＷＡＮというのは太陽風非等方性という言葉の頭文字を並べた呼びかただが、この測定器は太陽系に拡散している水素雲を紫外線を用いて測定し、太陽放射の変動によって生じる燃えさかる熱い箇所を検出できる。こういう領域を襲う放射のうねりは、目に見えない太陽の裏側から放射されていて地球上の望遠鏡ではとらえることができなくても、週に三回太陽のまわりの全天を記録するＳＷＡＮの広い視野には警戒交通標識の閃光のように輝いて見える。

マイケルソン・ドップラー撮像器／太陽振動調査の略称であるＭＤＩ／ＳＯＩは、より直接的に、太陽の対流層を貫いて振動する波動を測定する。太陽で起こる振動から生じた波長のずれがＭＤＩ／ＳＯＩに記録され、それを見ることで科学者たちは、太陽フレアの活動が差し迫っていることを示す地球の地震に似た日震学的現象への警戒を呼びさますことができる。

閃光と太陽の震動の異常についてＳＯＨＯから同時にもたらされた情報は、遠隔計測器群によってほとんど瞬時に地球に転送された。それがメリーランド州の指揮管理センターに大きな興奮を生み出すのに長い時間はかからなかった。

とりわけふたりの学者が、ほかの専門家よりひと足早く、大ニュースを巻き起こそうとしていた。

ナイメクは七面鳥サンドの最後のひとかけを食べて、からになった皿を横にあるカフェのトレーに載せた。それからデミタスのコーヒーを持ち上げ、すこし口にした。

「それで？」メガンがいった。「あなたの評決を待っているのよ」

「うーん」と、ナイメクはいった。

「わたしはお姫さまかもしれないけど」彼女はいった。「善意があって、誠実で、趣味のいい人間っていう評判よ」

ナイメクはうなった。「さっきのヘリコプターを手配してもらう件だが……」

メガンは話を制する身ぶりをした。「コーヒーを飲んでから」

ナイメクは湯気を立てているエスプレッソを手に、メガンがカップの中身を飲むところを見守った。カップにはカフェインとフレーバー・シロップ入りのなんとかがダブルで入っており、表面がかるく泡立っていた。

そのまま静かに数分が過ぎた。

「いいわ、ピート」ナプキンで上唇を軽くたたきながら、ようやく彼女はいった。「ヘリのことは別にして、なにか気がかりなことでもあるの？」

「どこかで聞いたような台詞だな」彼はいった。

彼女はうなずいた。「ええ。わたしはそれに率直に答えもしたわ」

ナイメクはなにもいわずに彼女を見た。

「とぼけないで」彼女はいった。「聞き逃さなかったわ。ひとは王様ペンギンに囲まれると心の浄化や調和や一体感が得られるらしいなんてバックパッカーのガイドブックみたいなことをいったわね。わたしもそんな独善的な人間の仲間入りをしたのかって疑っていたでしょう？　なにより、わたしの顔をずっと見ていたでしょう？　なにか気になってることがあるんでしょう？　はっきりいったらどう？」

ナイメクはなおも彼女に視線をそそぎ、そのあとようやく吐息をついた。

「きみは、自分が南極に来たのはボスに頼まれたからだといった」彼はいった。「少なくともそうにおわせた。しかし、きみは進んでこの話を引き受けたそうじゃないか」

メガンはカップを皿の上に下ろし、サービスカウンターからほかの席へ向かうだれかがそばを通り過ぎるのを待った。

「いろいろ耳に入れてきたみたいね」男が見えなくなると彼女はいった。

「きみからは聞いてない」彼はいった。「それが問題なんだ。きみの配置換えについておれはまったく相談を受けてない」

「それは不当だわ。一カ月前に教えてあげたじゃないの」

「決断がくだされたあとだ」

「ピート――」

「なぜもっと前に相談してもらえなかったのか、きみの口から聞きたいだけだ」彼はいった。

「長年ずっといっしょに仕事をしてきて、おたがい頼りにしあってきたし、きみがおれに待ちぼうけを食わせたことは一度もなかった。なのにあのときはちがった」

「ピート、ごめんなさい。心から謝るわ。あなたがそんなふうに感じていたとは知らなかったの」

「なら話してくれ。包み隠さず」

ふたりの目が合った。そしてぴたりと止まった。

「ちょっと複雑なのよ」彼女はいった。「ゴードから頼まれたのは本当だけど、ゴードの理由はゴードに訊いて。わたしのほうは個人的な問題がいくつかあったの」

「そこにはボブ・ラングのことも？」

「ええ」彼女はいった。「あの時点では、まだ話したくなかったの」

ナイメクはうなずいた。ふたりは見つめ合ったままだった。

「で、いまは？」

「いまもまだ話したくないわ」

「気が変わったら、いつでも話を聞く」

「わかってるわ、ピート」彼女はいった。「それと、ありがとう」

ナイメクはまたうなずいて、黙ってエスプレッソを飲み干した。

メガンは手を伸ばして彼の腕に触れた。

「これでいい、ピート？　気はすんだかって意味だけど」

「すんだ」

ナイメクの腕にメガンが手をおいてかるく腕をつかんだまま、ふたりはまたしばらく黙りこんだ。

「よし」沈黙を破ってナイメクはいった。「コーヒータイムは終わりだ。ヘリコプターの話をしよう」

メガンはうなずき、胸当てがついたオーバーオールのカンガルー・ポケットに手を伸ばして、接続された手のひらサイズのコンピュータをとりだした。

「自国にいるのと同じくらい設備は充実しているな」と、ナイメクは感想を述べた。

メガンはコンピュータの入力ペンをはずして〝入力〟ボタンにかるく触れた。

「最新の技術には遅れないようにしないとね」と彼女は肩をすくめた。「ちょっと静かにしてて、電子メールをひとつ急いで送る必要があるの。操縦士についてはいまうちは人手が足りないんだけど、事情はまたあとで説明するわ。だけどメールを使って一石二鳥の方法を思いついたような気がするの」

彼らは〝ケチャップとフライドポテト〟の呼び名で知られていた。

もちろん本名ではない。

ケチャップというのはジョナサン・ケッチャムのことだった。SOHO計画の活動中枢、ゴダード宇宙飛行センターの第二十六ビルにある〈実験者活動施設（EOF）〉に所属する六十歳のプロジェクト科学者だ。九〇年代なかごろの創設当時からEOFに常設されているMDI／SOIチームの一員で、おもだった観測者たちからトップのひとりと考えられていた。

フライドポテトは、これもMDI／SOIチームのリチャード・フライのことだ。二十六歳で、チームのいちばん新しいメンバーで、グループの先輩たちからは世間知らずで無邪気な人間と思われていた。これは終身在職権で地位を守られている人びとにありがちな思考様式だ。ケッチャムはフライのなかに若いころの自分と生き写しのような好奇心の強さと発見することの喜びを知っていると思った。そして、フライがすでにおおかたの人間よりすぐれた科学者であり、ずば抜けた最高の科学者になれるだけの潜在能力があることを見抜いていた。

フライがNASAに雇われた時点からケッチャムは彼を自分の保護下においていたが、生徒と恩師というふたりの関係はやがて知性を刺激しあう対等な人間のきずなへと発展した。ケッチャムは円熟した知識をフファイに分け与えた。フライはケッチャムの驚きの感覚を日々再充填する力になった。

そしてふたりはチーム内チーム〝ケチャップとフライドポテト〟になった。

このあだ名を考え出したのがだれであるかは断言できない。この呼びかたには山盛りの蔑《さげす》みとひとつまみの妬《ねた》みが含まれていたため、命名者を自認する者も、命名者と考えられている者もいなかった。

最初はふたりもこのレッテルをわずらわしく思っていた。ところがいつしか、その呼びかたにある種の開き直った愛着を感じるようになってきた。ある時点で彼らはこの呼びかたに特権めいたものを感じるようになった。ケチャップ。フライドポテト。いっぽうの欠けたもういっぽうなどありえないではないか。

もうひとつ、外国からこの施設を訪ねてくる研究者たちが彼らに投げつけてくるナンセンスな話をご紹介しておこう。

〝他国人《アウスランダー》〟というのは、貼られたレッテルどおり（これまた命名者は不明だが）フランスやスイスやドイツやイギリスといったひと握りの欧州宇宙機関加盟国の研究機関に属する科学者たちのことで、ＳＯＨＯという新しい装置の設計と建造に貢献したか、そこから送られてくる報告の分析研究にたずさわっている人間のことだった。SOHO計画に参加している人間なら、わざわざ国から出てこなくても記録集積所《アーカイブ》に収められている電子データベースから検索して簡単に情報を引き出せるのに、彼らはこの観測所の施設がいちどきにふさがる大々的な調査活動中にこのゴダードに姿を現わすことがときおりあった。

その動機は一見、無欲で純粋なものに見える。国際共同研究の精神を育み、この種の活動の緊迫と興奮を分かちあいたいという願いに源を発するものだ。しかし実際には、下劣な動機がひそんでいた。〝協賛〟機関のウェブ管理者たちは、大発見に関する電子ベースの情報入力を遅らせることがたびたびある。そのあいだに彼らの雇い主が急いで報道機関に連絡をとって、栄光を――その結果ころがりこむ資金調達のたなぼたを――わがものにするのだ。主任研究員はみんな、地元のCNN局長の直通番号を自分の電話に登録しているにちがいない。

黒点活動の現周期の最大値を調べる合同研究が始まって二年以上になるが、海外にいるEOFの同業者たちはいままで訪問の意向などなにひとつ見せていなかった。ところがいやは や、太陽が裏側で激しいはしかが起こっていることを示す真新しい証拠がSWANとMDI／SOIから飛びこんできたとたん、彼らはボンジュール、グーテンターク、万歳《チェーリオ》と意気盛んに仲間意識を振りかざして世界じゅうの天体物理学研究所からやってきた。新しい発見の大きな原動力になった測定機器がいずれもヨーロッパで生まれたものなのはNASAの科学者たちも認めていたが、彼らは大きな憤りをおぼえていた。〝招かざる押しかけ客〟や〝他国人《アウスランダー》〟の呼び名で知られる彼らの共同観測員たちが、ひとを押しのけ突きのけながら扉を通り抜けてこようとするのは、ある目的のため、ただひとつの目的のために決まっている。つまり、短縮ボタンをめぐる競争でNASAの人間の後塵を拝さないためだ。

きょうフライは、数カ国にまたがる略奪団よりずっと先にEOFにたどり着くという神聖な使命に成功していた。おそらく、他の研究者があくびとまばたきと背伸びをしながら朝のめざめの日課にかかる何時間も前にフライは自分の持ち場にいた。前夜に記録された最後のMDI／SOIデータをプリントアウトして家に持ち帰り、それをもとに、いまでもお気に入りの三つの計算道具で、つまり3Bの鉛筆と法律用箋《リーガルパッド》と彼自身の緻密な論理的頭脳で複雑な一連の方程式を導き出したあと、彼は一睡もできなかった。

観察可能なあらゆるデータがこう語っていた。日震学的な動揺はこの二十四時間のうちにすさまじいうなぎ登りの増大を――それどころか指数関数的増大を――見せていると。彼はふたつの作業にいそしんだ。さらに変化がないか夜通し記録《ログ》をチェックし、自分のデータと計算がSWANから入る最新情報と一致するかを確かめた。EOFの常駐者ではない他国人《アウスランダー》の観測区域は、たまたまフライのいる志操堅固な常勤のプロジェクト科学者たちの区域からガラスの仕切りをへだてた反対側にあった。そしてこれまた偶然、そこにはこの早い時間にはだれひとりいなかった。

いまフライは表示端末の列の前に腰をおろし、SWANが撮った最新の太陽の全天図をじっくり検討していた。どの分光映像も三日おきに描かれ、太陽表面の座標ごとに放射の強度が、つまり〝激しい〟ところと〝落ち着いた〟ところが段階的に色分けされていた。観測衛星は地球にたいしてほとんど静止した場所にいて、太陽のまわりに楕円の公転軌道を描いているために、太陽の赤道面は引き伸ばされて見える。そのためか、どの図も、紫とオレンジと緑と黄色が濃淡さまざまに跳ね散った復活祭の卵《イースターエッグ》を連想させた。

やがてフライの心臓はどきどき音をたてていた。彼は携帯電話をとりだし、自宅にいる片割れに電話をした。

「もしもし?」

「ケッチ、いまどうしてます?」

「ちょうどシャワーを浴びて寝室のじゅうたんの上に水をしたたらせてるところだ」ケッチャムはいった。「いま何時だね?」

「センターに駆けつけてもらわなくちゃならない時間です」

「なにが見つかったんだ?」ケッチャムの口調がおだやかな当惑から強烈な好奇心へぴゅんと飛び移った。

「いいですか、昨年四月にぼくらが逃れた例の銃弾をおぼえてますか……地球をそれていなかったら地獄のような状況を引き起こしていたはずの太陽フレアを?」

「もちろんだ」ケッチャムはいった。「X‐17だな……」

「ええ、そのX‐17がおもちゃのピストルの音に思えるような轟音が地球に向かってきそうなんです」

「まちがいないのか、過大評価しているわけじゃ――」

「こいつは猛獣です、ケッチ。冗談じゃありません。凶々《まがまが》しい猛獣です。そしてひとたび姿を現わしたら、ぼくらめがけて突進してきます」

ケッチャムは受話器の向こうから耳に聞こえるほど大きなためいきをついた。

そして、「すぐそっちへ行く」と告げた。

南極、マーブル岬（南緯七七度二五分、東経一六三度四九分）

「おお、ラス、いいとこに帰ってきたな。なかにコールドコーナーズの例の信じられないような赤毛の美女からeメールが届いているぞ」

ラス・グレインジャーはベル212のコクピットからヘリコプター発着所に飛び降りて、一フィート近く積もっているとにらんだ白い粉雪の小さなさざ波をブーツでぐしゃりと踏みつぶした。二時間前、テイラー谷のホア湖にある野営地へ配給食糧を投下しに飛び立ったときにはこの発着所の表面にはなにもなかったし、かなりの高度からも標識が見えていた。ところがいまはこのありさまだ。風が強まると、風の向きと平行にたちまちサスツルギと呼ばれる波の形をした雪の吹き溜まりができる。グレインジャーが出発したあと風が速さを増したのだろう。

グレインジャーはパーカーを着たステーション管理官を見た。空にはまだ青いところがたくさん残っていたが、氷棚《ひょうほう》の上空に集まったちぎれ雲から雪が吹きつけていた。

「メガン・ブリーンか？」グレインジャーがいった。

ステーション管理官のフードをかぶった頭が上下した。「〝信じられないような美女〟っていったろ？　〝刺激的な〟ってのを付け加えたほうがよかったか？」

肌を刺す突風にグレインジャーは羊毛の縁がついたフードを引き上げた。

「あの女の用事に色気はなしだ、チャック」彼はいった。「嘘じゃないって、そのメールにゃおれたちが汗ばむようなことはなにひとつ書かれちゃいない」

チャック・トレウィレンは自分の後ろを身ぶりで示した。補給所の燃料ラインの奥にクォンセットのオレンジ色の小屋が三つと古いブルドーザー二台があって、そのショベルに雪が積もっていた。その向こうにもうひとつ、トレウィレンがマーブル岬でこの仕事に就いて五年のあいだ彼のさびしい一軒家をつとめてきた小さな建物がある。その奥にあるのはウィルソン谷氷河ののこぎりの歯のような大きな突起だけだ。

「一度あんたも氷河から氷山が離れる音を聞いてみるといい」トレウィレンがいった。「氷河があえいでうめいてる感じなんだ。おれのいってるのは、むうう——って感じのでっかい音でな」彼は肩をすくめた。「興奮しちまうこともあるくらいだ」

グレインジャーは笑みを浮かべてトレヴィレンの肩をぽんとたたいた。

「ちょいとここにひとりで長居しすぎだよ、あんた」と彼はいい、コンピュータのある小屋に向かって足を踏み出した。

グレインジャーは暖房のきいたクォンセットの小屋の入口で立ち止まると、ブーツを踏んで雪のかたまりを落とし、ジャケットのジッパーを開けた。それからデスクトップの前にすわって、ひとつキーをたたくと、みずみずしい椰子の木と紺碧《こんぺき》の海を背景にフラミンゴがいる熱帯の海辺をモチーフにしたスクリーンセーバーが消えた。

海辺の風景が電子メール・ソフトの最初の窓に変わった。グレインジャーがドラッグとクリックで受信ボックスを出すと、行列のいちばん上にメガン・ブリーンのメールがあった。新着の未読メールはこれだけだ。タイトルには大文字で記された彼のファーストネームのあとに疑問符がついていた。

じつにメガンらしい、と彼は思った。

メッセージのほうも、やはり彼女らしい短い単刀直入な内容だった。


ラス。

うちの行方不明者を探しにサンノゼの同僚がやってきて、可及的速やかに（ASAP）あなたの助けを必要としています。B峠への接近飛行にマックからあなたを借り受けたいの。都合がついた時点で連絡をお願いします。

よろしく／MB

グレインジャーは前を開いたジャケットからマールボロの固い箱をとりだし、一本くわえて使い捨てライターで火をつけた。焦眉《しょうび》の急といった感じのメガンの依頼だけに、マクマードのお偉方の許可を心配する必要はあるまい。

彼はタバコをふかしながら顔をしかめた。

そう、その点は問題ない。

真の問題は、メールに出てきたその〝同僚〟だ。この胸くそ悪い箱形冷蔵庫のなかの暮しにやりがいを感じられるだけの札束をおれの財布に詰めこんでくれている連中に、その同僚とやらがもたらすかもしれない厄介な状況だ……さらには、そいつが泡立てるとんでもない混乱におれ自身も巻きこまれる可能性がある。

もう一度深く吸いこむと、タバコの先端が赤く燃えた。

あの共同事業体《コンソーシアム》にいきなり悪い知らせをもたらすのはあまり愉快なことではないが、彼らに連絡をとって、この状況をおれにどう処理してほしいか確かめなくては。

よし、と彼は心のなかでつぶやいた。まずはチューリヒに直接連絡をとって、あの人立者の耳に入れてやろう。

可及的速やかに（ASAP）。

スコットランド、インヴァネス

ナン・ゴーリーはまた腕時計を見て、もう一度ガスこんろを見た。スープのなかに立派な羊の肉が鎮座《ちんざ》してどんどん脂を浮かせていた。夫は遅くなるかもしれないときにはたいてい電話をしてくる。この一週間はまったくうわの空という感じだったし、なにかあったのではと心配だった。忘れているのなら、まだそのほうがいい。これまでにも夫の仕事が進退きわまったことがなかったわけではないが、彼女が文字どおりの危機と思うほど進退きわまったことは一度もなかった。夫の刑事としての日々は平穏無事だった。波が立っても持って生まれた気質がそれを静めていた。夫が不安を感じていたとしても、ナンが気がつくことはめったになかった。

しかし、真夜中に起き出して、行ったり来たりしては椅子を揺らし、椅子を揺らしては行ったり来たりしている最近の夫を見ていると……。フランク・ゴーリーは思案に暮れるタイプの人間ではない。愚か者ではないし、決して底の浅い人間でもないが、考えこむ人間ではない。二軒隣に住んでいるアイルランド人のジェイムズ・フィッツのように、宙を見つめて宇宙の因果関係を沈思黙考するたぐいの人間もなかにはいる。フランクはもっと地に足のついた人間だ。自分がなにをすべきか心得ている、浮き足だったところのない人間だ。ふたりが魅《ひ》かれあったのは、それが大きな要因だった。

エリスカイのあのちっちゃな赤ん坊が彼の心を乱したのだろうか、と彼女は思った。民生委員が彼のところに二度電話をかけてきて、赤ん坊に関する状況報告をしていた。

ナンもあの赤ん坊には同情をおぼえていたが、問題はその先にあった。ふたりには子どもができなかったが、彼らは気にかけていなかった。少なくとも彼女は。つらい思いはしてきたが、彼女はそれを神様のご意思と受け入れるようになった。十五年前にはまだ人工授精は一般的ではなかったし、いまでもその方法には違和感をおぼえていた。

玄関の呼び鈴が鳴った。ナンは両手にタオルをとり、手は濡れていなかったが、正面の部屋から玄関へ向かうあいだに手をぬぐった。手がドアノブに届いたとき、彼女の息はひゅっとかん高い音をたてた。

「おじゃましてすみません、奥さん」青いジャンプスーツを着た若いやせた男がいった。手に小さな箱を持っている。なにかの装置だ。「この近所にガス漏れの通報がありまして」

「ここで?」といって両手をこすり合わせるうちに、呼吸はもとに戻ってきた。

「発生元を探しているんです」男はいった。「なにも臭いませんでしたか?」

「ええ」

「でしたらけっこうです」と男はいって、早くも隣に向かいかけた。

ドアを閉めると同時に電話が鳴った。

「こんな時間とは気がつかなかったんだ、おまえ」彼女が受話器を上げると夫の声がいった。

「あら、フランク。いま、どこ？」

「署だ。いくつか訪ねるところがあってな。ひとりで食べておいてくれないか？」

「ええもちろん、お腹が空いたらね」彼女はガスこんろにぱっと目を戻した。

夫は一瞬黙りこんだ。ナンはあの赤ちゃんのことでなにかいおうと思ったが、うまい言葉が見つからなかった。

「もうしばらく戻れないかもしれない」フランクは彼女にいった。「いくつか訪ねるところがあるから」

「そうね、八時には帰ってきてくれない？　お客さんが来るの」

「きみの弟じゃないだろうな。葉巻をねだられる」

「喫煙をそそのかすようなことはしないでほしいわ」

「だれなんだ、客は？」

「アメリカ人の女の先生よ。休暇で来ていてね、きょうイギリス流の教授法を見学に学校へ来たの。うちの女校長が連れてきたのよ。とってもすてきなアメリカ人でね」

「夕食に招くべきだったな」

「そうしてあなたにすっぽかされたら大変でしょ？」

本当は夕食に招いたのだが、アメリカ人はほかで約束しているとのことだった。それでも彼女は魅力的だった。すこし熱心すぎるかもしれない。だがそれは若いときにはありがちな健全な短所だ。

「八時までによ」彼女は夫に念を押した。

「ああ、まかせとけ」


グラスゴーにあるアップリンク衛星記録センターの赤い光に照らされた部屋で、グリン・ラウリーはキーボードのスペースキーにいらだちをぶつけていた。この三日間、夜にアップリンクの電子メール・サーバーへ不正侵入を試みている者がいた。素人のしわざのような気もしたが、だからといって甚大な被害を与えないとは限らない。放っておくわけにもいかない。アップリンクのセキュリティ・プログラムはその侵入者を軽々と食い止めていた。しかしどうしたことか、犯人を突き止めるためにラウリーがネットワークに放った強力な追跡ソフトはみじめな失敗を繰り返していた。

今夜もか。この追跡ソフトはアップリンクのシステムへ侵入を許すふりをして大きな画像ファイルをダウンロードさせる。ハッカーのコンピュータにロードされたファイルがそこに隠れていたプログラムを作動させる。そのあとソフトはハッカーのところへどう戻っていったか完全な報告をラウリーにもたらす。これでラウリーは、ハッカーのコンピュータのハードディスクに入りこむことも可能になる。

ところが何秒かたつうちに、どうやらまた失敗したらしいことがわかってきた。攻撃してきているのは平均的な十三歳よりは気の利《き》いた相手らしい。

少なくとも十四歳にはなっているにちがいない。

昨夜に続いてコンピュータは犯人を突き止められなかったらしい。ラウリーはコーラを持ち上げて、再起動しようと手を伸ばした。指がキーボードに触れると同時に、カーソルが画面のいちばん上を走りはじめた。

アクセス完了。ドライブC、D、Eを出力します。

「手を焼かせやがって」と、ラウリーはいった。そして回転椅子に背をもたせ、炭酸飲料の残りをぐっと飲み干した。それから缶を放り投げて、すばやくキーボードに戻った。「どーれ、いとしの君の生活を拝見させていただくか」

ふつうのシステムプログラム——ウィンドウズMEか、素人にまち、、、、、がい、、ないな——と総合ソフトのほかに、このハッカー坊やは猥褻《わいせつ》なホモ・ヌード画像を大量に蓄積していた。そこからラウリーは、やはり相手は十代の少年と確信した。かなりの数のワープロ・ファイルがあった。ドイツ語には不案内を自認していたが、彼の目にはドイツ語のように見えた。ぱらぱら目を通していくと、またすこしポルノ画像が出てきた。そのあと標準的なプラグアンドプレイ式のスクリプトが収まったディレクトリーが見つかった。愚かな小僧たちはこいつで正真正銘のまじめな生徒を装うわけだ。

しかし事態が興味深いものになったのは、この坊やのDドライブの中身を調べはじめたときだった。

坊やは電子メール・システムに侵入するのが好きらしい。フリート街の新聞社にアクセスした形跡もあった。そこには、かなりの数の女王に関するいかがわしいくだりが入っていた。イギリスの原子力発電所を管理指導している英国原子力公社（UKAE）にも侵入していた。テキストをざっと見ていくと、そこにはいつ転送されたものかを示す見出しが混じっていた。二ページめになり、ヌード画像に戻るのも一興と思ったそのとき、ページ中央にあったメッセージが彼の目を引いた。

ユーイー・キャメロンを消せ。事故に見せかけろ。
一〇万L《ポンド》。CB。

ハイランドのキャメロン一族はスコットランド北部でいちばん有名な一族とはいわないまでも、かつてラウリーが母親に同行してインヴァネスで数カ月を過ごしたときに何度か出席したあの土地の歴史に関する講演に出てくるくらいには有名だった。キャメロンの屋敷は母親の家から一マイルくらいのところにあった。

メッセージを読み進めながら、ラウリーは受話器を上げて自社の管理責任者に連絡をとった。

10

南極、ブル峠、エレバス山（南緯七七度五三分、東経一六七度一七分）

二〇〇二年三月十二日

ロス島を見下ろしている火山の溶岩湖がふつふつと沸き返り、加圧されたガスのげっぷといっしょにとつぜん溶岩のかたまりを空へ打ち上げた。灼熱の噴出物は煙をたなびかせ、炎の舌を見せながら猛スピードで頂の円錐《えんすい》の縁に向かい、それを飛び越えて一マイルほど離れた山腹に激突した。迫撃砲の弾より大きなかたまりだ。その衝撃で弾孔の縁から灰と雪と氷晶の雲がたちのぼった。

漆喰状のマグマ爆弾はすさまじく冷たい空気のなかで固まって、山腹の一面に無数に投げ出されている大量の火成岩堆積物のあいだに横たわった。

この極寒の荒地の上を何マイルも飛んできたにもかかわらず、噴火の前兆はわずかな注意しか引かなかった。

山の上のほうで仕事をしていた全米科学財団（ＮＳＦ）の火山学者たちの耳にははっきり音が届いていたし、そこから生まれた振動は彼らのリンゴ形の小屋にあった装置を揺さぶっていた。研究者たちが設置して南極の夏のあいだずっと維持管理に努めてきた地震計と広帯域マイクに、前兆になる音（噴火が迫ってきていることを知らせる振動）と振動の特性（起こっているのが不連続な噴火か連続する噴火かを示す調和振動の変化）が記録されていた。

この噴出とその結果生じた衝撃は、一万フィート下のこの島の片隅にあるマクマード基地で注意を払っている人間がいたら、重く鈍いだしぬけの衝撃音として二度感知されていただろう。しかし注意をしている人間はほとんどいなかった。たえまない火山活動の産物が基地に損傷を与えたことは一度もなかったし、彼らにとっては背景雑音程度のものにすぎなかった。

南極横断山地を越えた東のほうでは、ＮＳＦの調査隊から見えないようしっかり偽装をほどこしてエレバス山の斜面に設置されていたセンサーに、この地震の先触れが瞬間的な波として感知されていた。この爆発的な噴出音がブル峠に届いてごつごつした岩壁のあいだをかすかに反響しているあいだに、隠れていた男たちと装置が自動的に活動を開始した。

地下三〇〇〇フィートでは、衝撃で急激な揺れが生じると同時に斜柱《ブーム》にとりつけたドリルが動きだし、タングステンカーバイドの先端が固い岩に穴を開けた。防音室のなかで耳を聾《ろう》する騒音から守られているドリル担当者とその助手たちは、高性能閉回路呼吸ヘルメットのフェース・シールドをつけて濾過《ろか》された空気を呼吸していた。

地下二〇〇〇フィートでは、鉱物の詰まった小さな空間の中身を、大きな岩石破砕機が打ち砕いてすりつぶしはじめた。収穫物を分離するプロセスには多くの段階があったが、これはその第一段階だった。

その一〇〇〇フィート上では、トンネルから中身を運び出すために、車体を低くした特殊牽引トラック二台が高架移動式滑車の助けを借りてコンクリートの傾斜路を前に進みはじめた。半加工された積荷は、地表の数層下の岩棚をくり抜いた一時貯蔵所に保管されて、準備がととのいしだい広々としたところへ移され、索具をつけてヘリコプターで海岸へ運ばれる。エレバス山が静かになると、すぐにトラックは動きを止めた。

地中深くの掘削作業はもうすこし続いた。最初のころは、ゴロゴロ音をたてるエレバス山の噴出と緊密に連携して作動と停止を行なう必要があった。かつて秘密保持のために必要だったこの予防措置は、いまは必要のあるときだけ講じればいい。五年間たゆみなく生産を続けたのちに方式は変化を遂げていた。最初の投資で最初の成果が生まれて以来、土木工学の飛躍的進歩と、進んだ防音技術と、現在掘られている穴の深さと、この独特の環境のあらゆる側面を利用しつくそうとする抜け目のない意欲がひとつになって、大きな進歩がもたらされていた。

五年。市場の拡大。うなぎ昇りの利ザヤ。すべてが怖いくらい順調に運んでいた。産出量は天井知らずのピークに達し、よどみなく活動を続けることができればいま以上の成長も約束されている。

どんな営利団体もそうだろうが、この共同事業体《コンソーシアム》も成功をじゃまする障害が生まれないよう万全を尽くす決意を固めていた。

スイス、チューリヒ

会議の大きな焦点はアップリンク・インターナショナルだった。もっともな話ではあるが、出席者の胸にはほとんど同じ不安が宿っていた。

読書用眼鏡の奥に狡猾《こうかつ》な空色の目をたたえたゲイブリエル・モーガンが、会議テーブルの議長席から笑顔を見せた。とびきりの快活な笑顔だ。大きく歯を見せ、肉づきのいいマスチフ犬のような頬を引き上げ、わざと櫛《くし》を入れていないふさふさした銀髪の下の広い額にしわを寄せていた。顔の筋肉を総動員して、心底からの笑顔をつくり出していた。

といって、この男の態度がうわついていたり世間ずれしているわけではない。このアルベドという名の共同事業体《コンソーシアム》は彼の頭脳の所産だったし、この会議が差し迫った重大事に対処するために招集されたことは、このテーブルにいるだれよりもしっかり肝に銘じていた。しかしそうであっても快活な心からの笑顔を浮かべることはできる。なんの矛盾もない。父親が祖父から学んだように若いころから父親の指導を受けてきた彼は、そのことを知っていた。この一団の座長である自分が背負っている重責のなかには、静かな威厳を発散し、ぴりぴりした神経をやわらげ、過度の不安を静めることもあるのを心得ていた。南極の状況は十二分にわかっているし、その詳細も隅《すみ》から隅まで知っている、絶対にそれを危機的状況に発展させはしない、と仲間たちを安心させてやる必要がある。あんなものは小さなつまずきの石、つまり煩《わずら》わしいが簡単に取り除ける障害にすぎないのだと。

モーガンは自分の管理能力を信じていた。自分が成功を収めてきた大きな要因は自分の自信を隅々まで伝える才能だとわかっていた。いま彼を囲んでいる人びと、つまり異なる数カ国から来ている企業経営幹部と政府当局者たちは舞台裏の暗躍者だ。世界の政治機構の奥深くに埋めこまれた隠しスイッチだ。しかるべき定期巡回旅行ができ、比較的存在が目立たないおかげで、彼らの上役では許可するはずも許可できるはずもない活動に手を染めることのできる男女だ。しかしモーガンはこの活動の原動力だった。彼らのバケツに補充が必要なとき彼らが頼りにする勇気の源だ。そして彼の笑顔は、必要な力を汲み出すのにひと役買ってくれるかけがえのない融通無碍《ゆうずうむげ》の道具だった。

モーガンはがっしりした体を椅子のなかでずらした。彼のすぐ右隣にいるオラフ・ランカフェルは、ノルウェイのエネルギー石油省にいる。目立たないが必要不可欠な歯車だ。そのランカフェルがいま、アップリンク社が氷の上に有しているかもしれない緻密な偵察力について不安そうに仮説を披露していた。これにたいしてモーガンは、ひとつの例を持ち出すことにした。うまくいけばほかの六人の客人が持ち出してくる問題点もこれで解消できるかもしれない。彼らが見失っているらしい全体像を与えてやるのだ。

「いまの最後の仮定の話を続ける前に、ひとつ質問させてもらいたい」と、彼は指を一本突き上げた。「ひょっとして〝動物園の出来事《ズー・イヴェント》〟という言い回しをご存じかな？」

ランカフェルは一瞬めんくらった。話の途中で割りこまれた経験があまりないのだろう、とモーガンは思った。

「いや」ランカフェルは答えた。「存じません」

モーガンは鼻ばしらにそって眼鏡をすっと下げ、純金の縁越しにノルウェイ人を見た。口数の少ない男だ、ランカフェルは。ブロンドの髪と髭、血色のいい顔、いかめしい顔つき。ネイヴィーブルーのスーツとワイシャツと赤いネクタイという服装が画一的な雰囲気をかもし出している。

モーガンは自信たっぷりの笑顔に分別ある見識という次元を加えた……ランカフェルが気を悪くしないようにほんのすこしだけ腰の低さを添えて。微妙なバランスだ。自分はランカフェルの反応を予想できるくらい役者が上だが、だからといって頭から否定したり敬意を欠くつもりはまったくないと相手に伝えるのが目的だ。

「この表現はほとんど世に知られていない」彼はいった。「わたしの注意を引いたのはしばらく前のことだが、以来耳にこびりついて離れなくなった。ちょっといわくありげなところが気に入ってるんだが、ハリウッドの映画脚本家がひねり出すような劇的なものではない。

ブーヴェ島の近くで起こった出来事にまつわる言い回しでね。この島は南極圏の端にある冷えきった岩のかたまりだが、あなたはきっとご存じでしょうな。たしかあなたのお国はしばらくあそこの領有権を主張なさっていたのでは?」

ランカフェルは固い表情でうなずいた。「ブーヴェは自然保護区に指定されている島ですが、話題にするほどの天然資源はありません。あそこのいちばんの値打ちは衛星気象観測所の用地としてのものです」

もちろんモーガンはそのことを知っていた。ランカフェルが知っているのもわかっていた。しかしモーガンは、この言い回しを広めて、出席者たちを話に引きこみ、説教ぶらずに要点を伝えたかった。法廷弁護士たちから拝借した手法だ。ほかの人間の唇を通して情報を伝えるのが目標のときには、答えを予測しきれない質問を投げてはならない。法廷でも会議室でも戦略の本質は同じだ。

モーガンは胃腸の調子に気をつかって、前におかれたビスコットのトレーを我慢し、かわりに発泡性ミネラルウォーターが入ったグラスを口元へ持ち上げた。そして、漏れてきた日差しの蕾がテラスの入口のバーガンディ・レッドのカーテンに身を縮こめているところをながめながら、ゆっくり炭酸水を飲んだ。この二階下、アメリカ合衆国からの傷心飛行以来ずっとモーガンが占有してきた復元された中世のギルド会館のメインホールには、彼の一族が百年近く運営してきたアート・ギャラリーがある。彼の指示で従業員がきょうの予約を取り消したため、そこはしんと静まり返っていた。黄昏《たそがれ》のおとずれとともに、リマト川の右岸に並ぶ専門店とファッション・ハウスも店を閉めはじめる。店主たちが裕福な客たちにていねいにおやすみなさいを告げ、音楽をともなったチャイムの心地よい音が入口の閉まる音を打ち消し、そのあと照明がひとつまたひとつと消えていくところをモーガンは頭のなかに思い描いた。それが彼にとってのチューリヒだ。儀式化された礼儀作法と実りのない優雅な物腰の街。気どったエリート主義の銀行家と金融業者の街。

そして洗練を極めた追放者たちの街、とモーガンは胸のなかでつぶやいた。

彼はグラスを下ろして、テーブルを囲んでいる面々を見渡し、ひとりまたひとりと視線をすべらせていった。彼の頭のなかにはめいめいの履歴書が保管されていた。公のも私的なのも、確認されているものも未確認のものも、合法のことも非合法のことも、各人の人生と職歴がこまかく記録されていた。日に見えないひものようにすべてが絡みあい、どれかを引くと自分もどれかにひっぱられる。

たとえばテーブルの反対側にいるフョードル・ニコリンだ。履歴書の表側には、ロシアのバルト海沿岸の石油と天然ガスのパイプライン地域で選挙で選ばれた地方長官の顧問とある。では、裏側には？　この選挙が行なわれたのも、ニコリンが民間から顧問に指名されたのも、新たにクレムリンの首座についた超国家主義者のアルカージ・ペダチェンコのお膳立てによるものだった。ペダチェンコ率いる「名誉と土壌党」は人民主義の波に乗って権力の座についていた……ニコリンがペダチェンコの義理の甥で、かつてロシアの核兵器庫を監督する戦略ロケット軍で大佐をしていたことは偶然の一致ではない。

イタリアの財務経済計画大臣アッツォーネ・スペロはどうか？　この男は収賄王だ。法で定められた多くの入札過程をないがしろにして、犯罪組織の隠れ蓑《みの》になっている複数の会社に政府の廃棄物回収免許を与え、ヨーロッパじゅうで有害廃棄物の不法投棄をして年間数十億を儲《もう》けているのがわかっていた。

では、ニコリンの向かいにいるずんぐりした体形と浅黒い肌の持ち主、セバスチャン・アルカーラは？　公の履歴書にはアルゼンチンの炭鉱調査事務局にいる中級管理職と書かれている。しかしモーガンの秘密の資料には、国家の財源の着服から、闇商人であり麻薬で財をなしたテロリストでもある〝悪霊《エル・ティオ》〟と呼ばれる男のために違法な武器輸送の便宜を図っていることまで、あらゆる悪事が記されている。あのエル・ティオという男はここのところ幽霊のように忘却の彼方へ姿を消しているが。

残りも似たようなものだ。ハンガリーのヨーナース・パップは市場経済の過渡期にいくつか合法的な急成長ソフト会社を立ち上げた起業家で、彼が資金洗浄をしている複数の企業からたっぷり秘密の収入が流れこんでいる。ＵＫＡＥでモーガンの手先をつとめている〝シャクトリムシ〟ことコンスタンス・バーンズ。そして、南アフリカの外国貿易省の副大臣で、秘密情報を握って離さない手のひらを持つジャック・セレビ……

「あなたからあの出来事の説明をしてやってもらえないか、ジャック?」ようやくモーガンが口を開いた。彼の目はセレビの上に落ち着いていた。「このブーヴェ島の出来事がずっと前の政府のときの話なのはわかっているが、そうするのがいちばんかもしれない」

セレビはモーガンに視線を返した。「あなたはご自分でご自分の質問にお答えになったともいえる」と彼は答えた。気どったイギリス風の英語を話している。「政権が交替したとき、前任者たちは自分たちの放棄した核兵器計画に関する情報をあらかた持ち去りました。わたしたちの手には渡したくなかったらしい。ああいう力の開発は文明の開けた人種が独占保持すべき秘密と判断したんでしょうな」褐色の顔は無表情のまま、声にも痛烈な皮肉はなにひとつこめず、彼は一瞬の間をおいた。「これだけはいえます。一九六〇年代の十年間にアメリカは核実験を探知するために一ダースもの軌道衛星を打ち上げました。この計画はベラと名づけられた。これはスペイン語で、たしか……」

「〝寝ずの番〟という意味だ」アルカーラがいった。

「ありがとう」セレビはアルカーラと視線を交わした。「そのベラたちの粗雑な光学センサーでは現代の衛星ほど正確には位置を特定できなかった。しかしその点を除けばベラたちの信頼性を疑う者はいなかった……そのひとつであるベラ6911が、科学者たちが三キロトンないし四キロトンの核爆発を連想したふたつ連続の閃光を記録するまでは」

「これらはアメリカ海軍研究所が拾った別の信号とも一致した」モーガンがいった。「スコシア海嶺周辺で音波が拾われた。スコシアというのは南極とアフリカのあいだにあるひとつながりの山で、大半が海中に沈んでいる。ただし海中に沈んでいないところもあるし、海面に突き出した山の上部が島になっているところもある。ブーヴェ島はそのひとつだ」また笑顔が浮かんだ。「説明をお願いしておきながら割りこんで申し訳ないが、この小さな重大情報を全員に知ってもらうのは大事なことだと思ったのでね」

セレビはうなずいて、まったくかまわない旨を示した。

「ベラがとらえた証拠の分析は、軍と情報機関と政府の核研究科学者たちに任されました。彼らの一致した見解は、海上もしくは海中で核爆発が起こったというものでした」セレビが話を再開した。「しかしこの見解が提出されたとき、カーター政権は政府の外から集めた識者たちによる別の調査団に独自の再調査を命じました。彼らの評価は最初の判断に異をとなえた。そこには、ベラがとらえたあの痕跡は本物という立証ができないうえに、センサーの誤作動や隕石の衝突で引き起こされた誤信号の可能性もあると書かれていた。これに端を発した両調査団の論争は反感と敵意を生み出し、今日《こんにち》まで尾を引いているらしい」彼はモーガンを見た。「あの出来事について、ここまではまちがいないと断言できます」

「では、いくつか脚注をつけさせてもらいたい」モーガンがいった。「いまの話に出た最初の科学者グループに、ロスアラモスのシンクタンクに属する第一人者がいた。彼は自分の仕事のなんたるかを表から裏まで知り尽くし、ベラ計画の発展に寄与していた。自分たちの報告が大統領にないがしろにされたとき、彼は頭に血がのぼって毒づいた。あの連中はおれたちの出した結論の信用を傷つけるために愚かな仮説をひねり出した動物園のけだものどもだ、といったのだ。うわさによれば、ホワイトハウスは南アフリカとの表立った衝突に戦々恐々としていたらしい。彼らが原子爆弾を製造していて、ひょっとしたらイスラエルも一枚かんでいるかもしれないのを重々承知していたからだ」

彼は肩をすくめた。「ジミー・カーターの苦境には同情の必要がある。人びとの頭に石油危機の記憶が生々しく、ホメイニがイランから王《シャー》をぽんと蹴り出した状況で、あのかわいそうな男はお堀にざぶんとはまっていた。そしてまわりに鮫たちが迫っていた。国内でも国外でも、あとひとつまずい事態が起こったら、無事に泳ぎ出る可能性はなくなってしまう。新聞、政敵、一般市民、みんなが彼から一ポンドの肉を欲しがっていた。ジミーはまあ、長年にわたって彼らと同盟関係にあったふたつの国が共謀して禁止されている核実験を行なった事実が暴露される結果だけは避けたかったのだろう。ほかにどうしろというのだ？　通商停止の罰を与えればよかったのか？　国連安全保障理事会に譴責《けんせき》決議を要求すればよかったのか？　いずれの選択肢もアメリカの利益にはならなかっただろう。かくして、衛星と海軍とCIAと国防総省の情報機関の人びとが間違いで、象牙の塔の教授たちが正しいことになった。ジミーは後者が正しいのだと自分にいい聞かせ、あの核爆発は説明不能の出来事として片づけられたというのがわたしの見解だ。そのほうがみんなにとって都合がよかったからだ」

コンスタンス・バーンズがうなずいていた。

「動物園の出来事《ズー・イヴェント》、説明不能の出来事として」と、彼女はいった。

モーガンが彼女に向けた肯定の笑みは、背中をぽんとたたく手のようにやさしいものだった。

「そのとおり」彼はいった。「さて、わたしたちの親友ジャックがいみじくもほのめかしたように、ここまでしてきた話には少々想像の部分がある。この二十年のあいだに南アフリカの当局者たちはあの実験を認め、そのあとそれをひるがえし、そのあとまた事実と認め、それから認めた内容に修正を加え、そのあとはすっかり口を閉ざしてしまった。イスラエルも同様だ。あそこの新聞は、自国の政府が核兵器の青写真と南アフリカ産のウランを交換したというクネセト（イスラエルの国会）の議員たちの言葉を引用したが、そのあとそれをいったのは彼らではないと取り消した。しかしあの説明不能の出来事《ズー・イヴェント》の記事は書かれていたはずだ。一九七七年九月にブーヴェ島の近くで核爆発が起こった。広島《ヒロシマ》の三分の一くらいの低出力だ。水面下かもしれないし、空中かもしれない。起こったのはまちがいない。しかし西側世界のリーダーは耳をふさぎ、目を閉じて、その出来事に見ざる聞かざるを宣言した。それに対処するのは彼の利益にならなかったからだ。そして、もうひとつほかに大きな理由があった」

ランカフェルがモーガンの顔を見た。「それは……？」

「あれは南極圏で起こった」モーガンはくるりと椅子を回してノルウェイ人と向きあい、指で眼鏡を押し下げて鼻先に止めた。「あそこほどすべてを自然の気まぐれのせいにしやすい場所が、この地球上にあるだろうか？　氷のなかに旗竿を立てているすべての国にとって、あそこほど科学の原則のために戦略上の野心を捨てたふりをしやすい場所があるだろうか？　彼らはみな、あの大陸の資源を開発したがっている。みな基地を持ってそこに軍を配備したがっている。しかし、どこも先鞭をつけようとはせず、おたがいの周囲をスケートで回りつづけている。どこかが最初に動きを起こしたら彼らのループとスピンと8の字は止まり、靴のブレードははずれ、自分自身のエッジで実際に領土の境界線を刻みこまなくてはならなくなる。雪のパイのなかから、わたしはこのひと切れをいただこう。これはおたくのだ。いらないのか？　なら、うちがこの小さなかけらをいただこう。この惑星でいちばん冷たい場所が地政学上のいちばん〝熱い場所〟に、つまり紛争地帯になる。その現実にはだれも直面する準備をしていない。とりあえず、あそこは極地人とペンギンたちにまかせておきたいと彼らは思っている」

「そして、わたしたちに」と、コンスタンス・バーンズがいった。

「そのとおり」モーガンの目がさっとテーブルを行き交った。「われわれにだ」

テーブルの面々はしばらく黙ってすわっていた。モーガンは水を口にし、小さな泡が舌の裏ではじけた。カーテンにもう日差しの跡は残っていない。休会に入りたくてならなかった。

ひとりで外に出て、旧市街の暗い曲がりくねった道を歩きたかった。昔のままの道路の玉石のあいだから、すこし汚れをこすり取ってやりたかった。

ニコリンが沈黙を破って不安を声にしたとき、モーガンはがっかりした。「あなたがお話しになったなにもかもですが、ゲイブリエル……たしかにいまの情報には目を啓《ひら》かれる思いがします。心を引きつけて離さないものがある。いまの例で示された論点をここにいる全員が理解したでしょう。それとアップリンク問題との関連を。しかし、オラフが提起したいくつかの問題ですが——それでもわたしは、あの問題はもっと詳細に検討すべきだと思います。アップリンクは多国籍企業であって国家ではない。われわれの結びつきと同様にあそこも自主独立の身分を有していて、一国の政府であれば守らざるをえないある種の……因習や……拘束から解放されています。この問題に関してどこまでやるかはなんともいえませんが、われわれに対抗するために結集された場合、あそこの力は大きな脅威となる。わたしは身にしみてそれを知っている」彼は間をおいた。「アップリンクの支援を受けていた前国家元首のウラジーミル・スタリノフは、経済支援をするようあそこがNATOに圧力をかけていなかったら、もっと何年も早く政権を失っていたでしょう」

モーガンは洗練された思慮深い表情でもどかしい気持ちを注意深くおおい隠した。そして胸の前で手を組み合わせ、ニコリンのほうへ身をのりだした。

「考えてみたまえ」彼はいった。「現実問題として考えてみたまえ。アップリンクにあそこでどこまでのことができるかを読むのはむずかしくない。氷の基地は小さなものだ。孤立している。控えめなものだ。あそこが維持できる人員は最大でどのくらいだ？　二百人か三百人程度だろう。その九八パーセントは専門的な技術者と研究者とその支援スタッフだ。われわれの耳に入っているあそこの保安活動についても、まともな活動ができる可能性はない。特別隊を丸々ひとつ運びこむのは不可能な話だ。それに、どのみち彼らは緊急事態と気づきはしない。たしかにあの大陸は要塞だ。しかし別の見方をすれば大きなスケート場でもあることを思い出してほしい。スケート・パーティのボーイスカウトとガールスカウトを除けば、あそこにわれわれが心配する必要のある人間はいない。たしかにあそこには、彼らの説明不《へー・》能の出来事《イヴェント》を調査するために凄腕《エース》の男が――ロシアでも同じ言葉を使うんだったかね？――サンノゼから例の凄腕《エース》が送りこまれてきた。しかしまあ、あわてることはない。なんとかなる。スコットランドでもうまくやったではないか。しかも、こんどの対象は南極だ。昨年、冬のまっただなかに、例の十人やら十一人の調査員と職員の一団がマクマードから撤退した。撤退としては最大規模だ。合衆国南極計画（USAP）が行なったあれについての説明は少々あいまいだった。理由はよくわからない。科学者たちが閉所熱にかかり、ちょっと頭がおかしくなって、時代遅れの殴りあいを始めてしまい、きまりが悪くてそれを認められなかったのかもしれない。あるいは、あの用心深い対応は役人にありがちな反射的な行動にすぎなかったのかもしれない。しかし、よく考えてみれば、インターネット上には空飛ぶ円盤の乗組員と初めて接触したと速報を送ってくる共謀説の提唱者がごまんといるではないか。南極もしかりだ。凄腕《エース》の男とその最少限の仲間がわれわれの周囲を嗅ぎまわろうとする？　ならばこっちは彼らの生活を複雑にしてやればいい。注意を乱すものをつくり出してやればいい。陽動作戦だ。われわれはあの競技場を熟知しているし、あの土地の特異な性質も利用できる。あそこではなにが起こってもおかしくない。一風変わった事故。予期せぬ出来事。われわれに近づくことができないくらい彼らを多忙にさせる説明不能の出来事《ズー・イヴェント》。それに、彼らには長い夜がすぐそこまで迫っている。長い夜が来たら、彼らは空が青い場所へ帰っていくか、長いあいだ自分たちの穴のなかで体を丸めているしかない」

　また沈黙が広がった。モーガンはテーブルにいる仲間たちを見つめた。彼らはたがいに顔を見合わせ、うなずきあっていた。

「あなたの言葉に勇気づけられました」そのあとランカフェルがいった。「その点についてはこのグループ全員が同じ気持ちだと思います」

　テーブルのまわりからまたうなずきが起こった。

「しかし」ランカフェルはいった。「わたしにはもうひとつ疑問があります」

　モーガンはランカフェルの顔を見た。そして待ち受けた。モーガンの顔から笑みは消えていた。

「われわれの南極の営みには長期的な安定が必要です」ランカフェルはいった。「アップリンクの基地の連中が冬眠からめざめて、われわれのことをまた探ってきたらどうするのですか？」

モーガンは答える前につかのま考えた。読書用眼鏡をはずして軸を折り畳み、自分の前にある薄い報告書バインダーの横に注意深くおいた。それからノルウェイ人の細い陰気な顔にじっと視線をそそいだ。

「やつらはめざめない」彼はいった。「信じたまえ、オラフ、すでに状況は動きはじめている。アップリンクにはわれわれの手が及ぼうとしている。大きな災難と彼らは思うだろうが、それ以上のことは思わない。軽いひと打ち、本格的な活動の序章。その過程でわたしは彼らに、忘れることのできない説明不能の出来事《ズー・イヴェント》を与えてやるつもりでいる。これは彼らの最後の夜になる。まあ信じたまえ。最後の夜にしてみせる」

ゲイブリエル・モーガンがオフィスから出てくると、ボディガードが廊下のくぼみからすっと現われ、ギルド会館の階段を降りて黒いS55AMGメルセデスに向かうモーガンのあとを静かに追った。もうひとり別のボディガードが階段の踊り場にいた。ふだんのモーガンはこれほどこれ見よがしに警護を見せつけたりしないが、きょうはある程度現実的な予防措置が必要だった。イタリア人の待ち伏せを予期していたわけではない。どちらの側も会合に値打ちのあるものは持ちこまないと、関係者全員の合意はできている。しかしイタリア人だけに、あの男は不注意なことをしかねない。したがって、好ましくない客たちの注意を引いているかもしれない。すでに国際刑事警察機構《インターポール》から猟犬が送り出されている。

通りに出るドアをボディガードが開けると、外の冷気といっしょに妄想の波がどっと押し寄せてきた。だがそれをもたらしたのは、きょうの仕事ではなかった。じっくり考え抜く必要がある陽動作戦のほうだった。たしかに重要なことだが、あれは火急の問題ではない。にもかかわらず胸にじわりと広がってきて、彼を迷わせた。そのあいだにボディガードたちは通りを見渡していた。すでにモーガンの直感は危険はないと告げていたが。

アップリンク・インターナショナルと彼らが南極で起こしている動きに関する最新情報には、モーガンの計画を直接脅かすとは思えないが、にもかかわらず不穏な方向に状況が加速していることを示すものが含まれていた。モーガン自身がつくった対抗措置の時間割は予定どおりに進んでいた。あらゆる脅威を見るときと同じようにその脅威を見て、数カ月前から必要な措置を講じていた。しかし、ゴーディアン氏と彼に雇われている善人ぶった連中には細心の警戒が必要になりそうだ。

数年前、最先端企業の獲得を目論んでいたモーガンは、あの尊敬を受けているアメリカの企業家にある種の申し入れをした。そして受け取った返答には、いまでもはらわたが煮えくり返る思いがする。いま両者が南極に席を同じくしているのはまったくの偶然だ。いたるところに広がった野心がもたらした偶然だ。しかし極地でその因縁に終止符を打てればいろんな意味で満足が得られるにちがいない。

ほかにもまだ、南極の事業で手を組んでいるイギリスのコンスタンス・バーンズの問題があった。バーンズ女史はまたしても呆れるくらい貧しい判断力を露呈していた。共同事業体《コンソーシアム》の残りのメンバーと設定した会議の数日前からチューリヒに来る旨を、けさわざわざ電話で知らせてきたのだ。交わした短い会話のなかで彼女がほのめかしたところでは、この訪問を休暇に見せかけるための作戦らしい。公衆電話からかけてくる予防措置はとったようだし、電話が盗聴されていると疑わなくてはならない理由はどこにもないが、あれは不吉なたぐいの無分別な行動だった。大きな困難を招かずにはおかない貧弱な判断力を物語る行動でもあった。

あのシャクトリムシは――シャクトリムシのように考えるだけでなく、人間の形をしたあの種の親戚で通りそうな緑色の髪の毛をしているあの女は――スコットランドの問題にかかった費用をわたしから絞り取る気だ。あの女のために手を打ってやったというのに。しかし、電話でその話を持ち出さないだけの分別はあったようだ。空港に迎えの運転手と車をやって、おもだった観光地を全部回らせようと愛想よく約束してやった。これで会議まで問題を起こすことはあるまい。そのあとは、また手を打たなくてはなるまいが。

スコットランドの問題自体はまだ未解決だが、見通しは暗くない。うちの工作員にはしばらく持ち場にとどまるよう指示したが、あの女は簡単には納得しなかった。優秀な殺し屋のご多分に漏れず、あの女はアメリカ人で、生まれつき気が短い。さいわいアメリカ人だけに、その気の短さは金で買うことができるし、かなりの押し問答の末にようやく値段も決着した。そのあいだにあの女は、先にあの愛人とやらを無料で消してくれた。コンスタンス・バーンズを消すときが来たらその過程であの工作員も始末しなければならなくなるが、それが残念でならないくらい鮮やかな手並みだった。

だが、こうした問題のなかにきょうの仕事と関係のあるものはひとつもない。あれは注意を乱すもの、注意をわきにそらすもの、無用の心配だ。通りにいる男たちのうなずきを受けて、モーガンは入口から足を踏み出し、冷たい空気を胸いっぱいに吸いこんだ。それを味わい、ぱっとコートを開け、もう一度たっぷり空気を吸いこんで、すたすたと車へ向かった。当座は死ぬわけにいかない。それ以外のことはいずれ時間が解決するだろう。

モーガンがセダンの後部座席にすべりこんで腰を落ち着けると、ハンスとジャックスがその両側に乗りこんだ。ウィルヘルムがエンジンをかけ、車は優雅にそこを離れてルツェルン湖に向かった。

いつもの習慣でモーガンはアルファ・ページャーに手を伸ばし、メッセージの確認をした。しかしそのあと自分の決めたことを思い出した。バーンズ女史のこと、スコットランドのこと、あの測りがたいゴーディアン氏のことはまたあとで考えればいい、と自分にいい聞かせた。いまは頭から雑念を払っておく必要がある。イタリア人との交渉にそなえなければならない。モーガンはぶあつい革の座席に背中を落ち着け、ヴェルディの『ラ・トラヴィアータ』の序幕「ブリンディジ」にかかろうとしているテノールの声に耳を傾けた。

一九三七年四月二十六日、ナチス・ドイツの航空機がスペインのゲルニカの町を破壊した。彼らはフランシスコ・フランコ将軍と右翼国家主義者側に加担して参戦した。この戦争では少なくとも百万人以上の命が奪われたが、その多くは一般市民だった。バスク地方の人びとにとっての聖なる町というだけの理由でここは攻撃目標になった。あれは恐怖を与え、同時に神聖さを汚《けが》す目的で計画された意図的な大虐殺ではないと主張する者もいるが、そうした説は爆撃の長さと一般市民が攻撃機に狩り立てられた事実によってすべて誤りと証明されている。ドイツ空軍は三時間にわたって焼夷弾と爆弾を投下し、近くの野原に駆けこんだ女と子どもたちに機銃掃射をかけ、別の言い方をすれば、町から命の痕跡をすべて消し去るために身を粉にして働いた。醜い時代のなかでもとりわけ醜い行為だった。

にもかかわらず、そこからは暗く美しい花が開いた。一九三七年一月、パブロ・ピカソはスペイン連邦政府からの委任状を受け取った。この年に予定されていたパリの万国博覧会でスペインのパヴィリオンの壁一面に絵を描いてほしいという依頼だった。なにを描くか、ピカソは懸命に考えた。四月三十日、彼は夕刊紙に掲載されたドイツ軍のゲルニカ攻撃の写真を見た。その写真が二十世紀最重要作品のひとつ、人間の非人間性の記念碑であり同時に芸術の力を証明するものでもある作品『ゲルニカ』を引き出した。

絵の構成はドーラ・マールの写真がもとになっている。あの巨匠の創作中にどんな配置の変更が行なわれどんな発展の段階を踏んでいったのかは、マールの写真を見れば明らかだ。この写真の助けを得て、あの絵は二十世紀屈指の有名で壮大な作品になっただけでなく、研究の多さでも指折りの作品になった。

あの博覧会には『ゲルニカ』ほど世に知られていない、いやまったく知られていないといって過言でない十四の小品が出品されていた。ひょっとしたら姉妹編のつもりだったのかもしれない。どれにも雄牛やランタンや戦士や死んだ子どもといったあの傑作の構成要素が、異なる手法で念入りに描かれていた。さらには、つながりが不明瞭なものも明らかなものもあるが、すべての絵が、十四の像がモチーフになったカトリックの十字架の道の留《りゅう》（キリストの受難を表わす十四の像）に関係があった。

レーザープリンターでカラーコピーされたこれらの絵に指をすべらせながら、モーガンの心臓は早鐘を打った。『ゲルニカ』はほとんどが黒と白の陰影で描かれている。あの恐怖を詳述していた新聞のように。だが、この作品群はステンドグラスのような色調のきわめて精巧な作品だ。たとえば、昔から『ゲルニカ』の時代や様式と結びつけられることの多い一九三七年十月の『泣く女』よりいくぶん明るい感じがした。その様式は『ゲルニカ』の幾何学的意匠を忠実に踏襲しているが、にもかかわらず、一九三二年の『夢』のような作品に見られる雰囲気や、表現のおだやかさや、深みが感じられた。奇抜でありながら親しみがあり、暴力的でありながら情愛にみちている、西側世界に並ぶもののない作品群だ。

モーガンは舌に重いものを感じていた。自分の熱狂はすぐさま自分の首を絞めかねない。他人のなかにあるこの手の熱狂を交渉の道具に利用したことが何度あっただろう？　絵の美しさに意味はない。芸術は欲望の表明にすぎない。ある贋作画家はこの等式を逆向きにし、前者を刺激するために後者を強化した。恋に落ちた人間をだますのは簡単だ。

いまモーガンは恋に落ちていた。ルツェルン湖の青緑色の水面と向かいあう小さなカフェのテーブルに腰をおろしていた彼は、三十分前に童貞を失ったどんな十五歳の少年にも負けないくらい恋に落ちていた。手は汗ばんでいた。言葉が出てこない。顔をしかめて自分の熱狂を隠そうとしたが、隠しきれていないのはわかっていた。

それでもかまわない。

「二、三日中に、長くても一週間あればお届けできます」イタリア人はいった。「金銭面の折り合いがつけばですが」

モーガンは可能なかぎり慎重にコピーを折り畳み、それからゆっくり上着のポケットにしまった。その目は三〇メートルほど離れた湖の、冷たい水面に浮かんでいる一羽の白鳥にそそがれていた。

この雄牛の恐怖——鋭い線と大胆な色使い——魂の認識……

このような天才を前にしたとき、わたしにどれほどの値打ちがあるだろう？　どんな人間の値打ちも失せてしまう。

「こういう重大な作品にはむずかしい問題があるのを所有者たちもわかっています」イタリア人が意を決して交渉開始に打って出た。

「うーん、たしかに」と、なおも水面に視線をそそぎながらモーガンはいった。これらの絵が本物である可能性については、かなりの人材と資材を費やして調査をしてきた。これらの絵は博覧会が終わってすぐにピカソからドーラの友人に贈られたという説が支配的だった。理由はあいまいだし、仮説の語り手によってさまざまだったが、人気があるのは十四人のユダヤ人の自由を買うのに使われたという説だ。ロマンチックな話で、もちろんモーガンは信じていなかった。ともあれ、これらの作品が美術愛好家の大佐によってこっそりバイエルンへ持ち出され、その後一九四五年にロシアの将軍に売却され、その将軍が一九五〇年代にハンガリーで不運な事故に遭遇した点は全員の意見が一致していた。また、その時点でうわさはぷっつりとだえていた。

モーガンはドイツのボンにいる私立探偵を雇った。決定的な証拠を探し出して過去の出来事を確認する能力に、絶大な信頼をおいていたからだ。そして探偵は少なからぬ努力の末に、あの作品群に言及している二通の手紙を見つけてきた。ある歴史コンサルタントが記録資料となる別の証拠のなかに、十四枚のうちの何枚かが完成間近の『ゲルニカ』のそばにあったことを示しているらしい未公表の二枚の写真をはじめとするいくつかの手がかりを発見していた。コンサルタントは、パリのピカソ美術館で見つかった手紙をはじめ、それらが本物であることを立証するための相当な手がかりも提供してくれた。しかし、断片的な証拠を合わせて絵が本当に描かれていた点には確信がもてたにせよ、これまでにわかったことでこのイタリア人の所有する絵がそれと同じものであることを示す証拠はなにひとつなかった。このイタリア人が贋作を扱った話は聞いたことがないが、彼がだまされている可能性もある。

モーガンは意見を聞くためにふたりの美術史家を雇っていた。売買の前にはかならず彼らが作品を吟味する。そしてトリをつとめるのがイレータだ——同類の技を探す贋作の名手の目だ。

しかし、まずは値段を決めなければならない。モーガンはポケットに手を入れて読書用眼鏡をとりだし、これから交渉に入るしるしにそれをゆっくり鼻の上にかけた。

「値段だが」彼はおだやかな声でイタリア人にいった。

「五〇〇〇万という話もありました」

モーガンは腕組みをして椅子に深くかけた。数ある人種のなかでももっとも慎み深いスイス人のウェイターは、数席向こうから彼の視線をとらえてミネラルウォーターのお代わりをとりにひょいとレストランへ戻っていった。

「しかし、もちろん三〇〇〇万のほうが現実的でしょうね」と、イタリア人はいった。

公開の競《せ》りで本物を証明する文書があれば、一作品ごとに競りが一〇〇〇万から始まって、たちまち競り上がっていくこともありうるだろう。セットになると価格はまったく予想がつかなくなる。しかし公開の競りなどありえない。少なくともモーガンの生きているうちは。

買うのがためらわれるほどだった。買ったら必然的に手放さなければならなくなる。なんといっても彼は実業家なのだから。

欲望のままに買い取ることはできる。ほしいままに求めるのも悪くない。ばらで売れば一枚か二枚は手元におけるかもしれない。

雄牛か？

幼な子かもしれない。目の下に横たわる淡い青色の線――純真そのものだ。

美術の世界以外のどこにそんなものが存在する？

ウェイターが現われた。この寒さで外に客はおらず、ウェイターはすぐさま彼らのところへ向かってきた。彼がグラスに水をそそぐあいだ、モーガンは湖の前の手すりの端にいるボディガードにちらりと視線を向けた。男はすこし退屈そうな表情で、それをモーガンはいい兆候と解釈した。

「これは買い手がつかんだろう」ウェイターが姿を消すとモーガンはいった。

「力の及ぶ範囲の広いおかたなら、そうでもありますまい」

値をつけなければならない。しかし気が進まなかった。これは神聖の冒瀆だ。侮辱だ。

ルノワールのインク画に値をつけたときには、こんなことは思わなかった。ばかばかしいほど低い金額を——一万米ドルの値をつけた。結局ロシアのマフィアの幹部からそれを一万五〇〇〇ドルで買い、その三カ月後に五〇万ドルで売却した。

しかし、幼な子の純真は金では買えない。雄牛の恐怖——その値段は？

一ドルか、一〇〇万ドルか。

「確認がとれしだい絵一枚につき一〇〇万というのが相場だろうな」と、モーガンはいった。

「侮辱ですな」イタリア人はいった。「パッツォ。パッツォ」

パッツォとは〝常識はずれ〟という意味で、口にしてかまわない侮蔑の言葉のなかでいちばんおだやかなものだった。

モーガンはポケットからコピーをとりだしたい誘惑にあらがった。その気持ちを押しとどめて湖に目を戻した。白い白鳥に一羽の黒い白鳥が加わっていた。モーガンがしばらく見つめているとイタリア人が口を開いた。

「全部で二〇〇〇万」

「一五〇〇万だ」自分の付け値を決めてモーガンはいった。そして立ち上がり、眼鏡をはずして胸ポケットに戻した。「手配を頼む。準備がととのったら例によって一語でいい。〝純粋無垢〟を使え。響きがいい」

モーガンはすばやく立ち上がって、相手に異議を申し立てるいとまを与えなかった。

フランス、パリ

ネッサはにんじんスティックをしげしげとながめてからひとかじりした。国際刑事警察《インター》機構《ポール》の一員になってから五ポンド近く体重が増えた。いまはまだ太っているというほどではないが、このままいくと、やがて街でよく見かけるラムケーキのような体型になりかねない。食べ物の名前が語学習得の助けになっているのは確かだし、〝シャトーブリアン〟という単語もすらすら出てくるようになってはいたが。

イレータに手紙を手渡したピカソ美術館の下級調査助手、マダム・ディーレの取り調べ内容の写しにネッサは注意を戻した。あの文書になぜ一万ドルが差し出されたのかも、だれから提示されたのかも、なぜ原物しかだめだったのかも自分にはわからない、と調査助手は主張していた。

作品が有名すぎて、ピカソは高度な贋作には向かない。盗品が闇の市場に出回ることはよくあるが、おそらくイレータはほかの画家のほうがはるかにうまくまねられるはずだ。

ジャルダンが人差し指を口元に押しつけ、指先を鼻に当てた。

「やつはまだパリにいる可能性が高い」と、フランス人捜査官はいった。

「ええ」ネッサはいった。

「ひょっとして、こんどは手紙を偽造するつもりでしょうか」

「ついている絵の具だと思うわ」ネッサは机の上のコピーをちらりと見た。「そこだけだから、あの手紙がほかとちがうのは」

「インクか」

「どの手紙を求めてもおかしくなかったはずよ。彼らが欲しがったのはあのひとつだけ。一九三七年六月三日。ピカソは『ゲルニカ』の制作中にあれを書いたの」

ネッサが美術史で専攻したのはルネッサンス期だったが、現代美術の講座もいくつかとったし、そのなかにはマティスと結びつけたピカソの研究もあった。『ゲルニカ』にはおよそ一週間相当の講義が必要になったが、おおかたは発展過程を撮った数々の写真のせいだった。あの絵の習作についてある日の午後に行なわれた討論を、彼女はおぼえていた。最初は六枚あった。初日に着想がわきあがったのだ。さまざまな可能性がキャンバスの上で展開した。長髪で眼鏡をかけたカールという学生が、ピカソは姉妹編を意図していたのではないかとほのめかした。変形《ヴァリエーション》を意図していた可能性さえあると。それにたいし教授は、そういう作品のうわさはあったが戦後おもて舞台に現われたものは一枚もないと告げた。

イレータはその作品を創り出そうとしているのか？　あの男はそういう気位の高い大胆な芸術家ぶったそぶりを見せることで知られている――〝指《ドワ》〟は天才を前にしてもひるまない。なにしろ彼自身も天才なのだから。

「だけど、どうして絵の具なの？」彼女は質問を声にした。「正しい色を得るため？　ひとつの色を？」

次の瞬間、自分たちが逆の見かたをしていたことにネッサは気がついた。

「あの男はピカソを持っているんだわ」彼女は相棒にいった。「あの時期のを。そして、それが本物であることを立証しようとしているんだわ」

「なんですって？」

「贋作の達人以外にあらゆる技法を知っている人間がどこにいるの？　まちがいないわ」彼女は机の前からはじかれたように立ち上がった。「世間に知られていないピカソ、『ゲルニカ』と同じ時期に描かれた作品――姉妹編を意図して描かれた可能性さえある作品よ。その価値は何百万ドルにもなるわ。何百万、何千万ドルに」

「そりゃすごい《マグニフィク》」ジャルダンはいった。「だったらとにかくあの野郎を見つけださないと。見つかったら、おれたちはインターポール史上もっとも有名な刑事になりますよ」

ネッサは眉をひそめて、にんじんスティックをまた一本手にとった。

南極、ブル峠

闇のなかで何時間も――何時間もだったような気がする――ひとりぼっちで過ごしたあと

だった、その悲鳴が聞こえたのは。

あの男たちに彼が連れ去られたあと、彼女は体の前で手錠をかけられ、胸の前に両ひざを引き上げる格好で隅にうずくまっていた。溶接された鋲が背骨を圧迫している。ふたつの壁の隅に体を丸め、無気力なまま、檻の外のどこかで機械がなにかをたたく音を聞いていた。騒音と暗闇がひとつに溶けあっているような気がした。ずきずきするはっきりした形のないものが巻きついて、檻の壁と同じくらいたしかに彼女を閉じこめていた。

しばらくして泥のように眠りこんでしまったが、あの悲鳴に起こされた。打ち上げロケットが炎を噴き出した音かと思ったくらいぎょっとした。しかし、しっかり聞き耳を立ててみるとなにひとつ聞こえなかった。外で耳ざわりな音をたてているあの機械の音を除いては、なにひとつ。

あの闇のなか。

胸で心臓がどきどき音をたてていた。こめかみがずきずきする。彼女はよどんだ空気を吸いこんだ。すこしは役に立ったが、大きな救いにはならなかった。ああ、なんてこと。あの一度だけ聞こえた耳をつんざく悲鳴。気のせいだったのかもしれない。眠りこむ前は疲れてぼんやりしていたし。きっと気のせいにちがいない。

あの男たちに彼がどんなにひどく打ち据えられたかを思い出し、目に涙があふれてきた。あの虐待を思い出したくはなかったし、考えるのもいとわしかったが、考えがあてこに戻っていくのを止められなかった。彼は強い男だ。体も、心も。彼女には考えられないくらい強い男だ。だが、男たちの情け容赦ない残忍な虐待にこれ以上耐えるところを見るのはつらかった。

彼女はそこに体を丸めていた。漆黒《しっこく》の闇のなかに。片手を目の前に持ってきても、かすかな輪郭すら見えないだろう。完全な闇だ。檻の向こうで変化を見せるのはあの騒がしい音だけだった。

その音に耳を傾け、変化に注意を凝らそうとした。

時間が過ぎた。

太鼓のようなリズムは速まってはゆるやかになった。しんと静まり返る時間があった。機械の音にまじって——ときおり音がとだえたときもだが——見えない格子の通気孔を空気が通り抜けてくるささやくような小さな音が聞こえた。

あの悲鳴が気のせいか夢かなにかでありますようにと、彼女は神に祈った。

機械の音に一心に耳を傾けた。自分がなにに駆り立てられているのかよくわからなかった。根深い習慣かもしれない。情報を詰めこみ仕分けるのに慣れている頭のしわざかもしれない。自分の時間に形や定義や進んでいる感覚を与えようとしているだけかもしれない。それとも、もっと理由は単純で、彼に男たちが与えた仕打ち以外のことに心の焦点を合わせる努力が必要なだけなのかもしれない。たったいまあの男たちが彼にしているかもしれないことから、心の目をそむけるために。

悲鳴が空耳だったことを彼女は願った。

すさまじい打ち据えかただった。

彼もあれ以上は耐えられない。

ひとりぼっちで、囚われの身で、手首に手錠が食いこむのを感じながら、彼女は檻の壁にだらんと背をあずけていた。シューッと音をたてながらシャフトを通り抜けてくる空気は、暖かいとはいわないまでも、彼女が凍えずにいられ、ここで生きていられ、あの男たちが彼を連れ去るまではふたりが生きていられるくらいに気温を上げていた。

彼がどこにいるのか、どうしているのか知りたいと思った。

状況の把握。

彼女の思考は状況の把握に戻りなさいと主張していた。

その後の襲撃同様、最初の襲撃はとつぜんの残忍なものだった。いきなり檻に飛びこんできた男たちはたくさんのランプがついた頑丈なヘルメットをかぶっており、彼女はその突き刺すような明るい光線にたじろぎ、しばらく目がくらんで恐ろしい思いをした。しかし目がショックから立ち直ったとき、おどろいたことに、観察の訓練を受けてきた彼女のなかの一部が動きだしていた。男たちの着ているオーバーオールに、黄色い光を放つ縞模様がついた安全チョッキに、そしてカードの形をした胸の放射線計量バッジに、彼女は気がついた。電離放射線障害の危険がある研究所で身につけられるたぐいのものだ。彼女自身が働いていたような研究所で。手で調節もせずに急速に光が強まってきたこと、どれも昆虫の複眼のように複合的なレンズで構成されていることに、彼女は気がついた……最先端技術を用いたものだ。たぶんマイクロコンピュータ制御の白色発光ダイオード（LED）だ。六、七人いたが、全員が小火器を持っていた。こういう武器は彼女のこれまでの経験領域を超えていたが、短機関銃《サブマシンガン》にちがいないと思った。勉強して身につけてきたのは科学だったが、ここ数日の出来事で別種の教育をたたきこまれていた。

入念に計画されたうえでの暴行のような気がした。男たちは無言で恐ろしい任務を遂行した。ふたりが彼女の腕をつかんで壁に押しつけ、自由を奪った。別のふたりが彼に銃口を向け、檻の中央を身ぶりで示した。彼が拒絶して彼らと取っ組みあいになると、残りの男たちが周囲に押し寄せた。男たちは彼を容赦なく打ち据えた。こぶしを使い、鋼鉄を仕込んだ強化ブーツで蹴りつけた。尋問しようとはしなかった。なにが目的なのか教えてと彼女は頼んだが、彼らは答えなかった。ひたすら彼を打ち据えつづけ、その激しい動きでヘルメットのライトが揺れ動いて檻の壁を光が跳ねまわった。

彼女はやめてと叫び、お願いだからやめてと訴えたが、彼らは耳を貸さなかった。そしてそのあいだずっと、左の頬に奇妙なあざのある男が——メラニン細胞らしく、銀色に輝く月の暗い部分のような完璧な三日月形のあざのある男が——離れた横からじっと観察しており、彼女のほうへたびたび視線を向けた。この拷問劇に最初から最後まで振り付けがほどこされていたとすれば、あの融通のきかない残虐行為を脚色したのがこの男であることに疑問の余地はなかった。

暴行は永遠に続きそうな気がしたが、ようやく終わりをむかえた。そのとき彼はゼイゼイ息を切らし、床の上で苦痛に身をよじっていた。唇が切れて腫れ上がり、鼻から血が流れ、顔は黒あざのかたまりだった。横からじっと見守っていた男が彼女のほうへくるりと体を向け、彼女が押さえつけられている壁のところへ大股で歩いてきて、そこに立ったまま、敵意もやましさも浮かんでいない目で彼女を見た。その目はまるでカメラレンズのようだった。それはある意味でこの男のもっとも恐ろしい一面だった。男には憐れみも悪意も欠けていた。ただ自分の仕事を遂行している男だ。男の静かな醒めた目を見て、体から力が抜け落ちた。

壁に押しつけられて自由を奪われたまま、全身を震えが駆け抜けた。

男はほんのすこし待ってから彼女のほうへ体を折った。

「またな」と、男は小声でいった。

ひとことだけ。

そしてくるりと向きを変え、手下たちも彼女をつかんでいた手を放して男のあとに続き、檻の頑丈な金属の扉から暗闇のなかへ消えていった。

それが最初の訪問だった。

それ以来、彼らは何度か戻ってきた。ときには、彼にさらに暴行を加えるために。ときには、風味にとぼしい脂っこいシチューと水をおいていくこともあった。食べ物を運んでくるときには、彼女がリーダーとにらんだ男はいなかった。男は打ち据えるためだけにやってきた。質問をする者はひとりもいなかった。しゃべる者もいなかった。毎回同じだった。

ふたりは真っ暗闇のなかで味気ない食べ物を食べた。この先どれだけ生き延びられるかわからなかったが、生きるために食べた。囚人ふたりはなんの説明ももらえず、刑期がいつ終わるかも、終わったあと自分たちの身になにが起こるのかもわからないまま、檻に閉じこめられていた。彼には噛むのも飲みこむのも大変だった。どろどろした味気ないものを彼が飲みくだせるよう、彼女が手伝わなくてはならなかった。指を使って少量のシチューを腫れ上がった唇のあいだに流しこんだ。三回目の苛酷な刑を受けたあと、彼は胃のなかのものを吐き戻した。ほんのしばらくしか胃のなかに食べ物を収めていられなくなったのだ。ふたりのあいだに脱走の相談は持ち上がったが、どうしたら逃げ出せるのか、どちらにも妙案は浮かばなかった。なぜ自分たちは拘束されているのだろうかと疑問を声に出してはみたが、いずれ捕獲者たちは基地に関する質問をしてくるつもりだろうと推測することしかできなかった。彼らがなにを知りたがっているのか、どんな目的があるのかは、わかりようがなかった。まったく不可解だった。しかし彼は彼女にこう告げた。おれはやつらになにひとつ引き渡さないと自分に誓った。やつらがきみに暴力を振り向けてくるまでは、なにひとつ教えない。

彼女はおどろかなかった。彼は勇気のある男だ。自分にもこんな勇気が欲しいと彼女は思った。

栄養にとぼしい粗末な食事と暴力が交互に続いた。

来る日も来る日も同じだった。

前回までは。

前回、男たちは戻ってきた。彼を連れ去るために。このときには彼は絶望的な姿になっていた。自分の足で立つのもやっとのありさまだった。男たちが彼を床から引きずり起こして檻の向こうの暗闇へ連れていったとき、彼女はパニックにおちいった。彼への手出しをやめてくれたら、あなたたちが知る必要のあることを話すから、なんでも話すからと、いまにも大声で叫びそうになった。だがそのとき、拷問に負けないという彼の誓いを、決意を、折れない心を思い出し、彼女は思いなおした。彼を失望させたくなかったし、期待を裏切りたくなかった。喉まで出かかった言葉をのみこんで、男たちが彼を連れ去るのを見守り、彼の後ろで檻の扉がばたんと閉まるところを見守り——

とつぜんあがった悲鳴が考えていた彼女の頭に突き刺さり、頰をたたかれたみたいに彼女がはっと体を起こすと、自由を奪われすりむけた手首と手首のあいだで手錠の鎖がちゃりんと冷たい音をたてた。

絶叫の声が暗黒を切り裂きつづけた。かん高い苦悶の叫びだ。もうこれを頭から切り離したいとは思わなかった。現実のことではないといい聞かせてもしかたがない。そんなことをしてもなんにもならない、役には立たない、もういまは……

檻の外に足音が聞こえた。何人かいる。あの軍隊のような耳なれた歩調で近づいてくる。そのあと檻の扉が開き、なかでライトがぎらぎら輝いて彼女の目をくらませた。後ろへ身を縮めて、目を細くし、両手でおおいながら目を明るさに慣らしていった。

あざのある男が入ってきた。続いて入ってきた看守たちが腰の位置に武器を構えて扉の両側を固めた。あざのある男が檻の床を進み、強烈な光に包まれて彼女の前に静かに立った。

シェヴォーン・ブラッドリーは待ち受けた。

体を震わせ、檻の金属の壁を背に身をすくませながら待った。

あざのある男がついに彼女の上に低く身をかがめた。

「さてと」彼はいった。「話しあいだ」

そして外の暗闇のなかでは、大きな機械がとどろかせるズシンという衝突音に重なるようにスカーボローの絶叫が続いていた。

11

二〇〇二年三月十二日
フランス、パリ

難解な問題の答えをひねり出した頭脳はそれを証明したくなる。直感的に正しいとわかっただけでは充分でない。他者を納得させたくなる。数学者は説得力のある伝達可能なかたちで証明をする必要がある。逮捕をする警察官には法廷で聞く者を納得させる説得力が必要になる。

ネッサには例の連作らしきピカソの作品を手に入れる必要があった。『ゲルニカ』と同時期に描かれた絵という自説について複数の専門家に意見を求めた。揺るぎのない意見の一致は得られなかったが、自信はいちだんと深まった。さらに自信を深めてくれたのは、こういう照会をしたのは彼女が最初ではないというその筋のうわさだった。日本人コレクターがバルセロナに住むある教授に働きかけ、ロサンジェルスのある学芸員《キュレーター》がベルギーの起業家から問いただされていた。疑念は広がっているのだ。

イレータを見つけることができたら三十分以内に自分が正しいかどうかわかるはずだ、とネッサは思った。窃盗で告発する、博物館からあの手紙を盗んだ罪は数年の刑期を覚悟しなくてはならないとおどしてやる。そうすればピカソの作品が存在するかどうかがわかる。同時に、ほかの多くの絵についても。彼は臆病者だからだ。傲慢だが神経質で、すぐにくじける。あのプラットホームで彼女は彼の目にそれを読みとっていた。

あそこでイレータを捕まえることはできただろう。しかしあの時点では告発材料がなにひとつなかった。

男たちとふたりの女の名が記された一覧表を、ネッサは見つめた。この十年間にイレータを雇った疑いのある者たちだ。たくさんいるわけではないが、みな美術界と世界の著名人ばかりだ。うち二名の純資産は小国のそれを上回っている。彼らが富と力に守られているというのは控えめな表現だ。しかし、贋作の名手本人から宣誓のうえで得られた自白のような確たる証拠があれば、この難問に挑むのも不可能ではないかもしれない。

イレータの自慢の鼻を折ろうとした者たちもいた。そういう途方もない夢をいだくのは危険だ。

彼女のボスはあの男を捕まえたがっていた。それだけではない。ピカソの作品を見つけたがっている。あれは垂涎《すいぜん》の的だ。偽物《にせもの》でも本物でも大きなちがいはない。あれを見つけたら出世を果たすことができる。フランス政府から勲章を授与されるのはまちがいない。

ボスは本気だ。〝明確な手がかりを追うためなら、どこに行ってもいい〟というお墨つきももらった。彼女が望めばどんな支援も得られるだろう。

結果が得られるかぎりは。

ネッサはぶあつい書類の山をケース・フォルダーに押しこめた。遅くなった。帰宅時間はとっくに過ぎている。ほかのオフィスは明かりが消えていた。プリントアウトと自分のメモを机のいちばん上の引き出しに押しこんで鍵をかけ、帰りかけた。

電話が鳴った。無視して帰ろうとしかけたが、思いなおして受話器をとることにした。彼女の母親はアパートにかけてもつかまらないと職場にかけてくることがある。

そのいっぽうで、いいひとはできたかという話をかならず持ち出してくる。これまで何度話に出たことか。ひょっとしたら、とらないほうがいいかもしれない。

留守電機能に切り替わる半秒前にネッサは受話器を上げた。

「ネッサ・リーアです」彼女はいった。

「もっと迫力をこめろ、嬢ちゃん。相手が話しだす前に震え上がらせてやるんだ」

「ゴーリー！」

「口げんかするためにかけたんじゃない」彼女のかつての相棒はいった。「声が聞けて感謝感激だ」

「お元気ですか？」

「キルトまで肥やしと泥に浸かっている」

「最近はキルトをはいてインヴァネスを走りまわっているの？　バグパイプも持ってます？」

「キルトの下にな」彼の声は急にシフトダウンした。「ネス、ちょいと頼みごとがあってな」

「頼みごと？」

「いくつか事故が続いてな。考え合わせると事故じゃなさそうなんだ。想像がつくだろう。おれは殺人事件とにらんでる」

「インヴァネスで？」

「どこでも殺人は起こるもんだ」

「わたしにどんな頼みなの？」

　ゴーリーは彼女に原子力発電所の廃棄物を含めた記録の話をした。国際刑事警察機構《インターポール》には国際的なテロリストのデータベースがある、それを使って名前の照合をしてもらえないか？　廃棄物を運ぶ運輸会社の名前もつかんでいる。

「これはインターポールの扱う問題じゃないわ」ネッサはゴーリーに告げた。

「わかってる」彼女のかつての相棒はいった。「しかし、そのUKAEの女が関係しているような気がしてきてな。コンスタンス・バーンズだ。名前に聞きおぼえは？」

「ぜんぜん。その名前も調べてほしいのね？」

「それくらいはできるだろう。そいつはいま休暇でスイスにいる。少なくともそこにいることになっている。おれの電話にまだ返事をよこさないし、おれはここでじっと理由を考えていた」

「厳密にはMI5を、情報局保安部を通して処理していただくことになるわ」彼女はいった。

「少なくとも――」

「ロンドンには電話をしたし、けさまで力になってくれる人間はひとりもいなかった」彼はいった。「おまえさんならこの事件に喜んで取り組んだだろうな、ネッサ。副本部長は犯罪解決率が気になってしかたがないらしい」

ネッサはパスワードを打ちこんでデータバンクにアクセスした。ここに来てまだ間のない彼女は、友人の警察官に力を貸すことを上司がどう思うかよくわからなかった。勲章の授与からスコットランドに逆戻りさせられることまで、さまざまな反応が想像できた。

「なんの当たりもないわ。運輸会社の名前をもう一度教えてくれる?」

「〈ハイランド特殊運輸〉だ。自分でもすこし調べてみた。〈エステティック運搬〉というアメリカの会社の子会社らしい」

「〈エステティック運搬〉?」

「〈エステティック運搬株式会社〉だ。住所もわかっている」

「ちょっと待って、ゴーリー」ネッサは引き出しを開けた。ファイルをひっつかんだ指が震えていた。

〈エステティック運搬〉——美術品と骨董品の国際輸送を専門にしている国際的な運輸会社で、いくつかの博物館が利用している。単独株主——モーガン・ファミリー・トラスト(II)。

ゲイブリエル・モーガンの支配するモーガン帝国の一部だ。モーガンというのは不正な闇の美術品取引と目下の税務法違反容疑でアメリカ財務省から指名手配を受けている男だ。マーク・イレータの仲間ではないかという疑いが持たれている。雇い主である可能性もあった。スイスのチューリヒに身を隠してアメリカ当局の引き渡し要求をうまくすり抜けている男だ。

「フランク」ふたたび受話器を持ち上げて彼女はいった。「もう一度全部話して、ゆっくりすこしずつ。いえ、待って。そっちの電話番号を教えて。携帯電話でかけなおすから」

「通話料は部署持ちなんだな」

「そうじゃないの。出かける必要があるの。その途中でお話しするわ」

「どこに行くんだ？」

「スイスよ。電話番号を教えて」

スコットランド、インヴァネス

ネッサとの電話を切ったゴーリーは時計をちらりと見た。妻には八時までに帰るといったが、八時ちょうどに着いてもしかたがないのはわかっていた。ナンは何時間も客と教師らしい話を続け、しまいにおれは隅っこであれこれ考えこむはめになる。その時間はこのこんがらがった結び目をほどくのに使ったほうがいい。

ネッサに話をして状況がはっきりしてきたわけではないが、また声を聞けてよかった。彼女はあっといわせてくれそうな気がした。

ゴーリーはカーダ・ダフに考えを戻した。あの殺人事件と原子力発電所やその廃棄物につながりがあるとしても、あの娘がうまくあてはまらない。あそこでなにが起こっているかを、彼女がマッカイから聞かされていたのでないかぎり。

その可能性はある。

殺人事件の資料をひっぱりだして、彼女の所有物に関する報告書に目を通した。めずらしいものはなかったが、ああいう死亡状況だったし、あのときはくわしく調べたわけじゃない。アパートに物色された形跡はなかった。あそこに戻って調べまわることはできるが、殺人犯も同じことをしたのでは？

あれが殺人事件ならだ。科学捜査研究所の報告は事故のほうへ大きく傾いている。だれかが彼女を殺そうとしていたのなら――本当にだれかが彼女をばらそうとしていたのなら――ほかの事件から数日おいたのはなぜだ？

そのときまで彼女のことを知らなかったからかもしれない。

クリスティーン・ギボンが最初の事情聴取のときあの名前を口にしていなかったかどうかを確認するため、ゴーリーは自分のメモをもう一度注意して調べた。ここにはない。しかし実際に聴取をしたのはアンドルーズ巡査だし、あの男はまだ取ったメモを報告書にタイプしていなかった。

少なくとも一週間の遅れだ。ネッサならこんなに遅れはしなかっただろう。無知な新米だったころでさえ。

ゴーリーは受話器を上げて若い巡査の自宅に電話をした。アンドルーズの妻が電話に出て、気弱げにもしもしといった。

「やあ、マージ」ゴーリーは彼女に告げた。「ちょっと旦那に代わってほしいんだ。長くはかからない、約束する」

「ゴーリー警部補、こんにちは」と、彼女は大きな声でいった。そばにいる夫に聞かせて夫が出たがるかどうか判断しようとしたのにちがいない。ふたりの二歳になる子どもが後ろで泣き声をあげていた。

「さっとひとつ質問するだけだ」ゴーリーはもう一度約束した。

「代わります、警部補」と彼女はいい、赤ん坊の泣き声がひときわ高くなった。

アンドルーズが独特のしゃがれ声で電話に出た。「警部補?」

「クリスティーン・ギボンから話を聞いたとき、彼女はマッカイの愛人とうわさされている女の名前を挙げていなかったか？」

「ダフって女のことですか？」

ゴーリーは答えなかった。

「いってたかもしれません」アンドルーズはいった。「どういうタイミングだったかはちょっとあやふやですが」

「メモを確かめてくれんか？」

「いま手元にないんです、警部補」とアンドルーズはいい、赤ん坊が泣きつづけるなかで電話からほかに注意を向けた。「泣きやませてくれないか？」と、彼は妻に頼んだ。

「気にするな、アンドルーズ」

「そういうことでよろしいですか、警部補？」

「おやすみ」

ゴーリーはギボンの電話番号をダイヤルしたが、出たのは留守番電話だった。彼は電話が欲しいというメッセージを残した。そして最後に机の上に別の資料を開き、あの事件に関する報道記事をとりだした。殺人事件のあと、クリスティーン・ギボンは新作映画の宣伝活動をしている映画スターよりもたくさんインタビューに答えていた。ゴーリーは記事にざっと目を通したが、ダフ嬢の名前はどこにも出てこなかった。〝ほかの女〟がいたというほのめかしがあるばかりで。

ある記事には、インタビューは〝受け手が話をしやすいとのことで、〈ブラウン・グレン・ホール〉という歴史上有名な酒場で行なわれた〟とあった。

机の電話が鳴った。ギボンからだと思って彼は受話器をとった。

電話の主はギボンではなく、アップリンク・インターナショナル社の要職にあるフィル・ヘルナンデスと名乗る男だった。

「どういうご用件で？」一アメリカ英語を話す男にゴーリーはたずねた。

「わたくしどもは国際的な通信会社でして」と男はいい、自分は保安部の人間でありゴーリーの聞いたことのない別の人間の代理でかけている旨を付け加えた。「グラスゴーの社員が当社の電子メール・システムに侵入しようとしていたハッカーを阻止することに成功しました」

「コンピュータ犯罪はわたしの専門からはちとはずれておりますな」ゴーリーは相手にいった。「それにグラスゴーなら――」

「ちょっと複雑なお話でして」とヘルナンデスはいい、侵入を試みたハッカーの調査をしたさいに別の犯罪の証拠になるかもしれないものが見つかったのだと説明した。スコットランドヤードのコンピュータ部門に警告をしているところだが、自分たちが遭遇した電子メールのなかにインヴァネスに関係があるらしきものがあって、地元の刑事捜査課に判断をゆだねるよう指示されたのだという。

その電子メールによれば、そこのキャメロンというお屋敷の所有者が殺人の標的になっていたらしい。

ユーイー・キャメロンの名前が出るまで、ゴーリーはほとんど話に注意を払っていなかった。いま彼はメモ帳を引き寄せて、注意深くメモをとりはじめた。男は四通の電子メールを読み上げた。有罪を直接指し示しているのは一通だけだった。そこにはキャメロンの名前と、彼の死にたいする値段が記されていた。しかし〝トラックのごみ収集人〟に言及しているものが一通あり、さらにもう一通、厄介な問題がすべて取り除かれるまで仕事は完了と見なさない旨を告げているものもあった。

最後の一通の日付は二日前だった。どのメールにも〝CB〟という署名があり、発信元はすべてUKAEのコンピュータ・システムだった。

「この内容が本当かどうかはわかりかねますが」ヘルナンデスはいった。「解明のお手伝いはできます。スコットランドヤードからそちらに連絡があると思います」

「おたくのグラスゴー支社に刑事を向かわせましょう」ゴーリーはいった。彼らがどうやってこの情報を見つけだしたのかきちんと理解できる人材を送りこめるかどうか確信のないまま、ゴーリーは連絡情報を書きとめた。

CB——もちろんコンスタンス・バーンズだ。

フェンダーに血痕がついたトラックが見つかったときと同様、疑わしいくらい簡単だった。

ゴーリーは受話器をおいた。それから＊69と押すと、電話機は直前につながった番号をリダイヤルした。呼び出し音の三回目でアメリカ人の声が答えた。

「アップリンク・インターナショナルです」男はいった。「どちらにおつなぎいたしますか？」

「そちらにヘルナンデスさんというかたがいらっしゃいますか？」

「そのままお待ちください、おつなぎします」

「ありがとう、しかしいまはけっこうです」といってゴーリーは電話を切った。彼はアップリンクの情報用に新しいフォルダーを出して、机のわきにあるほかのフォルダーの上に置いた。壁の大きな掛け時計は八時五分前を指していた。

あまり帰宅を遅らせるわけにはいかない、と彼は思った。この新しい事態であと何日かはお偉方を撃退できるだろうし、もっと多くの人員さえ手に入るかもしれない。スコットランドヤードと接触したと聞いたらラッセルは怒りに髪を逆立てるだろうが。

いずれにしても、〈ブラウン・グレン・ホール〉に立ち寄ってクリスティーン・ギボンがいるかどうか確かめる時間はある。

彼女はいなかったが、さほどおどろきはしなかった。しゃべりまくる彼女の話に聞き耳を立てているような不審な人間がうろついていたのをおぼえている者もいなかった。

「この時期に旅行者のたぐい？　多くないわ」サリーという若い正規の女バーテンダーが、

ダーツボードの近くにいる常連ふたりにギネスを運んでいく途中でいった。「この二、三週間はひとりだけ。うちの駐車場には怪獣も現われてないし」

「幽霊ならいるぞ」売りこみ口調で男のバーテンダーがいった。「それもふたりだ」

「ええ、でもその宣伝はやめてよね。あれはあなたのおうちの話だし」サリーがバーテンダーにいった。「うちに必要なのは奇怪生物の目撃例がひとつかふたつなの」

「一週間かそこら前にかわいいアメリカ人の娘が来たなあ、おたくのいってるくらいの時間に」バーテンダーがいった。「いい女だったよ、もうすこし上のほうにお肉がついてりゃな。おっぱいが足りないんだ。だからってベッドから追い出したりはしないがね」

「あの夜、クリスティーン・ギボンは延々としゃべりまくってたから」サリーがいった。

「その女が尋ね人かもしれないわね、警部補」

「だれかを探しているなんていっとらん」と、ゴーリーはいった。

「クリスティーンが延々としゃべりまくったかどうかは知らないが」バーテンダーがいった。

「酒代はそのアメリカ人の女が払っていったよ」

「あの男の赤ちゃんはどうなったの、警部補?」サリーがたずねた。

「妹が引き取ってくれることを当局は願ってる」

「それがいちばんね」

「ほかにクリスティーン・ギボンの話を拝聴してたのはいなかったか?」ゴーリーがたずね

た。

「たいていの夜はあたしたち五人しかいないのよ、フランク」サリーがいった。「冬が終わるまでは」

「そして学校が休みになるまでは」バーテンダーが付け加えた。「それからだよ、景気が上向くのは」

「いまはお子さまたちの下僕《しもべ》ってわけか？」

「その時期になれば観光客がやってくるってこった」バーテンダーがいった。

「見かけない人間はほかにはいなかったんだな？」ゴーリーはサリーに訊いた。

「あたしたちじゃ変わった人間というには役不足でしょ？」

ゴーリーは肩を丸め、一杯注文しようかと考えた。だがそのあと、妻と教師の友人のことを思い出した。

三月のスコットランドにやってきた教師、学年のまっただなかに。

「ギボン嬢はカーダ・ダフという名前を出していなかったか？」彼はふたりにたずねた。

「出してたかもしれないけど」サリーがいった。「愛人のひとりなの？」

「その旅行者だが、どんな女だったか教えてくれないか？」質問に答えるかわりにゴーリーはたずねた。

「背は五フィート八インチ。さほど長くない巻き毛の鳶色の髪。さっきもいったが胸はぺちやんこだ」

「黒っぽい服、大きなハンドバッグ。お金は持ってるけど隠そうとしてたわね」サリーが付け加えた。

「どうしてわかる?」

「革のバッグに、すっごくすてきな靴。なのに運転してきたのはありきたりのフォード。青い小型の、レンタカー屋にあるみたいな」

「クレジットカードは使わなかったか?」と、ゴーリーはたずねた。

「現金払いだったわ。アメリカ人にありがちだけど、お金には不自由してないみたい」サリーがいった。

「宿泊先は?」

「いってなかったわ」

「まだこのあたりにいるぜ」以前に話をしたことのある男がいった。「いつだったか〈グランツ〉の電話を使っているとこを見たよ。薬局の隣だ」

「人違いじゃないの」サリーがいった。「彼女は携帯を持ってたもの。バッグから突き出しているのが見えてたわ」

「あのケツを忘れるもんかよ」といって、男は自分のビールに戻っていった。

パブを出たとき、ゴーリーの五感は妄想でむずむずしていた。殺人犯がおれの女房を見つけだそうとしているなんて、偶然の一致にしてはちょいと大きすぎる。つながりのある四つの殺人事件をなんのつながりもないように見せかけられるほど腕のいいのが町にやってきたのだとしたら、四つの事件を結びつけて事故ではなく殺人事件であることを証明しようとしている人間を、その男が探し出そうとしていてもおかしくないのでは？

男だろうな。女じゃない。女にあんな犯罪は無理だ。できっこない。

いや、なぜだ？　女がカーダ・ダフを押さえつけて注射をしてはおかしいか？　ダフはちっちゃな女だし、眠っていたら抵抗のしようがなかったかもしれない。胸のあばらのあたりにあった小さな打撲の跡は、ひざか腕が当たったものだったのかもしれない。

ナンの口癖じゃないが、まったく、なにをいってるの！　だ。この次は霧のなかに笛吹きたちの姿が見え、五百年間なかった城に配置されている男たちが見えるだろう。

三月にやってきた教師。インヴァネスに教師がふたり。

アメリカの教師はみんな真冬に休暇をとるのかもしれない。

ゴーリーは自宅の車道に青いフォードが駐まっているのを見て、そのまま走りつづけ、そのブロックをピーターースンの家に向かった。そしてそこの車道に車を駐めてから、歩いて自分の家に戻っていった――ばかばかしい気もしたが。反対方向から小型トラックが一台近づいてきた。それが速度を落としたときには緊張したが、ただの地元のガス会社のものとわかった。

「すみません」運転手が窓から体をのりだした。「午後と夕方にこの近所でガスの臭いがするという通報があったもんですから。臭いに気づきませんでしたか?」

「いや」と、ゴーリーはいった。

男は重々しくうなずいた。「たぶん頭のおかしな人間からの通報なんでしょうけど、うちとしてはちゃんと調べないわけにいきませんから。この騒ぎで夕飯も食べそこねちまいましたよ」

車は走り去った。ゴーリーは通りを渡って自宅のそばの前庭に足を止め、カーテンのすきまから応接間をのぞきこもうとした。カウチにナンがすわっていることしかわからなかった。客のほうは隅の肘掛け椅子にいて、ゴーリーに背中を向けていた。

ナンが立ち上がってキッチンに向かった。客も立ち上がってナンの背中を見送り、それから窓の前に来た。髪は短い巻き毛で、ほっそりとした魅力的な顔だちだ。

なぜ窓から外を見るんだ?

理由は百万も考えられる、とゴーリーは思った。

ナンが新しい紅茶のポットを持って戻ってきた。客が振り返って窓の外を身ぶりで示した。ふたりは声をあげて笑いはじめた。

なんて愚かなことをおまえはしているんだ、とゴーリーは胸のなかでつぶやいた。そして隣の家に引き返し、車に戻って、いま帰ってきたばかりのようにブロックを回りこんだ。

「ただいま」玄関の前を足で踏みしめながら彼はいった。「こんばんは、お嬢さん」

「こんばんは」とアメリカ人が立ち上がったところへナンが戻ってきて、夫のコートを受け取った。客が手をさしだした。「ステファニー・ブラウアーです」

「いらっしゃい」とゴーリーはいい、握手をして女の顔を見た。まさしくあのサリーという娘たちが話していたくらいの身長だ。髪の毛も話のとおり。しかし彼らの説明より体は重そうだ。胸も豊かそうな気がしたが、ざっくりしたニットのセーターでよくわからない。

セーターの下に防弾チョッキが隠れているのか？

妄想だけでなく偏執症にもとり憑《つ》かれているらしいと、彼は胸のなかでつぶやいた。

「学校の先生でいらっしゃるとか？」といって、ゴーリーは妻からカップを受け取った。

「ええ、そうなんです。アメリカ合衆国で。いまちょうど奥様にバカンスなんですってお話ししていたところで。イギリスでは休暇《ホリデイ》でしたわね」

「ネス湖はごらんになったんでしょう？」

「もちろん。でも怪獣はいませんでした。残念だわ」ブラウアー嬢は自分のめぐった先をすらすら並べたてた。フォートローズ大聖堂跡、チャノリー岬、フェア・グレン（桜の木は休眠中だが）をはじめとするこの土地の見どころを、彼女は二ダースほど訪ねていた。

ずいぶん長くインヴァネスにいたんだな、とゴーリーは思った。それに、キャメロンが見つかったあたりを数多く訪ねている。

「こっちのパブには行ってみましたか？」と、彼はたずねた。

「お酒は飲まないんですって」とナンがいった。ほかのひとたちも見ならってほしいものねというほのめかしを添えて。

「スコットランドに来てパブに立ち寄らない？」

「そのうち行ってみるつもりです」プラウアー嬢はいった。「奥様からうかがいました。刑事さんなんですってね」

「はあ、警部補でして」

「興味深い事件もあるんでしょうね」

「常軌を逸したたぐいのが、ときどき」

プラウアーは微笑した。彼女のバッグがそばにないことにゴーリーは気がついた。ナンがすぐクロゼットに入れてしまったのだろう。

この女が銃を持っているとしたら、そのなかにあるはずだ。そして殺人犯なら銃を持っているはずだ。

理由をつけて、立ち上がって、調べてくるのは簡単だ。

「フランクは警官になって二十五年になるのよ」ナンがいった。「あの船の救出劇の話を聞かせてあげて。十八番《おはこ》でしょ」

「そうでもない」

「陸で船を救出した話なの」ナンがプラウアー嬢にいった。「ちっちゃな男の子たちが何人かで遊んでたところ――」

「きのうの午後、ロスマーキーの近くのハイウェイに警察がいるのを見たわ」プラウアー嬢がいった。「なにかあったんでしょうね」

「聞いてないな」ゴーリーはいった。「たぶん交通巡査たちだろう」

アメリカ人は紅茶を口にした。

「エリスカイの事件もお耳にしたそうよ」と、ナンがいった。

「怖いわね」アメリカ人はいった。

「ええ、ほんと」

「嫉妬に駆られた奥さんのしわざなんですって？ 新聞にそう書いてあったわ」

ゴーリーは立ち上がった。「ごみを出すのを忘れてた。また忘れないうちに片づけてこよう」

「フランク」妻が非難をこめたひそひそ声でいった。「こんなときにごみですって？ 失礼じゃないの」彼女は聞こえよがしのささやき声でいい足した。

ゴーリーは妻の言葉に耳を貸さず、足早にクロゼットへ向かった。なかに手を伸ばして自分の上着をかき分け、アメリカ人のバッグがないか床に目をやった。

「ねえ、警部補、わたしが武器をバッグに入れておくようなばかだとお思い？」背後からアメリカ人がいった。「さあ、後ろ向きのまま出てきてちょうだい、ハンドバッグといっしょにね、両手を高く上げて。そこを動かないで、ナン」

ゴーリーはクロゼットのそばから傘をつかんで殴りつけようかと考えたが、相手とどのくらい距離があるか判断がつかなかった。ナンのことも考えなくてはならない。だから彼はゆっくり命令にしたがった。

「その服装はどんな事故用なんだ？」相手から顔をそむけたままゴーリーはたずねた。

「きっとなにか起こると思ってね」彼女はいった。「バッグをそっと床におきなさい」

「いやといったら？」

答えるかわりに女は前に手を伸ばしてゴーリーの手からそれをつかみとった。

チャンスが――消えた。

「この近所にガス漏れの通報があったでしょう」と、女はバッグからそっとなにかをとりだして床の上においた。「その場所はまだ見つかっていないはずよ」

「もうここは調べていったわ」と、ナンがいった。

「無能なひとはどこにでもいるわ」と、アメリカ人はいった。

「うちの巡査でさえこんな短期間に六件の事故が起きたのが偶然だなんて納得するまいよ」と、ゴーリーはいった。そして小さな部屋で六フィートくらいの間隔をおいて、女のほうへ半分向き直った。

突進するに充分な距離とはいえない。

「さあキッチンに行って、ふたりとも」

ゴーリーは妻のほうをちらりと見た。ナンのそばにはティーポットがある。ナンがあれを持ち上げてくれれば、アメリカ人の注意がそれるかもしれない。

もちろんこの女は、湯で火傷《やけど》を負う前にふたりとも殺せるくらいの反射神経は持ち合わせているだろう。

どのみちすぐに殺すつもりでいるはずだ。

しかし、必要にならないかぎり撃ち殺そうとはしないだろう。事故に見せかけたいだろうし、弾が見つかる可能性もある。

「キッチンよ、警部補」とアメリカ人はいい、彼のわきを横歩きですり抜けて玄関に向かった。

あそこを施錠したいのだ。しかし、ドアに手を伸ばしながらふたりを射程内に保つのは至難の業《わざ》だ。

同時に両方はできない。ゴーリーは急いでなにかをする必要があった。

「ナン、キッチンだ！」彼は叫んだ。

ブラウアーが妻のほうへ顔を振り向けると同時に、ゴーリーはぱっと身をひるがえして飛びかかった。顔の近くで銃が発射されたが、どっとアドレナリンがわき出したせいか、音はずっと遠くからしたような気がした。女はゴーリーが想像していた以上に強かった。はるかに強かったし、ぶあつい胸は特殊なヴェストによるものだった。最初に放ったパンチで硬いパネルの存在を感じた。女のあごに頭突きを食らわせたとき、首の後ろに激痛が走った。しゃにむに相手に突進しながら、逃げ出して自分の命を守る分別がナンにあることを願った。ナンにその分別はなかった。しかしアメリカ人の女を昏倒させたのが、道具入れの引き出しからナンがとりだしたハンマーの一撃だったのはまちがいないようだった。

12

二〇〇二年三月十三日

南極海、ロス属領（南緯六六度二五分、東経一六二度五〇分）

嵐が迫っていた。海のむきだしの絶壁から灰色と白の翼を激しくはばたかせて騒々しい鳴き声をあげているヒメウミツバメとトウゾクカモメがその先触れだった。

ベラニー島の岩にいるこの群れの上空では、ニュージーランドから来た不安定な湿った温暖前線が南極の気団の外の境界にぶつかっていた。まどろむ霜の巨人の息のように冷たい乾いた重い気団が防壁を築いていた。

衝突したふたつの前線は時計回りに回転を始め、低気圧の中心部のまわりに風の大きな渦が生まれた。濃密な寒気団の上にたちのぼった暖かい上昇気流がその湿りをさらに高く大気圏まで引き上げると、それは冷却を受けて凝結し、放射状に広がる一群の雲になった。

前線が衝突して回転を続けているあいだにそこから生み出された風は速さと強さを増し、低気圧の谷からさらに水蒸気を吸い上げて、雲たちをさらに端へと押しやり、強力なサイクロンに発達を遂げ、ぐるりと南へ向きを変えて南極圏を横切り、群島と外海と流氷の上を南極大陸の広大な土地に向かってぐんぐん突き進んでいった。

嵐が迫っていた。

そのすさまじい力に最初に気がついたのは、吹きさらしの斜面からひっぱり出され、流れ出ていった海鳥たちだった。

ほかの多くの者たちもまもなく気がつくだろう。

南極、南ヴィクトリアランド（およそ南緯七四度五〇分、東経一六四度〇〇分）

彼らは荷を積んだバナナ形の橇《そり》二台を引いて、雪の平らな場所を踏みしめながら、広範囲に分散している目的地の最初のひとつに向かっていた。

隊は十人構成だった。彼らのパーカーと耐風ズボンとダッフルは白かった。詰め物をしたナイロンのウェブ・スリングで肩にかけているスキーバッグも、軽いファイバーグラスの橇も、四分の三マイルほど後ろの投下地点に残してきた大きな密封木箱をおおっているキャンバス地の防水シートも白かった。この一帯は地表が大きく裂けていて、グレインジャーにもこの貯蔵所付近にヘリを着陸させるのは無理だと断わられていた。

この小さな縦列のしんがりで、胸と腰にバックルで引き具をつけたふたりの男が丈夫なポリファイバーの牽引コードで装備の入った荷を引いていた。

彼らはじりじりするくらい慎重に溝の北側にそって進んでいった。

先頭の男が伸縮自在のなだれ探知棒を最長の六フィートまで伸ばしてそこで固定し、足跡ひとつない前方の雪を探った。

存在が知られているどの野営地からも遠く離れているため、地上や空の偵察員に見つかる可能性はまずない。そのうえ彼らの服と装備はこの一帯に溶けこむようにデザインされており、長い時間をかけて南の冬へ降りていく太陽がますます地平線のほうに密着しているため、彼らの動きが感知できるほどの影は残らなかった。

冷たい強風が吹いていた。彼らは目的地に向かって進みつづけ、隊長の男はしわの寄った雪に探りの針をくりかえし突き刺して、雪におおわれた投下物を探り当て、隊員たちをそのまわりに招き寄せた。貯蔵所の位置は彼らのGPS装置に組みこまれていたし、この狭い平らな線を離れずにいけばすぐにたどり着くだろう。

彼らの当面の関心は、大きく裂けた地表を無事に通り越すことだった。雪の下で待ち受けている裂け目を、ぱっくり開いた黒い氷の口を、通過することだった。氷の口は、もろい雪の橋の下に隠れていることが多い。つまり、裂け目を激しく吹きわたった雪におおわれて見えなくなった、庇《ひさし》状の雪のかたまりの下に。深さは数フィートのこともあれば二〇〇フィートのこともある。足を誤って踏み出し、足元から表面がくずれ落ちるまで、どっちの深さかはわからない。

しばらくすると先頭の男が立ち止まり、なだれ探知棒を雪に刺して双眼鏡をケースからとりだした。その横の斜面では、残りの男たちが圧雪面に登山靴のアイゼンを食いこませて立っていた。乾いたしつこい風に悩まされていた。パーカーの襞襟がはためき、彼ら自身の凍った息でバラクラヴァ帽の繊維が凝結した。反対側の土手の向こうでは、サスツルギが自然の渦巻模様を描きながら北へ流れていた。

隊長は双眼鏡を目に当てて、下の大きな溝を注意深くのぞきこんだ。入口のハッチは雪に埋もれていたが、標識上部の光を反射する細長い断片がそばの吹き溜まりの上に突き出ているのが見えた。

隊長が合図を送ると、荷物を運んでいるのを除いた全員が滑走の準備にとりかかった。スキーバッグのファスナーを開けて板とポールをとりだし、高山走行用の強力な締め具をスキーにとりつけ、その上にブーツをすべりこませた。

隊長がスキーをはいてくぼみの端に移動した。その後ろで荷物運搬員は引き具をはずした。彼らに下へ来てもらう必要はなかった。ここで休みをとって、橇と木箱といっしょにじっとしていてもらったほうがいい。

「行くぞ！」と、隊長はしゃがれたスイス訛りのドイツ語で告げた。それから真下の谷を向き、上体を曲げてひざを深く折ってスティックを突き、下り斜面を進みはじめた。

残りの者もすぐあとに続き、スキーのテールから雪の粉が大きな弧を描きながら飛び散った。たちまち溝の底が近づいてきた。先端とエッジをきかせて下りのスピードを制御し、傾斜と平行にターンしてブレーキをかけると、掘り起こされた雪が宙を舞った。

隊長は斜面のふもとにある標識のそばで雪面の高く盛り上がった箇所を調べると、隊員たちに肯定のうなずきを送り、しゃがみこんでスキーをはずした。隊員たちもすぐさまそれにならい、それが終わると、ダッフルからとりだした折り畳み式のスノーショベルで大きく盛り上がったところを掘る作業にかかった。

やがて丸いステンレススチール製ハッチの大部分が現われた。ハッチの枠には斜面の岩がぴったり張りついていた。ロック機構はない。侵入を防げるかどうかは、いかに入らせないかではなく、どう隠すかにかかっていた。機械の棒や電磁気装置は南極の気候に破損を受けやすく、ロックするとはずれなくなりかねないからだ。

マンホール大の出入口が十五分をかけて完全に掘り出された。隊長が片側に立って、二名の隊員にそれを引き開けるよう手で合図した。入口が開くと隊長はバッグから電池式のクリプトン・ランタンをとりだし、前に掲げて大股で通路を進んだ。残りの者も縦一列で続いた。

小さな洞穴のような貯蔵所の奥行きは五ヤードくらい、幅はそれよりいくぶん狭かった。雪と氷のおおいで風速冷却と外の極低温から守られている波形の鉄板は、彼らの吐く息の水蒸気でまだらに霜がつくくらい冷えきっていたが、それでもなかは地上より華氏にして二〇度ほど暖かかった。

入口から数フィートのところで足を止めた隊長がランタンをさっと左右に振って右で止めると、浅いトンネルに端から端まで渡された低い木の台から隊員たちが急いで大きな防護カバーを引きはがした。

たちまちカバーはくしゃくしゃになって、六台の白いスノーモービルのスキーとキャタピラーのまわりに下ろされた。空力特性にすぐれた風防ガラスと荷台とサドルバッグをまとった快速機敏な小さな乗り物が、木の台の上にきれいに並んでいた。

トンネルの反対側に隊長が目をやると、手に持った明るいランタンの光のなかにゴム製の燃料袋が積まれた低い木の台が見えた。そのなかに寒冷地走行に適したハイオク・ガソリンとツーサイクルエンジン用オイルの混合燃料が入っているのを、彼は知っていた。

隊長はふーっとうめいた。よし《ャー》、いい《グート》ぞ。たしかになにもかも聞いていたとおりだ。

彼は満足して隊員たちに目を戻し、ランタンの明るいまっすぐな光線でスノーモービルを指し示した。この先にはまだ氷の平原を横断する長い旅が待っているし、無駄にしていい時間は一秒もない。

「降ろしてタンクに燃料を入れろ――急げ！」スイス訛りのドイツ語のまま彼はいった。「残りの貯蔵所へ引き返して、武器と爆薬の梱包を解き、一時間以内に標的を目指してすべりだす！」

南極、コールドコーナーズ基地

「ダイヤモンド・ダストよ」メガン・ブリーンがいった。「ちょっとした見物《みもの》でしょう？」
ナイメクは彼女が指差しているところを見た。雲ひとつないにもかかわらずヘリ発着所の上で揺らめいている氷晶のきらめくベールに、虹色の弧がかかっていた。はるか彼方《かなた》では太陽の暈の両側で幻日が地平線をからかっており、円のすみれ色をした内側の縁が破れてにじみ出し、緑と黄色と橙と原色の赤のかすかな虹の帯ができていた。
「鑑賞するのはたやすいが」彼はいった。「この状況で楽しむのはちと骨だな」
メガンが振り向いて彼と向きあった。彼女は最少限の極限寒冷気候用（ＥＣＷ）装備しか着けていなかった。パーカーのフードを下げてスノーゴーグルを額の上にあげ、バラクラヴァ帽もかぶっていない。ヘリコプターが到着すると十分前に通信員から連絡が入っていたが、ヘリのやってくる騒がしい音はすでに聞こえていたし、寒さから逃れるのにさほどの時間がかかるとは思えなかった。
「そして薄闇では木の妖精たちが魔法のような不思議を織り上げる」と、メガンはいった。
「凝った台詞だ。きみが考えたのか、どこかからの借り物か？」
「わたしがそんな詩人じゃないのは知ってるでしょ」
「いずれにしても凝っている」ナイメクはいった。「で、その
こ
こ
ろ
は？」

メガンは肩をすくめて見せた。

「うちの天文学者と野外写真家は彼らの光学装置にダイヤモンド・ダストが舞い降りるとヒステリーを起こすのよ」彼女はいった。「現象の観察準備に何週間もかけ、手に入る最高の装備を使っているっていうのに、ちっちゃな氷のおかげでその仕事がおじゃんになるんだもの。時間と努力とたくさんのお金が無駄になるわ。みんな頭に血がのぼって、怠慢だ無能だなんだっておたがいをなじりあうのよ。そしてもちろん、最後にはわたしが仲裁に入らなくちゃならないの。迷惑どころの話じゃないわ。でもあの空を見て。悪いことばかりじゃないわ」

ナイメクは眉をひそめた。「今回の問題は天体望遠鏡じゃない」彼はいった。「三人の人間が行方不明になったことだ」

メガンはしばらく黙っていた。

「改めて思い出させてもらうまでもないわ」そのあと彼女はいった。

ナイメクは自分の性急さをたちまち後悔した。そして彼女の表情をうかがった。彼女の目はなにかを突き通すようにまっすぐだったが、怒っている様子は見えなかった。なぜだかそのせいで、なおさら後悔の念は強くなった。

「いまのはおれの台詞《せりふ》のなかでも気の利いた部類じゃなかった」と、彼はいった。

また会話がとぎれた。「かもね」とメガンがいい、ゆっくり息を吸いこんだ。「ピート……

わたしがこの氷の上にいて学んだことがあるとしたら、薄闇には魔法のような不思議が存在するかもしれないってこと。それに目をつぶっちゃだめ。それは生きるすべを教えてくれるからよ」

ナイメクは黙っていた。ふたりとも黙っていた。頭上を浮遊している氷の塵《ちり》のあいだを、さまざまな色がすり抜けては消えていく。まだ姿の見えない二機のヘリコプターが空気をたたきつづけていた。

たしかにおれは神経過敏になっているようだ、とナイメクは思った。あのハーキュリーズで食った待ちぼうけの影響もある。スカーボローとふたりの科学者の捜索に早くのりだしたいもどかしい気持ちもある。しかし、まだほかにもある。どちらかのヘリに乗っているアニー・コールフィールドのことがそのなかにあるのをナイメクは知っていた。アニーと上院議員の視察団がすでに南極にいると聞いて、彼は待ち伏せにあったような気分を味わっていた。

手袋をはめた手で顔をこすりながらナイメクは考えた。メグは最初どうやって彼らの存在をほのめかした？　操縦士についてはいまうちは人手が足りないんだけど、事情はまたあとで説明するわ——携帯電話に番号を打ちこみながら口にした、なにげないひとことだった。

ナイメクは気にもとめなかった。しかし、ようやく彼女が約束の説明にとりかかったとき、基地に三人いるヘリコプター操縦士のひとりはヘリが修理に出ていて地上勤務についており、別のひとりはフランス基地でただひとりの常駐操縦士が病気で文明世界へ送還されたために緊急に貸し出され、残りのひとりは、頭文字をとってメグがDVと呼ぶ著名な視察員たちをこの大陸最初の寄港地アムンゼン・スコット基地から運んでくる仕事に出向いていることをナイメクは知った。予報では嵐になるそうよ、ピート。こっちじゃ悪天候はめずらしいことじゃないけど、一度やってくると何日か続く可能性があるわ。上院議員たちは南極点で足止めを食わないうちに日程を繰り上げてここに来ることにしたの。だからうちも、それに合わせてもてなしの仕事を早めざるをえなくなったの。ところで、アニー・コールフィールドが子守り役をつとめるのを聞いたのは、ひょっとしてゴードから？

待ち伏せにあった気分か。ナイメクは胸のなかでつぶやいた。しかし、どうしてそんな気分になるんだ？ どうしてアニーに再会するのにこんな罪悪感がつきまとうんだ？ フロリダではなかなかいいコンビだったが、あれは〈オリオン〉事件があったからだ。あれは仕事上の関係だった。まあ、ほとんどは。あのあと、いっしょに映画に行った。

楽しい夜だった。アニーを車で迎えにいったとき、彼女の子どもたちに紹介された……クリスとリンダに。楽しかった。しかし、ふたりのデートは——ほかにぴったりの言葉もないからあえてそう呼ぶが——学生のデートのようなものだった。そういっって過言でない。ひいき目に見ても、大仕事に共同であたったあとくつろいでいるちょっとした友人どうしだった。そして、その任務が終わるとふたりは別々の道に進んだ。これもそういって過言ではない。

あのときアニーに魅力を感じたのを否定はしない。そもそも感じない人間がいるだろうか？　しかし、よしんば彼女に多少の気があったとしても、その気になるのは無理だとわかっていた。彼女はほんの一年かそこら前に夫を亡くしたばかりだった。癌で。心の準備はできていなかっただろう。ナイメクにはサンノゼで果たさなければならない責任があったし、アニーにはＮＡＳＡの宇宙センターに責任があった。テキサス州に。遠く離れていてはうまく発展しなかっただろう。いや、二、三度電話はかけた。どうしているか確かめるためだけに。そしてたしかに、これからもちょくちょく会おうと話をした、世間のひとがよくするように。しかし具体的な話はなにもしなかった。最後にふたりが話をしたのは去年の十月あたりだ。休暇がとれるならうちにお招きしたいわ、予備寝室に泊まってもらえばいいからといわれたのは確かだ。しかしあれは、招待されたのではなく一種のお愛想だったのだとナイメクは考えた。あれを額面どおり受け取るような失態をやらかしていたらどうなっただろう？　ばかもいいところだ。厚かましいにもほどがある。いずれにしても、彼女には改めて連絡をとるつもりでいた。ところが、感謝祭前の数週間が修羅場になった。文字どおりの修羅場に。ゴードが危機におちいったため、ほかのあらゆることは途中で放棄した。またそれ以来、遅れを取り戻さなければならない仕事が山ほどあって……

アニーの感情を害したと考える理由はどこにもない。不条理な罪の意識でなぜ自分を苦しめる？

ナイメクは基地の外に立って、鼻と口から水蒸気の渦をたちのぼらせていた。左右の頬がほてりはじめ、こするのをやめた。気温は華氏五度（摂氏マイナス一五度）で、メグの説明によればおだやかな天気だという。嵐の前の静けさだと。いつから華氏五度はおだやかになったんだ？

ヘリの空気を打つ音が大きくなってきた。ナイメクが空を探すと、一機が西のほうからぐんぐん迫っていた。側面のアップリンクのロゴが見えてきた。あれは著名視察員（DV）たちのだろうと思った。彼が最初に見たかったほうのヘリではない。しかし、あの政治家たちとの堅苦しい儀礼の交換を先にすませてしまえる点はありがたい。それにアニーについてのばかげた不安もあった。いま神経をそそがなければならない大事な問題は、グレインジャーと話をつけることだ。雪が降ってくる前にブル峠へ運んでもらえるかどうか確かめることだ。

ヘリコプターが進入してきてスピードを落とし、ナイメクから一〇〇フィートほど離れたところに着陸した。回転翼《ローター》が吹き下ろす風で地上から雪煙がたちのぼった。ブレードが回転を止め、キャビンの扉がスライドすると、乗客たちが飛び出てきた。

メガンが腕時計をちらりと見た。

「定刻にて到着」彼女はいった。「ワシントン発南極経由の特別便よ」

ナイメクはなにもいわなかった。派遣団には三名の上院議員がいた。ダイアン・ワーツ、トッド・パーマー、そして歳出委員会のバーナード・レインズだ。メガンがきょうの天気に与えた肯定的な評価を知らない彼らは、頭のてっぺんから足の爪先まで衣料配給センター

（CDC）のオレンジ色の服装にくるまれていた。それでも彼らを見分けるのはむずかしくはなかった。かつてプロのバスケットボール選手だったパーマーはほかのふたりより飛び抜けて背が高く、回転をゆるめていくローターの下から出てくるときには反射的に背を丸めていた。その横であたふたと歩調を合わせているのがワーツだろう。ナイメクはアップリンクの行事でこのデラウェア州出身の女性議員に会ったことがあり、彼女がどちらかといえばやせ形だったのをおぼえていた。となると、しんがりをつとめている残りのひとりがレインズだ。七十五歳にならんとしている歳出委員会の委員長は、身分が上の自分がひとに歩調を合わせる必要はないといわんばかりの歩きぶりだった。いまは他人の歩調に合わせられないことが多いという事実からは目をそむけているのだろう。この一団の四人目が後ろに残り、レインズのひじにそつなく手を添えて雪の上の横断に手を貸していた。

アニーだ。

ナイメクはレインズの付き添いを一瞥《いちべつ》し、心ならずも緊張した。

メガンが体を折って顔を近づけ、彼の物思いを中断させた。

「仕事の時間よ、ピート」と彼女はささやき、それから足早に来客たちを迎えにいった。

ナイメクは彼女の一歩後ろに続き、全米科学財団（NSF）のヘリコプターが着陸地帯に向かってばたばた音をたてていることにとつぜん気がついた。四分の一マイルほど離れたところにいるから、数分後には着陸するだろう。

メガンはおきまりの儀礼を手短にすませた。

「パーマー上院議員、当社の保安部長ピート・ナイメクを紹介したいと思います……ピート、もちろんトッド・パーマー上院議員がどういうかたかはわかるわね……ワーツ上院議員、ようこそいらっしゃいました……レインズ委員長、お目にかかれて光栄です……アニー、あなたとピートに自己紹介は必要なかったわね……」

近づいてくるアニーをナイメクは凝視した。はつらつとした感じだ。南極の基地から揺れの激しい乗り物に乗ってきたにもかかわらず、すてきな外見を保っていた。フードをかぶり、暖かく着込んでいるにもかかわらず、ヘリコプターに乗って長旅をしてきたというより、ヒューストンの自宅から三十分ほど車に乗ってきたかのようだ。

ナイメクは口ごもった。

「アニー、やあ——」

「また会えてうれしいわ、ピート」とアニーはいって、如才ない、しかし暖かみに欠ける笑顔を浮かべた。そしてレインズのほうに向き直り、彼といっしょに待ち受けているシャトルのほうへ向かった。「上院議員、きっとうちの科学施設をごらんになりたくなりますわ……」

以上、おしまい。彼らは瞬《またた》く間に姿を消した。

彼らが低圧《バルーン》タイヤのついた乗り物に乗りこむところをナイメクは見守った。自分がアニーになにを期待していたのかはわからない。しかし、取るに足りない人間になった気分で取り残されるとは思わなかった。

とまどいながらも、二機目のヘリが降下に入り、除雪をして突き固めた雪原に橇がそっと降り立つのを彼は待ち受けた。

しばらくすると操縦士がコクピットから飛び降り、着陸地帯を横切って、メガンとワーツとパーマーがシャトルに向かおうとしているところへやってきた。メガンは著名視察員（DV）たちからしばらく自分を解放し、操縦士をナイメクのほうへ導いた。

「ピート、こちらがマックタウンにいるわたしたちの友人、ラス・グレインジャーよ」と、彼女はナイメクに告げた。そして操縦士に向き直った。「さあ、寒いところとはさっさとさよならしましょう。うちの捜索計画のことでちょっとピートの相談に乗ってもらいたいの。できるだけ早く彼を涸れ谷《ドライヴァレー》に運んでほしいの」

グレインジャーは笑顔を浮かべ、手袋をはめた手でナイメクの肩をぽんとたたいた。少なくともこの男はナイメクと話をすることに関心がありそうだった。

「できるかぎりの力になりますよ」と、グレインジャーはいった。

ニューヨーク市

リック・ウッズがしなければならない多くの生放送インタビューのなかで、いちばん苦痛なのは科学方面のそれだった。そしてこのNASAから来たケッチャムとフライというふたりの天才は――ちょっとホモっぽいとウッズは思っていたし、話が日曜の朝の説教よりも退屈なのはわかっていたが――とめどない多音節語を連ねながら太陽の炎《フレーム》の話をしていた……

いやフレアだ、とウッズは心のなかでつぶやいた。正しくは太陽フレアだ。コントロール・ルームの椅子にすわっている愚か者のディレクター、トッド・ベネットからすでに十回以上も注意をうながされたところによれば。

ゴダード宇宙センターという遠い中継地点にいるこの宇宙学者たちのせいで怒鳴り散らされながら、ウッズはめちゃくちゃな事態になるのを避けようと努力していた。ウッズが思い出すことのできるこれ以上の大失敗は、カオス理論を論じにきた数学者たちをゲストに迎えたときだった。彼らの理解不能なとりとめのない話にはめまいがした。羽蟻が中国の広東で蛙に飲みこまれると、なぜかヴェニスで恋人どうしの乗ったゴンドラが転覆し、最後にサンフランシスコの地震につながるというのだ。さらにそのあとは、クォークとレプトンとミューオンとグルーオンが話のなかに入り乱れ、来年クリスマスのあとに新年が来るかどうかも予測がつかないくらいびゅんびゅん飛びまわった。茶番だ。

「ケッチャムのいまの専門用語がわからない、リック」ベネットの声がまたイヤフォンに飛びこんできた。「X級のフレアというのはどういうことか説明させろ」

ウッズは咳ばらいをした。討論に少々ユーモアを混ぜこんだらテンポが上がるかもしれない。

「あの、博士」彼はいった。「わたしみたいな平凡な脳味噌の持ち主のために、X級《エックス・クラス》とビジネス・クラスのちがいを説明していただけませんか?」

ケッチャムはだじゃれに気づいた様子も見せずに、メリーランド州の姉妹局の報道室からうなずいた。

「このX分類法は太陽フレアのパワーを測る物差しで、フレアがわたしたちの惑星にもたらす衝撃の大きさを予測する手助けをしてくれます」彼はいった。「わたしたちは太陽のフレアが発生している領域から放射されるX線をもとにした簡単な数値表を使っています」

簡単だと、ほざきやがって、とウッズは思った。「それで、あなたがたが探知したこの最新のやつですが、なぜそれをわたしたちが心配すべきなのか理解する手助けをお願いできますか?」

「わかりました」ケッチャムはいった。「まず最初に、実際に観測されたのは太陽フレアではなく、異常な黒点の活動をはじめとするさまざまな指標である点を強調しておくべきでしょう。太陽の裏側でフレアの活動が差し迫っているとき特有の兆候です。これは大ざっぱにいえば、熱帯ハリケーンの苗木をレーダーで追跡するのに等しく……」

ウッズは気持ちが散漫にならないよう努力した。学校からの中継でもこれよりは楽だ。インタビューを受ける側の頭は混乱しているだろうし、どんな質問をすればいいかは自然にわかってくる——あの悲劇の前に、ティミーは敵対的な、つまり反社会的なふるまいを見せていましたか？　同級生にたいする憤りを？　少数民族のグループにたいする怒りを？　学校の先生や指導カウンセラーのなかに、例の額の鍵十字の刺青《いれずみ》のことを彼に質問したひとがひとりもいなかったというのは本当ですか？　それと、彼は不法所持のM16を自宅の玄関ポーチから近所の犬や猫に発射していたという報道についてはどうでしょう？

ウッズはとつぜん汚い言葉を吐きたい気持ちに駆られたが、状況はのみこめていた。自分の幸運に感謝していないわけではない。これはメジャー・ケーブルテレビの二十四時間ニュース・チャンネルで、彼は平日午後の時間枠の共同キャスターをつとめている。この業界にこれ以上うらやましい仕事はないと断言できる。この仕事を射止める前はキー局で生の娯楽番組の司会をしていた。毎日、ゴールデンタイム直前の三十分だ。楽しいこともあった。有名な俳優や女優や映画ディレクターに会えた。アカデミー賞やグラミー賞の授賞式。ああいう授賞式はたしかにいつも刺激的だった。しかしそればっかり六年は長すぎる。ハリウッド担当の番組アナウンサーがまともに評価されることはない。硬派な報道番組の人間たちからは、ゴシップ屋やパパラッチよりは少々ましな程度の人間にしか見られない。輝きはしばらくすると褪《あ》せていく。きらびやかな人びともどんどん見苦しくなっていく。そして、豊胸手術をした頭すかすかの十代の歌手たちにマイクカバーみたいな扱いを受けたときには、最悪の気分に襲われることもある。

ウッズはそんな状況にいやけがさしていた。

共同キャスターの仕事を打診されたのはちょっとした幸運だった。どでかいチャンスだった。前任者は活字メディアで職業人生のスタートを切り、政治畑の通信記者として二十年ほどを費やした保守的な人物だった。彼らのケーブルチャンネルの昼間の視聴率は、CNN、フォックス、MSNBCに数パーセントの差で続いており、番組編成重役たちは視聴率アップの方法を研究した結果、新しい血が、若い層に訴える顔が、コンビを組むマーシー・ランドルという女性キャスターと活発な掛け合いができるもっと好感度の高い人物が必要と判断した。ウッズは試験的な仕事の打診を受け、うまくいかなかったらスターを追いかけまわす仕事に戻れるという、どっちに転んでも悪くない契約上の保証を与えられた。ちきしょう、どでかいなんてもんじゃない、生涯に一度のチャンスだった。おれはこの話に飛びつき、西海岸から東海岸へ引っ越した。そしてプロデューサーの要求にこたえ、もっと賢く見えるようにサングラスのかわりに地味なレンズの入った伊達《だて》眼鏡をかけはじめた。それから六カ月がたった。この時間帯の視聴率は二倍近くに跳ね上がって、二年の再契約を交わした。かなり報酬は上がったし、視聴率が上がりつづければ給料も上がりつづけるエレベーター条項が組みこまれている。

リック・ウッズはおおむね満足していた。高く評価されているのを感じ、満足をおぼえ、金銭的な安定を感じていた。しかし永久に完璧なものはない。この放送網では平日の午後一時から五時まではゴールデンタイム前の時間帯だ。主な視聴者は二年以上大学に行ったポストブーマーの主婦層だ。マウンテンデューやピンク色のポリエステル製ストレッチパンツとは縁を切り、メロドラマや法廷実況番組や俗悪なおふざけ番組の代わりのものを求めている人びとだ。油断のならない視聴者だ。浮動票だ。内容としかるべき釣り合いをとり、朝のニュースマガジン番組の形態とはすこしちがったものを、ジム・レーラーとはすこしちがったものを彼らに与える必要があった。情報と娯楽を併せ持った内容を。つまり、トップニュースと新展開を見せたニュースのあいだを背景ものや分析やおしゃべりやちょっとした人情話で埋め、この混ぜものにふくらみを与えなければならない。

科学ものは週に一、二度、予定表に入ってくる。ふつうの人びとの生活と関連のある話ならウッズも我慢ができる。子どもの発育、医学の飛躍的進歩、家でのコンピュータの使いかたといった内容なら意義があるのもわかる。しかし、プロデューサーたちが自分の利益のためにしゃしゃり出て、複雑な仮説をまくしたてはじめるようなゲストと出演契約を結んできたときには……あるいは、NASAが人目を引いて納税者に自分たちの存在の正当性をアピールするために定期的に行なっている愚にもつかない宣伝活動、つまりいまばらまいているような大ぼらをプロデューサーが真に受けたときには――

「リック、ぼやっとしているな！」ベネットがIFBの回線からかん高い声で吠えた。「まずいぞ、ケッチャムは話に熱中してわけがわからなくなってきた。若いほうを引きこんで、この太陽フレアの事の重大さをはっきりさせろ。それが地球にどういう結果をもたらすことになるのか聞き出すんだ」

なにもあるもんか、とウッズはいってやりたい気持ちだった。なんの意味もない、トッド。この番組は意味がないだけじゃない。映像中断時間より退屈だ。

「フライ博士にもお話をうかがいましょう」彼はいった。「ご同僚にならって気象の比喩を使わせていただくなら、発生しようとしているその太陽の暴風圏は、正味のところどのくらい深刻なものと……？」

「いまの段階では正確なことはわからないとジョナサンは説明しようとしていたのだと思います」フライはいった。「X20かそれ以上の、つまりものすごく強力な嵐の連続を経験することになるとわたしは思っています。X9以下に分類される太陽フレアがわたしたちの注目を引くことはまずありません。その力の目盛りが上がるにともなって地磁気の擾乱《じょうらん》が強まると……」

「ですから、世界じゅうの視聴者のみなさんに教えていただけませんか、こんどのが、ええと、そのX20という太陽の炎《フレーム》が――」

「フレアだ！」ベネットが怒鳴った。

「その太陽フレアが、どの程度の影響を地磁気にもたらすのかを？」

「繰り返しますが、確かなことはいえません。われわれには過去に起こったことを振り返り、つかんだ情報にもとづく推測の土台にそれを使うことしかできないんです」フライはいった。「三十年ほど前、X15に分類される一群の太陽フレアが衛星の通信を妨害し、少なくともわが国の西部と中西部のふたつの州で送電線に深刻な電圧の揺れが起こりました。あれが原因でブリティッシュ・コロンビア州でも二三万ボルトの変圧器が爆発を――」

「しかし、三十年前といえばずいぶん昔のお話です」すぐに追い打ちをかけようとウッズはいった。「現在の科学技術があれば、照明が消える心配をする必要はあまりないのではないかと思いますが」

「残念ながらそれはまったく正反対です。一九七〇年代の電力会社は本当の意味で操業をコンピュータ化していたわけではありません。公営私営を問わず、電力会社でコンピュータを使っていたところはほとんどありませんでした。インターネットは存在していなかった。パソコンもありませんでした。公衆の使えるワイヤレス電話網もありませんでした。しかし、社会はこの三十年で高度な電子工学《エレクトロニクス》に依存するようになった。それはわれわれの経済には不可欠です。国家の安全にはなくてはなりません。宇宙線の高レベルの放出から守られている機器もありますが、改善の余地はまだたくさんあります。NASAの一員であるわたしとしては、軌道制御装置上の高感度装置が心配ですし、もっと根本的なところでは、国際宇宙ステーションにいる宇宙飛行士たちが危険な量の放射線を浴びはしないか心配です。わが国と地球の遠隔地域を結んでいる衛星通信に乱れが生じるのではないかとも考えています。たとえば極東との。あるいは極地との……」

そこじゃホッキョクグマが携帯電話やダウンロードできるポルノ画像なしでやっていかなくちゃならなくなるんだろうよ、とウッズは胸のなかでつぶやいた。まったくなんてこった。このままこいつに宇宙線に関するうそっぱちを続けさせたら、集団パニックが起こってしまう。

「まるで世界破滅のシナリオをお書きになっているみたいですね。もちろん今回はそんなことはありません」彼はいった。「ここでちょっとひと息入れて、太陽の炎《フレーム》がいまお話に出ているような大規模な騒動を生むおそれはまずないと、視聴者のみなさんを安心させていただくのが――」

「フレアだ!」ディレクターがまた怒鳴った。「それはフ、、、フレアというんだ!」

ウッズはいらいらを募《つの》らせていた。そんなに用語に厳格でありたいのなら、ベネット本人がコントロール・ルームから出てきて自分の手でこのインタビューにケリをつけたらいい。

「ところで」ウッズはいった。「太陽フレアに炎《フレーム》はともなわないんでしょうか?」

それまでの話と脈絡のなさそうな発言にフライはちょっと面食らった表情を見せた。「まあ、もちろん、太陽圏で炎を吹き上げているガスが起こす爆発と関連のあることではありますが――」

「その点をはっきりさせていただいて感謝します、フライ博士」と彼はいった。

「そしておまえの執念深さにくそくらえだ、ミスター・ウッズ」ベネットが見えないところからいった。

「さきほどわたしが持ち出した問題に立ち返りますが」ウッズがいった。「こう申し上げてよろしいんでしょうね。おふたりは別に、その、ええと――」

言葉が思いつかず、ウッズは口ごもった。彼にはときどきこういうことがあった。たいていは科学ものをやっているときだ。科学ものを忌《い》み嫌っているのにはそれもあった。脳と口のあいだで言葉が交通渋滞に見舞われていた。ちきしょう。くそっ。こういう必要なときにベネットはなにをしてるんだ？　どうしてこういうときに限っておれを宙ぶらりんにしとくんだ？　ちきしょう、なんだった、あの言葉は……？

「大災害《カタストロフィ》だ、このばかたれ！」

ウッズは安堵の吐息を必死に押し戻した。

「大災害《カタストロフィ》が間近に迫っていると予言なさっているわけではなく」と、彼は言葉を継いだ。「わたしたちが太陽フレアについての知識を増やしながらどう問題に取り組むべきか、そのあらましをご説明いただいているだけですね？　わたしたちに、その……」

「用心のための忠告」ベネットがいった。

「つまり用心のための忠告をしていただいてるわけですね？」

こんど答えたのはケッチャムのほうだった。「イエスでもノーでもあります。わたしたちは決してあなたの番組をご覧のかたがたを脅かそうとしているわけではありません。しかし、大変な出来事がふりかかろうとしているように見えるのはまちがいないし、わたしたちは全力を挙げて事態にそなえるべきでしょう。わたしたちがこの番組に出演してこの話をしているのは、そのためなのです」

「わかりました……それで、ええと、それが起こるのはいつとおっしゃいました?」

「リチャードとわたしは、四、五日のうちに大きな変化が現われると考えていますが、正確なところをお教えできるだけのデータはありません」ケッチャムが答えた。「ここでも気象学的な比喩が役に立つかもしれません。暴風圏は失速するか速さを増すかして、コースを変え、別の強まりはじめた低気圧の中心と衝突します……地球の大気中でも動きの予測は変数が非常に複雑になりますが、太陽の大気となるとわかることはさらに少なくなる。そこを思い出していただかないと……」

ウッズは合図を送る点滅器に気がついた。コマーシャルまであと三十秒だ。やれやれ、助かった。つかのまの失語症からまだ立ち直りきっていなかったし、このあとケッチャムは羽蟻と中国の蛙の話を始める気ではないかと憂鬱だったところだ。

「よし」ベネットがいった。「ふたりに個人的なことを訊いて、コマーシャルに切り換えろ」

ウッズはつかのま思案した。そもそもこの退屈な連中に人間的魅力なんて存在するのだろうか？

「ええと、おふたかた、たいへん興味深いお話でしたし、きっと数日後にはもっと多くのお話を聞かせていただくことになるにちがいありません」彼はいった。「時間も残り少なくなってきましたが、そうですね、おふたりにはゴダードで変わったあだ名がついているそうですが、その由来をちょっとお聞かせ願えたら……〝ケチャップとフライドポテト〟でしたか？」

ふたりとも笑顔でうなずいた。

ケッチャムが「その役目はリチャードに譲りましょう」といった。

「ぼくらのコンビが仲よしなんで、だれかがひねり出しただけのことだと思います」と、フライがいった。

ウッズはこのふたりはホモなのだろうかとまた思いつつ、ふたりに笑顔を返した。

「それではお別れです、おふたかた、午後の時間をありがとうございました」と、彼はいった。

「どういたしまして」とケッチャムがいった。

「こちらこそ」とフライはいった。

そうだろうよ、とウッズは胸のなかでつぶやいた。

かくしてようやく番組は終了した。

南極、ヴィクトリアランド

彼らは巨大なふたつの氷河をつなぐ尾根のたるみを野営地に選び、東の斜面にドームの形をしたテントを張って、貯蔵所から運んできた幕でスノーモービルに偽装をほどこしていた。低い岩棚にとまっているトウゾクカモメの群れが、まばたきもせずに彼らをながめていた。それから五時間がたっても、鳥たちはまだ動いていなかった。隊長はテントから出てきて彼らにちらりと視線を投げ、扉《フラップ》から寒い外へ足を踏み出した。

鳥たちはただ見返してきただけだった。

隊長は扉《フラップ》のファスナーを締め、断熱ブーツをはいた足で岩棚から大股で離れていき、そのあと足を止めて南西の空のほうへ双眼鏡を持ち上げた。

目に見えたのは好ましからぬものだった。丸いレンズのような形をした一群の雲が遠くに現われ、ほとんど上下動を見せない太陽を乗り越えて不穏な空気の波の上へ這《は》い登ってこようとしていた。雲の底は濃い青色をぼかした感じ、湾曲した泡立つ上部はもうすこし明るい灰色がかった色合いだ。

隊長は双眼鏡を地上に向けた。一行が通り抜けてきた狭い裂け目のはるか彼方はぼんやりとして、おだやかなかすみのなかに輪郭が溶けこんでいた。

自分の息がつくった水蒸気をレンズからぬぐったが、なにも変化はなかった。

おだやかだ、と彼は思った。おだやかすぎる。

隊長はすこしもありがたいとは思っていなかった。テントを出る前にハンドヘルドの頑丈なフィールドコンピュータで最新の気象情報を調べてあった。端末のワイヤレス接続でインターネットにアクセスし、基地の天気予報、軌道を回っている半球状の衛星からの赤外線地図、海洋大気局（NOAA）の天気図、点在している自動気象観測所といったポータルサイトの情報と比較した。十分から二十分くらいの間隔で更新される数字は一貫して不吉なものだった。すさまじい強風がヴィクトリアランドの海岸に向かって吹きつけ、ロス海と氷棚《ひょうほう》に接近するにつれて勢いを強めていた。マクマードはすでに気象状況をIIに分類していた。風速が二〇メートルを超え、体感温度は華氏マイナス六〇度（摂氏約マイナス五一度）以下、視界は四分の一マイル程度、へたをすると一〇〇ヤードくらいまで落ちかねない。

彼の力が及ばない状況になりかけていたが、任務を中断する気はなかった。それが彼の使命だからだ。それ以上でもそれ以下でもない。

彼は双眼鏡を下ろしてテントのほうへ戻りかけた。首まわりの布を鼻柱まで上げていても、このすさまじい寒気に打たれて、生まれたときから頬にある三日月形のあざに早くも焼けつくような痛みをおぼえていた。ここでも彼は、たえずこれに悩まされていた。スイスのシュテルン（ベルン州警察特別部隊）で高山訓練を受けたときと同じように。人生の大半を暖かさとはほとんど無縁の場所で過ごしてきた男だけに、ばかげた話のような気はする。頰のあざと同じくらい奇妙な物笑いの種だ。だがこの痛みにはずっと昔から耐えてきた。ジュラ山（フランスとスイスにまたがる同名の山脈の最高峰）の農村で過ごした少年時代も、果てしなく続く冬には情け容赦ない鞭打つような痛みにずっと耐えていた。あれ以上の無情な痛みをもたらすのは、顔についた珍妙な汚れにたいする羞恥心だけだった。

彼が物心ついたころから母親はずっと彼をキント・デス・モントと呼んでいた。〝月の子ども〟という意味だ。好意的に使われた呼びかたではない。母親の言葉にやさしさがこもっていたことなどほとんどなかったが、別にかまわないと最後には達観した。情はかならず裏切られる。情に気をとられるより、気骨を固め胆力を鍛《きた》えるべきだ。

そしていま、彼の命令一下、隊員たちはすばやく野営を撤収してスノーモービルの上で寝袋を詰めこみテントを畳んだ。鳥の群れは相変わらず岩棚の上から彼らをながめていた。ほとんど関心を示さず、近くにいるからながめているだけだった。作業を待つあいだ、隊長は鳥たちを見て、地面からかなり大きな氷のかたまりを持ち上げ、いきなりそれをオーバースローでびゅっと鳥たちに投げつけた。

氷は岩棚に当たってパーンと音をたて、粉々に砕け散った。鳥たちは仰天して飛び上がり、羽をはばたかせて憤然と相手にわめきたてたが飛び去りはしなかった。

隊長は彼らの度胸を認めてかすかにうなずいた。

「なかなかいい旅の道連れだった《アイネ・グート・ゲゼルシャフト》」といって、彼は岩棚からくるりと向き直った。

数分後、彼はスノーモービルにまたがってエンジンの回転数を上げ、目標に向かって氷上を猛スピードで駆けていき、隊員たちもすぐ後ろを続いていった。

南極、コールドコーナーズ基地

「峠の低いところまで降りてもらいたい」と、ナイメクがいっていた。ヘリ発着所から基地に戻ると、すぐに彼はラス・グレインジャーを仕切られたワークステーションに連れていった。メガンの涸れ谷《ドライヴァレー》等高線図の白黒縮小版が机の上に広げられ、メガンが重要な場所を目立たせるのに使っていたピンのかわりに色鉛筆で丸が書きこまれていた。「自分の目で見てみたいんだ」

グレインジャーが隣の椅子からうなずいた。

「わかった」彼はいった。「峠といっても範囲は広いが、かなり遠くまで運んでいけると思う」

スカウトⅣが最後に通信をよこした座標を示している丸の中心と、捜索回収隊の捜索区域の限界と思われる場所を、ナイメクの人差し指が差した。「このあたりは？」

グレインジャーはうなずいた。

「おたくの地図ではあの峡谷のまわりがどんなに危険かはわからない」と、彼はいった。ここまでは紛れもない事実だ。「ここの地形はかなり厄介でな。しかし本当に厄介なのは、峡谷の風下へまっすぐ押し寄せる滑降風だ。低いところほど風圧も風速も大きくなる。地上に近い高度を飛ぶのは自殺行為だ。激流をおもちゃのいかだで下るようなものでな」

「だとしたら、最善の方法は？」

グレインジャーは手で経路をたどった。「峡谷を迂回して、すぐ南のライト谷へもぐりこむ」

ナイメクはつかのま考え、それからうなり声で了承を伝えた。

「ただし問題がふたつある」グレインジャーがいった。「近づいてくる嵐を避けて動かざるをえないのはもちろんだ。全米科学財団（ＮＳＦ）のフィールド・キャンプが全部避難しなくちゃならないほどの嵐じゃないと思うが、おれはそのいくつかに飛んで、嵐がやむまで持ちこたえられるだけの備蓄があるか確かめてこなくちゃならない」

「おれが同行しちゃいけない理由があるのか？　いっしょに行けば、きみの仕事が終わったあとすぐにブル峠上空へ飛び立てるじゃないか」

この質問が来るのはわかっていた。答えはずっと前から用意してあったが、グレインジャーは考えて導き出しているふりをした。

「おれのほうはかまわんが」彼はいった。「おれの仕事を全部すませるには、いますぐ出かけなくちゃならない。あんたは少なくとも二十四時間はここから消えることになる。そうするか、嵐がやむまで待つか――」

ナイメクは手を振ってそれはできないと伝えた。

「だったらすぐ出かけよう」ナイメクはいった。「こういう状況じゃなかったら、一週間近い足止めも検討の対象にはなる。しかしいまそんな遅れを出す余裕はない。嵐が来るならなおさら急ぐ必要がある。うちの人間がまだあそこで生きているなら、ひっぱりだしてやらなくては」

グレインジャーはまたうなずいた。アップリンクの保安部長ならそうくると思っていた。ナイメクから聞きたくてならなかった言葉でもあった。コールドコーナーズを出るのは早ければ早いほどいい。破壊工作隊がいつ現われるか、この嵐で彼らの前進がどのくらい影響を受けるか、正確なところはわからない。しかしブルクハルトは絶対に任務を投げ出す人間ではない。あの男の回路にそんな行動は組みこまれていない。

「ここまではいいとして」ナイメクがいった。「もうひとつ気がかりなことがあるんだったな」

「そのとおりだ」グレインジャーは決め球を投げる構えに入った。「野営地を全部まわって缶詰の食糧や医薬品や装備類その他もろもろを運ばなくちゃならなくなるとしよう。そうなるとマーブル岬で何度か燃料補給の必要が出てくるうえに、頼まれた物資を取りにマクマードとの往復をしなくちゃならない。ものすごい強行日程だ。そしておたくもいってたが、時間との戦いになる。嵐との競走に」

「だから……？」

「ブル峠に行くのは約束できる。しかし、さっきいった二十四時間ってのはたんなる見当だ。何回補給に降りなくちゃならないかによるし、嵐にぶつかったらマックタウンで足止めを食って、二、三日はおたくをこっちに連れ帰れないかもしれない。それでもかまわないか確認しておきたいんだ」

ナイメクは黙って考えこんだ。メガンに聞いたところでは、アニー・コールフィールドと彼女が案内している上院議員の小さな一団は、コールドコーナーズでの滞在を数時間、長くともひと晩に切り詰め、雪で身動きできなくならないうちにクライストチャーチへ戻る準備をすることにしたらしい。そうなると、出発前にアニーに会える可能性はなさそうだ。どうやらそれが天の配剤らしい。

「それでいい」一瞬の間をおいてナイメクは答えた。「全然かまわない」

13

二〇〇二年三月十三日
南極、コールドコーノーズ基地

ふたりのヘッドフォンに送信前の耳ざわりな音が飛びこんできたのは、グレインジャーがヘリの主回転翼《メインローター》のブレーキをゆるめかけたときだった。

「離陸を中断してください、マックのヘリ」通信員が基地の周波数で無線を送ってきた。「繰り返します。全機、飛行中止です。どうぞ」

ナイメクは助手席からグレインジャーを見た。

「いったいどういうことなんだ？」ナイメクがたずねた。

グレインジャーはよくわからないまま肩をすくめ、ヘルメットのマイクの〝通話〟ボタンを押した。着陸地帯の端で飛行管制官が右手で喉をかき切るしぐさをしていた。ノレキシガラスの風防から管制官を見たグレインジャーの背中にさっと緊張が走った。

「ロブ、あんたの出港許可が出てからまだ三分とたってないぞ」彼は送話口にいった。

「わかってる」通信員はいった。「申し訳ない。この旅行勧告はおたくの基地から全ポイントに出されたものだ。海洋気象局（NOAA）の天気図によると、嵐は北東に向かって速度を上げている。このままいくとロス氷棚《ひょうほう》を横切っておれたちのほうにまっすぐ進んでくるし、マクマード基地の話では嵐は勢力を強めているそうだ。気象状況もIIから格上げになるかもしれない」

　ふたりともキャビンのなかで黙りこんだ。エンジンは回転を続けていた。しばらくしてグレインジャーがエンジンを切るために計器パネルに手を伸ばし、座席に背を戻して外を見つめるあいだにツインタービン・エンジンのうなりはしだいに小さくなっていった。

　ナイメクは落胆の表情でなおもグレインジャーを見つめていた。

「信じられん」握りこぶしに固めた手を窓の金属フレームに押しつけて、ナイメクがいった。

「どうにかならないのか？」

　グレインジャーは大きく息を吸いこんだ。およそ想像できる最悪の状況だ。とんでもない最悪の状況だ。

「待つしかない」ようやくグレインジャーはそういった。そしてハーネスをはずしはじめた。

ヴィクトリアランド

　彼らは嵐の先を全速力で駆けていた。背中にすさまじい風を受け、道のない雪と氷の上に何マイルもすじをつけながら疾走していた。

空が重くのしかかってきた。平たい雲の層が低く垂れこめている。ホワイトアウトで視界は三〇ヤードまで落ち、スノーモービルの運転手たちは群れからはぐれるのを避けるために前を行くモービルがつけた跡からいっときも目を離さなかった。しきりにうごめく霧のなかではヘッドライトも反射板も役には立たない。

先頭のブルクハルトはスロットルに親指を強く押しつけ、最大限のスピードを乗り物から絞り出していた。固い決意を灼熱のナイフにして、形のないやわらかな障壁を切り開いていった。

座席にまたがり、体を前に倒して足を踏ん張り、座席の革をひざでしっかり挟みこんで、手袋をはめた指でぎゅっとハンドルを握っていた。モービルは沈みこんでは鼻づらを上げ、地形の起伏にしたがって上下した。宙を飛ぶ傾斜路のように雪の粉が轍《わだち》から飛び散り、風防の湾曲した表面にしぶきを上げていく。切り立った長い溝のなかへイルカのようにもぐりこみ、その底をすっ飛ばし、雪の上にスキーを躍《おど》らせながらたちまち逆斜面の頂へ上がった。

嵐はすぐそこまで迫っていた。ふくれあがり、荒れ狂い、思いもよらない速さで陸上を突っ切っていた。旅を中断しておおいのある場所を見つけ、嵐がやむまで避難しましょうと訴える者もいた。彼らのテントは強風に耐えられる構造になっていた。しかしブルクハルトはこのまま突き進むといって譲らなかった。

標的たちは自然の猛威の虜《とりこ》にしてやれ。

おれの隊は動く軍勢になる。

嵐は突進する種馬のようなものだ。突進の前にいられなくなったら踏みにじられるしかない。

コールドコーナーズ基地

ヘリコプターを降りて十分後、ナイメクは取り消しになった出発のために着用したウインドパーカーのまま、メガンの青一色の四角いオフィスにいた。

「おれたちを地上に縛りつけておけると思っていたら大まちがいだ」彼はメガンの机の前に立って怒りの湯気をたちのぼらせていた。「マクマードにおれたちの事情にくちばしを挟む権利なんかどこにもない。あそこにそんな権限はない！」

メガンは椅子にすわったままナイメクを見た。「ピート、落ち着いて。わたしだって地団駄踏みたい気持ちなんだから……」

「だったら、あそこのしかるべき人間に電話をしてくれ。こっちの安全を心配してくれるのはありがたいが、うちの人間を見つけるのに必要な手を打つことにしたと説明してくれ」

「できないわ。いろいろ理由があって。ラスはあそこの操縦士だし――」

「わかった。ならうちのを使おう。政治家たちを運んできた操縦士が戻ってきてるじゃないか。あの男はどうだ？　ラスほど涸れ谷《ドライヴァレー》にくわしくないのはわかってる。しかし新米ってわけじゃないし……」

「いったでしょ、ラスのことは理由のひとつにすぎないの。このコールドコーナーズ基地はアメリカ合衆国南極計画（ＵＳＡＰ）の特別な取り決めのもとで活動しているの。わたしたちはアメリカ政府から直接の支援を受けているわ。ある意味でわたしたちは政府の外交政策の延長線上にいるの。まだなにかで角《つの》を突き合わせたことはないけど、マクマード基地はアメリカ合衆国の正基地だし、わたしたちがあそこの保護下にあるのはまずまちがいないわ」

ナイメクは握りしめた両手のこぶしで机の端を押して、体を前にのりだした。

「しかし、きみもおれもこの壁たちも知っている。おれたちは以前にもそういう規則を曲げてきた」と、彼はいった。

メガンはためいきをついた。「空の旅に制限が課せられるのにはもっともな理由があるのよ。あなたは南極の気象状況IIの嵐を経験したことがないでしょう。わたしはあるわ。だから信じてちょうだい、マックタウンの警戒警報は決して無視していいものじゃないの」

「だれも無視なんかしていない。空模様はちゃんと調べた。嵐はまだおれたちの何マイルか南西にいる。ブル峠とはそれ以上の距離がある。それにグレインジャーの話では、ここからあそこまではせいぜい一時間だ。やりたかった徹底調査のたぐいを進めようと思ってるわけじゃない。しかし、やれることがあるのなら試してみる価値はある。三時間か四時間でいいからおれにくれ。帰りはたっぷり時間をかけて戻ってくる」

メガンは首を横に振った。「まだあなたは的をはずしているわ」彼女はいった。「少々意図的にかもしれないけど。予報がどのくらいあてになるかは、あなたも知っているはずよ。天気予報がビーチは一日じゅう晴れといったおかげでずぶ濡れになった経験のある人間なら、だれでも知ってるわ。あれはたんなる評価にすぎないの。とりわけこの土地ではね。みんなが思っているよりずっと早く状況が悪化することもあるの。今回の嵐の動きがすでに当初の予報からどれだけ変わったか見てごらんなさい」

ナイメクは彼女を見つめた。話の行く先が見えた。「南極大陸。そいつがショーの支配者だ。オリュンポスの全能の神々のように。ちゃんとのみこめてるだろう？　それとも、別の人間からそれを聞かせてもらう必要があるのか？」

メガンは彼の顔を見た。

「いいこと」彼女はいった。「わたしは基地全体の利益を考えて判断をくださなければならないの。あなたがまずい状況におちいったら、あなたをそこから救い出すのが最優先事項になるわ。そうなったら、またたくさんうちの人間が危険にさらされるわ。それを許すわけにはいかないの」

「だったらアラン・スカーボローとあの科学者たちはどうなんだ？　いつから彼らは最優先

事項でなくなったんだ?」

メガンは三十秒ほど黙っていたが、とつぜんその目が鋭くなった。

「あなたが提案したみたいな無分別なことを、アランがだれかにしてほしいはずないわ」と、彼女はうわずった声でいった。

また長い沈黙が降りた。ナイメクは背中をまっすぐ伸ばし、机から手を持ち上げ、一歩下がった。

「つまり、どうにもならないのか?」ようやく彼はいった。「決めるのはこ、の、土、地、ってわけだ」

メガンはゆっくり首を横に振った。

「いいえ、ピート」彼女はいった。「わ、た、し、よ」

ふたりの視線がつかのま衝突した。

「ご教示に感謝する」というと、ナイメクはぱっと彼女からきびすを返してそのまま無言で部屋を出ていった。


ヴィクトリアランド、コールドコーナーズ基地付近

ブルクハルトは氷の鞘《さや》に収まった岩の曲がり目に立ち、逆巻いてはうなりをあげる烈風を

受けながら双眼鏡にじっと目を凝らしていた。

あれだ、と彼は思った。あそこだ。

下の盆地にアップリンク社の氷の基地が見えた。その半マイルほど北では、モジュラー式の中枢施設が機械仕掛けの支柱に載って雪の吹き溜まりの上に持ち上げられていた。ブルクハルト寄りのもっと手前に、破壊目標に選ばれている施設があった。重要な生命維持施設が収まっているドームだ。

寒さがひどくなってきて着けたネオプレン製のフェースマスクに隠れて見えないが、ブルクハルトの顔にはかすかな笑みが浮かんでいた。感覚が麻痺しそうなホワイトアウトの空っぽの空間を抜け出し、嵐をかなり後ろに置き去りにして目的地にたどり着いていた。

この断崖までついてきた男をブルクハルトは振り返った。

「みんなのところへ戻れ」彼はいった。「風下の斜面に、風をよけるのに最適な場所を見つけてテントを張れ。テントの床の上にどっさり雪をかけろ。入口のファスナーをしっかり締めるのも忘れるな」

男はゴーグルの奥で大きく目を見開いたが黙っていた。

「気がかりなことでもあるのか？」ブルクハルトがたずねた。

男はためらった。

「いってみろ」ブルクハルトはいった。「かみついたりしない」

男はうなずいた。

「なぜ待つのか理由がわかりません」彼はいった。「嵐の先を行くために休みもとらずに必死に駆けてきたんじゃありませんか」

フードの横を風にたたかれながらブルクハルトは男を見た。

「ランゲルン、おまえはまちがっている」彼はいった。「おれたちは嵐を出迎えるんだ。嵐といっしょに攻撃するんだ。嵐の手を借りられることがじつにたくさんあるからだ。わかるか？」

ランゲルンはしばらく無言で立っていた。

「わかるような気がします」彼はいった。「しかし、そこには危険も——」

「身動きできないよりましだ」ブルクハルトはもう行っていいという身ぶりをした。「ほかに心配事は？」

ランゲルンはただかぶりを振った。

「なら行け」ブルクハルトはいった。「おれもすぐ行く」

ランゲルンは雪を渡りはじめ、スノーモービルや装備といっしょに残りの隊員が待っている場所へ斜面を下りていった。

断崖にひとり残ったブルクハルトは目の高さに双眼鏡を戻し、ふたたび基地の観察にかかった。

観察したいものはまだまだたくさんあった。

コールドコーナーズ基地

「立ち往生させるはめになったのはわたしの責任よ」メガンがいった。「本当にごめんなさい、ラス」

グレインジャーは不安をおもてに出さないよう注意していた。

「あんたが嵐を呼んだわけじゃない」と、彼はいった。

「それはそうだけど、あなたを呼んだのはわたしだし、嵐が近づいているのも知ってたわ」彼女は頭を振って肩を上下させた。「なんとかピートに峠へたどり着いてもらって、調べてきてほしかったものだから」

「気にすることはない」グレインジャーは無理をして笑顔をつくった。「コールドコーナーズで足止めを食おうがマックタウンで足止めを食おうが、たいしたちがいはない。それに無線で話を聞いたところじゃ、うちのフィールド・キャンプは嵐がやむまで持ちこたえられそうだ。おれが遠回りしても支障はないだろう」

メガンはつかのま彼を見て、それからうなずいた。

「嵐が早く通り過ぎてくれるのを祈るしかないわね」彼女はいった。「そのあいだ、この箇易寝台で我慢してもらわなくちゃならないの。アメリカ本国から来た視察団に宿泊施設が必要なものだから、ほかに使えるのがないの」彼女は言葉を止め、きれいにベッドメイクされた右手の寝台を一瞥してから椅子に体を落ち着けた。「例のアラン・スカーボローの部屋なの、ここは。このサム・クルーズがルームメイトよ」

小さな共同寝室で彼らの横にいる男を見て、グレインジャーは手を振った。本当をいえば、このベッドに寝るのはごめんこうむりたい。ローヴァーの捜索回収隊の身になにが起こったか知っているだけに、ここで眠ると思うとぞっとした。

「しばらく厄介になるよ」彼はクルーズにいった。「あんまり迷惑かけないようにするつもりだ」

「いや、いや、どうぞ」とクルーズは返事をした。黒い顔に、縮れた髪。ものわかりがよさそうな感じだ。「相方がいるほうがありがたいし」

部屋の反対側のクロゼットの扉にマーカー・ペンでこっけいな絵が描かれていることにグレインジャーは気がついた。そしてその上にあるフレーズを一瞥した。

「ファッションの虜《とりこ》」と、彼は声に出して読んだ。

「ぼくのいたずらなんだ」クルーズがいった。「ぼくらみたいなガキが宿泊施設を汚して面白がっても、メガンはなにもとがめずにいてくれるんだ。楽屋落ちみたいなもんだけど、あとで説明してあげよう」

グレインジャーはまた笑顔をつくって合成繊維の保温ヴェストをぐいとひっぱった。そして「聞くまでもなさそうだ」といった。

メガンの部屋を出てきてから三十分後にナイメクは、グレインジャーと計画を練ったワークステーションへ基地の保安長を手招いた。

「時間のあるうちにここの保安チェックをやっておきたい」彼は保安長にいった。「こまかな感覚がつかめるよう施設を見てまわりたいんだ」

そして自分の時間を少々建設的なことに使っている気分になりたいんだ、と心のなかでつぶやいたが声には出さなかった。

〈剣《ソード》〉の基地保安長はうなずいた。彼はロン・ウェイロンという筋骨たくましい男で、セイウチのような濃い口髭をたくわえ、頭から背中のまんなかあたりまで剣闘士《グラディエーター》のような髪を垂らしていた。巻き毛を端から端まで革ひもで縛っている。首の右側のシャツの襟の上には刺青がのぞいていた。両耳につけている銀のイヤリングは長い剣のような形をしていた。興味深いが適切かどうかは疑問符がつきそうな、アップリンクの社章の変形だ。あるいは短剣のつもりで、ナイメクが象徴的な意味合いを深読みしすぎているのかもしれない。

真偽はともかく、このコールドコーナーズ（CC）では服装と外見の規定がひどくおろそかになっているとナイメクは思った。この保安長、雇ったときはきちんとした身なりをしていなかったか？　それも記憶ちがいだろうか？

「承知しました」と、さきほどの要望にウェイロンが答えた。ロード・ウォリアー風の容貌の下には不信感をやわらげてくれる礼儀正しさが隠れていた。「CCはたぶんほかの場所とは事情がちがう点に触れておくべきかと思います。ほかの場所では、企業スパイや武装した侵入者に……つまり人間が施設や従業員にもたらす脅威からそこをどう守るかに力点がおかれます。ここでは自然現象から生じる非常事態にそなえる努力をします。たとえば、いまこっちに向かっている嵐みたいなものに。雪で身動きがとれないときにうちの人間が病気や怪我をしたら、救いの手が来るまで長い時間がかかるかもしれません。ですからここでは自己管理を徹底し、全員の頭に〝危機と段階的修正〟のチェックリストをたたきこみます。境界線の防衛もおろそかにしないようにしています。しかしそれ以上に、救難輸送や傷病者の優先順位づけ、間に合わせの装備の修理……そういったことに力を入れるべきだと考えています」

　ナイメクはうなずいた。役に立つことがしたくてうずうずしていた。

「わかった」彼はいった。「保安チェックの旅にはいつ連れていってくれるんだ？」

「準備はすぐととのいます。それ用の服に着替える必要があるだけですから」

　ナイメクは椅子から立ち上がった。そして大男に〝お先にどうぞ〟のしぐさをした。

「案内してくれ、ついていくから」

メガン・ブリーンはコンピュータ画面を見つめながら、電子メールの行列に襲撃を受けているような奇妙な気分におちいっていた。電源を入れると彼らは世界じゅうに散らばっている発信源から電子の空間をぴゅっと通り抜けて注意を求めてくる。アムステルダム、ジョホールバル、ニューデリー、サンノゼ、ワシントンDC……

ワシントンDCのボブ・ラングからの二通、いや三通も返信を待っていた。

メガンはためいきをついた。愚かなことだ。彼女にはわかっていた。頭と尻尾の鎧《よろい》のなかに体を丸めるアルマジロの反射行動だ。しかし、ボスから最初に南極勤務の要請を受けたとき、たしかにこの切り離された環境は――遠く離れた環境は――心をそそるものがあった。それどころかボスの提案は、彼女の人生の適切な時期にもたらされた。そしてまちがいなく必要だったものを彼女に与えてくれた。フードプロセッサーで切り刻まれてすりつぶされるような過酷な仕事から、そして、何度も足でなぞりなおしたために消えかかっている円のまわりを踊っていく気乗りのしないダンスのような男たちとの関係から、小休止をとる必要が彼女にはあった。

すぐに同意したわけではない。それどころかあのときは、面食らってなにをどう考えたらいいのかわからなかった。

「最近うちは大変な消耗戦をくぐり抜けてきたし」あの提案が持ち出されたときゴーディア

ンはいった。「転地はきみのためになるかもしれないよ、メグ。ひょっとしたら劇的に。自分の船を指揮するいい機会でもある」そしてそのあとゴーディアンは、雷に打たれたかと思わせるような目を彼女に向けた。「きっとこれは、きみがわたしの地位を引き継ぐ日のための準備運動にもなる」

え……？

メガンから自然にわき起こった反応は、とまどいのまじった驚愕のたぐいだった。わたしの地位を引き継ぐ。あのときまでそんな考えは一度も浮かんだことがなかった。少なくとも意識のなかには。彼女にとって、ボスはずっと昔から変わることのない頂点だった。他を圧して高くそびえる彼女のキリマンジャロだった。そのいちばん高い頂に目を向けると、かならず彼がいた。ゴーディアンが入院していたときですら、メガンのなかには彼を失う可能性を決して認めようとしない彼女がいた。いつの日か、彼の地位をだれかが引き継ぐ？　わたしが？　考えられない話のような気がした……

しばらく時間をかけて話を了解してほしいとゴーディアンはメガンに求め、彼女はボスへの服従の気持ちだけで同意した。いや、それが分別ある行動だと自分にいい聞かせ、ばかげた話をすっきり頭から追い払って、一週間かそこら時間をおいてから丁重に断わろうと考えたのだ。

ところが、おどろいたことに、気がつくと彼女はボスの提案を考えていた。真剣に考えていた。その日はずっと、折りにふれて考えていた。そして翌日も。その翌日も。朝の運動中に、会議中に、昼食のあいだに、カクテルパーティのあいだに、その考えは彼女の心にこっそり忍び寄ってきた。オフィスでメモを書きつける合間に、読んでいる小説の段落と段落のすきまに、カーステレオから流れてくる歌詞と歌詞のあいだに、するりと忍びこんできた。そして、ボブ・ラングといるときもたびたびその考えに襲われた。それも頻繁に……一度などは、ついに、ラングのリビングのじゅうたんの上で繰り広げられていた熱烈なシーンのクライマックスにふたりが猛然と突き進もうとしているときにまで。

相当に間の悪い話だが、転機のおとずれる時期はなかなか選べるものではないし、転機と気がついただけでも感謝しなくてはいけないとメガンは思った。その時期がたまたま強烈な肉の悦びの瞬間と重なったのも、彼女の体が独立して欲望の充足を積極的に追求しているときにまでボブとの心のつながりが切れたのも、彼女にとってはそれなりに適切で、たぶん必要なことだったのだろう。行動プラス摩擦イコール変化。そういうことだったのではないだろうか。

気づかなかったといってボブをとがめるつもりはなかった。彼女はそんなそぶりを見せなかったし、見せたとしても彼の注意をそらすほどのものではなかったはずだ。だが彼女はあの出来事に内心とまどいを隠せなかった。それどころか、その翌朝ボブのところでシャワーを浴びているときにひどい憂鬱に見舞われた。パイプが乾くまでお湯に打たれていたかった。

自分が求めているのは束縛のない恋愛関係だ。ジュージュー音をたてるくらい熱い、それでいて気楽な関係だ。彼女はずっとそう思っていた。それがこのとき、とつぜん、思いもよらず、彼女ははっきりと思い知った。自分には、いま以下のものではなく、いま以上のものが必要なのだ……このことに気づかずにいたら、わたしはどんな飽き足りなさを感じていただろう？

その朝、出社していの一番にボスのオフィスを訪ね、提案に応じる旨を告げた。自分の机にも立ち寄らずに。考え直す時間を自分に与えたくなかったからだ。じっくり考えたくなかったからだ。人生最大の不安に心をすり減らされていることがわかった以上、一歩引いてそれとなれあうわけにはいかない。

それから三週間ほどして、メガンは都会向けのコール・ハーンのヒールをマクラク（エスキモーがはくオットセイの毛皮製の深靴）にはき替え、南の極冠に向かう飛行機に乗りこんでいた。一瞬たりと後悔はしなかった。南極で簡単なことなど皆無に等しい。でもわたしの選択は、そのタイミングは、これ以上ないくらい正しかった……

メガンがなおもコンピュータの前で思いにふけっていると、ドアをノックする小さな音が聞こえた。だれかはわからなかったがどうぞと告げると、ノックの主はアニー・コールフィールドだった。

「こんにちは」入口でアニーがいった。「いま、いいかしら？」

「いいどころか、これで救われたわ。できるものならうっちゃっておきたいeメールがぎっしり詰まっている画面から」メガンは立ち上がって、なかに入るよう身ぶりをし、椅子をひとつ机に引き寄せた。「どのみちピート・ナイメクがやってくるような気がしていたんだけど」

「あら」と椅子に腰をおろして、アニーは咳ばらいをした。「ピートは元気？ サンノゼから急遽《きゅうきょ》駆けつけたって聞いたわ」

「そうなの。わたしには大きな贈り物よ」メガンはいった。「じつをいうとね、わたしたちは解決の必要がある意見の相違をかかえているの……ここだけの話よ」彼女は肩をすくめた。「ピートとのあいだにどんなさざ波が立とうが、キャピトルヒルの一団の旅先案内人をつとめることほど骨が折れるはずはないけど」

「まったくよ。あのひとたちは側近や見習いたちに大事に世話されることに慣れきっているもんだから、母親のように親身にしてあげてもたいしたことじゃないと思えてくるらしいの」アニーは笑顔でいった。「わたしたち、ふたりとも休養が必要みたいな気がしない？」

「これまた、まったくよ」

ふたりは机を挟んで顔を見合わせた。

「アニー・コールフィールド、あなたはいまのわたしにこれ以上望めないくらい最高のお客様だわ」メガンはいった。「この嵐であなたの予定が狂ったのはお気の毒だけど」

アニーは宙を手で払うしぐさをした。

「わたしがいなくてもあと何日かヒューストンは生き延びられるわ」と彼女はいい、それからしばらく黙りこんだ。「ねえ、メグ、わたしがここに立ち寄ったいちばん人事な理由は、大変なことが起こっているにもかかわらずうちの一団を暖かく受け入れていただいたことにお礼をいうためだったの。大変なっていうのは、悪天候のことじゃないわ」また沈黙が挟まった。「宇宙飛行士たちの長を長年つとめてきたし……とりわけ〈オリオン〉事件のあとは……その、外部から乗っ取りを受けたときどういう気持ちになるかはよく知っているつもりよ。こちらのひとたちが氷原で行方不明になって、あなたをはじめ基地のスタッフのみなさんはそんな気持ちを経験しているにちがいないわ。なのにあなたがたは一生懸命わたしたちの意に添おうとしてくださった」

メガンは小さくうなずいた。

「喜んですることはうまくいくものよ」彼女はいった。「留守の時間が延びてしまって、お子さんたちはだいじょうぶ？」

「ご冗談。わたしが雪で身動きがとれないって聞いたら、あの子たちはお祈りが効いたんだって思うわね」アニーはいった。「わたしの母がついてるのよ、かわいそうに……わたしが心配なのは母のことだけ」

メガンは微笑を浮かべた。そしてアニーの表情に注意を戻し、彼女にはまだなにか気がかりなことがあるらしいとさとって先を待った。

「お節介をするつもりはないんだけど」気詰まりでない沈黙が流れたあとアニーがいった。「あなたからも話が出たから……ピートはなにを困っているの？　フロリダでは、いっしょに仕事をするには最高のひとだと思ったわ。わたしたち、友だちになったの……その後、まあ、ちょっと音信はとだえてたけど……」

「これもここだけの話にしてくれる？」

アニーはうなずいた。

「ピートは宝物よ」メガンはいった。「わたしにとってはかけがえのない存在よ。世界じゅう探しても、危機におちいったとき彼ほどそばにいてほしい人間はいないわ。でもね、ある種の調節が彼にはうまくできないの」彼女の目がアニーの目に触れた。「方向転換には苦労するのがふつうだわ。だけど男は……とりわけ下手ね。自分がまちがっているのがわかるとたちまち動くくせに、絶対正しいと思ってるときはてこでも動かない。あなたには無用の説法かしら。男って十字路におくと本当に厄介なんだから。だれかにひと押ししてもらうまで、いつまでだってそこに根を張っているんだもの」

アニーは小さなくすくす笑いをした。

「メグ」彼女はいった。「あなたとお話するのは本当に最高だわ」

「こっちもよ」メガンはまたほほ笑んでいた。「きょう仕事が終わったあとで、もうすこしお話しない？　ここにはバーがあるし……〈食肉冷凍庫《ミート・ロッカーズ》〉って呼ばれているのよ、面白いでしょ。あそこの品ぞろえにはきっとびっくりするわ」

「絶対ラストオーダーの前にひきずり出してね、おつきあいするから」

メガンはアニーの顔を見てウインクをした。

「そうこなくっちゃ」彼女はいった。「南極での暮らしのいいところはね、自分の好きなときがラストオーダーになるところなの」


四輪駆動車の高い助手席側のドアを押し開けた次の瞬間、突風に押し返されたドアが肩に勢いよくぶつかって、ピート・ノイメクは顔をしかめた。それをまたぐっと押し返して、すねまで脚が埋まる雪のなかへ飛び降りた。

ウェイロンがトラックの運転手側から前を回りこんできた。エンジンはかけたままだ。

「本格的な嵐になりますよ」と、彼はいった。

ナイメクはなにもいえなかった。言葉が風で虚空《こくう》に吹き飛ばされる状況でなくても、フードとフェースマスクを着けているとかなり声は聞きとりづらくなる。

「なんだって？」彼は顔を近づけ、叫び声に近い大声でたずねた。

ウェイロンが腕を十時の角度に上げて頭上の南のほうを指差した。「あの宇宙からの侵略者をごらんください」

　空をただよう蒸気のような空飛ぶ円盤の巨大艦隊に目を凝らしたナイメクは、心ならずも冷たい空気をまともに吸いこんだ。これまでに見たなかでも最上位にランクされる不気味な光景がそこにはあった。

「雪雲か？」

「というか、先兵隊ですね」ウェイロンがいった。口からポッポッと吐き出された蒸気が口髭の上で凍りついて小さな氷の真珠に変わり、あごの横から垂れ下がっていく。「あそこはレンズ状の豚背丘《ホッグバック》です。今回の嵐が通常のパターンに当てはまるとしたら、あれの後ろを氷晶でできた切れぎれの巻雲が流れてきて、低く厚く空をおおいます。ホワイトアウトが始まって笑い事ではなくなります。最後に積雲が現われて大きな前線を連れてきます。金床の上っ面みたいな醜悪なあごをしてますから、見ればすぐにわかりますよ。その上っ面が高いところにあるほど、すさまじい勢いで襲いかかってきます」

　ナイメクは相手を見た。「すべて把握しているようだな」

　ウェイロンは肩をすくめた。「象の軍団が近づいてきたときのジャングルの虫ほどじゃありません」

「そいつがおれたちのところに到着するにはどれくらいかかると、きみのアンテナはいっている？」

「雪が降りだすまで一時間、本格的な襲撃が始まるまで四、五時間といったところでしょうか。しかし過信は禁物です」彼はいった。「オンラインの衛星祈禱師は六時間弱といってますからね。ちょっと的はずれのような気はしますが」

ナイメクは風をまともに受けながら相手を見た。

そして、「わかった、おれの金はきみに賭けることにしよう」といった。

ウェイロンはなにもいわなかった。それからすぐ、彼らの右側の波形金属の長い建物のほうをあごでしゃくった。外に駐まっているキャタピラーのトラクターの入口から、男たちが人間ベルトコンベヤーになって木箱を平台にうずたかく積み上げていた。

「ところで、上官《サー》、このアーチを最初にお見せするのにはふたつ理由があります」彼はいった。「ひとつは、これがうちのいちばん外の建物であり、不測の事態に見舞われたときのための食糧を保管している倉庫だからです。ここから始めて、すこしずつ主要な施設に戻っていくのがいいのではないかと思いまして」

「で、ふたつめは？」ナイメクがいった。

「いまご覧いただいているものが、南極における〈剣《ソード》〉の活動の見本にうってつけだからです」彼はいった。「たしかに、さほど刺激的なものではありません。あの木箱には缶詰の食糧と瓶詰めされた水がぎっしり入っています。危急のときにはあれを多目的通廊《ユーティリダー》に移します。気象状況IIに分類される嵐の前にもそうするのが管理運用規定（SOP）になっています」

ナイメクは自分の立っている場所からアーチをじっくり観察していた。入口の前の幅の広い通路はブルドーザーでならされているが、屋根と側面には雪がぎっしり押し寄せていた。

ナイメクは記憶を探った。

「ちょっと訊きたい」彼はいった。「きみたちのスープと乾燥肉の棒を探しにやってきそうな無法者の集団はたぶんいないだろうが、そもそもここで防衛システムは機能しているのか?」

ウェイロンは首を横に振った。「モニターと接近監視装置はすべてアップリンクの通常の必要条件を守ろうと、考えるには考えました。カード読み取り機や生物測定法《バイオメトリー》や、ハリネズミ型ロボットまで試しました……この環境ではあまりうまくいきませんでした」

「なるほど、それで思い出したが、請求の額は巨額にのぼっていたな」ナイメクはいった。

「技術者たちは修正を加えようと引き続き努力した。天候に耐えられるよう強化をほどこした」

「そしてその請求書の一枚一枚には、おそらくわたしの名前があったと思います」ウェイロンがいった。「遮蔽の強化にどれだけ手を尽くしても、電子機器は修理したそばからやられていきました」彼は手袋をはめた手でアーチの入口の開いた扉の上を指し示した。「てっぺんにいくつか監視カメラが隠してあります。赤外線熱映像の一八〇度回転するやつで、悪天候のいくつかから守れるようくぼみにひっこんでいます。天気のいい日にはきちんと機能します。しかし水平保持装置とレンズを凝結から守るには、絶え間ない保守点検が必要になります」

ナイメクはうーんとうなった。周囲に風の音がとどろき、突風に足元をすくわれそうになった。暖房のきいた四輪駆動車のなかが恋しくてたまらなくなってきた。

「わかった」彼は大声でいった。「次は？」

ウェイロンは肩をすくめた。

「お望みのところへ」彼はいった。「アーチに入ってなかを見てまわることもできますし、脱塩施設が入っているドームに車で向かうこともできます」

ナイメクは彼らを待っている車を見て、すぐさま心を決めた。

「車だ」と、彼はいった。


ヴィクトリアランド、コールドコーナーズ基地付近

ブルクハルトは垂れ布を体をかがめてくぐりテントのなかに入ると、両開きになった扉《フラップ》のファスナーを締めた。この小高い場所では大きくふくらんだ雲が凍った水蒸気を吐き出して、みぞれと雪を風のなかへ思いきり投げつけはじめていた。

テントの側面の布がバタバタ音をたてるなかで、ふたの開いた武器の木箱の上にしゃがみこんでいた隊員たちが振り向いて隊長を見た。

ブルクハルトはバラクラヴァ帽をするりとはずし、焼けつくようにひりひりする頬のあざに暖かい手を押し当てた。

「用意しろ」彼はいった。「襲撃のときが来た」


イレータは小さな部屋を端から端まで行きつ戻りつしながら自分のエネルギーを封じこめようとしていた。イタリア国境に近いこの胸くそ悪い小さな村のこの部屋に来て、もう五日も待たされていた。あまりに長い、胸の押しつぶされそうな五日だった。この状況を終わらせる必要がある。それもすぐに。

三冊あるスケッチブックの何枚かが床に散らばっていた。デッサンをしようとしたが、いらいらが募っただけだった。彼の作品にほかの画家たちの線が出しゃばってきた。ベッドのスケッチは初期のヴァン・ゴッホになった。窓から見える風景はティツィアーノの習作になった。巨匠たちが幽霊のように周囲に渦を巻いていた。イレータは自分という感覚だけでなく正気まで失いかけていた。

モーガンのせいだ。おれをここに押しこめたのはモーガンだ。あの男は自分の軌道におれを吸いこみ、島流しにあった自分と同じようにこのおれを監禁した。

イレータは床に腹ばいになり、ひとしきり腕立て伏せをして根拠のない不安を抑えこもうとした。そのあとは体を起こし、足を組んで瞑想《めいそう》しようとした。

あと一時間で終わるのか、あと一日かかるのか。その気になれば村を自由に歩きまわることはできる。尾行はつくが、それはイレータの身を護るためだ。彼を逮捕せよという通達が国際刑事警察機構《インターポール》から出されていた。

モーガンが報酬と別のパスポートをくれる。ミラノ近郊に逃れ、そのあとはフィレンツェに行こう。あそこで友人たちに会える。彼らならおれの好きなだけ、永久にでも泊めてくれるだろう。

贋作の仕事とはすっぱり手を切ろう。障害はある。モーガンがかみついてくるだろう。下手をすると甘い言葉で誘惑してくるだろう。しかし金はたっぷりある。

不服を唱える者がいたらインターポールに全部話すと脅してやろう。電話をかけるだけで——電話一本かけるだけで——何百という美術蒐集品に疑いを持たれる。

いま電話をすることもできる。彼は誘惑に駆られた。自分の口からなにかいう必要さえない。アメリカ合衆国の貸金庫のなかには、インターポールの狼どもを何十年かいそがしくさせてやれるリストがあった。

おれがそうしたら、モーガンたちは激怒するだろう。おれを殺そうとするだろう。その覚悟は必要だ。

大きな足音が石段を上がってきた。モーガンの子分のペーターだ。あの悪党はドアを開ける前にノックをしたためしがない。

「出るぞ」ペーターはいった。「もう戻らん」

「ありがたい」イレータはそういってナップザックをつかんだが、スケッチは床にそのままにした。急いで石段を降りた。そばに小さな黄色いフィアットが待っていた。彼をここまで乗せてきたのと同じ車だ。乗りこんでベルトを締めると、また妄想が忍び寄ってきた。ペーターは後ろに乗りこむさいに座席を荒々しく前に押しやった。贋作画家はぐいと席を押し戻した。


いま殺されても、こっちには恨みの晴らしようがない。

マッジョーレ湖に向かうあいだ、雪をかぶったイタリアのアルプスが頭上にきらきら輝いていた。湖岸付近で小さなボートに乗った男がひと組の網を操って、つかまえたわずかな白身魚をとりこんでいた。父親から教えこまれた仕事にちがいない。父親もそのまた父親から教わり、そういったことが連綿と続いてきたのだろう。小さな高速モーターボートが一台、湖岸の浜に半分乗り上げるかたちで停まっていた。老人がひとり、舳先《へさき》にあぐらをかいていた。フィアットの運転手はボートと並ぶように近づいてハンドルを大きく左に切り、イレータはシートベルトをしていたにもかかわらずドアにぶつかった。タイヤがキキッと音をさせて砂利を跳ね上げ、フィアットはボートのそばに停止した。

ペーターの早くしろというようなり声を無視して、イレータは折り畳んだ体をゆっくり車から出した。おもむろにモーターボートに乗りこみ、操縦席の横の座席を選んだ。ほかの者たちは後ろの席を選んだ。老人が岸に立って左手で舳先を押した。腕はトウモロコシの茎ほどの太さしかないように見受けられたが、押す力はボートを湖に戻すに充分だった。老人は足を踏み出して飛び上がった。顔に刻まれた深いしわからは想像できない敏捷な動きだ。風防ガラスを飛び越え、ぴたりと操縦席に着地した。命を吹きこまれたモーターが回転数を上げ、ボートは後方へ回転してから勢いよく走りはじめた。進んだあとに泡がたちのぼり、近くにあった漁師の網が激しく揺れた。

数マイル前方の湖の中央から石の建物が現われ、山々が落とす影から立ち上がってくるように見えた。

「ほれ《エッコ》」と老人がいった。そして彼らの目的地らしい城を指差した。

「なんだあれは？《ケ・エ》」と、イレータもイタリア語でたずねた。

「カステロ・ディ・ネッリ」と老人はいった。ネロ一族の城だ。これを十五世紀に築いた悪党たちの話を老人は語りはじめた。ボルジア一族より裕福で何倍も残酷だった男たち、やりたい放題をしていた追いはぎ貴族たちだ。

「彼らはどうなったんだ？」

「わしらはみんなどうなる？　湖の底に沈んで魚の餌《えさ》だ」と、老人はイタリア語でいった。

たしかに、とイレータは心のなかでつぶやき、声に出して「たしかに《エ・ヴェロ》」といった。

島の要塞はのみで刻まれたような切り立った岩壁からまっすぐ建っていた。湖水が壁を洗っている。上陸できる場所は苔むした小さな石の傾斜路だけだ。両側を壁に挟まれている。おかげで城は守りやすい。あの壁の向こうに、その奥の城のなかになにがあるのか、湖上からはまったく見極めがつかなかった。

島が近づいてくると老人はプロペラを逆回転させ、スピードをゆるめて徐行に入った。用心深くボートを回して岩壁と平行に停止させたが、島まではまだゆうに三、四フィートあった。イレータは体を折って靴を脱ぎ、ズボンのすそをまくり上げた。深さはひざくらいまでと見た。かばんに手を伸ばしたがペーターにその手をつかまれ、イレータはバランスをくずしてボートから投げ出されそうになった。

「どういうことだ?」イレータがたずねた。

「おれたちは上陸を許されてない。あんただけだ。やっこさんたちが見張ってる」

「かばんは持っていっちゃいけないのか?」

「ものすごく神経質なおひとたちでな。そう命じられている」

「うーん、なかに必要なものがあるんだ」

「だったらそれだけ持っていけ」

イレータはナップザックのなかに手を伸ばし、ピカソ美術館で渡された手紙をとりだした。アルファ・ページャーもつかんで、毛織りのスーツコートの内ポケットに両方を入れた。

「おれたちはここにいる、絵描き」ペーターがいった。「とにかくばかなまねはするな。やっこさんたちの心はあんまり広くない」

イレータは靴と靴下を岸に投げてボートから降りた。思ったより水は深く、岩もすべりやすかった。後ろにすべったが、ボートの側面をつかんで転倒をまぬがれた。ズボンは太腿のところまで濡れていた。

手紙が濡れたら、なかの絵の具が使いものにならなくなる。彼は上着を脱いで頭の上に高く持ち上げた。失敗を恐れて、岸に投げることもあえてしなかった。ゆっくり前に歩を進めた。歩くというより、よちよち進む感じで。そしてようやく乾いた岩にたどり着き、靴をはいて傾斜路を進むことができた。

エンジンが回転数を上げる音が後ろから聞こえるのではないか、と思った。銃弾が岩をかすめるのではないかと思った。念入りに仕組まれた罠の餌食《えじき》となって、いつ命を落としてもおかしくないと思った。

「セニョール・イレータですね？」左側の岩の奥から声が問いかけた。

「そうだ」

「ようこそいらっしゃいました《ボンジョルノ・セニョール》。お元気ですか《コメ・スタ》？」

「おかげさまで《スト・ベネ》」とイレータは返し、息を吸う努力をした。

「あなたのお仕事には感服しております。あなたは天才だ」短く髪を刈った背の低いやせた男が岩の奥から進み出た。左の耳たぶに小さなサファイアのイヤリングをつけている。男は片手をさしだしてイレータと熱のこもった握手をした。「かねがねお会いしたいと思っていました」

「どうも」

「ご承知とは思いますが、あなたはセニョール・モーガンが送りこんできた三人目の専門家です。しかし、ほかのふたりは——彼らは学舎《まなびや》の人間です。学者です。学校の教師です」小男は唾を飛ばしながらいった。「どういうことかはおわかりいただけましょう。あなたはちがいます。あなたにお会いできるのはひとつの喜びです。大げさでなく」

イレータは前に進みはじめた。しかし男につかまった。

「ご注意申し上げなければなりません、わたしの仲間のことですが、彼らはとてもとても疑り深い。ビデオカメラがあります。ひとつはあそこに、見えますか？」男は城の黄色い壁のほうを指差した。そこにはたしかにビデオカメラがあった。「彼らはヘリコプターですぐ近くの空中に上がってきます。なにか不都合なことをなさったら、それがただの疑わしいまねであっても、あなたには好ましからぬことになるでしょう」

イレータはうなずいた。

「あなたには怪我をしていただきたくない。大変なことになる。まだ成し遂げるべき仕事がたくさんおありでしょう？　世界はあなたを失ってはならない」イタリア人はこれ以上ないくらい真剣な面持ちだった。「鑑定がすんだらお帰りになることができますが、残りのふたりにはとどまっていただきます」と、男は付け加えた。

「なぜ?」

男は肩をすくめた。「引き渡しがすむまでの話です。たんなる予防措置ですよ。この手の取引はお膳立てがむずかしいですからね。これは一種のダンスです。わたしのパートナーはあなたにもとどまってほしいと申しておりましたが、失礼があってはならないとわたしが説得したのです」男は笑顔でうなずいた。「小さなボートがあなたを迎えにまいります。きっとセニョール・モーガンも反対はなさらないでしょう」

「絵を見せてもらえないか?」

「こちらへ」と男はいって、さっと前に出た。

イレータは男に続いて傾斜路を上がり、城壁の奥の狭い通廊に入った。それから城のなかへ続く急な曲がり角を回りこむと、大きな木の扉が開いていた。イタリア人がなかに入った。入ってすぐのところに置かれた小さなベンチに、くたびれたジーンズをはいたふたりの男が不機嫌そうにすわりこんでいた。モーガンが送りこんだ専門家だろうとイレータは思った。彼らはどんな見解を示したのだろう?

罠にしては念が入りすぎているが、売り手たちは絵を偽物と考える人間は殺してしまいたいにちがいない。

危険が及ばないようにモーガンが、あのろくでなしが守ってくれることにはなっている。だが、こういう状況で思ったままを伝えられるものだろうか？　おれにはあの手紙がある。しかしそれがなんになる？　絵の具をちゃんと見くらべられるだろうか？　どんな研究所より自分の目を信じてはいるが、やはりこれは画家ではなく科学者チームにふさわしい仕事だ。

背の低いイタリア人が横にあった小さな長方形の壁を押し開けると、太い鉄の蝶番がギーッと耳ざわりな音をたてた。イレータは通り抜けるのに身をかがめなければならなかった。

目に光の洪水が押し寄せた。足を踏み入れたのは小さな中庭だった。

それぞれ一八×二六インチの十四枚の絵が、彼の前のイーゼルに立てかけてあった。最初の一枚を見て肺が働きを止めた。二枚目に目を移すと心臓が止まった。三枚目に移ったときにはイレータはさとっていた。贋作を描くためであろうと自分独自の作品を描くためであろうと、おれは絶対に絵筆をとらない、と。

なんの意味もない。この十四枚の絵には美術のありとあらゆる可能性が含まれている。耐えがたい苦しみだけでなく無上の幸福もある。悲しみだけでなく勝利の喜びもある。これ以上のものは存在しない。

「この電話をお使いください」と、イタリア人が携帯電話を手に押しつけた。「じっくりどうぞ。おひとりにしますから」といって男は引き下がり、そのあと入口で足を止めた。「もちろん、それを偽物とお考えでも――」

「あれは偽物じゃない」と、イレータはいった。絵の具の比較をするまでもない。「念入りにお調べになってから結論を出すのがよろしいかと思います。X線でもなんでも、必要なものはそろっています」

イレータはなにもいわなかった。

「おひとりにします」とイタリア人はいい、そっと立ち去った。


電話が鳴ると同時にモーガンは双子の姉のルクレティアから離れ、体を起こした。妹のミンツが姉の脚の上に頭をのせたまま、ものうげに彼に手を伸ばした。

別のときなら、わざわざ電話に出ようとはしなかっただろう。しかしモーガンはこの電話を待っていた。彼は後ろに手を伸ばして受話器をとった。それを耳に当てるとき、胸にちくりと痛みを感じた。後悔という厄介な感情を。あのピカソが偽物だったらどうする？

あのイタリア人とその相棒は消すことになるが、そんなことをしても慰めにはならない。なんの慰めにも。

「本物《イエス》だ」と、イレータはいった。押し殺した声で、音節を長く引き伸ばして。

モーガンはなにもいわず、手を後ろに伸ばして電話を切った。そして特大の長椅子の下に片手をすべらせ、取引を進めるためにアルファ・ページャーに手を伸ばした。

もう片方の手はミンツの上にすべり降りた。

「すぐ終わる、ハニー」といって、彼はページャーの小さなキーボードに注意を凝らした。

「しかし、急いで事をすませなければならなくなった。十分後にヘリコプターが飛行場に迎えにくるのでな」

14

南極、ヴィクトリアランド、コールドコーナーズ基地付近

二〇〇二年三月十三日

スノーモービルの一団は斜面の危険な曲がり目を抜け、コールドコーナーズに向かってすべり降りていった。くずれ落ちた岩と、吹き溜まったあとになだれの積もった塁壁と、ほの暗い垂れこめた雲に向かってそびえている高さ数百フィートの青い氷の尖塔のあいだを、彼らはジグザグに進んでいった。

先頭を行くブルクハルトが隊員たちを急がせるためにもう一度檄《げき》を飛ばした。彼のエンジンはタンクから貪欲に燃料を吸い上げていた。風が凍りつきそうなすさまじい冷気をこれでもかとばかりにモービルの乗り手たちの顔に浴びせていた。雪と雹《ひょう》の花が渦を巻いて、ヘッドライトの光のなかで激しくいきり立っていた。電荷をおびた雪あられのつぶてがヘルメットに激突してぺちゃんこにへばりつき、暗号化された無線通信リンクに空電の小さく咳きこむような耳ざわりな音がした。

ブルクハルトの仕事が彼の思いどおりに進んでいるとすれば、行く手に立ちはだかるもの

はこの嵐しかない。だがこういう状況だし、いつ思いがけない変化に見舞われるかわからない。ブルクハルトは最善を尽くして隊員たちに計画変更への心の準備をさせてきた。

　火器の選択は簡単だった。冷凍室の華氏マイナス三〇〇度（摂氏マイナス一八四度）の気温に数時間入れて実地試験をすませた軽量小型の荒天用ライフルＳＩＧ５５２は、極寒気候下で特殊部隊が行なう作戦用に設計されたものだ。高山用手袋をはめた手による射撃を楽にするため、蝶番《ヒンジ》のついたトリガーガードを右か左に動かせるようになっている。倍率調節のきく光学装置は霜に耐え、発光トリチウムの筋で網目がついている。照星にはぎらつきを抑えて雪にそなえるためにフードがついていた。銃身の下の透明なスリースタック・マガジンには、それぞれに五・五六×四五ミリＮＡＴＯ弾三十発が収まっている。オープンボルトで迅速な再装塡《リロード》ができるように並んでとりつけられた弾倉は、計九十発の容量を有していた。

　ブルクハルトがスイスの特殊部隊で受けた訓練にならって、モービルの乗り手たちはアサルト・ライフルを背中のバイアスロン・ハーネスにとりつけて進んでいた。その訓練では下り斜面をすばやく駆け下りたあと、銃をストラップからはずして、うつ伏せの姿勢と立った姿勢の両方から番号のついた標的の列を狙い撃たなければならなかった。そしてブルクハルトの遂行能力は、時間と正確さに関するきびしい基準にかなうものだった。

　所属していた精鋭部隊でブルクハルトの技術は最高レベルを超えていた。その技術を持って生まれてきたかのように。だが、上官や同僚たちから力量を認められても彼は無頓着だった。彼の競争力の高さは長い年月を経た魂の怒りに由来するものだったし、胸の勲章は秘められた怨念の象徴だった。〝月の子ども〟にとって胸にピンで留めた勲章は、彼がわが身に鞭打ちながら新しい技能の高みに達しようとしているときに太陽の下でさげすむように彼を見ながら部隊を出ていった明るく美しい顔を思い出させるものばかりだった。

しかし最後に彼を傭兵の道へ向かわせたのは、不満の思いにほかならなかった。厚紙の兵士を相手にぬきんでた腕を浪費しているような気がしてならなかった。赤い染料の血を流す敵を相手にした模擬戦闘に、いったいなんの意味があろう？　ゲームでは物足りなかった。だから実入りがよくて満足のできる、代わりのものを見つけにいった。

それ以来、ブルクハルトは天与の才をひたすら磨き、戦術に関するノウハウと状況への適応力を向上させてきた。自分の潜在能力を掘り起こしてそれを鋼《はがね》のように鍛え、そこに一種の心の安らぎを見つけた。

いまブルクハルトは氷河の縁の曲がりくねった経路を選び、がたがた揺れるひと続きのこぶをモービルで越えて、嵐の前に下検分しておいた下りの道筋に入りこんだ。最後の制動滑《グリセー》降《ド》に入ると、通ったあとからフラップが脱穀機のように雪の粉を跳ね上げ、心臓を囲んでいる肋骨が重力に締めつけられる感触がした。そのあとなめらかで平らな氷原に出ると、モービルは山々と凍った岸のあいだの盆地を横断にかかった。

降りしきる雪のなかから何マイルか海寄りのところに、アップリンクの基地のおぼろげな姿が浮かんでいた。

コールドコーナーズ基地

「ピート」

無人の廊下の窓からナイメクは振り向いた。窓は楕円形で、船の明かり採りの小窓よりすこし大きい程度、はめこまれた窓ガラスは粉砕防止用のポリマー・コーティングで強化されていた。彼はそこにひとりで立って、厚く降り積もりはじめた外の雪を見つめ、貨物列車がたてる音のような風のとどろきに耳を傾けていた。その威力を感じるために一度ガラスに手を押しつけた。陸も空も見えない。見えるのは、ひたひたと迫ってくる白さだけだ。

「メグか」彼はいった。彼女が近づいてきたのに気がつかなかった。「一〇〇〇ポンドの巨人とやらを見せてもらおうかと思ってな」

「そして、にらみつけておとなしくさせようとしてたのかしら?」

「かもしれん」

メガンはしばらく彼の横に立っていた。

「あなたを探していたの」彼女はいった。「ロン・ウェイロンから、あなたを視察の旅に連れていって、ふたりで多目的通廊《ユーティリダー》を見まわったあと、あなたのワークステーションで別れたって聞いたから」

「どうしてここにいるのがわかったんだ？」

「わかったわけじゃないわ。ほかのひとがいないところにいるんじゃないかって気がして、あてどなくさまよっていたらぶつかっただけよ」

「ポケットベルで呼び出すほうが早くて簡単だっただろうに」

「わたしたちがこのロッジで育もうとしている暖かな人間味を放棄することになるわ」

ナイメクは彼女の顔をまたしばらく見て、それから憂いを帯びた目を窓に戻した。

「あなたがなにを思い、なにを感じているか、わたしにはわかるわ、ピート」と、彼女はいった。

「わかってないなんて思ったことは一度もない」

「この嵐が涸れ谷《ドライヴアレー》に届かないことはおぼえておいて。どんな嵐も届かないわ。山に阻まれるの。山を越えてくる雪があったとしても、地面に着く前に滑降風で乾いてしまうわ」

ナイメクは窓の外を見つめつづけた。

「うちが失った日数は十一日になる」と、彼はいった。

「ええ」

「彼らが行方不明になってから、歩いてブル峠にたどり着くことのできた人間はいないかもしれない。もちろんヘリコプターでも。しかしボスの話では、マックタウンがツイン・オスプレーで操縦士たちを送り出すそうだ。うちは〈ホークアイ〉三号を使ってきた。だれかのあごのほくろまで映し出せるような最新技術を結集した偵察衛星を」

「ピート、知ってるはずよ、どんなにすぐれた技術を使っていようと空中と軌道衛星からの探索はこの地形には通用しないって。くぼんだ場所に断崖の張り出し……見えない場所が多すぎるわ」

ナイメクはまた彼女のほうを振り返った。

「十一日だ」彼はいった。「そしてさらに増えていく。おれたちは正直になる必要がある。彼らは食糧と水の貯蔵所を見つけたと仮定しよう。食糧と水はあると仮定しよう。彼らはいつまでこの寒さに屈伏せずにいられる？　おれたちが救出の相談をやめて、自分たちのするのは遺体の回収作業でしかないと認めるのはいつだ？」

また沈黙が降りた。

「偽りの励ましを与えるつもりはないわ」メガンがいった。「あなたにも、わたし自身にもね。だけど希望を捨てることもしないわ。あなたにもスカーボローのことを知ってもらわなくちゃ。彼なら避難できる場所を見つけようとするし、あの一行の捜索を困難にしているあの地形の特徴から逆に避難場所が得られることだって考えられるわ」

ナイメクは返事をしなかった。外をすさまじい勢いで吹いている風が気になった。

メガンは彼の顔をしげしげと見た。

「まだほかに気がかりなことがあるわね」と、彼女はいった。

ナイメクはすこし返事を遅らせてからうなずいた。

「一年ばかりトム・リッチと仕事をしてきたせいで……あいつの型破りな考えかたがうつってきたのかもしれない。消息を絶ったローヴァーとそのあとそれを探しにいった者たちのことで、おれは疑いをいだいている。いや、それはいいすぎかもしれない。適切な表現ではないかもしれない。腑《ふ》に落ちないことがある、だな。なにがかはよくわからない。よくわからないのは、たぶんなんでもないことだからだろう。しかし、この仕事の長いこのおれのなかで、なにかが腑に落ちないといいつづけている。虫の知らせだ。ここが南極だろうと関係ない。おれたちを困らせ、おれたちの活動を妨害したがる人間がいるとは想像しがたくても関係ない。どうしたらそんなことができるのかわからなくても関係ない。筋の通った疑いがあるかどうかすらわからない状況で、おれは答えを探している」彼はひとつ間をおいて肩を揺すった。「もっとすっきりしたかたちで話せたらいいんだが」

「ちゃんとすっきりしているわ」メガンはいった。「あなたの直感をあなどったりできるはずないもの。わたしたち、もっと話しあわなくちゃ」

「ああ」彼はいった。「しかし時間も遅いし、もうしばらく考えて、おれの頭に謎を解くチャンスをやりたい」彼は言葉を切った。「だからこの話を持ち出すのは控えていたんだ」

メガンは彼の顔を見た。吹きつける風と雪が窓を激しくたたいていた。

「アニーを迎えにいって、いっしょに飲むことになってるの」彼女はいった。「よかったら合流して。自然と答えが出るのを待つにしろ、そのほうが楽じゃないかしら。あなたもわたしも」

ナイメクは黙っていた。

「やめとこう」そのあと彼はいった。「いい仲間になれそうな気がしない」

メガンはしばらく彼の顔を見て、それからうなずいた。

「気が変わったら、バーにいるから。場所は知ってる?」

「見つけられるさ」

彼女はまたうなずいて、静かな廊下を離れていきかけた。

「メグ?」

彼女は立ち止まってナイメクのほうへ半分振り返った。

「いい忘れるところだった、きみの経営しているロッジはすごく魅力的だ」と、彼はいった。

メガンは暖かい笑みを彼に向けた。

そして「ありがとう」といった。

ブルクハルトの耳が南の遠くのほうに連続砲撃に似た音を聞きつけた。ゴロゴロいう低い音がしばらくとどろきわたり、雄牛の鳴くようなうなりと、なにかを引き裂くような大音響がした。ブルクハルトほど南極にくわしくない人間だったら雷と思ったかもしれないが、この大陸で雷が鳴ることはめったにない。あれは氷山が氷床から分離していく音だ。ねじ曲げられたかたまりが割れて海へ流れていく音だ。この嵐で氷床にかかる圧力が強まったのだ。

その音が空を駆け抜けていくあいだ、彼は八〇フィートから九〇フィート前方にあるドームに全神経をそそいでいた。横で隊員たちが待ち受け、まわりを雪が鞭打っていた。すこし後ろにスノーモービルがあった。この最後の道のりもモービルを使えばもっと楽に渡れるだろうし、あれで施設の中心へまっすぐ乗りこんでもエンジン音は風にかき消されるにちがいない。それでもブルクハルトはあえて冒険をせず、隊員たちにモービルを降りるよう命じていた。

どちらか選べるのなら、嵐の到来と彼らの任務がかち合わないほうを選んだだろう。しかし天候の気まぐれで作戦を中止するつもりはなかったし、避けられない事態が自分の有利に働くかもしれないと考えた。嵐のおかげで彼の部隊と基地の人間が遭遇する確率が低くなるという利点もある。基地の人間たちは天気が回復するまでなかに避難しているはずだ。また、ドーム型の脱塩工場の高い位置に設置されている監視カメラを心配する必要もなくなる。ブルクハルトの知るかぎり、南極の観測基地で境界線警備をきちんと実施しているところはほかにない。攻撃にあうことのない自然の避難所になっている土地でそんなことをしても意味がないと考えられているからだ……攻撃を受けるなどありえない、と。観測基地以外の施設でも守備隊を有しているところはない。アップリンクは慣習を破ってどちらの点にも最善を尽くしていたが、カメラはほんのお飾りにすぎない。穀物畑から鳥を追い払う案山子《かかし》のようなものだ。

アップリンクの施設についてグレインジャーと捕虜にした科学者から個別に情報を仕入れてきたブルクハルトは、最初、基地の配置と行動様式の盲点になっている箇所からそっと忍び寄り、必要ならば発覚の最大の脅威となるものを破壊するつもりでいた。その機能を遮断するときに警報装置にひっかかって、基地の保安部隊に存在を気づかれるかもしれない点が気になっていたが、それも無用の心配になっていた。

嵐の接近を知った時点でカメラは役に立たなくなるとブルクハルトは確信していた。いま彼の目に映っている光景は、その確信を裏づけるものだった。雪で白く濁ったレンズが、視力を失ったうつろな目のようにドームの屋根から外を見つめていた。

侵入を妨げるものはどこにもない。

ブルクハルトはサブマシンガンを構えて先頭に立ち、すさまじい風に打たれながら隊員たちを前方へ導いた。風速は二〇メートル以上ありそうだった。いつ足元をすくわれるかわからないくらいすさまじい風だ。嵐の中心はまだ数マイル南におり、ここに到達するのは数時間後のことだ。その矛先《ほこさき》が襲いかかってきたときは、まったく身動きできなくなるだろうとブルクハルトは思った。

彼の部隊はドームにたどり着くと、鎧板のついたロールダウン式のドアがあるほうへ回りこんで、その前に集まった。どんなときにも注意を怠らないブルクハルトは、しばらく立ち止まって監視カメラを見上げ、白い膜ができたレンズを見て安心した。かがみこみ、手袋をはめた手で扉のウインド・ロックをゆるめ、取っ手をつかんで巻き上げた。

くぼみに収まった頭上の照明がやわらかい均質な白熱光を放っている。それが建物内部をまんべんなく照らしていた。

ブルクハルトはすばやくなかに足を踏み入れ、そのすぐ後ろにランゲルンとあと三人の隊員が続いて、なかから扉を下ろした。残りの隊員はドームの外で見張りの位置についた。ここまで長い道のりをくぐり抜けてきて、帰りの旅で危険に直面するのもわかっているのに、仕事にはほんの数分しかかからないと思うと不思議な気がした。しかし、よほどまずいことにならないかぎりそれ以上かかることはないだろう。

ブルクハルトはゴーグルの奥からドームのなかを見渡し、稼働している機械類の絶え間ないうなりに耳を傾けた。

大きな鋼鉄のプラットホームの上で、水の蒸留タンクと化学処理タンクと貯蔵タンクが、ポンプと取水弁と排出弁とホースとポリ塩化ビニル（ＰＶＣ）の圧力系統と電気メーターと制御盤の織り成す複雑な網目模様とつながっていた。

二本の太い主要パイプラインが蒸留タンクから下へ曲線を描き、プラットホームを通ってその下の氷中深くへ続いていた。そしてこんどは外に向かって枝分かれしている給水管につながり、基地の発電機の排気熱で海水を解かした水が、逆浸透フィルターからタンクに押し上げられていた。

清潔でエネルギー効率のいいシステムだ、とブルクハルトは心のなかでつぶやいた。みごとなシステムだ。これを破壊しなければならないと思うと、傭兵になって以来ときたま経験する奇妙な良心のうずきをおぼえた。感じることはできるが正体のわからないこの感情は、子どものころから行方知れずで記憶も薄らいできている浮浪児の弟のように、いつも彼のそばをかすめ通っていく。

そのあとそれは、いつものように消えてなくなった。ブルクハルトはプラットホームの上に足を踏み出し、部下のひとりにいっしょに来いと命じた。ケーニヒという名のオーストリア人がきびきびとした足どりでやってきた。自分が作戦に果たす役目をしっかり心得ている男だ。

「この下にＴＨ３をとりつけろ」ブルクハルトは蒸留タンクの流入ポンプの前に移動して、モーターの上の金属板に触れた。それからつかのま考えて、海水のパイプラインとポンプがつながっている弁のところを指差した。「それとここだ。このビニール線もだ。そうしておけばモーターの枠から燃え移っただけみたいに見える。わかったか《ドウ・ザイスト・ダス》？」彼はひとつ間をおいた。「五分後に火がつくようにしろ」

ケーニヒはうなずいて、ほかに指示がないか待ち受けた。

ブルクハルトはまた考えたが、指示はそれだけにとどめることにした。熱センサーやなんらかの種類の警報装置があるはずだし、だれかに気づかれる前にここを離れる必要がある。来たときの道筋をたどりなおすときその痕跡を散乱させる時間も必要だが、接近時に足元にあったのは青い氷がほとんどだったし、軽い痕跡は風が消してくれると信じていた。やりすぎに気をつけ、目的と発覚の危険の釣り合いをとり、この施設が機能しなくなるだけの損傷を与えると同時に事故に見せかけるのがコツだ。

すばやい点火と大きな火力は最初の破壊的な爆発をもたらすだけでなく、かなりの洪水を呼び起こすだろう。ポンプが壊れたとき自動的に遮断装置が働いたとしてもだ。遮断機能はきっと組みこまれているとブルクハルトはにらんでいた。

作業にかかるようケーニヒをうながすと、ケーニヒはポンプのモーターをおおっている金属板を取り去り、外側の手袋をはずしてベルトのポーチに手を伸ばし、歯磨き剤か軟膏でも入っていそうなラミネートチューブを探った。

そしてそのふたをはずし、密閉ノズルの封を引きはがして、モーターのむきだしになった配線と部品の上にゆっくりノズルを走らせ、親指と人差し指でチューブをつまんで控えめな量の粘着性の中身を押し出し、なめらかに塗りつけた。そして数秒のうちに連結装置の弁に移った。

この発火材の入手先についてゲイブリエル・モーガンは堅く口を閉ざしていたが、ブルクハルト独自の情報源からうわさは届いていた。いまはもう使われていないカナダの研究所でつくり出されたものらしい。国境を越えた悪のシンジケートの首領で、死んだか身を潜めているとうわさされている悪霊《エル・テイオ》と呼ばれる男が経営していた研究所だ。どこでつくり出されたものにせよ、このゾルになったりゲルになったりする微小合成物は遠い国の化学技術で生まれたものだ。

軍事目的に使われる標準的なサーメート剤——いわゆるTH3——は、酸化鉄とアルミニウムとバリウムの微小体から成る混合物で、発火すれば、厚さ半インチの鋼鉄の板を溶かしきることのできる華氏五五〇〇度から七〇〇〇度の熱が生まれる。この燃焼反応で生まれた溶鉄の滓《かす》は金属の表面と装置に甚大な被害をもたらすことができる。

しかし正確な効果を得たければ量と質に制約がある。大きな破壊力を秘めた燃焼を四十秒間生み出すには二五オンスをわずかに超えるTH3の粉が必要になる。月並みな混合処理では少々不均一な爆発の危険のある混合物が生まれ、安定した結果が得られない。通常のサーメートは成分の散らばりにむらがあるため、少量の場合は信頼度が落ちる。塩と胡椒の混じったものを考えるとわかりやすい。ひとつまみだけだと片方が大幅に不足する可能性があるが、振りかけ容器いっぱいあればその危険はない。

ゾルになったりゲルになったりする過程で結晶したシリカゲルの基盤内にサーメートの分

子化学成分が合成され——正確には生成され——ビーズのような微小な粒子のなかにすっぽり包みこまれる。均質でエネルギッシュなこのビーズは、ひとつひとつがミクロの焼夷手榴弾だ。これがブルクハルトの用途に合わせてパテに似たやわらかいペーハー的に中性な物質のなかに埋めこまれている。極寒気候下でもしかるべき粘度を保つことのできるエチレングリコール混合物も含まれているため、華氏マイナス三〇度まで凝固しない。

ひと粒のなかにいくつの微小なサーメート粒子があるのだろう、とブルクハルトは思いめぐらした。ざっと見積もって数千というところか。ひょっとしたら数万かもしれない。脱塩施設の機能は麻痺するだろう。機能の一部でさえ取り戻すのはたやすいことではない。

ランゲルンがプラットホームに上がって時限装置のついた起爆コードとクリッパーをリュックのひとつからとりだすあいだ、ブルクハルトは静かに見守っていた。ランゲルンがサーメートのパテをとりつける作業を終えると、長いコードのとりつけをケーニヒが手伝い、ポンプのモーターの上に金属板をぱちんと戻してから肩越しにブルクハルトを振り返った。

「終わりました」ケーニヒがドイツ語でいった。「点火準備完了です」

ブルクハルトは相手を見てうなずいた。

そして「やれ」と命じた。

女はネッサが思っていたより背が高く、年齢もほんのすこし若い感じだったが、まちがいなくイギリス人だった。世界のどこに自分の場所があるかを知っている、つまり自分がその頂点にいることを知っている人間特有の空気をただよわせながら、女はホテルの朝食の部屋を横切ってきた。

女がメニューを手にとるのを待ってネッサはテーブルに向かった。目の端を何度となくこすっていたし、口もからからに乾いていたが、こうした不快な症状は口を開いたとたんに消えることを女刑事は知っていた。

「人違いでは——」と、コンスタンス・バーンズがいった。

「まあ、そう思うのも当然でしょうね」ネッサは相手にいった。「わたしはネッサ・リーア、国際刑事警察機構《インターポール》の者です。いえ、けっこう、しばらくここにすわっててもらえない？」ネッサは女にそう告げ、女の腕をぎゅっとつかんでテーブルに押しつけた。

バーンズの目はいまにもぽんと飛び出てネッサの顔にぶつかりそうだった。この女狐《めぎつね》が逃げ出そうとしたらテーブルをひっくり返せるように、ネッサはテーブルの下に右の手のひらを当てがった。

さほど遠くまで逃げられるわけではない。この建物はスイスの警察に包囲されていた。

「わたしの友人たちがあそこの入口にいるわ。スーツを着たとてもハンサムな青年たちが。この国の警察隊よ」ネッサはバーンズに告げた。「ドイツ語でなんていったかは忘れたけど。スイスではドイツ語を使うのね。わたしは学生のときもあまり語学は得意じゃなかったし、フランス語圏からドイツ語圏へ英語を挟みながら移動してきたせいか、いまはおつむがねじれてしまっていてね。そのうえ、あなたを探し出すために一睡もしてないの」

「あなた――」

「あと何分かしたら、あそこにいる友人たちはあなたを連行するわ。スコットランドの捜査がらみであなたは指名手配を受けているの。いくつかの事故で。いえ、殺人事件でよ。殺人事件なのはまちがいないわ。だけど劣化ウランの輸送に関する疑いも持ち上がってきているの。当局はあなたが答えを知っているんじゃないかとあてにしているみたいよ」

バーンズがいきなり腕を持ち上げたが、ネッサはぐっとそれを押さえつけた。たしかに彼女は疲れていた。テーブルに体を押しつけているあいだ筋肉に焼けつくような感覚をおぼえていた。

「そんなにあわてないで」ネッサはいった。「協力してくれたら、将来的にあなたを助けてあげたいと思っていたのよ、およばずながら。わたしはマーク・イレータを探しているの」

「だれですって?」

「贋作の絵描きよ。ものすごく腕のいい」

バーンズは拒絶の音をたてた。

「ゲイブリエル・モーガンは？」と、ネッサはたずねた。

「あのろくでなし。くそいまいましいろくでなし！」バーンズは金切り声をあげて、自由なほうの手でどんとテーブルをたたきつけた。「あいつがわたしに全部罪をかぶせたのね？」

「全部？」

バーンズは黙りこんだ。ネッサは三十秒近く待ってから、「ほかには？」とたずねた。

さらにすこし待ってから、ネッサはスイスの刑事たちに手を振って合図した。握る力をゆるめてやるとバーンズは火傷でもしたかのように引き離した手を胸に当てた。

火傷したのかもしれない。手は真っ赤になっていた。しかし、肩をついたふたりの警察官にあまり同情の様子がうかがえなかったためか、バーンズはなにもいわずに立ち上がり、彼らに付き添われて部屋を出ていった。

彼らが出ていこうとしたとき、ヨーン・タイバーがやってきた。長身で肩幅が広く、華やかなブロンドの髪をしたスイスの連絡員だ。彼は歯切れのいい早口のドイツ語でなにごとか男たちにいってからネッサのほうへ向き直った。

「パリの本局が連絡を欲しいそうです」タイバーはイギリスの女王が従者のひとりとまちがえそうなくらい完璧な英語でいった。「ジャルダンさんとおっしゃるかたです」

「ありがとう、警部」

ネッサが番号を打ちこむあいだ、タイバー警部はプライバシーに配慮して何歩か離れていた。

なんてお行儀がいいの。

「ジャルダンです」

「どうしたの？」彼女はたずねた。

「三十分ほど前に、うちが公開しているアドレスに奇妙なeメールが、なんとも《ボクー》奇妙なメールが届きまして」フランス人の男はいった。「それが、イレータからなんです」

「イレータから？」

「〝ピカソはいまカステロ・ディ・ネッリにある。急げ。イレータ〟。メールにはそうありました」

「それだけ？」

「銀行の名前と住所もありました、アメリカの電話番号といっしょに。どうもアメリカの銀行の貸金庫のようです。断言はできませんが、FBIの連絡員は貸金庫の番号にちがいないとにらんでいます。差し押さえるよう当局に指示を出しています。ルイがその作業にあたっています」

ネッサは魅力的なスイス人を見やった。「カステロ・ディ・ネッリって？」

「イタリア国境のマッジョーレ湖にある島のお城です。国境の近くです。十四世紀に――」

「すぐそこへ行かなくちゃならないの」といって、彼女はぱっと立ち上がった。「約束のヘリコプターは――ヘリはどこ？」

シーズン前のドラフトでペドロ・マルティネスを獲得するのは一生に一度の大仕事だとハル・プルイットは思っていたが、それは契約が結ばれるまでのことだった。獲《と》った時点で彼は、この計画を進めたことをつくづく後悔した。エイハブ船長が長く息を吸いこむ音をたてながら気を失う直前にピークォッド号の舳先から叫んだように、わが最大の偉大さはわが最大の悲しみにありだ。

プルイットはためいきをついて椅子の背にもたれ、頭の後ろで手を組んで、ひじを左右にぐっと広げた。コールドコーナーズ基地の中枢施設の下層階で、彼はコンピュータの前にひとりですわっていた。あと三十分もすれば保安通信部の四時間勤務が始まる。手に入れようと努力しているさなかには、マルティネスはいくら払っても安い買い物のような気がしていた。いまでもそう思っている。プルイットのチームの投手陣にあの男がもたらす効果だけ考えても。なんといってもペドロ・マルティネスだ。何度もサイ・ヤング賞を獲得した投手だ。通算防御率は二点台。サンディ・コーファクス以来最高の投手だ。ゲームを支配する力に関して球界最高の投手なのはほぼまちがいない。

しかし、マウンドの王としてはロジャー・クレメンスのほうがわずかながら上というのがプルイットの揺るぎない見解だった。相手の目をにらみつける迫力、ピンチで相手をねじ伏せる力、そしてもちろん息の長さにおいてもだ。メジャー・リーガーとして十八シーズンを過ごし、無数の奪三振記録を破ってきたあの〝ロケット〟のあらを探す者たちがピーピーわめくことができるのは、彼のインハイ攻めに関してだけだ。とてつもない力の持ち主だ。そしてクーパーズタウンの野球殿堂博物館の扉の前では、豪華な赤いじゅうたんがクレメンスのために広げられるときを待っている。

おれは速球で打者をねじ伏せてきたどの投手よりクレメンスが好きらしい、とハル・プルイットは思った。だから今年は彼の架空のチーム、コールドコーナーズ・ハービーズのためにマクマード・スキュアズより一九ドル高い値をつけてクレメンスを手に入れた……前年の競りで彼につけた値段に、さらに五ドルを加えて。クレメンスは現実の世界では九九年のシーズン以来、ニューヨーク・ヤンキースのユニフォームを着ているが、その点に問題はない。それはまた別の話だ。まあ、たぶん。とにかく、いまの問題はペドロだ。なにかにとり憑かれたみたいに白鯨をつけねらったエイハブ船長よろしく、プルイットはペドロを追い求めた——汝のもとへまっしぐら、とばかりに。プルイットの擁するずば抜けた先発投手陣のなかでも、このペドロは極めつきの宝石だ。プルイットのチームをぶっちぎりで優勝させてくれるのはまちがいない。ただあいにく、現実世界のペドロ・マルティネスはレッドソックスのスター選手だった。湯気が出るほど熱いアフリカの草原にいちばん最初の人類が出現し、ダイヤモンドの形をした芝地の一画で棍棒を使って石を打ちあって以来プルイットがもっとも愛するブロンクス爆撃隊（ニューヨーク・ヤンキースの愛称）の、憎むべき最大のライバル球団の選手だった。

プルイットは椅子にすわったまま体を前にのりだし、いまから複雑な協奏曲を弾《ひ》きはじめようとしているピアノの名手のようにコンピュータのキーボードの上で両手を構えた。四月一日のシーズン開幕を前にある種の取引を成功させるには、パーマーベース・ポールキャッツのジェネラル・マネジャー（GM）、ダレン・コデガンにこれから送るこの電子メールに、抜け目のないこまやかな手ぎわが必要になる。

建物の壁の外を狂ったように吹き荒れる風の音を聞きながら、太陽がいつまでも沈まずに周囲を回るのではなく昇ったり沈んだりするきれいに仕切られた文明世界の境界線のなかで春季キャンプが終了しようとしているのを想像するのはむずかしい。しかし現実にフロリダとアリゾナでは最後のオープン戦が行なわれているし、本拠地のグラウンドキーパーたちは美しい緑色の芝生の手入れをして開幕の日にそなえている。迅速な行動がどうしても必要なことをプルイットは知っていた。

資本主義的、実用主義的な目で野球を見て、野球をほかの事業と変わらないひとつの事業とみなす人間になれ、と自分にいい聞かせた。彼が指揮するハービーズのチーム名は、いまコールドコーナーズ基地とその近辺で猛威を振るっているハリケーンとブリザードがいっしょになったような大嵐を意味する南極のスラングから取られたものだが、そのハービーズはオンライン・アイスリーグで三年連続の優勝を果たしていた。

ほかのGMたちから個人の最高年俸を上げたと批判を受けてもかまわない。上限を定められているチームの年俸総額の四分の一をひとりの選手につぎこんだと、あざけりたければあざけるがいい。ペドロはたぐいまれなる才能の持ち主だ。六五ドルにシェーン・スペンサーとヤンキースのAAAにいる将来有望な内野手ふたりをつける値打ちは充分にある。

実利の話をすればだ。プルイットは胸のなかでつぶやいた。

この最新の取引の問題は、それがいきなりその実利主義の限界にぶつかったことだった。プルイットにはミッドナイトブルーのピンストライプのユニフォームとNYの帽子を着用している選手や、かつて着用していた選手を、自分のチームに山と積み上げる傾向があるため、彼の姿勢を大きく問題視する人びとがいるのは確かだ――また会おう、ケイとスターリング、おお、格調高きニューヨーク放送波の声よ――しかしここでもプルイットは、それは彼らの起業家としての頭が自分より鈍いからだと確信していた。なにしろ彼らはブロンクス爆撃隊だ。ワールドシリーズを三十回近く勝っているチームなのだ。メジャー・リーグ最高のチームが欲しくて、実力が上の選手から獲得してくれれば、チームの九五パーセントくらいはヤンキースの選手になってあたりまえだ。ところで、一塁にジェイソン・ジオンビーはどうだろう？　外野にケニー・ロフトンは？　どちらの選手もまだあの神聖なスタジアムを本拠地にしたことがない。

プルイットはまた大きな吐息をついた。ペドロが投げているチームがボルティモアやカンザスシティやトロントだったらなんの問題もなかっただろう。九八年にモントリオールから彼を手に入れたのがデヴィルレイズやタイガースだったら、もっとよかっただろう。ところが現実のペドロ・マルティネスは、最大の強敵ボストン・レッドソックスで投げている。空想野球ゲームにおけるGMの優勝は、配下の選手たちのシーズン終了時のランキングで決まるため、プルイットは彼を獲得したことで拷問にも似た苦しみを味わうはめになった。こうなると、ヤンキースとボーソックス（ボストン・レッドソックスの通称）がブロンクスの決戦やフェンウェイの対決に臨むとき、いったいどっちを応援すればいい？　九月が来て、両チームがペナントをかけて激しいつばぜりあいをくりひろげていたら？　二〇〇〇ドルという魅力的な額になったアイスリーグの賭け金は手に入れたいが、レギュラー・シーズン第一号ホームランの乾いた音がアメリカの青空に響きわたる何週間も前から、プルイットは実利と忠誠心の綱引きで耐えがたいくらいのジレンマにおちいっていた。

このあと六カ月のあいだ、彼の生きる意志はむしばまれていくにちがいない……それはとりわけ、控えが手薄で打力不足だったコデガンのポールキャッツとペドロのトレード話をまとめるのに資金が必要になって、右ひざの前十字靱帯（ACL）を断裂してから勇者にふさわしく苦労の末にメジャー復帰を果たしたヤンキースの万能選手シェーン・スペンサーを、アムンゼン・スコット基地のジョン・イケガミGM率いるスノー・ペトレルズに譲渡せざるをえなかったからだ。

しかたがない、と彼は思った。ペドロは手放さなければならない。スペンサーを獲得しなおさなければ。取引をする必要がある。そしてプルイットの頭のなかには、その取引を成功に導く計略がはっきり見えていた。

計略のかなめはイチロー・スズキだ。ジョン・イケガミはヒデオ・ノモとカズヒロ・ササキとトモ・オーカを獲得するために財布のなかの二六〇ドルを最後の一ドルまで使い果たしていた。そのためにすさまじいスズキ争奪戦から涙をのんで撤退し、彼をポールキャッツに明け渡していた。イケガミは断固否定しているが、日本人投手たちを獲得したのには民族の誇りとなんらかの関係があったのだろう。プルイットはイケガミがスズキを欲しがる理由などどうでもよかった。スズキはメジャーのどのチームにとっても貴重な戦力になる選手だ。イケガミがスズキを欲しくてたまらないのがわかりさえすればいい。なぜならいまプルイットは、スペンサーとヤンキースのマイナー選手二名と大枚のドルと引き換えにイチローをイケガミに引き渡す気がコデガンにあるなら、ペドロ・マルティネスとヘビー級の強打者ジェイソン・ジオンビーをコデガンの前にぶら下げてやろうと考えていたからだ。

そのあとプルイットは、それと交換にコデガンから三角トレードのかたちでスペンサーとヤンキースのマイナー選手二名と大枚のドルをすべて手に入れる。資力を立て直したプルイットは、ペドロが去った穴を埋める代わりの先発投手を探すことができる。たぶんアンデイ・ペティートだ。それでまだ資金に余裕があったらマイク・スタントンを獲ってブルペンを強化しよう。あるいは、クライストチャーチのエアガード・ハーキーバーズがなにと交換ならホゼ・ヴィスカイーノを放出するか確かめてもいい。

プルイットはメールにどんな言葉を使うか、またざっと思いめぐらした。送信準備をととのえるのは、すこし手直しをし、もう一回急いで注意深く読みなおしてからでもいい。

キーボードの上に指を戻して最初の手直しにかかろうとしたとき、横のコンソールから大きな電子警告音がした。コンソールの片側の色で塗り分けられたチクレット・ライトの列が次々と点滅を始め、プルイットはぎょっとした。ディスプレイ画面上の電子メールが自動的に飛び出してくる基地保安計画のウィンドーに押しのけられた。

プルイットは経験を積んだ迅速な反応を見せた。急いで実行しなければならない作業一覧以外のあらゆるものは、きれいさっぱり頭から消し飛んでいた。コンピュータの前でまっすぐ背すじを伸ばした彼は、手のひらでマウスを包み、クリックして画面を拡大し、再度クリックしてひとつの映像を呼び戻し、切り離した。目が大きく見開いた。いま見えているものは幽霊ではないと確信するにつれて衝撃と驚愕がふくらんできた。

警報が鳴ってから十五秒とたたないうちに、彼は横のパネルの特別警戒指定無線のスイッチを入れてロン・ウェイロンをつかまえた。

「脱塩工場です」ウェイロンがナイメクにいった。保安本部に急遽駆けつけたせいで彼は息を切らしていた。「映像は天井のパネルの奥にある例の赤外線前方監視装置（ＦＬＩＲ）の保温性カメラから届いています……外側のカメラが作動しなくなったとき代わりを果たすためにとりつけてあるものです」

ナイメクは緊張の面持ちでうなずいた。数時間前に基地を視察したときウェイロンがそれのある場所を指し示しながら、悪天候に損傷を受けた外側の装置をまだはずしにいっていないと説明していたのを、ナイメクは思い出した。ふたりがプルイットの後ろに立っているあいだに、プルイットのモニターの上では熱赤外線映像が色つきのパレットのあいだを縫って移動していた。四人の侵入者が——実体ではなく放射熱の痕跡だが——ドーム内部を動きまわり、扉に向かって進んでいくのが見えた。そしてナイメクは、まだこれが最悪の事態ではないことを知った。

「見ろ」彼は映像の明るい赤色のすじを指差し、画面の下にある水平の測定バーに指定されている色とそれを照合した。「あそこでなにか燃えている」

「火だ」ウェイロンがいった。「火にまちがいない。それも、ものすごく熱いやつだ」彼は息を吸って吐いて指差した。「なんてことだ、ひとつは流入ポンプのところみたいだ……それにここは、これは海水のパイプラインだ……わからん、いったいなにが起こっているのか……」

心臓が激しく打つなかでナイメクはウェイロンの顔を見た。

「おれたちは攻撃を受けているんだ」彼はいった。「何人か隊員をかき集めろ、早く現場に駆けつけないと」

〈食肉冷凍庫《ミート・ロッカーズ》〉は中枢施設の上層階にある細長い部屋で、メタリックな壁とカウンターバーとテーブルと椅子がいくつかあり、それが頭上のトラス照明によるタングステン・ブルーの反射光に洗われて、苦笑をさそうくらい名前にぴったりの雰囲気を生み出していた。なかに群れ集っている非番の人びとは、ふだんよりはおとなしいがまったく陰気というわけでもなかった。嵐の通過を見守る彼らの頭には、三人が行方不明になっている事実がのしかかっていた。しかしここにいるのは、きびしい生活条件下でたぐいまれな精神と適応力を求められる男女だ。くよくよ考えこんでも状況を改善する役には立たないことを彼らは知っていた。

士気は別のかたちでてこ入れされていた。交替制の仕事がうまくいっているあいだ、彼らのストレスは生産の努力に、つまり分担された個々の責任を良心的に果たすことに向けられていた。ふだんなら多種多様な音楽の才能が披露されたり、それがなさそうなときにはカラオケが歌われたりする小さな隅のステージを使う者が出てこなくなって数日になるが、スカーボロー隊の運命は決まったとあきらめるわけにはいかない。だから、共通の不安をかかえてはいたが、彼らの多くはできるかぎりそれまでどおりにしようと決め、いつものように非番のときはここに集まり、いっしょに飲んで、世間話に花を咲かせて、このひとときを楽しんでいた。

アニー・コールフィールドはそうした事情を肌で感じとりながら、部屋を見渡し、ＣＣの職員の一団が彼ら独特のダーツに興じているところに目を向けた。南極の伝統的な位置標識のような赤と白の縞模様でできた取り外しのできるブルズアイが、一ラウンドごとにボードからはがされ、中心よりわずかに下へ貼りなおされていた。これは氷冠といっしょに年に三三フィート移動する極の標識にならった特別ルールで、スコア・リングにぶつかるとブルズアイはふたたびボードの中心に戻されるのだとメガン・ブリーンが説明した。

アニーはこのゲームのユーモアを理解してうなずき、それからとりとめもなく続いていた会話に戻ろうとまたメガンのほうに向き直った。

「ええと、ピートに手を引かれたときどんなにこたえたかをわたしが話して、あなたに手を引かれたときあなたのＦＢＩ長官がどんなにこたえたかをあなたが話してくれたんだったわね」アニーがいった。

メガンはバーのテーブル越しにアニーを見た。

「ここまでは単純そうに思うでしょう」と、メガンがいった。

「うーん」アニーがいった。「だけど複雑そうな気もするわ」

メガンはうなずいた。

「その点に乾杯」と、アニーがグラスを持ち上げた。

「ええ」と、彼女はいった。

女ふたりはバルバイアニス・アフロディーテのウーゾが入ったタンブラーを上げて、かちんと合わせ、ぐっと飲んだ。

そしてとろんとした目で静かに席にすわったまま、オリーブと水栽培トマトのスライスとチーズをつまんだ。ウーゾの強いカンゾウの風味をやわらげ、どうにか頭が沈没せずにいられるくらいアルコールの吸収を遅らせるためだ。四〇度から四五度あるこのリキュールはCCでの気張らしにもってこいの飲み物で、寒さを吹き飛ばし閉所での退屈をまぎらわせるには最適だった。

「それはそうと、ひとつ質問があるの。うーん、本当はふたつかな」アニーはあてどなくただよう思考の撚《よ》り糸をぱっとつかみとった。「コールドコーナーズに……ここに来てどのくらい？　三カ月？」

「三カ月と、十二日と——」メガンは言葉を切って腕時計で時間を確かめた。「十四時間ね」

「三カ月プラスそれだけ」アニーはいった。「知りたいなあ……故郷のことであなたがいちばん恋しいものはなあに？」

メガンは肩をすくめた。

「簡単よ」彼女はいった。「わが家のキッチンね」

アニーは宙を手で払って却下した。

「またあ、まじめな話よ」彼女はうながした。「わたしは女性初の火星入植者になりたいと願っていた人間として訊いてるの」

メガンはまた肩をすくめた。

「冗談なんかじゃないわ」彼女はいった。「わたしは料理が好きなの」

「料理……」

「それとパンやお菓子を焼くのが」

「パンやお菓子……」

「ヨーロッパの焼き菓子《ペイストリー》、特にクロワッサンが」メガンはそういってまたウーゾをごくっと飲んだ。いささか夢見るような声になっている。「外の皮をつくるのにやりがいがあるからかもね。二年くらい前、キッチンをレストランのように改造したの。レンジなんか最高よ。例のステンレススチールの大きなやつで……ほら、デュアル燃料の。ガスバーナーが六つに、好きな温度に保温できる電気オーブンがひとつ」

アニーは一瞬メガンの顔を見た。それからとつぜんがぱっとうつむいて、ぱっと口に手を当てた。

メガンは前にのりだした。ウーゾのせいねと胸のなかでつぶやきながら、悪いことをしたと思った。これをレモネードみたいにがんがん飲み干しても平気な職員は少なからずいるが、かわいそうなアニーはこの基地の人間ではないし、なにしろアムンゼン・スコット基地からヘリコプターでやってきてまだ数時間なのだ。どうしてわたし、こんなのを勧めようなんて考えたのかしら？

「アニー、だいじょうぶ？　気分が悪いんなら――」

アニーはかぶりを振ってそれを否定し、まだ口をおおったままうつむいていた。彼女の口から押し殺すような音が漏れてくるのが聞こえて、メガンは目をむいた。

「なんてこと」彼女はいった。「あなた、笑ってるのね」

これが笑いのダムを決壊させる最後のひと押しになった。アニーは忍び笑いを押さえきれず、けんめいに落ち着こうとしたが、笑い声はさらに大きくなった。

「ごめんなさい」彼女はいった。「ほんとに、気を悪くしないで――」

止まらなかった。アニーはまたぷっと吹き出した。

メガンは彼女の顔を見た。

「さあ、おっしゃい」メガンがいった。「わたしの家庭的な趣味のどこがそんなにおかしいの？」

アニーはどうにか息をつけるようになるまで待った。

「正直に？」

「正直によ」

「あなたがキッチンでエプロンをかけてる姿を想像したら、その、いきなり……」アニーは目から涙をぬぐった。「ベイ・エリアのショッピングやナイトライフが恋しいんだろうって思ってたから……クッキーシートより、グルメショップでデザートを買ってきそうな感じなんだもの」

　自分も思わずにっこりしてしまったことにメガンは気がついた。

「なぜだかわからないけど、その性格づけにおまえは怒るべきだって内なる声が聞こえてくるわ」と、彼女はいった。

「そうよね」アニーはいった。「わたしだって怒るわ、よくよく考えてみたら」

　ふたりは顔を見合わせ、こんどはいっしょに声をあげて笑っていた。

「アニー」メガンがいった。「前にもいったけど、もう一度いうわ……あなたが来てくれてほんとに助かったわ。この女だけの夜《レディース・ナイト》はほんとに最高よ」

　アニーはうなずいて自分のグラスに手を伸ばした。

「わたしたち、大きな一歩を踏み出したことに乾杯すべきじゃないかしら」彼女はいった。

「仕事仲間から友人への？」

「飲んだくれ同盟ね」

「とんでもないコンビになりそう」とメガンがいって、テーブルからグラスを持ち上げようとしたとき、彼女のポケットの携帯電話が鳴った。ほんの何時間か前に番号を登録してピート・ナイメクからの連絡とわかるようにしておいた三連音だ。

彼女はアニーに指を上げて電話をとりだし、ぱちんと開いて耳元へ上げた。

「ピート、ハイ」彼女はいった。「気が変わって、仲間に入りたくなったのなら――」

そこで彼女は黙りこんで耳を傾けた。アニーが見守るうちに、くつろいでいたメガンの表情が一変した。真剣な驚きの面持ちが強い不安を表わしていた。

「ええ……ええ……いったいどうやって……いいわ、わかったわ……」メガンはいった。そしてダーツに興じている一団にさっと目を向けた。「待って、わたしのほかに何人かいるわ。そこにいて、すぐ合流するから」

メガンは片手で電話を閉じ、それから落胆の表情でアニーへちらっと目を上げた。

「ちょっと問題が」と彼女はいい、椅子を押して立ち上がった。

「メグ、どうしろっていうんだ。この連中じゃ半分だって使えるか……」

「ちゃんと動けるわ」

「彼らは飲んでいたんだぞ」

「わかってるわ。しかたないでしょ。非番だったんだから」

「しかし、おれには信頼できる手勢が必要で――」

「みんなだいじょうぶよ、保証するわ」
ナイメクとメガンは立ったまま黙って向きあった。基地の下の固い氷のなかまで掘り抜かれて相互に連絡している多目的通廊《ユーティリダー》のひとつで彼らは落ち合っていた。フードをかぶった照明が、冷凍庫のなかのように霜がついた筒形のスチールのかぶせ金を明るく照らしている。気温はおよそ華氏マイナス四〇度（摂氏でもマイナス四〇度）。ふたりの周囲では、トンネルのなかへどっと押し寄せてきた〈剣《ソード》〉の隊員たちが急いで肩をすぼめる動きをし、ファスナーを締め、極寒気候用装備を着込んでいた。

しばらくしてナイメクはうなずいた。

「わかった」彼はいった。「手勢の振り分けかたについて、なにか提案は？」

「アニーと上院議員たちに選りすぐりのふたりをつけましょう。建物の周辺を固めるのにあと四人割けるかしら」

「これで七人か」ナイメクはいった。「足りないな」

「ハル・プルイットを入れて八人よ」

「まだ足りない」

「うちの部隊は全部で二十九人よ、ピート。基地に近づける場所はそれこそいくらでもあるけど、この嵐のなかで本格的な襲撃を試みる人間がいるなんてとても思えないわ」

「きみのいうとおりかもしれない。しかし、これまでに確認された事態だって、おれたちには予想ができなかったことだ。ここは慎重を期したい」ナイメクはいった。「境界線の守備を倍にしてチームを組ませ、突破された場合にそなえてなかに四人残そう。これで残るは十三人――」

「わたしがふたり連れて建物のパトロールに出るわ」メガンがいった。「残りはあなたが使って。もしものときには保守点検員と補助要員がいるし。頑丈なひとたちよ、ピート」

ナイメクは異議をとなえようとして、ためらい、それから渋々うなずいた。

「きみの決定にしたがおう」彼はいった。「プルイットはモニターの前にいてもらってくれ。交通の指示を出してもらわなくちゃならない」

「わかったわ」メガンはつかのま考えた。「マックタウンにうちの状況を連絡したほうがいいかしら？」

ナイメクはパーカーの襟のマジックテープを調節し、それから手袋とその上にはめる長手袋をポケットからとりだした。

「いますぐ力になってもらえるとは思えない」彼はいった。「それに、うちの状況がもっとはっきりつかめるまで外部の人間を巻きこむのはどうかと思うんだが」

メガンはためいきをついた。「どうかしら。なにもしないであれこれ推測しているわけにはいかないし。だけど連絡したほうがいい理由はあるわ。わたしたちの身になにかあった場合――」

「意見をいってかまいませんか？」

ロン・ウェイロンの声だった。彼はナイメクの後ろに進み出ていた。バラクラヴァ帽を頭へ引き上げ、すでにコートのフードも立っていた。

ナイメクは肩越しにちらっと振り返った。

そして「聞こう」といった。

「南極では緊急番号に電話をかけても助けてはもらえません」ウェイロンはいった。「自力で立てなくなったら、だれかが応答するころには埋葬が必要になっています。まずい状況に見えてくるまで待っても悪くはないとわたしは思います。いずれにしても、評価をしなおす機会はあるはずです」

ふたりはウェイロンを見た。そして顔を見合わせた。ふたりともうなずいていた。

「決まりだな」ナイメクはいった。彼の目はメガンの目を見つめていた。「いいか？」

「ええ」とメガンは答えた。そしていきなりナイメクの手首をつかんだ。「だれも怪我しないようにして」

ナイメクは彼女の手の甲をぎゅっと握って自分のフードを引き上げた。

そしていった。「そのつもりだ」

隊を率いてスノーモービルに向かっていたブルクハルトが雪のなかで足を止めた。

彼は隊員との連絡用ヘッドセットを使って、「待て」と命じた。叫び声に近いくらいの大声で。機械の助けを借りなければこの風にかき消されていただろう。そんな状況にもかかわらず、その大声にまじってなにかの音が聞こえたような気がした。

彼はゴーグルをぬぐって、たどってきた元の方向に目を凝らした。

ブルクハルト以外の人間だったら、降りしきる大量の白い雪にさえぎられて椀を逆さにしたようなドームはほとんど見分けがつかなかったかもしれない。彼の鋭い目はドームの後ろにちらっと光がまたたいたのをとらえていた……紙のように薄い光の浮きかすが、砕ける波の上を走る幅の広い平らなさざ波のようにブルクハルトのほうへ地面をすべってきているような気がした。

あの女の科学者がちらりと頭に浮かんだ。

おれの思った以上にあの女には骨があったらしい。

ブルクハルトは隊員たちのほうを向いた。

そして、「おれたちがここにいることをやつらは知っている」と告げた。

15

二〇〇二年三月十三日
スイス、アストナ

イレータは死人のような足どりで波止場にたどり着いた。重大な決意を胸に。熟慮の末に。あのイタリア人が用意したボートでアストナへ戻ってきた。ここはまだスイス領だ。しかし場所は関係ない。モーガンは手下に追跡させているにちがいない。ひょっとしたらこれもモーガンの計画のうちなのかもしれない。イレータを逃がさないための。しかしイレータに逃げるつもりはなかった。インターネットのクリッピング・サービスで入手した国際刑事警察《インター》機構《ポール》の公開アドレスに、すでに電子メールを送っていた。あのメールはしかるべきところへたどり着くと信じていた。もしだめでも、アメリカのＦＢＩに送ったほうはしかるべき人間の手に届くはずだ。

ゴム製のゾディアック・ボートを操ってきた男は、岸に向かって疾走中にイレータがアルファ・ページャーを使っても気にしなかった。それを湖に投げこんだときも無頓着だった。

あのメールがどうなろうが、警察がどんな反応を見せようが、もうどうでもよかった。ポケットに少額ながらスイス・フランがあった。波止場から二ブロックの文房具屋で小さなメモ帳とペンを手に入れるにはそれで充分だった。その隣のカフェでLサイズのコーヒーを買えるだけの小銭も残った。人目につかないほうがいいし、いくぶん思いやり深くなっていたから——モーガンの手下がいつやってくるかわからないし、ほかの客に迷惑をかけたくなかったので——身の引き締まるような冷たい風が吹いてはいたが、外の席にすわることにした。真っ黒な濃いコーヒーをゆっくりと飲み、それからペンをとりだした。

〝きょう、神様はみずからの存在をお示しになった〟と、彼はメモ帳に書きつけた。うまい言葉が見つからずに苦労した。イレータは画家であって作家ではない。事実を書くだけでもすらすらとは出てこなかった。

〝人間がどんなにちっぽけな存在かを神様はお示しになった。いや、どんなにちっぽけで邪悪な人間が世の中にはいるかを、だ。自分もそのひとりと認めなければならない。人間にどんな力が秘められているか、ひとはどんな志をいだくべきか、きちんと理解していなかったからだ。善と悪が入りまじってつねに戦いをくりひろげていることも理解していなかった。それに——〟

イレータはふと目を上げた。フードつきの青いスウェットスーツを着た男が何フィートか離れたところに立っていた。手の上に新聞紙を広げている。その新聞の下には消音器のついた薄い二二口径のピストルがあった。

イレータはうなずいた。新聞がぱっと跳ね上がり、頭のなかに蜂《はち》が飛びまわるような音が聞こえた。その騒がしい音がユンカースJu－86機のような単調な音に変わった。テーブルに前のめりになるとき、彼の目には涙があふれていた。痛みや人生にたいする後悔のせいではなく、死ぬ間際にピカソの描いた絵がもう一度まぶたに浮かんだからだった。

古城は灰色の水のなかにあり、どの湖岸からもほぼ等距離にあった。大きな岩が人間の敵だけでなく時間からもこの城を守っていた。城を築いた追いはぎ貴族たちはここを隠れ家というより保管所として利用していた。この島の要塞を襲ったり苦しめたりする力をもつ人間には金を握らせていたし、あとは仲間の盗人から守ることができればよかった。

モーガンに必要なものはもっと複雑だった。シコルスキーS76Cの前部座席からこの城をながめながら、当分のあいだスイスを離れる潮時かどうか思案した。南極から届いたいちばん新しい連絡はあそこでの失敗を予感させるもので、スコットランドの問題がうまくいったとしても予期せぬ影響がないとはかぎらない。

どちらの問題もわたしのほうが三歩か四歩先にいることに感謝しよう。スコットランド人どもはまごついているにちがいない。グラスゴーの港の錆《さ》びかけた廃船のなかで宛名ちがいのウランが発見されるだろう。もちろん例の宛名ちがいのウランではないし、行き先が変わったものの一部ですらない。しかし、捜査をうまく打ち切らせるには充分だ。そのいっぽうで、わたしの工作員は指示どおりに最後の事故の手はずをととのえるだろう。うまくいけば、あの女はわたしではなくバーンズを巻き添えにして逮捕される。予防措置を講じておいたおかげだ。工作員への指示に一貫してあの女の名前を使ったのは、やはり賢明な措置だった。シャクトリムシ本人は――あの女はきょうの午後、故郷に帰る途中で痛ましい空の事故に遭《あ》う。あの女に与えた専用機は海上で謎の失踪を遂げる。そのあと何週間かのうちに残骸が切れぎれに見つかるだろう。

こうして多くの問題は、問題になる前に解決される。南極の状況はこれまでよりかなり複雑になったが、あそこも楽観して差し支えない。あの大陸に、あの投機事業とわたしを結びつけるものはない。あの電子メールは別だが、あれは簡単に始末できる。

しかし用心のためにスイスは出たほうがよさそうだ。少なくともしばらくは。金でたくさんの寛容を買うしかない。旧ソ連の某国は安全を提供してくれるだろう。イランとペルーにも場所が用意されている。しかし、ああいうところで暮らしていけるだろうか？

自由な空気があってすぐに欲望を満たすことができるアメリカに帰りたかった。タイやマレーシアなら王様のような暮らしもできようが、だからどうだというのだ？　それ以上に大きな栄光を、この先に待っているあの絵のようなすばらしいものを鑑賞する幸福な時間を、放棄しなければならないとしたら、そんなところへ行くことになんの意味がある？

「ボートが出ていきます」操縦士がいった。

「非常にけっこう」

高速モーターボートで手下たちが教授たちを運んでいくのだ。生かしておこうかと一度は考えた。たしかに彼らには感謝すべき借りがある。しかし結局、あの宝物は危険にさらすには貴重すぎると判断した。あのふたりが岸にたどり着くことはない。

イタリア人がイレータを別扱いしたのは迷惑な話だ。もちろん手下たちが見つけだすだろうが、おかげで、あれが精巧な偽物でそれにイレータが関わっている可能性が浮かんできた。わずかな可能性だがゼロではない。このモーガンをだまそうとしているのだとしたら、それは愚かなことだ。しかし人間はいつも愚かなことをする。

もうあのイタリア人は、ミラノへの道のりの半分は行ってしまったことだろう。南極に行こうがかまわない。ピカソが偽物とわかった場合にはなんの値打ちもないのだし。

ヘリコプターが機首を下げて要塞の上空を二度通過した。すでにモーガンの手下たちは赤外線センサーでここを捜索していた。偽装爆弾がないかしらみつぶしに調べ、電子監視システムを無力化していた。彼らがしていなかったのは、ヘリコプターが着陸できる適当な場所を確保することだった。城は島全体にわたっている。中庭がふたつあるが、どちらもとりたてて大きなものでなく、大きなほうの庭でも操縦士は側壁でローターを破損しかねないと怖がっていた。

「もう一度湖岸にお連れして、モーターボートに迎えにきてもらう手もあります」と、操縦士が提案した。

「現実的な話じゃない」モーガンはいった。「わたしは降りる」

「梯子があってもかなりの距離です」操縦士がいった。「そして梯子はありません」

「なら船着き場だ」

「あの岩で入りこめません」

　手下が教授ふたりを始末してくるのを待とうか、とモーガンは考えた。しかしあのイタリア人に会って以来、彼は毎晩――毎朝、毎昼――あのコピーをとりだしては吟味を重ねてきた。もちろん、あの雄牛と幼な子の絵は自分のものにすることに決めていた。それどころか全部自分の手元においてもいいと思っていた。彼の財産からすれば一五〇〇万ドルくらいなんでもない。あの絵の真の値打ちにくらべたら、笑い飛ばせるくらいの額だ。

　本物ならばだ。イレータもあとのふたりも本物だといったが、自分の目で確かめる必要がある。

「できるだけ接近しろ、そしたら飛び降りる。船着き場の上空に停止しろ」

　若いころのモーガンは、大学時代ずっとサッカーのレギュラーをつとめたほどの優秀なスポーツ選手だった。いまでも毎日運動をしているし、胃腸の不調がおもな原因だが、さほど太っていない。しかしヘリコプターのブレードが送りこむ下向きの強風と、接近していく機体の震えで、壁の近くの空中に停止したときにはくじけそうになった。シコルスキーは着陸装置をたたんでいるため、なにかを伝って降りるわけにもいかず、操縦士は思ったより壁に近づいたが、それでも扉口にかがみこんだモーガンの足と岩のあいだにはかなりの距離があった。

しかし彼は幼な子の顔を思い出した。息を止めて飛び降りた。

湖面からたっぷり二フィートほど離れたなめらかな石の傾斜路にモーガンは着地した。前によろけたが、すぐにバランスを立て直した。空から思ったよりも広いと思った。足首に痛みが走ったがかまわず傾斜路を進み、無人の城に入っていった。

絵は城の前側の左手にある、小さな中庭にあった。モーガンの心臓がどきどきしはじめた。足がもつれ、頭のなかがざわざわした。

前もってこまかなところまでつぶさに調べてあったものの、絵は想像していたより小さかった。安っぽい木のイーゼルに立てかけて、二〇×一〇フィートくらいの吹き抜けになった空間の中央にすこしずつずらして並べられていた。最初の一枚をぱっと見て、彼は失望をおぼえた。背景の燃えるような激しさとは対照的に、馬と向かいあったランタンの輪郭の縦の線が効果にとぼしかった。

しかし次の一歩で例の幼な子の絵が目に入った。母親が手を鉤爪《かぎづめ》の形にし、幼な子の肺から流れ落ちてくる最後の息を死に物狂いでつかみとろうとしているような気がした。赤ん坊の目に——半分閉じかけ、上を向いたまま動かない目に——モーガンは頭蓋骨をわしづかみにされたような気がした。さらに一歩進むと、体内で五感が破裂したような感覚に見舞われた。

こんな作品を偽造できる人間がいるわけない。どんな人間にも不可能だ。イレータであろうと。

モーガンは夢見心地でひとつひとつのキャンバスの前へ進んだ。次々とキャンバスに触れ、その縁に指を走らせ、後ろの画布台の端をなぞった。

なんということだ。彼は胸のなかでつぶやいた。戦争がきっかけでこれが生まれたのだ。暴力によってこんなとてつもない美が生まれたのだ。

ヘリコプターが外でエンジンの回転数を上げた。モーガンは目を釘づけにしたまま我を忘れていた。最後にそれぞれの絵をもう一度見て、それぞれの美しさと醜さを吸収したあと――そう、もちろんここには醜さも含まれている、含まれていなければおかしい、人間には善も悪もそなわっているのだから――モーガンは慎重に慎重を重ねて一枚一枚手にとり、イタリア人が残していったビニールケースに入れた。それから七つの山をつくり、二枚を外のヘリコプターへ運んでいった。

操縦士は着陸用の車輪を出して、どうにか傾斜路の端に止まっていた。ローターはゆっくりではあったが回りつづけていた。

「手を貸せ！」モーガンが扉と格闘しながら叫んだ。

「ヘリを保持していなければならないんです」操縦士が叫んだ。「そうしないと水中にすべり落ちてしまいます」

モーガンは注意深く絵をヘリの後部へすべりこませた。

「あと十二枚ある」と、モーガンはいった。

「お待ちください！」戻りかけた彼に操縦士が叫んだ。「連絡が入りました——無線連絡です」

「なんだと？」

「これを」と、操縦士はヘッドヤットを渡して無線の制御装置をいじくった。モーガンはヘリのなかへ体を折ってヘッドセットをつけた。

「どうした？」モーガンがたずねた。

「スイスでコンスタンス・バーンズが逮捕されました」と、ペーターがいった。まだボートの上にちがいない。背景に鈍いうなりが聞こえていた。つまりだ——こいつらはイタリアをめざして南へ逃げ出すつもりだ。パニックにおちいって予備計画に移ったのだ。

なら、それでいい。あいつらは小さな虫けらだ。もっと都合のいいときに始末すればいい。

「ご苦労《ダンケ・シエーン》」とだけモーガンは告げた。そしてヘッドセットをはずすために手を頭に伸ばした。

「国際刑事警察機構《インターポール》がからんでいるんです」雇い主の無頓着さにいらだった様子でペーター

がいった。「空軍特殊部隊《コマンド・デル・フリーガー》が出てきています」

「ご苦労《ダンケ》」とモーガンは繰り返し、ヘッドセットをはずした。スイス空軍だろうがなんだろうが、あのピカソは城からすべて持ち出してみせる。ヘリコプターが飛ばすしぶきで岩がすべりやすくなって足場を失ったため、彼は傾斜路を這って戻った。引き返してくる途中で絵の一枚を落とした。それが風にあおられて湖面のほうへ転がっていったときには息が止まりそうになった。絵は壁にぶつかり、彼が回収するまでそこに止まっていた。

「ローターを止めろ」ヘリコプターにたどり着くと、モーガンは操縦士に命じた。

「水のなかにすべり落ちてしまいます」

「危険は承知だ」彼は操縦士に告げた。

「飛び立てなくなるかもしれません」

「いいから止めろ！」モーガンはその迫力だけでエンジンが止まってしまいそうなすごみのある声でいった。


アエロスパシアル・アルエットⅢのターボメカ社製エンジンが重く鈍いうなりをあげているせいで、送信の声はほとんど聞きとれなかった。だからネッサにドイツ語ができ、強いスイス訛りを聞き分けられたとしても、なにが話されているのか理解するのはむずかしかっただろう。

しかし後ろの区画にいてたえず助けてくれるタイバー警部は、やすやすと理解していた。通信が終わると、彼はおだやかなバリトンの声で手短に通訳してくれた。

「第八飛行中隊のジェット二機がメリリンゲンから飛び立ちました」彼はいった。「われわれの北からです。マガディーノからも訓練機が二機飛び立ちました。プロペラ推進ですがヘリコプターとわたり合えるはずです。そして連絡員がNATOに連絡をとっています。モーガン氏は逃がしません」

「絶対にね」なんの根拠もなかったがネッサはそういった。これだけの軍勢を呼び集めたからには、華々しい光景だけでなくそれなりの成果を持ち帰らなくては。

しかし飛行機酔いにやられたのか、吐き気が食道を這い登りはじめていた。

「あの湖です」操縦士がいった。

前方の白色と灰色のなかに青緑色のお碗《わん》の縁が見えてきた。右側に町がひとつふたつある。

操縦士がスロットルを最大に開くと、ヘリは時速二〇〇キロ強でぐんと前へ進んだ。

「十分」タイバーが予測した。「いや、もっと早いな」

「PC7が西から近づいてきます」操縦士がそういって遠くを指差した。「カステロ・ディ・ネッツリはまっすぐ前方です」

ネッサがまっすぐ前にのりだすと、それにこたえて城が見えてきた。

モーガンがヘリコプターに最後の一枚をすべりこませたときには、足首が腫《は》れてきていたうえに、何度か転んで両ひざとも傷だらけになっていた。ヘリの側面にぶざまな格好で胸を押しつけながら乗りこむはめになった。機体が傾いて、左の前輪が水に浸かっていた。ローターが回りはじめたときも操縦士の眉間のしわは消えなかった。ヘリがいきなり跳ね上がりはじめ、彼は操縦装置と格闘していた。

「飛ばせ!」モーガンが命じた。

「努力しています」操縦士がうなるように答えた。

モーガンがシートベルトを締めて座席にもたれると、ヘリの機首ががくんと持ち上がった。岩に降り立ってからの重労働でしばらく疲労困憊《こんぱい》を感じていたが、あの絵が自分のものになったと思うとモーガンらしい快活さがよみがえってきた。「さあ、頼むぞ」彼は操縦士にいった。「頑張れ。報酬ははずむ。チューリヒに戻るんだ」

ヘリコプターはもうしばらく機体を震わせていたが、徐々に上昇するにしたがい安定してきた。操縦士の眉間からしわが消えてきた。

そのとき、風防から一メートルもないところに黒い十字形のものが現われ、シコルスキーはあわてて機体を斜めに傾けてそれをよけた。

「だめ! ぶつけちゃだめ!」ネッサが叫んだ。「ぶつけないようにいって!」

シコルスキーのすぐ前をピラトゥスPC7二機が飛びまわっていて、翼でヘリのローターを吹き飛ばすのではないかとネッサは胆を冷やした。

「だいじょうぶだ、ちゃんと制御している」とタイバー警部がいった。そして前にのりだし、彼女の肩に手をおいた。

すこし前ならネッサは手を伸ばして彼の手に指で触れていただろう。しかし警部の口ぶりは急に偉ぶった感じになっていた。

「無線で彼らに連絡をとれない?」彼女はタイバーを無視して操縦士にたずねた。

「あのスイッチです、国際緊急周波帯は」操縦士の手はふさがっていた。オレンジがかった赤いスイス空軍機二機からシコルスキーがすっと遠ざかりはじめたため、操縦士はアルエットをひょいと右に方向転換させた。

「カステロ・ディ・ネッツリを出ていくヘリコプター、こちらは国際刑事警察機構《インターポール》」ネッサはいった。「特殊部隊機《コマンド・フライヤー》の指示にしたがいなさい」

「空軍特殊部隊《コマンド・デル・フリーガー》だ」と、タイバー警部が回線を使って訂正した。

「そうだったわ、ありがとう」ネッサは彼の手をさっと肩から払いのけた。「指示にしたがえば危害を及ぼすつもりはありません。わたしたちといっしょにマガディーノ空港に戻りなさい」

シコルスキーは南に向かってさらにスピードを上げはじめた。このヘリコプターはアメリカの戦闘ヘリ、ブラックホークの民間版だ。ツイン・ターボシャフトでアルエットの倍以上の速さが出せる。それどころか、もてる機動力を正しく使えば小さな訓練機二機とも対等に張り合うことができた。

しかしスイス空軍が緊急発進させたF－5Eには、どの点でもかなわなかった。そして、まさにこのときそのF－5Eが背後から迫っていた。

「あなたは包囲されています。観念しなさい」ネッサは告げた。「モーガン氏がいくら支払ってくれても命の代わりにはならないわ。わたしたちと取引する手もあるはずよ！」

モーガンは無線にこぶしをたたきつけた。インターポールだと？　あの無能なろくでなしどもに、どうしてわたしがここにいるのがわかったんだ？

「着陸するしかありません」操縦士がいった。

銀色がかった灰色の物体が頭上からヒューンと音をたてて降りてきて、操縦士の前でぴゅっと湖を横切った。操縦士はあわててシコルスキーを方向転換させ、城のほうへ引き返した。別のヘリコプター、おそらくUHF周波帯で彼らに話しかけてきた女の乗っているヘリが、彼らのほうへ向かっていた。

「着陸するしかありません」操縦士が繰り返した。

不測の事態はかならずある。逃げ道はかならずある。例の脱税問題でアメリカ当局の手が迫ったときも、モーガンは脱出方法を見つけた。こんども逃げ道はある。

「ジェット機が撃ってきます」と、操縦士がいった。

「あのヘリコプターに向かって突っこめ」前方を指差してモーガンがいった。

「あれに向かって！　無茶だ！」

「やつらは方向を変える」彼はいった。「ジェット機はスピードを落とす」

「そのあとは？」

「そのあとは次の手を考える」


「こっちに突っこんでくるわ！」シコルスキーが迫ってくるのを見てネッサが叫んだ。

そもそも彼らは低空にいた。操縦士が方向を変えてよけると、扉とローター・ブレードがあやうく湖面をこすりそうになった。

「あの愚劣な連中をつかまえるのよ！」歯を食いしばってこみあげる吐き気をこらえながらネッサが叫んだ。


ドイツの爆撃機は三時間ゲルニカを攻撃した。彼らは最初、爆弾と焼夷弾で攻撃した。町の人びとは近くの野原へ逃げこんで隠れる場所を探した。爆撃機は彼らを追いかけ、次から次へと機銃掃射をかけ、爆撃機の搭乗員たちは跳ね躍る銃弾が人びとの体に吸いこまれていくのを見て声をあげて笑っていた。いたるところに真っ赤な血だまりができた。逃げこめる場所はどこにもなかった。

捕まるものか、とモーガンは思った。監獄で過ごしたり国際的な極悪犯として見せ物になるのがどうこうという問題ではない。あのピカソを手放すものか。

「どこに行けばいいんです？」もう一機のヘリコプターが方向を変えると操縦士が静かにたずねた。カステロ・ディ・ネッリは半キロほど離れた水のなかに建っていた。「モーターボートの船着き場の近くに戻って着陸しますか？　はるばるマガディーノまであいつらのあとをついていきますか？」

「どちらでもない」モーガンはおだやかな声でいった。「城をめざせ」

「城は五〇メートル先です。そのあとは？」

返答のかわりにモーガンはベルトから小さなグロックの拳銃をすばやくとりだし、操縦士の頭を二度撃った。操縦士の体はがくりと前にくずれ落ちたが、ヘリはそのまま前に進みつづけた。ほんのわずかずつ下に向かってはいたが、なおも岩の壁をめざしていた。

こういう不測の事態に見舞われるとは無念だった。しかし、ほんの一時間にしろピカソの絵を所有できたという慰めがモーガンにはあった。

シコルスキーは速度を落としてカステロ・ディ・ネッリに近づいていった。

「あの島に、ひょっとしたら城の中庭に着陸する気かしら」ネッサがいった。

シコルスキーは機首を下げ、黄色い石の城壁に向かってすべるように進んでいった。すこしためらうようなそぶりを見せて、すっと左に曲がったかと思うと、壁に激突した。機体がぐしゃりとつぶれ、赤い炎が炸裂した。

「だめえ！」ネッサが叫んだ。「だめ、だめ、だめえ！」

返ってきた答えは、シコルスキーの燃料タンクが爆発した黒と赤のしぶきだけだった。

16

二〇〇二年三月十三日
南極、コールドコーナーズ基地

ナイメクは二十代のころオートバイを持っていた。前妻と息子といっしょに過ごした冬の休暇に、スノーモービルをレンタルしたことが二度あった。乗りかたはどちらもよく似たものだが、まったく同じと思っては痛い目にあう。スノーモービルは重心が低く、前に体を曲げて急カーブを切るときにちょっとしたコツが要《い》る。雪と氷の上を猛スピードで駆けるときには接地面の静止摩擦力もちがう。それとスノーモービルでは、踏み板から足を離さないようにしなければならない。片方の足で踏み板を蹴ってバランスをとる癖は禁物だ。バイクのときでも道路の障害物にぶつかりやすいから好ましくないが、雪深いところではなおさら好ましくない。雪にひきずりこまれて足首やひざを傷める危険がある。

ナイメクは無謀な過ちを犯す男ではなかった。

先頭は経験豊富なウェイロンが適任だった。ナイメクはウェイロンのすぐ後ろについて多目的通廊《ユーティリダー》の出口の傾斜路を飛び出し、残りの者たちも一列縦隊でそれに続いた。背後のコールドコーナーズ（ＣＣ）一号棟は渦巻く雪の帳《とばり》のなかに消えていった。

ドームに近づいていくあいだにナイメクは次の動きについて考えた。敵の規模も、どんな武器や装備を持っているのかも見当がつかない。彼らが基地を襲った理由をあれこれ考えている時間もない。しかし襲撃の意図は明白だった。ＣＣの重要な生命維持施設のひとつに襲撃をかけてきたのだから。いま問題なのは、彼らが次にどうするかだ。あそこに突撃をかけてくるのか、しばらく様子を見て、自分たちの負わせた傷から流れ出た血が止まっていないのを確かめるのか。

ナイメクはハンドルをしっかり握り、曲げたひざを金属の側面に押しつけ、強力なエンジンの震えを体で感じながら、すさまじい強風に向かってまっすぐ突っこんでいった。どうにかできるのは推測くらいのものだった。その推測で彼の戦略は決定される。つまりそれは確かな推測でなくてはならない。では、水処理施設を襲撃した者たちのことでわかっていることとは？

大事な点を導き出すのはむずかしくなかった。彼らがどこから来たかはわからないが、このあたりには冷たい荒野が何マイルも広がっているだけだ。空にぽっかりあいた穴から飛び出してきたわけではないのだから、長い道のりを旅してきたにちがいない。絶好の条件のもとでもそれを果たすには並々ならぬ技量と地形の知識が必要だし、この嵐のなかではとてつもなく苛酷な行軍になるはずだ。それどころか、ほんの数分前までだったら、ナイメクにはありえないことのような気がしていただろう。

何者かはわからないが、この者たちはすでに、自分たちが有能で、目的のために選ばれた人材で、かならず目標を破壊すると固く決意していることを証明していた。なにより勇猛果敢なことを証明していた。天候は回復に向かう前にさらに悪化するだろう。彼らはそれを知っている。戻ってきて再度襲撃するのは不可能と知っている。自分たちには文字どおり一撃しかないことを知っている。もちろん、気づかれることなく任務を完了したかったのだろう。しかし、気づかれたことはうすうす勘づいているはずだ。そういう事態も予測していただろう。これだけの技量と決意をもった者たちが、成功を確かめずに撤退するだろうか？

ナイメクはつかのま考えをめぐらした。おれならどうする？

「ウェイロン、聞こえるか？」フードの下の音声作動型無線機のヘッドセットにナイメクは呼びかけた。

「はっきり聞こえます」

「ドームまでどのくらいだ？」

「もうすぐです」ウェイロンはいった。「一〇〇〇ヤードもありません」

ナイメクはおどろいた。そこまで近づいていたのか。ウェイロンのモービルの後ろしか見えていなかった。やみくもに飛びこむつもりはない。

「わかった」彼はいった。「いいか。こうしてくれ……」

ブルクハルトがスノーモービルを停止させたとき、まわりは一面の雪だった。ドームはほんの一〇ヤードか一五ヤード左にあり、彼の目には四面体の面と角が汚れて見えた。

彼が座席にまっすぐ体を立てて耳を傾けているうちに、隊員たちはドームのまわりのしかるべき位置に移動して、そのあといきなりモービルのエンジンを切った。ドームの低いところにある扉とそのフレームのあいだの髪の毛くらいのすきまから、殴り書きのような灰色の煙が雪の舞う真っ白な世界へ流れ出てきているような気がした。

ブルクハルトは基地のほうにじっと目を凝らした。さきほど低いところに見つけた光の波はばらばらになっていたが、といってあれが前進をやめたわけではない。彼はヘルメットのシールドの奥から目を凝らし、右の肩越しに振り返った。あそこのあれは、さざ波を立てていたかすかな光の痕跡か?

そうにちがいないと思った。宮本武蔵が『五輪書』で書いているように、強い相手を突きくずすにはまっすぐ押すより突き出た角から攻めたほうがいい。いまの敵について独白の情報源から知りえた情報からみて、相手もその点は心得ているだろう。

ブルクハルトは荒天用の銃を胸にかけて目を凝らし、耳をすませて待った。任務は意図を大きくはずれていた。踏みこんで、きれいに一撃を浴びせ、脱出するつもりだった。交戦に入ろうとしている状況は、大きくつまずいたしるしだ。そこから望ましい結果が生まれることはない。しかし退却もありえない。

激しい嵐のなか、ブルクハルトは待ち受けた。そのとき、またとつぜん彼は気がついた。けたたましい風の音にまじってエンジン音が聞こえてきた。しだいに大きく脈打ってくる……こんどは四方八方から。

窮地が迫りつつあった。

ブルクハルトがドームの外から気がついた煙の黒い汚れは、目の錯覚ではなかった。

彼の仕掛けた発火物はあのロールダウン式ドアの内側で点火されて、まばゆい白熱の炎をひらめかせ、脱塩装置の流入ポンプのモーターを一瞬のうちに鋼鉄とプラスチックが溶けたタール状のぬかるみに変えていた。ポンプはぶるっと震えて機能を停止し、つんと鼻をつく濃厚な燻蒸煙《くんじようえん》がシューッと噴き出し、ただよいながら制御パネルのダイヤルと警告灯を曇らせていった。逆巻く炎の蔓《つる》が蝶の形をした吸気弁を取り囲み、水のタンクのまわりにある低圧ポリ塩化ビニル（PVC）のパイプ網の上に渦を巻いた。タンクはしなびてだらんとゆがみ、気泡ができた。プラスチックが溶けて、ゆがんだ魚の口のようになった漏れ穴から蒸気が噴き出し、ドームの機械類に蒸留水を噴射した。主要なパイプラインから未精製の海水がどっと流れだし、タンクの台にあふれ出て台の側面を流れ落ちていった。たちのぼった煙は広がって新鮮な空気を探し求めた。そして渦を巻いて扉にぶつかり、糸状の小さなかたまりになって悪天候用の密封材をするりと通り抜けていった。

風と雪が舞う外ではブルクハルトがじっと待機を続けていた。

さらに離れたところでは、ピート・ナイメクとその部隊がドームに向かって全速力でスノーモービルを駆っていた。簡単になかには入れまいとナイメクは思ったが、望みは捨てていなかった。まだ時間はあるかもしれない。コールドコーナーズ基地全域に水を供給している機械類が深刻な破損を受けないうちに、なんとかできるかもしれない。


「上官《サー》――何人か見えました」

「どこだ？　おれにはなにも見えない」

「すこし離れた前方です」ロン・ウェイロンがいった。「四〇ヤードから五〇ヤードくらいでしょうか。およそ十時の方向です」

ナイメクは燃え立つようなオレンジ色のパーカーをヘッドライトのなかに保ちながら、ブンブン音をたててウェイロンの後ろをついていった。スノーバイクのコツはおおよそのみこめてきたが、むきだしの氷の箇所がなんの予告もなしにとつぜん現われるせいで、スキーがすべって手からハンドルがもぎとられるおそれはつねにあった。

ナイメクはゴーグルの奥で目を凝らした。

「何人かといったな？」

「はい――」

「何人だ？　まだおれにはなにも見えない……」

「はっきりしません。三人か、四人か。スノーバイクに乗ってます。動いてます。冬用の偽装服を着ています」ウェイロンは一度言葉を切った。そして「バイクも白い」と付け加えた。

ナイメクはつかのま考えた。彼の直感は正しかった。

「ドーム内部には三人以上いた」彼はコム・リンクに告げた。「どうやら思ったとおりだ。敵はドームの周囲に分散しているな」

「そのようです」ウェイロンがいった。

ナイメクはそのままドームに向かって進み、ミッチェルという隊員が後ろについた。ナイメクの指示で残りは分かれていった。

「よし、ふたりとも聞こえるか？」

耳当てに肯定の答えがふたつ返ってきた。

「いよいよだ」とナイメクは告げ、ハンドルから離した右手を肩にかけた武器に伸ばした。

ブルクハルトはすぐ左にドームを見ながら、スロットルを開いてスノーモービルを発進させる態勢を保っていた。そこへ移動パトロール員のひとりが無線リンクで呼びかけてきた。

「隊長《コマンダント》、やつらが見えました《イッヒ・ゼーア・ジー》」

水処理施設の反対側にいるランゲルンからだった。

「何人だ？」《ヴィー・フィーレ》ブルクハルトが返した。

「少なくとも三人。《ミンデステンス・ドライ・メナー》赤い雪上車に乗っています《ジント・アウフ・ローテス・シュネーモビーレン》」

ブルクハルトはかちんと歯を鳴らした。

思ったとおり、敵は分散して襲撃をかけてくるつもりだ。

「距離は？」《シェッツェン》彼はたずねた。

「ウンゲフェーア・フュンフツィヒ・メーター・エストリヒ」

ブルクハルトは舌の奥にアドレナリンの味を感じた。つまり、ケーニヒから報告のあったスノーバイクは五〇メートル東から接近しているわけだ。

ブルクハルトは警戒態勢を最高レベルに上げた。右の肩越しに振り返ると、雪の向こうにまたふたつ、スノーモービルの鼻づらがちらりと見えた。西の方向から猛スピードで彼のほうへ向かってくる。

これを見てブルクハルトは、敵の陽動戦術に自分がくだした評価に確信を得た。しかし、ドームの入口用にまだ最大勢力が残っているはずだ。

「絶対に近づかせるな」《ラス・カイネン・ネーア・コメン》と、ブルクハルトは命じた。

南極はナイメクの属する世界と多くの点でかけ離れていたが、地球のどこにいても自動火器の銃撃音は聞き分けられた。

最初の炸裂音はウェイロンがスノーバイクを見たあたりからやってきた。荒れ狂う風がかん高い音をたてるなかでもパチパチッという独特の音はその距離を伝ってきた。

敵は居場所を知られる危険を承知で、〈剣《ソード》〉にドームへたどり着かれないよう真っ向から対決を挑んできたのだ。

火蓋《ひぶた》が切られた小さな冷たい戦争は、たちまち熱く激しく燃え上がった。

ナイメクは肝に銘じていることを心のなかで反芻《はんすう》した。〈剣《ソード》〉は一民間企業の私設保安部隊であり、アップリンク社の受け入れ国との個別の取り決めによって世界各地に駐留を認められている。武装した外国人が自国にいることに、受け入れ国の多くは心おだやかでない。相手の命を奪わない威嚇攻撃が〈剣《ソード》〉の第一の選択肢であり、部隊の技術者たちはそのために独創的な鎮圧兵器を開発してきた。ナイメクの率いる隊員たちは馬上でならず者を探しまわっているカウボーイではない。しかし、決してむざむざ犠牲になってはならないともナイメクは命じていた。彼らの交戦規則は、おおよそ世界じゅうの警察や軍隊が採用している方針と一致している。死をもたらす銃火には死をもたらす銃火で応じるまでだ。

ほかの土地とちがって、南極は建前上は世界条約で非武装化された平和な土地であり、ここではみんながあさましい衝動や野心を捨てて人類という大家族として仲よく共存しながら生活を送ることになっているから、なおさら事は複雑だ。しかし、だからといっていまのこの状況が変わるわけではない。

ナイメクの部下たちは攻撃にさらされ、銃撃を浴びせられていた。世界のどこであろうと銃弾を浴びたら死ぬのに変わりはない。

記憶のなかから最近ゴーディアンがいった言葉が浮かんできた。〝彼らをかならずいつも暴力から守れるわけではない。しかし、われわれは不断の警戒に努めなければならない〟。

「銃を最大設定に」と、ナイメクはコム・リンクで隊員たちに命じた。

そして可変速ライフル・システム（VVRS）が組みこまれた小型アサルト・フイフルのトリガーガードのボタンを押した。寒冷気候用のぶあつい長手袋をはめているせいで少なからず動きがぎこちない。トム・リッチがベイビーVVRSと呼んでいるこの武器には超小型電子回路が埋めこまれていて、ワンタッチで銃の初速モードを非致死から致死に切り換えられる。低速設定で飛び出す亜音速弾は、貫通力を弱めるよう設計されたプラスチックの装弾《サボ》筒に包まれたままだ。もっと高い圧力で撃ち出されると、サボーは花弁を開いてタングステン合金の五・五六ミリの芯を撃ち出し、標準的なサブマシンガンの弾と同様の殺人的な力で襲いかかる。

またぱらぱらと銃声が起こった。前方からだがさっきより近い。

左のほうからビューッという音が迫ってきて、ナイメクはぱっとその方向に目を向けたが、見えるものは激しく打ちかかる雪の真っ白な扇だけだった。

次の瞬間、とつぜんその白い色がナイメクめがけてふくれあがってきた。

「みんな、気をつけろ!――」

ナイメクにはそれしかいう時間がなかった。

スノーモービルが通り過ぎざま、ブルクハルトの高く構えたセミオートマティック・ライフルが銃弾を炸裂させた。


ナイメクが鎮火隊に選んだ六人の男はドームに向かって進んでいた。風に負けじとスノーバイクをトップスピードに押し上げると、接地面に跳ね上げられた雪が弧を描いては落下した。背中にくくりつけられているのはFM200一八ポンド缶と不活性ガス消火剤だ。指示どおりにVVRSのライフルは致死モードに固定していた。

戦いは予期していた。掩護《えんご》隊が敵を排除できるかどうかにかかわらず、ドームへの接近が妨害を受けるのはわかっていた。どれだけの抵抗にあうかはまだわからない……しかし、すぐにはっきりしてくるだろう。

さらに滑走していくと、彼らの前にドームの曲線が浮かび上がってきた。真っ白な周囲のなかで煙の巻き髭が道を探していた。

そのとき、彼らと水処理施設のあいだのなにもない平原を数台のスノーモービルが横切ってくるのが見えた。モービルの列が左右に広がって扇形の隊形をつくった。

この鎮火隊の隊長に選ばれていたのは〝作戦名ポリチカ〟（シリーズ第一話『千年紀の墓標』参照）でも活躍した百戦錬磨のマーク・ライスだった。ライスは敵の展開パターンを見た瞬間、その意図に気がついた。

「散らばれ！」彼はマイクに叫んだ。「敵は側面に回りこもうとしている！」

左から猛スピードでやってきて雪のなかから勢いよく飛び出してきたバイクの姿を、ナイメクは頭に刻みつけることができた。乗り手の姿は最初の数発を発射してきたときにはまだ不鮮明だったが、姿形をもった怒りのように徐々にはっきり見えてきた。

アサルト・ライフルがけたたましい音をたててまた一連射され、ナイメクはその銃火を逃れるためにぱっと体を横に傾けて急カーブを切った。急すぎたかもしれない。バランスを失ってスノーモービルが傾いたが、間一髪でなんとか立て直し、手からハンドルがもぎとられて座席から投げ出される事態はまぬがれた。

追っ手のエンジンがたてる物悲しい音が聞こえてきて、ナイメクがちらっと肩越しに見やると、マスクとゴーグルをつけた顔を風がぴしゃりとたたきつけた。モービルの乗り手はナイメクの後方、右横にぴったりついており、激しく舞う白い雪の向こうにつややかなヘルメットが見えた。男はスロットルを大きく開けていた。吹き荒れる風のなかへ排気管から煙が吐き出されていく。

追っ手の銃からまたひとしきり弾が吐き出されたが、ナイメクは急旋回して逃れた。バイクとけんかをしないようにカーブは前回よりゆるやかに切った。

こんどはバイクに持っていかれずにすんだ。すべりながら銃火を逃れたナイメクの目に、彼を狙った銃弾が地面をついばみ、そこから砂糖のような粉が跳ね上がるのが見えた。木端《こっぱ》微塵《みじん》になった氷の破片がコートの袖に打ち当たった。

前方に鮮やかなオレンジ色が見えた。ロン・ウェイロンのコートだ。そのあと、別の乗り手の縞が入ったおぼろげな白い制服がウェイロンめがけて突進していくのがちらりと見えた。ふたりは戦闘に入っていた。相手のまわりを回りあい、雪のしぶきを上げて猫と鼠のように円を描きながら一騎討ちの態勢に入っていた。

ナイメクの数ヤード左では、また別の襲撃者がミッチェルのほうへまっしぐらに突き進んでいた。ミッチェルは後輪走行《ウィーリー》するバイク乗りのように地面からフロントエンドを跳ね上げ、ゴムのグリップに片手をかけたまま、相手の風防の上へVRSの弾を発射した。相手が座席から投げ出された。ヘルメットのヴァイザーが粉々に砕けて血にまみれていた。

ナイメクはまっすぐ全速力で走りつづけ、後ろの男を引き離そうとした。そのとき、ウェイロンとその敵がひとしきり銃火を交換するリズミカルな音が風を縫って聞こえてきた。戦いは果てしなく続きそうに思えたが、次の瞬間、もうもうと舞い上がって広がっては揺れ動く雪に包まれて両者が視界から消えた。

かん高い叫び声がした。突風に引きむしられて、どちらの声かはわからなかった。

発砲がやんだ。

「ウェイロン、無事か？」ナイメクは送話口に叫んだ。

無線に沈黙が流れた。揺れ動く空気のなかに乳がこぼれたかのように白い雪の雲がただよっていた。

「ウェイロン、聞こえるか……？」

ナイメクはいまもバイクでめまぐるしく動いていた。バイク乗りたちが攻撃を仕掛けてきてからほんの十五秒ほどしかたっていない。振り向くと、後ろにいた追っ手が加速をしてナイメクの右につき、シュタイアーのライフルの銃身をナイメクの顔に突きつけるようにして色つきのヴァイザーの奥から彼を凝視していた。

ナイメクはぎくりとして、バイクの左ハンドルをかるく握ったまま右手でベイビーVVRSをすばやく持ち上げ、水平に構えて続けざまに弾をほとばしらせた。胸から血を噴き出したバイク乗りが座席から投げ出され、翼を広げた鷲のような形で雪のなかに落下した。バイクは傾いたまま横すべりして雪を掘り起こし、狂ったようにジグザグ走行した。

ウェイロンの姿が最後に見えたあたりへナイメクが注意を戻すと同時に、舞い上がる雪のなかから偽装をほどこした白いスノーモービルが乗り手なしでしぶきを上げて進んできた。ヘッドライトが吹き飛び、車体には銃弾のあけた穴が散らばっていた。前に突っこんできたのはほんの一瞬だけで、そのあとモービルは二回とんぼ返りを打ってエンジンカバーとハンドルから着地した。広角の風防がはずれ、張り渡された支柱の上に直立したスキーが空を指していた。

ヘッドフォンにウェイロンの声がした。「無事です、上官」

そのあとミッチェルから「同じく」と入った。

ナイメクは荒い息をついて、肩から武器を吊り下げたままふたたび両方のハンドルをつかんだ。

そして、「このままドームに乗りつけて、なにができるか確かめよう」と告げた。

「ご不自由をかけて申し訳なく思っています。ほとんどのかたがお寝《やす》みのところだったのも承知しております」メガン・ブリーンが話していた。「しかしご承知のように、外の建物から火災警報が届いておりまして。当施設ではこの種の事態が発生しているあいだは基地の職員でないかたがたを一カ所に集めるのが通例となっています。一カ所に集まっていただければ対応を一元化しやすくなりますので」

コールドコーナーズ基地の著名視察員（ＤＶ）宿泊施設を共有している人びとに提供されている気持ちよく家具の配置された小さな談話室で、アニー・コールフィールドとラス・グレインジャーと三名の上院議員がそれぞれの椅子からメガンを見ていた。

どういう性質のものかわからない脅威と向きあうためにナイメク以下の男たちが嵐のなかへ出ていって十五分になる。動揺を顔に出さずに次の仕事をすませることができたら、どんなときでも感情を抑えて自制を保つことができるだろう――メガンはそう胸のなかでつぶやいていた。

まだローブとスリッパ姿のままのバーナード・レインズが顔をしかめ、悪臭でもしたかのようにフンと鼻を鳴らした。

「火災か」彼はいった。「大事にいたらなければいいが。いや、もちろん、こちらのみなさんの繁栄のためにだよ」彼は咳ばらいをした。「この嵐のなかで外から力を借りるのはむずかしそうだな」

メガンはレインズの目に浮かんだ不安にすぐさま応じた。

「ご心配いただきありがとうございます、上院議員」彼女はいった。「しかしアップリンク・インターナショナルの全組織についてわたくしどもが誇りにできる長所は、どんな環境においても操業の中断を防ぎ止めるのが非常に巧みな点です。それはこのコールドコーナーズ基地を持ち場にしているスタッフにも当てはまります。危機管理担当のスタッフはその責任をきわめて真摯《しんし》に受け止めています」

アニーはやりとりに耳を傾けながら、うまいわ、メグ、と思った。わたしだったらここまで巧みに切り抜けられなかったでしょうね。〈マッコーリー・ストークス・ショー〉のインタビューでわたしがやってのけた芸当以上かもしれないわ。

レインズはおおよそ平静を取り戻していた。

「もちろん、そうだろう」彼はいった。「おっしゃりたいことはわかる。そしてわれわれはアップリンクの能力に最大の敬意を払っている」彼は仲間の上院議員たちを見まわして朗《ほが》らかに彼らに手を振った。「きっといまのはうちの一団の気持ちを代弁しているはずだ」

彼の同僚はふたりともうなずいていた。

「わたしたちをここへ集めたのは、とても賢明な処置だと思います」ワーツがいった。「良識ある予防措置です」彼女は一度言葉を切って腕組みをした。「それを承知でお訊きしますが、いつになったらこの警戒態勢は解けるとお考えですか?」

メガンは彼女の顔を見た。

「それは鎮火隊からいつ連絡が入るかによります」メガンはいった。「運がよければ今夜にでも、みなさんを安全かつ快適に宿泊区域へお戻しできると思います……どなたも文明世界にホームシックをお感じにならないうちに。そうなったらみんなで緊張を解いて眠りをとることができますわ」

部屋の反対側でグレインジャーは黙って椅子にすわっていた。夜のお供にするグラスの氷と同じくらい、この赤毛の女は冷静《クール》な頭となめらかな舌の持ち主だ。この女が火災の原因をどの程度把握しているかはよくわからない。しかし少なくともどこで発生したかは知っているはずだ。そのうえでこの女は、その衝撃を最小限度にして政治家たちに伝えている……ほかになにを知っていて、なにを胸に収めているのか？　グレインジャーはいぶからずにいられなかった。

部屋にはしっかり暖房がきいていたが、にもかかわらずグレインジャーは腕組みをしたまま胸に冷たいものを感じていた。

安全も安心も感じていなかったし、睡眠をとるどころではなかった。

ついさっきまで〈ミート・ロッカーズ〉でビールとダーツを楽しんでいたのに、いまこうして冷たい外に倒れて死にかけているのはどういうわけか、フィル・コーベンは知りたかった。

バイクからうつ伏せに投げ出され、目と鼻と口に雪が詰まっていて、倒れた場所になかば埋もれており、銃弾を浴び、その傷から流れ出た血で断熱服のなかの生身の体がぐっしょり濡れているのはどういうわけか、コーベンは知りたかった。

ここに至った経過について混乱しているわけではない。受けた外傷で体に力が入らず方向感覚を失ってはいたが、なにがあったかはおおよそ起こった順番にきちんと思い出すことができる。さほど多くのことがあったわけではない……ライスの特別隊といっしょに水処理施設のあるドームに急いで駆けつけたら、あそこに火を放った男たちが飛び出してきて彼らを出迎え、銃撃戦が始まって、彼は炸裂した銃弾の行く手にいた。

経過を追うのは簡単だ。

むずかしいのは、これがばかばかしいくらい信じがたい悪夢の一幕ではなく、すべて現実だと信じることだった。

どうしてこうなるのか、彼には理解できなかった。コーベンは三十二歳にして早くも不可解なくらい多くの不幸に見舞われてきた。それどころか、まさしくこてんぱんに災難に打ちのめされてきた。娘のキムがちょうど五歳のときに小児白血病で他界し、そのあと彼の結婚生活も破綻《はたん》、その数カ月後に彼はアメリカ海軍の爆発物処理（ＥＯＤ）特殊部隊を退役し、縁あって民間企業アップリンク社の氷上の仕事を得たが、三人の友人がシエラレオネの地雷撤去作戦から故郷に帰還するさいヘリコプターの墜落事故で命を落とした。国連の人道主義的支援の一翼を担ってあそこの浜辺へ行ったとき、ＭＨ47チヌーク輸送機が原因不明のエンジン故障で墜落したのだ。

災難がひとの頭上にやたらと降りかかる理由を探し求めるのは不毛なことだと経験からわかってはいたが、同時にコーベンはそれを探しつづけてもいた。運が悪いという説明だけでは割り切れなかったからかもしれないし、昼と夜を乗り切っていくために別の説明が必要だったからかもしれない。もちろんそれがもっとましな理由とはかぎらないが。

射撃場のカモのようにバイクから吹き飛ばされ、自分自身の血で息を詰まらせ、うつ伏せで大の字になって雪に埋もれながら、コーベンはいったいどうして自分の身にこんなことが起こらなければならないのか、知りたくてならなかった。この南極で、この土地で、無法な侵略行為に倒れて死にかけているなんて、いったいどういうことなのだ？　波立つ心にしみ通るような静かでおだやかな環境を夢見てやってきた特別な場所だというのに、その南極で胸のあちこちを銃弾にえぐられ、そこから血を流しているなんて。

あと百年寿命をつなぎとめられたとしても、おそらくその理由がつかめる可能性はあるまいとコーベンは思ったが、それでも理由を突き止める時間が欲しかった……そしていま、気が遠くなりかけるなかで一種の飽くなき反骨心が頭をもたげ、とつぜん彼は思った。あとほんのすこし、ほんのすこしでいいから、理由の追求を続けられる力が残っていないか？

コーベンは人差し指のあるミトンを血でぬらつかせたまま、ひじと前腕で体を持ち上げ、雪のなかから胸を数インチ押し上げて、またがくっと沈みこんだ。しかし、その前に仰向けに体をひっくり返すことに成功した。鼻と口からぬるぬるした血のかたまりと雪と鼻水を吐き出し、滝のように容赦なく一面の雲から落ちてくるガラスのような雪の粒がバラクラヴァ帽に突き刺さる感触がした。一歩前進、一歩後退だ。

数台のバイクがカーブを切ってまわりにやってくる音が聞こえた。視界の端に銃撃の閃光が見え、荒れ狂う空へ煙がぼっと噴き上がるのが見えた。機械仕掛けの幽霊のように嵐のなかから現われた白い制服の男たちにさえぎられて、ライスたちはまだドームへの道を突破できずにいるらしい。ライスの特別隊が跳ね返される時間が長ければ長いほど、そしてその結果、敵の放った火が長く燃えつづけるほど、脱塩工場の設備を救い出すのはむずかしくなる。

コーベンは耳ざわりな音をたてながらやたらと冷たい空気を吸いこみ、首を左右に振って、どこにVVRSを落としたか見つけようとした。背中の装備一式のなかに苦労して運んできた加圧消火剤と酸素の赤いボンベは、彼の左の雪のなかにいっしょに埋もれていた。ありがたい。しかし、武器は？　雪の下に隠れているかもしれないと考えて、見えないまま両手を伸ばし、震える手で周囲の雪のなかを探りはじめた。

強風のなかにエンジン音が聞こえたのはそのときだった。スノーバイクのたてる音にまちがいない。

ブンブンいう音が大きくなってくるあいだに、それまで以上に急いで仰向けのまま武器を手探りし、血まみれのミトンを熊手にして雪の表面をこすりたてた……そしてついに、細くて固い、なめらかなものに触れた。

その物体の上に手をすべらせ、VVRSが見つかったのを知ると、コーベンは武器に積もっているざらざらした粒を手で払った。雪のなかからすくい取ってしっかり握ろうと必死だった。もうバイクはすぐそばにいた。武器をつかむ必要があった。

次の瞬間、彼は握っていた。安堵の思いを大きくふくらませながら銃床を手で包みこんで持ち上げ、大切にしているペットが溺《おぼ》れているのを救い出した人間のようにぎゅっと胸に抱きしめた。だがそれは一瞬のことだった。喜ぶのは早かった。事態の進展はあまりに速かった。例のバイクはもう、耳を聾《ろう》するすさまじい音をたてて近づいていた。

銃の引き金にかけた指がすべって銃身が上に傾いた。ベイビーVVRSの重さは弾をこめても一〇ポンドほどだが、弱りきったコーベンには大砲のように重く感じられた。これを持ち上げつづける力はなさそうだ。

あまり長い時間は持っていられない。

十秒ほどして、ついにスノーバイクがまばゆい白色のあいだを縫って彼のほうに向かってきた。そして、ほんの数フィート離れたところに急停止した。

照準器の向こうを凝視していたコーベンは、またしても大きな安堵に襲われながらライフルを下げた。

そのバイクは赤色だった。乗り手はオレンジに近い色合いのパーカーを着ていた。

乗り手が座席からひょいと飛び降りてコーベンの上に体をかがめた。まわりではなおも銃撃の音が続いていた。

「フィル」と乗り手が声をかけ、コーベンの状態を注意深く調べた。「だいじょうぶだ、心配するな。バイクの手すりにおまえを結びつける必要がある。それがすんだら基地に戻る。いいか？　おまえの戦闘は終わったんだ、おれが戦闘から連れ出してやる」

コーベンはフェースマスク越しにクルーズの声を聞き取った。

「結びつけてくれ、サム」彼はそういって、かすかにうなずいた。

ブルクハルトも戦闘から抜け出そうとしていた。

彼はスノーモービルを駆って全速力で逃げていた。直後をアップリンクのバイクが追っていた。この追跡劇に終止符を打ち、配下の男たちがこれ以上命を落とさないうちに引き上げることだけを彼は願っていた。失敗の大きさを考えれば、犠牲者は三人ですんでいた。ドームの入口はかなり長いあいださえぎったし、ここでの仕事は終わりだ。アップリンクの部隊の突き出た角を狙い撃ったが、逆に裏をかかれた。しかし、ブルクハルトは驚きもひるみもしなかった。ドームから噴き出ているあの黒煙からみて、なかの炎で重要な脱塩装置は破壊されただろう。彼の目標はそれだけだった。いつまでも相手の一歩先を行きつづけたいわけではない。

そろそろ幕を引く潮時だ。

スノーモービルのエンジンのシリンダーに燃料を送りこみ、サドルからすこし体を傾け、右手に持ったアサルト・ライフルをさっと振って引き金を引き直した。けたたましい音とともに後ろの赤いバイクに銃火が襲いかかった。すこし前まで追っ手はふたりいたが、ひとりは振り切った。ブルクハルトが猛烈なスピードで回避行動を続けているうちに脱落したらしい。

ブルクハルトにぴったりついてきているバイクの乗り手は、振り切ったほうよりはるかに優秀だった。

その男はいまブルクハルトの右についていた。そして後ろから波のように押し寄せ、ジグザグに方向を変えてはブルクハルトの弾丸の雨を逃れ、自分の武器をハンドルの上に持ち上げてひとしきり撃ち返してきた。

最初の数発がリア・バンパーを噛む音が聞こえ、ガタガタッと衝撃が伝わってきた。あばた状にえぐり出された車体の断片がまわりに飛び散った。

幕を引いてやろう、とブルクハルトは心のなかでつぶやいた。

そして風防の後ろで体を低く傾け、スロットルを開けて猛然と加速し、そのあといきなり激しい急カーブを切って追っ手と向きあった。ブレーキを強くきかせすぎるとテールスピンを起こすのはわかっていたから、レバーは軽く握りこんだ。

バイクを急停止させるとスキーがもうもうと雪を跳ね上げ、圧迫を受けたサスペンションロッドの震えが伝わってきた。

踏み板に足をのせて座席にまたがったまま、サブマシンガンから一連射した。正面から向かってくるスノーモービルにまっすぐ狙いを定めた銃が、周囲を包みこんでいる白い色を切り裂いた。

ブルクハルトを悩ませてきたアップリンクのバイクはこの動きに不意をつかれた。スリップを起こし、右のスキーのエッジに乗っかるかたちでがくんと傾いて、乗り手がバイクから投げ出された。バイクはバランスを失って横に傾き、振り落とされた乗り手が落ちた場所から数ヤード離れた雪のなかへ突っこんだ。

ブルクハルトはブレーキ・レバーを放してすかさず前に出た。投げ出された乗り手の前でふたたび急停止をし、バイクから飛び降りた。

アップリンクの男は重傷を負っていた。体の右側から激しく落下したせいで、脚が曲がっているはずのないところで曲がっていた。ひざの下が少なくとも二カ所は折れているとブルクハルトは判断した。男は雪のなかから必死に体を起こし、ねじれた体勢ではあったがなんとかすわりこむようなかたちになった。ＶＶＲＳは握ったままだ。

ブルクハルトは突進して、男が構える前に手から銃を蹴り飛ばし、それを取り上げると自分の銃を相手に突きつけた。

ふたりの男は黙って相手の顔を見た。黒いゴーグル越しに一瞬だけ目が合った。

そのあとブルクハルトはくるりときびすを返し、ひっくり返ったスノーモービルの背中にひとしきり銃火を浴びせた。この銃撃で燃料タンクが蜂の巣になり、後部ラックの予備燃料容器に穴が開いた。ガソリンとオイルの混合液が雪のなかへびゅっと噴出した。

「先のことはわからない《マン・カン・ニー・ヴィッセン》」と、ブルクハルトはいった。

そしてすぐさま武器をかつぎ、きびすを返してスノーモービルにまたがりなおして、無線で隊員たちに退却を命じた。

ドームが近づいてきたとき、左からベイビーＶＶＲＳのけたたましい音が聞こえた。流れるようにうごめく白い帳《とばり》の向こうへナイメクはぱっと目を向けた。バイクに乗った男の胸から血が噴き出し、バイクと乗り手の両方が雪のなかにひっくり返っていた。その直後、ＶＶＲＳを撃《う》った〈剣《ソード》〉の隊員が、敵のバイク乗りに倒された仲間のところへ急いで駆けつけ、スノーモービルを降りてそばにかがみこみ、事実を否定するかのように呆然と頭を振っていた。

ナイメクはブレーキをかけたまま座席の上で微動だにしなかった。まわりには大量の雪が吹き荒れていた。ひざをついた隊員からむせぶような嗚咽の声が聞こえ、声が風にさらわれたときナイメクは感謝した。

何ヤードか離れていても男の相棒が手遅れなのはわかった。ゴーグルが粉々に砕け、額の大半が消えていた。

「信じられない」いつのまにかウェイロンがナイメクのかたわらに来て、この凄惨な光景を凝視していた。「耐えられない、こんなことを信じるなんて……」

ナイメクはなにもいわなかった。たしかに耐えがたい。そして、彼がくださなければならない判断はいっそう耐えがたいものだった。

彼は体の向きを変えてまっすぐドームを凝視した。入口から鞭打つように流れ出てくる煙の量は減っていなかったが、そろそろ鎮火隊が着くころだ。妨害を受けずにたどり着くころだ。はずれのほうから銃の炸裂音がぱらぱら聞こえたが、スノーバイクに乗ってCCを襲撃した者たちはもう視界から消えていた。

メガンといっしょに初めてトム・リッチをアップリンク社に勧誘したときのことを、ナイメクはふと思い出した。一年かそこら前の春の午後だった。メイン州にあるリッチの家でペノブスコット湾を見晴らすテラスに彼らがいたとき、一羽の白頭鷲《ハクトウワシ》が近くの木から空へ飛び立ち、それを合図に視界にいたあらゆる鳥が羽ばたいてどこかに姿を消した。

「鷲が行ってしまってもだいたい五分から十分くらいは静かなままだ」リッチはいった。「そのあと、カモメやアジサシやカモが戻ってくる。一度に数羽のこともあるし、同時に数百羽戻ってくることもある。警報解除のあとみたいに」

ナイメクは胸にちくりと奇妙なうずきを感じた。きょうはひとの言葉を思い出す日なのだろうと思った。

「散りぢりに消えた」彼はつぶやいた。「あのときみたいに」

ウェイロンがドームのほうを一瞥し、それからナイメクと向きあった。

「うちを襲った連中のことですね」そう察してウェイロンがいった。

ナイメクはうなずいた。

「やつらは目的を遂げた。そしてだれかが退却の命令を出した」

ウェイロンはナイメクの顔を見た。

「追いかける必要は――」

「ない」

「ない？」

ナイメクはまたウェイロンにうなずいた。

「敵が何人いるのか、どこから来たのか、どこに身をひそめようとしているのか、おれたちにはわかっていない。たぶんほかにも知らないことがたくさんある、おれがまだ考えついていないことや、人狩りにのりだす前に知っておくべきことが。そしておれたちの最優先事項は基地の安全を守ることだ」彼はいった。「それに、嵐は勢いを強めている。そのなかへうちの人間をバイクでやみくもに送り出すのは無謀だ」

ウェイロンはまだナイメクの顔を見ていた。

「われわれはどうすれば？」

ナイメクは一瞬ためらった。

「隊を呼び戻して消火作業にあたる」と彼はいい、エンジンに燃料を送りこんで全速力でドームに向かった。

ＣＣの〈剣《ソード》〉が水処理施設に運びこんだふたつの消火剤には、壊れやすいコンピュータや遠隔通信装置に有害な残留物を残さずに強力な炎を抑えこむ成分が含まれていた。この付帯効果は泡の状態でも水の状態でもほぼ確実に発揮される。どちらの成分も伝導性がなく環境的に安全なことが確認されており、そういうものとして南極大陸でも使用許可が下りていた。

こうした重要な類似性とは別に、それぞれに独特の性質もあった。

ＦＥ13は一九八九年にオゾン破壊物質として世界じゅうで製造が禁止されたハロンの代替物として極低温の条件下で使われる三フッ化メタンの商品名だ。気密スチール容器に液体のかたちで保管されているが、沸点が華氏マイナス一一五度のため無色無臭のガスとして発射され、浴びせた一帯を燃焼が持続できない温度まで冷やすことができる。

イナージェンはアルゴンと窒素と炭酸ガスから成る混合ガスで、密閉空間から燃料になる酸素を奪って炎を文字どおり窒息させると同時に、人間が呼吸できるだけの酸素を残すことができる。コールドコーナーズ基地一号棟のような、イナージェンを打ち出したとき通常の換気装置を閉鎖できる固定空間では効き目が証明されていた。しかし基地の科学者と支援スタッフが評価していたのは、ＦＥ13といっしょに使うこともその予備に使うこともできる消防付属品としての価値だった。躍進のカギは、空気の流れを簡単に封じられない場所でも、炎を消せる濃縮した状態でこの混合ガスを密封して発射することのできる、特殊な超高圧ボンベの開発だった。

こうした強力な消火力も、これまでは管理された試験的な条件下でしか成功が確認されていなかった。

しかし、だれもが期待していた以上にみごとにドームの炎は消し止められた。

白服の敵が嵐のなかに消え、妨害を受けずに脱塩工場の入口に向かえるようになると、鎮火隊は工場内に集結した。ノーメックスの耐火服のフードをバラクラヴァ帽の上に引き上げ、鼻と口を吸入マスクでおおい、酸素ボンベを背負って、訓練どおりに煙の充満した空間へ勢いよく飛びこんだ。そして筒形の消火缶を体の前に構え、ノズルからガスをシューッと吹きつけた。

水浸しになったドームの内部を歩いて渡り、中央のプラットホームに行き着くと、彼らに都合のいい状況がいくつかあった。発電機は自動遮断モードに入って電気ショックのおそれがなくなっていた。そして、充満している不気味な黄灰色の煙霧は、ドームの扉が開かれると同時に、沸き起こった激しい対流に導かれて外の冷気のなかへどっと吸い出されはじめた。たちまち煙が晴れ、鎮火隊はものの数秒で水処理装置にたどり着くことができた。

彼らの遭遇した炎は勢いこそ激しかったが、手のつけられないほどではなく、焼け焦げて破裂した水のパイプラインからほとばしる水で、すでに多くの箇所がずぶ濡れになっていた。

彼らは三分あまりでこの火を抑えこみ、ほかにも一、二カ所あった熱いオレンジ色の花を窒息させることに成功した。

残念ながら、彼らが到着するずっと前に深刻な破損がもたらされていたのは、だれの目にも明らかだった。

ナイメクとウェイロンがバイクを降りてドームの入口の前に立ち、破壊された脱塩装置を凝視しているあいだに、悪臭を放つ煙の残りが彼らをかすめるように流れてきて、ばらばらに風のなかへ消えていった。

「めちゃめちゃだ」ウェイロンがいった。「めちゃめちゃにしやがった」

ナイメクは彼の顔を見た。

「どうする?」ナイメクはたずねた。

ウェイロンはしばらく黙りこんだ。彼の目は水浸しになって煙をあげている装置に釘づけになっていた。

そしてようやく、「見当がつきません」といった。

ブルクハルトは生き残った隊員たちを引き連れて悪天候をしのげる彼らの野営地をめざし、スノーモービルの先頭に立って嵐のなかを猛然と突き進みながら、自分の作戦の失敗と成功を秤《はかり》にかけてどちらが重かったか判断しようとしていた。

与えられた目標は達成した。脱塩設備は破壊した。修復不能なほどの破壊ではなかったかもしれないが、最初からそこまでやる予定はなかった。アップリンクの基地に致命的な打撃を与えるつもりはなかったし、あそこの住人たちが受けた傷をいやすことに神経をそぐくらいの破壊力で充分だった。

秤の片方はこれだけだ。もう片方は？

ブルクハルトは選り抜きの四人を失った。姿を見られ、事故に見せかける予定だったのに人間の仕かけた襲撃と知られた……当然の成り行きとして、この海岸をわしづかみにしている嵐の手が力をゆるめたらアップリンクはどっと追跡の手を送りこんでくるだろう。

自分が追われるだけならかまわない。仕事の性質上、自分の首が危険にさらされるのはしかたのないことだ。しかしもっと重大なのは、道を開いてしまったことだ。その道をたどって、ブル峠で行なわれている全貌が明らかになる可能性があった。

成功と失敗のどちらに傾くか？

ブルクハルトは答えを知っていたし、それに目をそむけることはできないのもわかっていた。

屈辱の重みが山のように背中にのしかかっていた。

17

二〇〇二年三月十五日
南極、コールドコーナーズ基地

ファスナーを締めた五つの白い遺体袋が多目的通廊《ユーティリダー》の床に横たわっていた。それを見下ろしているピート・ナイメクの顔には、心のなかとは裏腹になんの感情も浮かんでいなかった。右に並んだ四つには名札がなかった。四つとは別のところに置かれたもうひとつの袋には名前があった。

そこには〝ウィリアム・スプレイグ。〈剣《ソード》〉ID：45734―CC12〟と記されていた。

犠牲者の遺体を母国へ送り返す前にここへ運びこむのは心がかき乱れたが、この処置が実用の理にかなっているのはまちがいない。そして、南極で最終決定権をもつのは実用的な考えかただった。

基地の地下にあるどのトンネルもだが、この多目的通廊《ユーティリダー》も通例華氏四〇度（摂氏約四度）に保たれている死体保管所《モルグ》の冷蔵室の倍は寒かった。それどころかここの気温はむしろ、極低温保存銀行で使われる超大型冷凍庫のそれに近く、目下の用途にはうってつけだった。

アメリカ合衆国南極計画（USAP）と南極条約の定めた規則にしたがっているコールドコーナーズ（CC）基地では、厳格な廃物処理手続きをとっており、研究実験の副生成物やにじみ出たモーターオイルやガソリン、残飯や包装紙、不要になったプラスチックや金属の容器、そして排泄物や生理用ナプキンやコンドームや避妊用スポンジといった現地でリサイクルできないものを含めた人間の生活によって生まれるあらゆるごみは、固めて梱包するか大きなドラム缶に密封してこの大陸から運び出す必要があった。この氷上では、廃棄準備がほどこされたごみは出戻り《レトロ》と呼ばれていたが、そのレトロのなかには、軍用貨物船への積みこみ用に製造されたミルヴァンと呼ばれるトレーラーに似た金属保管容器に詰めこまれ、飛行場の近くに並べられるものもあった。

ごみを運び去る飛行機は夏でも到着が不定期だし、冬の数カ月にはまったく到着しないため、CC住人の生み出すごみの量がミルヴァンの収容力を超えることもしばしばあった。その場合、化学と医学と生物学分野の有毒な廃物を除いたすべてのレトロは、指定された多目《ユーテ》的通廊《イリダー》内の小さな部屋へ運びこまれる。腐敗を防いで健康や環境に影響を与えないという条件がそなわっているため、そこが臨時の冷蔵庫になった。

実用的見地からいえば、凍った人間の遺骸はレトロの定義を完璧に満たしていた。

ナイメクが振り向くと、ロン・ウェイロンの大柄な体が近づいてきた。ふたりは厳粛な表情で目を交わしあった。「ドームはどうだ？」ナイメクがたずねた。

ウェイロンは肩であいまいなしぐさをした。

「もうすこしすると、ポンプがよみがえるかどうか見極めがつきそうです」基地の保安長はさびしげな笑みを浮かべた。「行ったときにすぐ見極めがついて、おれたちの修復能力はどうですと自慢したかったところなんですが」

「もしよみがえらなかったら——」ナイメクがいった。「そのときは？」

「いい質問です」ウェイロンがいった。「代わりの設備一式を注文しましたが、ここは全系統がカリフォルニア州のスペックに合わせて製造されています。部品を集めて輸送してもらってそれをとりつけ、新鮮な水の蓄えが尽きる前に動くようにしなければなりません」彼は頭を振った。「間に合うかどうかは微妙です」

「間に合わないかもしれないわけだ？」

「はい」ウェイロンはいった。「しかるべき緊急使用制限を課す必要も出てきます。それは避けられません、上官。われわれは窮地に立たされています」

ナイメクはふーっとうめき、立ったまま無言で考えこんだ。

「よかろう」彼はいった。「おれが求めていた例の志願者たちは？」

「すぐここに降りてくると思います」ウェイロンがいった。「滑走路へ遺体を運び出すためにガレージからデルタを出しているところです」

「通信技師から連絡は？……ヒューバーマンだったか、名前は……？」

　ウェイロンはうなずいた。

「クレイ・ヒューバーマンです」彼はいった。「彼は輸送機がこっちに向かっているのを確認しました。プンタアレナス（南米大陸最南端の都市）からデハビランドが二機」

　ナイメクはウェイロンの顔を見た。「チリだな。その飛行機は小型の八人乗りじゃなかったか？」

　ウェイロンはまたうなずいた。

「ツイン・オッターです」彼はいった。「あれを送りこんでくれるのは、極地用航空機を専門にしてNSFの仕事をたくさん請け負っているカナダの民間企業です。調査員の行き来から救難活動まであらゆることを請け負っている会社です。乗組員は万事心得ています。この前の冬は南極からあの医者を運んでいきましたし――」

「そういう問題じゃない。州軍の第一〇九航空空輸団がクライストチャーチから対応にあたってくれるものと思っていたのに。ハーキュリーズを期待していたんだ。おれはエヴァーズ大尉を頼んだ……あの男なら信頼できるし」

「わかっています、上官。しかし、まだ大嵐の道《ハービー・アリー》の周辺に――ブラックアイランドとホワイトアイランドのあいだの南洋上のことですが――悪天候がぽつぽつあって、あと一日くらいはだれもチーチから飛び立てそうにありません」

ナイメクは目を遺体袋に落とし、それからまたウェイロンのほうに顔を上げた。

「この男たちは急ぐ必要はない」ナイメクはいった。「それにしばらくなら飲料水の配給を調節して、上院議員たちが喉の渇きをあまり心配せずにすむようにできる。シャワーと体臭だけは、おれたちと同程度に我慢してもらわなければならんだろうが」

ウェイロンはしばらく黙っていた。

それから彼は、「これはわれわれがこの基地でくだせる判断ではありません、上官」といった。そして「緊急事態となれば、集まって決定をくだすのは空軍とNSFと国務省の仕事になります」といって一度言葉を切った。「ところが彼らには、ほかに考えなくてはならないことがあるようです。つまり、悪天候やうちの水処理施設がダウンしていること以外に」

ナイメクは相手の顔を見た。「ほかになにがあるんだ？」

「クレイがいうには、太陽フレアの問題でNASAが大騒ぎをしているらしいんです。海洋大気局（NOAA）はあそこに意見を求めた結果、今後二、三日のうちになにかが起こる可能性があるとみています。いちばん心配なのは、無線が使えなくなるくらいひどい太陽フレアだとしたら、例の航空機がいつまで地上に足止めされるかわからない点です。要するに、彼らはただちに上院議員たちを送り出してほしいんです」

ナイメクは不愉快そうに頭を振った。

「NASAか」彼はつぶやいた。「鍋を見下ろしている料理人が多すぎる。よくない状況だ」

ウェイロンはまた黙りこんだ。彼はなにかを待っているように見えた。それがなにかナイメクにはわからなかったが、この保安長はいずれ機会を見つけて持ち出してくるだろうと思った。

そのいっぽうで、ナイメクにはナイメクの重大関心事があった。

「そのツイン・プロペラ機だが」彼はいった。「着くのにどのくらいかかる?」

ウェイロンはつかのま考えた。

「この旅には二行程が必要です」彼はいった。「マゼラン海峡を横断するのに五時間くらいかかります。そのあと彼らは半島の西端にあるロセラ基地に立ち寄ります」

「イギリスの基地だったな?」

「はい」ウェイロンはいった。「あそこはしっかり協力してくれます。燃料補給にいちばん便利なのはあの基地の外にある貯蔵所でして、ロセラは一〇〇〇ガロンを提供してくれるそうです」彼は肩を動かした。「この給油のあと、空の旅の後半にさらに十二時間ほど必要になると思われます」

ナイメクはあごをさすった。

「わかった」彼はいった。「こういう状況だし最大限に活用させてもらおう。しかしパスボールはしたくない。嵐のあいだにここで起こったことで上院議員たちが知っているのは、ドームで火災があって消し止めにいった人間がひとり亡くなったことだけだ。議員たちが飛行機に乗りこむとき、この四つが――」と、彼は名札のない袋を指し示した。「もう片方のプロペラ機に積みこまれるところは見られたくない。それを見たら彼らは質問してくるだろうし、こっちは本当のことをいうしかない。アップリンクは政府の支援に依存している。壊してはならない関係がある。その関係を尊重していないと見られたら、スーツケースに荷物を詰めて帰国するはめになりかねない。ここでも世界のどこでもそれは同じだ」

ナイメクは説明をそこまでにとどめた。ウェイロンはいわれなくてもその危険を充分心得ているようだった。

彼はまだなにか進言する機会を待っているようにも見えた。そして、それをいいだしかねていた。

「おれはなにをいい忘れているんだ?」と、ナイメクがたずねた。

ウェイロンはさらにしばらく黙っていた。

そのあと彼は、懸命に感情を抑えこもうとしながら「スプレイグのことです」といった。「なんらかのかたちで弔《とむら》ってやりたいんですが」

ナイメクはウェイロンを見た。どうしていままで、おれの頭には思い浮かばなかったのだろう?

「たしかに」とナイメクはいった。「つまり、もちろんだとも」彼はひとつ息を吸った。「基地に牧師はいるのか?」

ウェイロンは首を横に振った。

「マックタウンには休暇の時期になると旅に出るのがひとりいます」彼はいった。「そのくらいです」彼は思案の表情を浮かべた。「氷の上にいると多くの人間がそうですが、わたしたちは特定の宗教のしきたりにしたがわなくても敬虔《けいけん》な気持ちをいだくようになります。なぜかはわかりません。ひょっとしたら、わかっているがうまく説明できないのかもしれません。しかし、ここにいると、なんだかほかの人間とのちがいが薄れていくような気がするんです。この建物とトンネルの外に足を踏み出し、自分のまわりにあるものを見て、自然の真の姿を見ると、世界の大きさから見ればほかの者より大きい人間も小さい人間もいないことが身にしみてわかります」

ウェイロンは唾をのみこみ、そのあと死んだ仲間を包みこんでいるスパンボンデットの白い袋を見下ろした。

「弔ってやりたいんですが、どういうたぐいの葬儀をしてやればいいのかよくわかりません」

多目的通廊《ユーティイリダー》の小さな部屋の冷たい静寂のなかでナイメクは思案した。

そして、「なにか考えよう」といった。

多目的通廊《ユーティイリダー》から上がってきて数分後、ナイメクはメガン・ブリーンのオフィスにいた。極寒気候用（ＥＣＷ）コートは脱いでロッカーにしまわれていた。

「もうゴードから返事の電話はあったのか？」と、彼はたずねた。

メガンは机の向こうからナイメクを見た。

「ええ」彼女はいった。「国務長官から連絡があったそうよ」

「おれたちの身にふりかかったことに、ボーウィンはどんな反応を？」

「懸念と驚愕のあいだのどこかに落ち着くと思うけど」彼女はいった。「さしあたり、わたしたちくらい自力でこの状況をうまく切り抜けられる集団はいないという点は認めてくれたみたい」

「渋々ながら？」

メガンはうなずいた。

「心おだやかじゃないでしょうね」彼女はいった。「アメリカ合衆国にしてみればわたしたちは政府の許可を受けた出先機関であって、そこが攻撃を受けたんですもの。それと同時に、南極条約の第一条によって、この大陸では〝武器の試射を含めたあらゆる軍事活動〟が禁じられているわ。科学的な目的のために軍人や軍の装備を使う場合はそのかぎりじゃないけど、それには当てはまらないし。そのうえこの条約は、九一年の環境保存に関するマドリード議定書で強化されているわ……こうした状況が結びついて、国務省は後方支援をしたい気持ちと政治の板挟みにおちいっているの。アメリカ合衆国にはわたしたちの近くのどこにも、効果的な調査と反撃にのりださせる手持ちの軍勢がないわ。それに、討議の対象からけずれすぎているせいで、アメリカが武装して冒険にのりだすのをよしとするための論拠を真剣に考えたひとはいないのよ」

ナイメクはふーっとうめいた。

「おれたちを襲った連中の正体がわからないから、ますますややこしい」彼はいった。「敵が外国の政府なのか独立勢力なのかを検討する必要がある。ひょっとしたら、ボスを暗殺しようとした例の悪党どもの可能性さえある」

「わたしも同意見よ」メガンはいった。「でも早合点は禁物。ゴードと国務省が話をした結果、欲しいものは得られたわ。あそこはこんどの一件については口出ししないことになったの。慎重な行動を心がければコールドコーナーズ基地をその後の脅威から守っていいというお墨つきを〈剣《ソード》〉は与えられたわけ。それも、政府の最高レベルから」

ナイメクは彼女を見た。

「ピート代理にお任せってわけだ」彼はいった。

メガンはかすかに笑みを浮かべた。「そんなところね」

ナイメクはうなずいた。

「ただちにラス・グレインジャーをかっさらってこよう」彼はいった。「けさ、あの男は離陸禁止令がまだ解けないうちから雪かき機にヘリコプターを掘り出してもらってた。マクマードに戻るつもりらしいが、この基地を出ていくんなら、嵐の前に計画してたようにおれを涸れ谷《ドライヴアレー》上空へ連れていってもらわないと」

「どうするにせよ」メガンがいった。「こういう状況だし、つまりここに敵がいることに疑いの余地がなくなった以上、うちの操縦士を使うことにしてもいいんじゃないかとわたしは考えていたの」

ナイメクは首を横に振った。

「上空通過には使えない」彼はいった。「グレインジャーはほかのだれよりあそこの地形を熟知しているといったのは、きみ自身じゃないか。それに、あの白服の男たちがどこからやってきたかを考えるとき、おれの頭のなかにはブル峠をまっすぐ指し示す大きな矢が点灯する。やつらがあそこにいるとしたら、アップリンクのマークをつけたヘリコプターが上空を通り過ぎれば見えないところへ隠れるにちがいない。どうせ見られるのなら、やつらがよく知っていて無害だと思うような特徴のあるヘリが望ましい」

「その点、ラスのNSFのヘリはうってつけだわね。彼はしょっちゅう涸れ谷《ドライヴアレー》へ行き来しているから」

「うん」ナイメクはいった。「低空通過飛行をする理由が変わったことは、あの男にいわなくていいだろう。がらっと変わったわけではないしな。狼の巣窟の入口はあそこのような気がする。あそこに行けば、スカーボロー隊がどこでさらわれたのかわかりそうな気がするんだ」

メガンはいまの話をじっくり考え、それから彼に向かってうなずいた。

「いいわ」彼女はいった。「検討リストの次の議題は？」

ナイメクはためらった。

「ここへ上がってくる前、おれはウェイロンと多目的通廊《ユーティリダー》にいた。死体を運び入れた場所だ」彼はいった。「ウェイロンにいわれて気がついたんだが、あの襲撃で命を落としたうちの男のためになにごとかいってくれる牧師がこの基地にはいない。彼を飛行機に乗せて見送るときに」

メガンは彼の顔を見た。

「ビル・スプレイグね」彼女はいった。

ナイメクはうなずいた。

「まかせておけと請け合ったものの」彼はいった。「おれはしゃべるのは得意じゃない。それに飛行機が出発するまでに涸れ谷《ドライヴアレー》から戻れるかどうかもわからない」

メガンは無言で考えた。

「わかったわ」彼女はいった。「葬儀はわたしが執り行ないましょう。そうすべきだと思うし」

ふたりはまたしばらく黙りこんだ。それからナイメクは彼女にうなずいた。

「そろそろ着替えて、ヘリの男をつかまえにいったほうがよさそうだ」彼はそういって椅子を押し戻した。

部屋を出ていくために立ち上がるナイメクをメガンは見つめていた。彼女がじっと自分を見つめていることに気がついて、ナイメクは机の前で足を止めた。

「なんだい？」彼はたずねた。

「ちょっと考えていることがあって」と、メガンはいった。

「やっぱりな。そんな気がした」

ふたりは顔を見合わせた。

「で？」と彼はうながした。

「わたしには関係ないことかもしれないけど」メガンはいった。

「うん」ナイメクはいった。「だったら、だれに関係があるんだ？」

メガンは息を吸って吐いた。

「あなたによ」彼女はいった。「それと、アニー・コールフィールドに」

ナイメクは無言でそこに立っていた。

「ピート、アニーが上院議員たちと飛行機で基地を出ていくのは聞いているでしょう」メガンはいった。「しゃべるのが得意かどうかは別にして、出発前には彼女と話をしていくべきだわ。そうしないとチャンスを逃してしまうわ」

ふたりは机を挟んでじっと視線を合わせたまま黙っていた。

「チャンスか」と、ようやくナイメクがいった。

「ええ」

「話をするチャンスか」

「ええ」

「アニーと」

「ええ」

メガンを見つめながら、ナイメクは急に喉の渇きをおぼえた。

「なんの話を?」と、彼はいった。

メガンは返事をしばらく引き延ばし、ナイメクの不安げな顔を見ていた。彼女の口元には笑みのかけらも浮かんでいなかった。

「それはあなたに任せるわ、ピート代理」と、彼女はいった。


「力になりたくないわけじゃないんだ」グレインジャーがいった。「いまでも力になれたらどんなにいいかと思ってる。しかし、あれだけの大嵐《ハービー》だったし、うちのキャンプも雪の上に頭を持ち上げようとしているだろう。マックタウンはキャンプの調査をおれに頼ってるんだ」

「それをすませてからでいい」ナイメクはいった。「もともとそういう計画だったじゃないか。きみが巡回しているあいだ、おれは副操縦士をつとめよう。それがすんでからあの峡谷の南の谷へ寄ってくれればいいんだ」

グレインジャーはしばらくナイメクを見て、それから目をそらし、大きなブルドーザーがゴトゴト音をたてながらベル212のヘリコプターが雪に半分埋もれているヘリ発着所から雪を片づけているところに目を凝らした。冬が間近に迫っているためか、彼らの上の雲のない空は眠たげなたそがれた感じで、この三日間で海岸に激しく積み上げた雪を吐き出す力はなさそうだった。

「飛ぶのは問題ない」グレインジャーがいった。「問題は、地上の状況がもう前と同じじゃなくなったことだ。キャンプ隊が必要としている支援によっては、降りるたびに何時間も飛び立てなくなる可能性がある」

「待つのはかまわないし、きみの手伝いもできる」ナイメクはいった。「うちの立ち寄り訪問には、さほどの時間はかからないはずだ」

ゆっくり発着所を巡っていくブルドーザーを目で追いながら、グレインジャーは考えていた。

ナイメクは相手が急に渋りだした理由を理解しようとした。

「聞いてくれ」ナイメクはいった。「きみにはきみのボスたちがいて、彼らにもそれぞれに最優先事項があるのはよくわかっている。嵐のせいでいつも以上にぴりぴりしているにちがいない。それもわかる。しかし、きみの力を貸してもらえるのなら、うちの操縦士をひとりマクマードに送りこんでもいい」といって、彼はひと呼吸おいた。「メガンが電話で正式に要請をすれば、彼らはきっと耳を貸してくれる」

ブルドーザーが下ろしたショベルが雪をいっぱいに詰めこみ、すこしずつ盛り上がっていく雪山のひとつへ高く持ち上げるところをグレインジャーは見つめていた。

ナイメクは返事を迫らず、相手にじっくり考えるチャンスを与えた。

しばらくしてグレインジャーはふたたび彼と向きあった。

「うちの上層部には話を通さないほうがいい……どんなに明快に説明してやっても、ぶつぶついいかねない連中だからな」彼はいった。「せっかく計画を練ったんだ。そのとおりにしたほうがいい」

ナイメクは相手の顔を見た。

「つまり、引き受けてくれるのか？」彼はたずねた。

「ああ」グレインジャーはいった。「しかし他言は無用だ」

ナイメクはうなずいた。行ってもらえるなら過程はどうでもいい。

「きみのいいように」と、彼はいった。

ブルクハルトは秘密の回線でグレインジャーの言葉に耳を傾けていた。そしてグレインジャーの話が終わると同時に、なにをする必要があるかを相手に告げた。

グレインジャーは驚かなかった。それどころか心の準備はできているようだった。

「こいつをお膳立てして引き受けるとなると、あとでおれの身が危うくなる」彼はいった。

「あんたにおれをここから連れ出してもらわなくちゃならない。この大陸から……南アフリカあたりへ。それと金が必要になる。銭が。たっぷりと。額はあとで決めてもいい。大事なのはすべてを急ぐことだ。大急ぎ《ゼーア・シュネル》で。あんたの言葉じゃそういうんだったよな？」

ブルクハルトは頰のあざを指先でこすった。この操縦士は損得勘定しか考えない下等な生き物だ。それにしても、勇猛果敢というふれこみはどこへ行ったんだ？

「自分の仕事を果たせ」彼はいった。「あとの手配はおれが面倒をみる」

ブルクハルトは受話器を置き、暖房のきいた金属製の小屋にすわったまま微動だにしなかった。まわりには地下採鉱場の騒々しい音が響いていた。

機械が仕事に精を出していた。

大急ぎ《ゼーア・シュネル》で。

18

二〇〇二年二月十六日
南極、コールドコーナーズ基地

グレインジャーのピストルはベレッタ92九ミリ拳銃だった。ステンレススチールの銃身、黒のつや消し仕上げ、低リコイル、オープン・スライド・アクションの最高級品だ。米軍が使っているのと同じ着装武器だ。精度と信頼性でこれに勝るものはない。

立派な武器だ。

射撃場以外で撃ったことはないし、生まれてこのかたウサギより大きなものを殺したこともない。拳銃の腕はなかなかで、平均より上と思っているが、レーンをすべってくる厚紙の標的に穴を開けるのと人間を殺すのには天地の開きがある。というか、きっとあるにちがいない。奇妙なことにグレインジャーは、自分の練り上げた計略に良心の呵責も気まずさも感じていなかった。昔だったらすっかり落ち着きを失っていただろう。

もちろん、こんなことをする必要がなければそれに越したことはない。グレインジャーはあの共同事業体《コンソーシアム》からどんどん懐に入ってくる金が好きだった。この土地にいるのが好きだった。氷上で暮らす自由が好きだった。自由の身が好きなのだ、とのつまり。収入の流れがとだえ、わが身を危険にさらし、逃亡しなければならないと思うと少々気がかりだった。しかしここ数年でたっぷり貯めこんだし、スイスとケイマン諸島には番号登録だけで開ける複数の銀行口座があって、そこに非常用の蓄えもあった。

心配なのは、あの計略がうまくいくかどうかだ。良心、罪悪感……そんな気持ちはさらさらない。それどころか自分のなかに、悪魔とふたり連れの状況を心から楽しんでいる自分がいること、その自分が強いことを発見していた。

奇妙なことだ。

ピート・ナイメクを乗せて飛ぶことに同意したのは一時間前のことだった。そのあと、傍受される危険のない携帯電話でブルクハルトに連絡をした。ヘリを飛び立たせる準備はおおよそととのっていた。飛行前のシステム・チェックのお決まりの手順はすべてすませた。計器とビデオ・ディスプレイと制御パネルのデジタル情報も確認ずみだ。搭載しているGPS装置に座標を入力し、航法装置と通信機のテストもした。外では雪かきの一団がまだブルドーザーで大騒ぎをしていたが、発着所に嵐が積もらせた雪は大半がかき出されていた。あとはナイメクがコールドコーナーズ基地の一号棟から戻ってくるのを待つだけだ。ナイメクは間際になってなにやら用事を片づけにいった。

アップリンクの一団が南極に移住してきた日から彼らに感じてきたいらだちはなんなのか、

彼らのはらわたにそのいらだちを突き刺してやるという考えに強く心を動かされるのはなぜなのか、グレインジャーは答えを探していた。そのことに考えをめぐらせるたびに、かつての海軍第六飛行中隊（VXE6）氷の海賊隊《アイス・パイレーツ》が解散しようとしていたころ、あそこの知り合いが彼にいった言葉を思い出す。その男は自慢げにこういった。おれはあとふたりの仲間とこの大陸との別れの儀式として、ハーキュリーズの最終滑走のときスキー滑走路のはずれにしゃがみ、凍った地面に糞《くそ》をして、おれたちがしるすどんな足跡よりも長生きする記念品を、それどころかきっと永遠にその姿をとどめる凍結乾燥《フリーズドライ》された記念品を、そこに残してくることにした。

この飛行機乗りたちがその別れの儀式を実行したのか、チーチの酒場でビールをしこたま飲んだあと思いついて翌朝に酔いが醒めたら忘れてしまったたぐいの考えだったのか、グレインジャーにはわからない。どっちでもかまわない。彼の頭に残ったのはその思いつきだった。たしかに男の言葉にはふざけた感じがあった。しかし、少なからず苦々しげな口ぶりもあった。さげすむような口ぶりがあった。だからグレインジャーは、あの飛行機乗りたちはその最後っ屁をやる気だったにちがいないと思った。それを放つ相手がだれなのか、なんなのかはわからなかった。彼らが引き払おうとしていた冷たい地獄だったのかもしれない。彼らを使い捨ての人間じみた気にさせた上層部や、交替にやってくる州軍の人びとだったのかもしれない。三つ全部だったのかもしれない。知りたくなったり訊いてみたりするほどの関心がグレインジャーにあったわけではない。

グレインジャーにわかっているのは、アップリンクのことを考えるとかならず口のなかに苦いものが残ることだ。彼らがマクマードの基地司令官やNSFの長官たちからちやほやされていることに憤りを感じ、彼らがたちまちこの大陸に名声を築いたことに憤りを感じ、とりわけ、あの赤毛の女責任者が指をぱちんと鳴らすと、だれもかれもが飛び上がるのに憤りを感じていた。サンノゼの母なる巣で孵《かえ》ってそのままここに運ばれてきたあの女の一行には、どんな恩恵や援助も受ける値打ちがあるかのようだ。仕事を通じてメガン・ブリーンのような女は何人か見てきたし、ああいう女たちはあれがすこぶるうまい。好感を与えると同時に与えすぎないことによって、望みのものを手に入れるのがやたらとうまい。しかし、ひとりの人間としてどうかというと、先日マーブル岬でチャック・トレヴィレンにもいったが、あの手の女は色気抜きだ。男がひとかどの人間でないかぎり、自分に関心をもっていることにすら気がつかない。ブリーンのレーダーに自分がひっかかることは永遠にないとグレインジャーが理解するのに長い時間はかからなかった……しかし、彼女の勇士ピート・ナイメクは、このコールドコーナーズにいるあいだ、夜に凍傷を起こさないよう彼女に暖めてもらっているにちがいない。

グレインジャーは制御装置に手を伸ばし、スイッチを入れてベル212の補助動力装置（APU）に点火した。それから座席にゆったりもたれ、それが暖まるのを待った。APU

は油圧装置を始動させる。メイン・タービンを回転させる前に油圧系統の液体がきれいできちんと循環しているのを確かめるのは大事なことだ。

おれに過激な方向転換をさせたのは、水処理施設を破壊されたあとアップリンクがとった扉を閉め口を閉ざす方策だったのだ。いま、グレインジャーの頭にはそんな考えが浮かんでいた。ナイメクが涸れ谷《ドライヴァレー》を通過飛行したいと希望する理由は七十二時間ちょっと前と同じであるはずがない。そんなことはありえない。あの時点では、あの勇士の真の目的と口にした目的に明白な開きはなかった。なにかの事故の犠牲になったと思われていたアラン・スカーボローとふたりの科学者の捜索を、あの男は開始したかったのだ。しかし、ドームが攻撃を受けたあと調査の目的は一変した。この大陸に彼らの活動をじゃましたいと真剣に考えている敵がいることを、ブリーンとナイメクは知った。となれば、行方不明になった捜索回収チームはその敵の手に落ちたかさらわれたかしたのだと考えるだろう。その敵はブル峠の岩場のどこかに身をひそめているとも考えるはずだ。なのにナイメクは、前とは状況がちがうという話をなにひとつおれにしなかった。

それはなぜかと自問したとき、グレインジャーはこう考えた。だからといってすぐさまおれに嫌疑がかかるわけではない。しかしこれで、アップリンクには攻撃を受けるとそろって口を閉ざす傾向があることがさらに裏づけられた。グレインジャーにはわかっていた。今回ナイメクをあの峡谷からうまく遠ざけられたとしても、あの偉そうな英雄はたぶんコールドコーナーズの操縦士に操縦桿を握らせて調査に来るし、ひょっとしたら特捜隊を丸々ひとつ引き連れて乗りこんできかねない。

そうとも、ナイメクは絶対にあそこに行くのをやめはしない。いまこの場で阻止しないかぎり、やめはしない。阻止したところで必然の結果はいずれやってくる。

アップリンク、いまいましいやつらだ……

アップリンク・インターナショナルは絶対に来るのをやめはしない。

グレインジャーには災いの前兆が見えたし、自分とアルベドのつながりが暴かれる前に現場からおさらばするつもりでいた。しかしその前にアップリンクに一撃を加えてやりたかった。あの組織を大きく揺るがす一撃を。金と逃げ道を用意しようとブルクハルトが納得するような一撃を。しかし、用意をしてもらえてももらえなくても必要なことはする。良心にはなんのとがめもない。

回転するAPUがキャビンに充満させていくうなりにグレインジャーは耳を傾けた。不安はほんのわずかだし、特別急いでいるわけでもない。

ナイメクよ、コールドコーナーズ一号棟であの赤毛の粋《いき》なもてなしを最後の一オンスまでゆっくりむさぼってくるがいい。

おまえの暖かくて居心地のいい滞在に、これから幕を下ろしてやる。

アニー・コールフィールドはラップトップを閉じて、部屋の小さな机のそばにある電話線の差しこみ口からモデムのコードをはずし、ティンバーランドのキャリーバッグにコンピュータをしまいこんだ。それから部屋の反対側へ行って、ティンバーランドをベッドの上に置いた。ナイトスタンドから洗面用品を集めようかと考えたが、思いなおしてマットの端に腰をおろし、考えこんだ。

彼女の顔には思い悩んだ表情が浮かんでいた。ピート・ナイメクがらみの心残りと関係があるのは否定しない……それは大きな比重を占めていた。しかしアニーの関心は個人的な未解決事項にばかりそそがれていたわけではなかった。そちらの方向に焦点を向ける権利があるとも思っていなかった。

何分か前に電子メールをチェックすると、ジョン・ケッチャムに送った短信の返事が早くも届いていた。このあと彼女は、太陽観測衛星ＳＯＨＯの最新情報を求めてゴダード宇宙飛行センターの公開サイトとイントラネットの機密サイトを順に調べていった。

オンラインで見た内容はどれも、太陽の裏側で煮えたぎっていたフレアが――世界じゅうでニュース報道を過熱させている太陽フレアが――鳴り物入りでついにその姿を現わそうとしていることを指し示していた。登場の期間は短いとみてよさそうだ。しかし劇的な登場になるという確信もあった……とりわけ南極では。

困難な状況への耐性が高いこともあって、南極の基地の大多数はあまり心配をしないのではないだろうか。それどころかきっと、基地の人びとは期待に胸をふくらませてこの出来事を待ち受けているにちがいない。めずらしい天体物理学的データをたくさん集め、宇宙から強烈で急激な揺さぶりを受けた南極光の光のショーを楽しめる絶好の機会と考えるにちがいない。南極にいる大半の人間にとって、これは一生に一度あるかないかのサーカスが裏庭にやってきて、そこの贅沢な特等席が手に入ったようなものだ。その入場料のなかに、通信の乱れや、想像力豊かな南極の地図作成者なら〝失われた大陸〟が隆起してきたしるしではないかと解釈するかもしれないレーダー上の不明瞭な点滅や仮像《ゴースト》が含まれていたからといって、文句をいう人間はまずいないだろう。電力の揺らぎや停止はもっと真剣に考慮すべき問題だとアニーは理解していたが、そのいっぽうで、南極にあるほとんどの観測基地は電気系統を強化しているのも知っていた。太陽が誇示している異常な興奮に主電源が影響を受けた場合に動きだす多様なバックアップ・システムも万全である。

だが、コールドコーナーズのおかれている状況がアニーをためらわせた。給水施設が停止している。安全が脅かされている……ほかの場所ならたんなる厄介な状況ですむことも、目下の苦しい状況を拡大するには充分だ。ここのひとたちにすれば、この状況が悪化するのはごめんこうむりたい。無線と衛星通信に妨害を受けることで、ふだん以上の孤立状態におかれるのはまぬがれたい。そしてアニーは、彼らがピンチにおちいっているときに出ていくのは心苦しかった。調査研究員の多くは昔からの友人だ。メガンもいる。そして、そう、ピートもいる。

アニーはためいきをついた。好むと好まざるにかかわらず、わたしはここを出ていく。すぐに出ていく。ほかに選択肢はない。だけど、まだ役に立てる時間はある。コンピュータから知りえた最新情報をメグに伝え、太陽が激情をほとばしらせているあいだに電子装置が見舞われそうな問題への対策を提案する時間はある。石鹼とデンタルフロスと化粧品を手荷物のポーチにしまうのは、そのあとでもいい。

アニーは立ち上がって大股で出入口に向かい、ドアを開きかけた。

次の瞬間、彼女はおどろいて目をしばたたかせた。

半開きになったドアの向こうにピート・ナイメクが立っていた。片手を上げてノックしようとしている姿勢のまま固まっている。

「ピート」驚愕の面持ちでアニーはいった。

「アニー」同じように目に驚きをたたえてナイメクがいった。

アニーがドアノブに手をかけたまま、そこでふたりとも言葉を失っていた。

ナイメクは手を下ろし、車輪の大きなシャトルに乗ってヘリの発着所から戻ったあとも着たままでいたパーカーを指差した。

「この格好は、これから基地を出発するところで——」彼はいきなり途中でつっかえた。

「その、すぐ出かけるんだ……もうヘリコプターが待ってるんだ。谷へ連れていってもらうことに……」

「聞いたわ」アニーは開いたままのキャリーバッグをあごでしゃくった。「わたしも荷造りにかかっていたところで……」

「ああ」彼はいった。「じゃまだったら――」

「いえ、ちがうの。他意はないの」

「ああ」彼はいった。

「そういうタイミングだったって話」と、彼女はいった。

「そうか」

またしばらく沈黙が降りた。

ナイメクは息を吸った。

「アニー……ちょっと入っていいか？」彼はいった。「話したいことがあるんだ。つまり、謝らなくては……その……もっと早く話ができなかったことを……」

「あなたのせいじゃないわ」彼女はすこし入口を広げた。「おたがいこのコールドコーナーズでしなくちゃならないことが山ほどあるんだし、たまたま道が交わらなかっただけで――」

ナイメクは横に首を振っていた。

「ここで話ができなかったことじゃない。つまり、その、いまより前の機会のことだ」

アニーは彼を見たが、なにもいわなかった。

「いまより何カ月も前のことだ」と、彼はいった。

アニーはまだ口を開かなかった。

「どうしてなにも連絡しなかったか説明したいんだ」彼はいった。「感謝祭の祝日にお招きを受けたあと——」

「そんな必要は——」

「ある。絶対に。説明させてもらえるならだが」

アニーはまたしばらくナイメクの顔を見た。それからゆっくりうなずくとドアを大きく開き、彼が入るのを待って閉めた。

ふたりは部屋で向きあった。

「いいわ」ドアから一、二歩なかへ入ったところでアニーはいった。「それで……」

ナイメクはごくりと唾を飲みこんだ。メガンのオフィスにいたとき以上に喉にむずがゆさを感じていた。

「アニー」と彼はいい、そこで言葉がとぎれた。まぬけな人間みたいに口ごもるのはもう三度目か四度目だ、と彼は思った。「きみと……フロリダで……初めて会ったときのこと、おぼえているかな……?」

「ええ、ピート」彼女はいった。「わたしはあなたに、いまいそがしいっていったわ。わたし、記憶力は落ちてないつもりだけど」

「よかった」彼はいった。「つまり、もちろんって意味だ。とにかく、きみと会ったとき……」

「フロリダで……」

「そうだ……その、すぐにわかった。きみとは友だちでいられないと」

アニーは怪訝《けげん》そうに眉をひそめた。

「あら？」

ナイメクはもどかしそうに首を振った。いうつもりのことを、おまえはちゃんと口にしたのか？

彼は片手を上げた。

「いや、待った、そういう意味じゃない」彼はいった。「つまり、ただの友だちではいたくなかったという意味だ。きみと出会ったのは特別なことだった……きみとはすごく気が合うような気がしたから――」

「わかるわ、ピート。わたしもそんなふうに思ったもの」アニーはいった。「おたがいにそう感じていたと思うわ」

「そのとおり」彼はいった。「そのとおりだ……」

「驚いたのは、そんな特別なものをあなたが手放そうとしたことよ」

ナイメクの胸で心臓が早鐘を打っていた。

「ちがう」と、彼はいった。

「ピート——」

「手放したりしていない」

「ピート——」

「一日だって。一分だって——」

アニーの目が気色ばんだ。

「ピート、あなたが最後に連絡をくれてから何カ月もたつのに気づいているのは、わたしだけ？　それともあなたもわかっているの？」

「わかってる」彼はいった。「そんなつもりじゃ——」

彼女の顔にとつぜん浮かんだ怒りの表情を見て、ナイメクはいいよどんだ。

「どんなつもりだっていいわ」彼女はいった。「なにをいってるかさえわからないわ。あなたの頭には浮かばなかったの？……手放してなかったっていうそれだけの月日のあいだに、その情報をわたしに伝えるのが賢明かもしれないって考えたことが、一度でもあったっていうの？」

ナイメクは彼女を見た。

「アニー」彼はいった。「怖かったんだ」

彼女は信じられないとばかりに手を額に当てて、目をぎょろりと動かした。

「いいかげんにして」彼女はいった。「わたしたちは大学生じゃないのよ――」

「わかってる。それはわかってる。しかし、妻に出ていかれたあと……たぶん、ほかのだれかと親しくなるという考えが……女性に心を開くという考えが――」

アニーの目に相手を黙らせる表情がまたさっとひらめいた。

「ピート、わたしは三十五年間、紙袋のなかで生きてきたわけじゃないのよ」彼女はいった。「夫を亡くしたわ。〈オリオン〉に搭乗した親友を失ったわ。そういう話は理解できるわ。でも、だからといって許せることと――」

「許してほしいといってるんじゃない」ナイメクはかすれ声でいった。もう一度唾を飲みこんで、もう喉は乾いていないことに気がついた。それどころか湿って詰まった感じがした。

「もう一度チャンスが欲しいといっているんだ」

アニーは黙っていた。ナイメクは待った。彼女の表情を読もうとしたが、むなしい努力に終わった。

「もう一度チャンスを」と、彼女はいった。

またアニーは黙りこんだ。こんどは永遠に続きそうなくらい長く苦しい沈黙だった。

ナイメクの胸で心臓がどきどき音をたてていた。

そのあとアニーは彼女と目を合わせ、ぴたりと見据えた。

「わかったわ」彼女はいった。「いいわ。あげましょう。でもはっきりいって三度目はありませんからね」

ナイメクは肺にすこし空気を引きこんだ。思慮分別がなかったら、一時間ぶりに息をした気がしていたかもしれない。

「三度目は必要ない」彼はいった。「二度と自分の人生に過去をひきずりこんだりしない……お粗末な離婚の話で言い訳をしたり……」

「ピート、もういいわ」アニーは彼に歩み寄って手をさしだし、かるく手首に触れた。「ふたりともしなくちゃいけない大事なことがあるんだし」

「これだって大事だ」彼はいった。「こんなにたくさんの時間をむだにしてしまったわけを説明するのだって――」

「ええ、たしかにね」アニーは手で彼に触れたままいった。そしてぱっとおだやかな笑みをひらめかせた。「また本国に戻ってから聞かせてもらうわ。落ち着いて食事でもしながら。暖かい暖炉の前かどこかで」

ナイメクはそこに立ったまま動かなかった。手首におかれた彼女の手を痛いほど意識していた。

「願ってもない」彼はいった。「約束する、戻ったらすぐに――」

「しーっ」とアニーはいった。それから体を前に折って、ほんのすこしだけ開いた唇を彼の唇に重ねた。唇どうしが去りがたそうに一刹那《せつな》離れるのをためらったあと、アニーは体を引き戻した。そのあともナイメクの唇にはずっと彼女の味が残っていた。

ナイメクは彼女を見た。アニーも彼を見た。

こんどはどちらも沈黙していた。

「アニー?」しばらくしてナイメクがいった。

彼女はうなずいた。

「その、メガンと親しくなったのは知っているが……」

彼女はまたうなずいた。

ナイメクはまた深く息を吸いこんだ。

「おれが怖くていえなかったって話は……?」

「わたしたちだけの秘密よ」と、彼女はいった。

南極、ヴィクトリアランド上空

ベル212ヘリは非常用装備袋を届けた米国南極観測計画(USARP)の調査キャンプから耳ざわりな音をたてて飛び立った。ドーム形のテントが集まっているこの前線には切り立った壁があるため、着陸時には斜めにならなければならなかった。

グレインジャーがスロットルを開けてヘリを上昇させると、ナイメクは胃袋にぐんと加速を感じた。シートベルトはしっかり締めていたが座席の横をしっかりつかんだ。

窓の外にちらりと目をやった。必需品の追加を求めてきた科学者の一団がヘリに感謝をして、白を背景に高く掲げた腕を振り立てていた。みずから名乗ったところによれば、彼らは微古生物学者で、化石化した貝類や甲殻類の遺物の断片を集めているらしい。

グレインジャーが最後の目撃者になったときのスカーボロー隊も、彼らと同じように見えたにちがいないとナイメクは思った。

このあとテントと調査員たちは、ヘリの橇《そり》の下でしだいに小さくなってあざやかなオレンジ色の点となり、春にできた水晶の大聖堂のようなふたつのセラック（氷河の屈曲点などに氷河が砕けてできる氷の塔）の上空でグレインジャーがぐんとスピードを上げると視界から消えた。

「ほかに緊急の呼び声があるか確かめなくちゃならないが、ここまでは順調だ」彼はいった。「予定に入っている調査をあとひとつすませて、マーブル岬の燃料補給所で燃料を満タンにしたら、谷に向かえるんじゃないかな」

ナイメクは窓から頭を回してグレインジャーを見た。

そして、「いよいよか」といった。

南極、ヴィクトリアランド上空

「標識に竹を使っているのは、しなりがよくてなかなか折れないし、おおよそどんな気候にも耐えられるからだな……繊維の密度と関係があるんだろう」ヘリのローターの羽ばたきに負けない声でグレインジャーがいった。「前方に見えるだろう。まっすぐ右舷の方向だ」

オレンジと緑の旗がついた標識棒の列をナイメクは見下ろした。クレヴァスがある一帯を横断する人びとや現地調査員が目じるしにして、危険な裂け目を安全に回りこめるように植えこまれているのだとグレインジャーは説明した。ここで空から調べるのは、すさまじい風で竹の棒が倒れたり旗がはがれたり吹き流されたりしていないかどうかだ。

「どうだ?」ナイメクがいった。「おれの目には問題ないように映るが」

「ああ、おおむねな」グレインジャーはいった。「しかしおれはこの一帯を知りつくしてる。棒の正確な位置を把握している。端のが何本か埋もれてるような気がするんだ」彼はサイクリックとコレクティブの両ピッチレバーを操作した。「用心に越したことはない。あそこから二〇〇ヤードくらいのところに露出した場所がある。上は平らで、自然の着陸地帯(LZ)になっている。そこに着陸して、歩いて、旗がちゃんと見えているか確かめてこよう。一歩踏み誤ると、あの裂け目のひとつに真っ逆さまになりかねないが」

「うれしいたぐいの驚きじゃないな」ナイメクがいった。

グレインジャーの目がナイメクの顔をさっと見た。

「まったくだ」グレインジャーはいった。「降りてかまわないか?」

「ほかにどうすればいいのか、おれにはわからない」と、ナイメクはいった。

グレインジャーが橇を下ろした着陸地帯から標識棒の最初の一本にたどり着くには二十分ほどかかった。ナイメクには骨の折れる道のりだった。登山靴をはいた足が深い雪にかわるがわる沈みこみ、氷の板の上ではすべってバランスをくずした。

前を行くグレインジャーはブーツにかんじきをつけており、この用具を使いなれた者らしいバランスのとれた足どりでナイメクより楽に進んでいた。

「油断大敵だろ」何分か前にナイメクがよろけたとき、グレインジャーがいった。「しかし、重さとサイズの合わないかんじきをはくといっそう歩きにくくなるからな」

ナイメクはなにもいわなかった。グレインジャーがヘリに常備している別のアルミ製のを試してみてその点は痛感していた。その予備のかんじきは、つけて歩くとばったりひっくり返りそうになり、すぐに肩に吊り下げていくはめになった。

ふたりは足を止めた。ヘリコプターはすっかり後方に姿を消していた。ナイメクは左の雪のなかから突き出ているあざやかな赤い標識に目をやった。そのあとすぐに、息で曇ったゴーグルをぬぐい、赤い標識の向こうの遠くまで並んでいる竹の標識棒を見渡した。目に見えるかぎりでは一群の竹の分布にむらはないような気がした。風にはためく色つきの旗がどの竹にもアクセントをつけている。赤いのは危険区域の境界、緑のはその周囲の比較的安全な通り道のしるしだ。

ナイメクはグレインジャーを見やった。ヘリの操縦士はナイメクに背を向けてクレヴァスの一帯の向こうを凝視していた。

「双眼鏡をのぞいてみるといい」ナイメクがいった。「ここまではどこにも問題はなさそうだ」

グレインジャーは雪のなかに探り棒をまっすぐ突き立て、なおもクレヴァスの向こうを見渡しながらうなずいた。そして腕を動かし、首にかけたケースに手を伸ばした。双眼鏡が入っているものとナイメクは思っていた。

次の瞬間、グレインジャーは手袋をはめた手にベレッタの拳銃を握ってナイメクのほうをくるりと向き、ナイメクの推測はまったくの誤りだったことが判明した。

ナイメクの目が大きく見開いた。

「問題が欲しいんだろ」グレインジャーはいった。「受け取りな」

「どういうことだ?」ナイメクがいった。彼の目はグレインジャーが引き抜いたベレッタを凝視していた。「いったいなんのまねだ?」

グレインジャーはそこに立ったまま銃口をナイメクに向けていた。ゴーグルとバラクラヴア帽におおわれて表情は見えない。「いまいったじゃないか。あんたはここへ問題の調査に来たわけだ。しかし、ときには思いがけない問題が見つかることもある」

ナイメクはグレインジャーを見て、すこし前に頭に浮かんだことを思い出した。微古生物学者の調査隊からヘリが離れていき、彼らの姿が見えなくなっていったときに頭に浮かんだことを。

スカーボロー隊を最後に目撃した人間。

その考えが頭のなかで新たな意味をおびた。

「あの日、ブル峠で」彼はいった。「おまえは偶然うちの者たちを見たわけじゃなかったんだな。おまえは彼らを見張っていたんだ」

グレインジャーの銃は小揺るぎもしなかった。

「おれに吐かせようなんて考えは忘れろ」彼はいった。「考えるだけ無駄だ。おれには一文の得もないからな」彼はひょいと肩をすくめた。「疑問を全部かかえたまま、この世とおさらばすりゃそれでいい」

グレインジャーのおおわれた顔にナイメクは目を上げた。

「いいや」彼はいった。「おまえのことは忘れやしない」

グレインジャーの体がかすかにこわばり、いぼいぼのついたゴムのグリップを握りしめた手に力がこもった。そのあと彼は銃口を標識の向こうのクレヴァス地帯に向けた。

「けっこうだ、英雄《ヒーロー》さん」グレインジャーはそういって、雪のなかから探り棒を引き抜いた。「もう一度散歩に連れてってやろう」

こんどの道のりは短かった。ナイメクに銃を突きつけてその後ろを進んでいたグレインジャーは、最初の赤い標識を一五フィートから二〇フィート通り越した危険標識の集まっている近くでいきなりナイメクに停止を命じた。

グレインジャーは決してベレッタを下ろさず、ナイメクを回りこむように赤い旗のついた竹竿に向かった。

「ここだ」グレインジャーはいった。「いいものを見せてやろう」

彼は竹竿のそばへすこしずつ近づくと、竿の向こうに探り棒を伸ばして先端で雪に溝をつけた。

すこしすると、なにかが大きく息を吸いこむような音がした——巨人が息を吸いこむような音が。次の瞬間、探り棒の下の凍った表面から大きなかたまりがくずれ落ち、それが隠していた大きな穴に吸いこまれていった。

くずれた雪がさらけ出したクレヴァスをナイメクは凝視した。ぎざぎざの唇と唇のあいだは六フィートほど、長さも同じくらいあった。下の氷床までどのくらいあるのかナイメクにはわからなかったが、そこを埋めつくしている暗闇からは落下の恐怖がたっぷり想像できた。

グレインジャーはベレッタの銃口の後ろからナイメクを見ていた。

「おまえが見ているのはちっぽりなくぼみだ」彼はいった。「といっても、深さも幅も充分だがな」彼は鼻を鳴らすような音をたてた。笑い声をたてるつもりだったのかもしれない。「おれはふだんからこの手の穴を〝魔女の口〟と呼んでいる。なぜか知りたいか？」

ナイメクは相手を見たままなにもいわなかった。

「醜いからだ」グレインジャーがいった。

ナイメクはまだ黙っていた。

「それと、ひとを食うのにちょうどいい大きさだからだ」グレインジャーはいった。

ナイメクはただ相手を見ていた。

グレインジャーは探り棒を雪に突き刺して、また鼻を鳴らし、洒落《しゃれ》っ気のないわざとらしい笑い声をあげた。

「なんだ？　おれの謎々が気に入らないのか？」彼はいった。「それとも、男を食らう別の口に会えなくなったらどんなにさびしいか考えてるのか。コールドコーナーズにいる仲間のメガンのことを。あの女の唇は、これからおまえをむさぼり食う口よりさぞかし美味《うま》いんだろうな、え？」

ナイメクは黙っていた。

「まあいい。どっちでも。秘め事を他人に漏らす必要はねえ」グレインジャーは自分の左を身ぶりで示した。「おまえがしなくちゃならないのは、その魔女の口の上に進むことだけだ。その端っこまでな。あとはおれが面倒をみてやろう」

ナイメクは相手を見た。ふたりのあいだにある銃を見た。あのかんじきをはいておれがひっくり返りそうになったあと、グレインジャーはなんていった？ 〝油断大敵だろ〟と、あいつはいった。この台詞もとつぜん思いがけない新たな意味をおびていた。

グレインジャーが銃をそれまでより高く持ち上げた。

「さあ行け、英雄《ヒーロー》さん。歩け。どんなに勇敢か見せてみろ」彼はそういってピストルの角度をまたすこし上げ、ナイメクの胸と同じ高さに持ってきた。「行かないと、この場で撃つぞ」

油断大敵、とナイメクは心のなかでつぶやいた。

そしてわずかに体の向きを変え、クレヴァスに向かって半歩足を踏み出した。

油断大敵。

「ひょっとして、おまえはおれが――」と、ナイメクは適当な言葉を口にし、本当になにか大事なことをいいかけていたみたいにわざとぷっつりいいやめた。と同時に、氷の上で足をすべらせたふりをし、次の瞬間、グレインジャーのほうへ地面を蹴って頭から飛びこんだ。そして腹ばいのかたちで勢いよく氷の上をすべった。

腕を伸ばしてグレインジャーのひざ下をキャッチし、相手に驚愕から立ち直るいとまを与えなかった。

ナイメクの体重と勢いをまともに受けたグレインジャーは、ぐらっとよろけて後ろにひっくり返った。脚の自由を奪われたまま氷と雪に肩を強打し、息が詰まってうめいた。

右手はどうにかベレッタを手放さずにすんだ。ピストルが自分のほうへ動いてくるのを見て、ナイメクはすかさず相手の脚をつかんでいた手をはずし、相手の上半身へ自分の体を押し上げた。そして、足に合わず肩に吊り下げていた金属製のかんじきのひもに手を伸ばした。

グレインジャーが銃の引き金を絞った瞬間、ナイメクはかんじきを振り当てて銃身の向きをそらし、弾は虚空を撃った。ナイメクはさらに二回かんじきを振った。二度とも手応えがあり、グレインジャーの手首とこぶしに当たった。

とつぜん走った痛みにグレインジャーは悲鳴をあげた。心ならずも力がゆるんだ指からベレッタが吹き飛んで、白を背景に黒い放物線を描いた。

自分とグレインジャーがクレヴァスのそばの危険な箇所に倒れていることも、ノイメクはわかっていた。裂けた口からほんの数インチのところにふたりの頭はあった。下になったグレインジャーが苦しげにあえぎ、つかみかかり、手足をばたつかせていた。上のナイメクから逃れようとする荒々しい動きで、ふたりの体はさらに縁に近づいた。雪と氷が小さななだれを起こし、大きく口を開けた虚空へ落下していく音が聞こえた。

ナイメクは一瞬もむだにしなかった。足の爪先を使って尻を上げると、グレインジャーの体のさらに上へ這いのぼって完全に相手の上に馬乗りになった。そして喉にひじを打ち下ろすと、ひじはぐさりと喉笛に突き刺さった。

グレインジャーはぐむっという声をあげ、ぐんにゃりして雪のなかに沈みこんだ。上半身から力が抜け、腕が力なくわきに横たわった。

ナイメクは大きく息を吸いこんだ。それからひざを突いて体を起こし、グレインジャーをまたいで立つと、相手のパーカーの襟のあたりをつかみ、雪のなかから頭と肩をひきずり起こした。

「おい、ろくでなし」彼はいった。「さあ、吐いたらどんな得があるか確かめようじゃないか」

19

二〇〇二年三月十七日
南極、コールドコーナーズ基地

メガンのオフィスにピート・ナイメクとロン・ウェイロンが入ってきた。

「レッドドッグだ」ドアを肩で押して先に入ってきたナイメクがいった。

メガンはすわってから一時間以上になる机の向こうで黙ったまま、ラス・グレインジャーの尋問からなにがわかったのか、彼らの報告を待っていた。

ウェイロンが彼女の向かいで椅子を引いた。ナイメクは涸れ谷《ドライヴァレー》の大きな衛星地図に大股で歩み寄った。

メガンはナイメクを見た。

そして、「どういうことか説明してもらえるかしら」とうながした。

「レッドドッグだ」ナイメクは繰り返した。「トランプのゲームの名前だ。おれがおぼえたのは――」

堕落した父親と過ごしたハスラー時代ね、とメガンは胸のなかでつぶやいた。

「ガキのころのビリヤード・ホールだ」ナイメクはいった。「親父がよくフィリー・インクワイァラー紙の番記者たちを相手にやっててな。全員に裏向きで五枚カードが配られる。そのあとディーラーが各プレイヤーに一枚、表向きにカードを配る。プレイヤーが同じ模様《スーツ》で上位のカードを持っていたら、そのカードを見せて、その回の賭け金と同額が支払われる。上位のカードがなかったら降参し、賭け金はプールに加わる。もっとゲームを面白くしたければ、ディーラーは山の上から一枚捨てる……みんなに見せて捨てることでバンクが有利になる」

メガンはうなずいた。

「つまりスカーボローとシェヴォーン・ブラッドリーが生きていることを教えたとき、グレインジャーは捨てカードを見せたわけね」

「そのとおり」

「で、こんどはなにを見せたの？」

「峡谷だ」ナイメクはスカウトⅣが姿を消した領域を示している青いピンに指を突きつけた。「ふたりはあの峡谷で囚われの身となっている。一種の地下基地に」

メガンの目が大きく見開いた。

「ピート、信じられないわ……」

「シートベルトをはずすのはまだだ」ナイメクはいった。「正確な場所も吐いた。トンネルか立て坑《シャフト》のたぐいがあるそうだ。なにを掘っているのかは頑《がん》として吐こうとしなかった。なにが保管されているのかも吐かない。あいつは知っているはずだ。少なくとも見当はついていると思うんだが――」

「だけどそれも、自分が有利に使えるときまでとっておくカードなのね」

「ああ。グレインジャーは丸々ひと組のカードを持っている。国務省情報調査局やCIAや国際刑事警察機構《インターポール》からできるだけおいしい取引をもぎとるためにそれを使う気だ……どこがあいつの身柄を拘束することになるかはわからんが」

「それまではアップリンクとゲームをしているわけね」

「こっちがいちばん欲しそうなカードをよこしながら……」

「つまり、うちの者たちの居場所を……」

「裁きの場に立ったとき、協力的だったと証言してやるという同意と引き換えに」と、ウェイロンがいった。

メガンは片方の男からもう片方に目を移した。

「これで多くのことがはっきりしたわ」彼女はいった。「ほとんどすべてがはっきりしたわ。うちのローヴァーは偶然あの峡谷に近づきすぎた……うちはあの一帯を調べるようあれをプログラムしていたから……そして、ブル峠のそこにいた何者かが先制攻撃に出た。彼らの存在を明らかにする遠隔測定法のデータをうちに送られる前に、ローヴァーを無力化するか破壊するかしたのよ」

　ナイメクはうなずいていた。

「次にうちの捜索回収隊がやってきた」メガンはいった。「彼らはスカウトの轍の跡を見つけ、それをいちばん先までたどっていった――」

「彼らも峡谷に近づきすぎて、グレインジャーがやつらに警戒を呼びかけた結果……」

「ローヴァーと同じように見えない落とし穴にはまった」メガンがいった。

　ナイメクとウェイロンがほとんど同時にうなずきを送った。そのあと彼らはしばらく黙りこんだ。

「彼らを生かしておくつもりだったのなら、デイヴィッド・ペイトンを殺したのはなぜ？」と、メガンがたずねた。

「グレインジャーはさっぱり見当がつかないといい張っている」ナイメクがいった。

「あの男の言葉を信じるの？」

　ナイメクは肩をすくめた。

「断言はできないが、おれの直感が嘘ではないといっている」と彼はいった。

　ウェイロンがメガンの顔を見た。

「ペイトン博士がどういう人間だったかご存じでしょう」彼はいった。「ここのスタッフは彼とうまくやっていたといいたいところですが、ＣＣであの男の首を絞めてやりたい衝動に一度も駆られたことのない人間はいないというのが事実です」ウェイロンは頭を振った。「誤解しないでください。彼の身に起こったのは恐ろしいことです。そうなったのは残念でなりません。しかし、それを引き起こすようなことをあの博士がやらかした可能性は充分にあるとわたしは思っています」

また沈黙が流れた。

「いいわ」メガンがいった。「いくつか決断をくださないと——」

「スカーボローとブラッドリーをどう救出するか、みたいな?」と、ナイメクがたずねた。

メガンは彼とちらっと視線を交わした。

「わかってるはずよ」彼女はいった。「そんな単純なことじゃないわ。うちの人間をもうこれ以上、簡単に攻撃目標になるような場所に行かせるわけにはいかないわ。どうすればそうできるかという疑問がひとつね。救援を求めるべきか——」

「どこに? それに、救援が来るまでどれだけかかる? この問題は前にも議論したはずだ。行動する権限はボスが勝ち取ってくれた」

「その点に異論はないわ」メガンはいった。「でも、ここには小さな戦力しかないし……その一部は脱塩工場の機能回復作業に割り振られているわ」

「けさポンプがしばらく動いたのは知っているだろう」ナイメクがいった。彼は救出に来た操縦士といっしょに霧のホワイトアウトの通過を待ってマーブル岬で一夜を明かし、基地に帰還すると同時にこの吉報を聞かされていた。「どうやって直したかは訊かないでくれ。ひとついえるのは、ひもとスコッチテープとチューインガムを使ったってことだ。しかしその甲斐《かい》あって、あれは生きている兆候を見せた。スタッフの話では、機能の一部はまもなく回復する見込みだ」

メガンはウェイロンを見た。

「一部って、どのくらい？」彼女はいった。「それと、いつごろ？」

「二日後には真水の供給量が通常の四分の一近くまで回復するとみています。四、五人が二十四時間休みなく作業を続けての話ですが」ウェイロンは両手を広げた。「ポンプが止まらずにいてくれる保証はありません。しかしもう一度ダウンしたら人手の問題ではなくなります。再利用可能な部品を取り外して、できるかぎりのことをしてきましたから」

メガンは頭を振った。

「どうしたものかしら」彼女はいった。「ほかにも慎重に検討しなければならない問題があるの。アニー・コールフィールドがきのう出発する前に、太陽フレアが原因で起こりそうなさまざまな問題について助言をしてくれていったの――」

「それもあるから、措置はすみやかに講じる必要がある」

「ピート、すでに影響が出ているの」彼女はいった。「フレアはまだ太陽の裏側から姿を現わしてもいないのに、早くも衛星と無線の通信に乱れが生じているみたいなの。受信困難地《デッドスポット》域《ト》が出てきている」メガンは彼女のデスクトップ・コンピュータを身ぶりで示した。「わたし自身も体験したわ。アニーはNASAのウェブサイトのアクセスコードを教えていってくれた。それで三十分前にログオンして太陽フレアの活動が最大に達したときにどうなるか、最新のモデルにアクセスしようとしたの。できなかったわ。データリンクがいきなり切れてしまった。いまもつながらないわ。このあと二日のあいだ、無線の通信が部分的もしくは全面的にダウンするかもしれないのよ……現場で戦術にどんな問題が出てくるか想像がつくでしょう?」

ナイメクはうなずいた。

「ああ」彼はいった。「しかしそれは、みんなに平等な不利だ。敵陣営も同じ困難に突き当たる」

メガンは頭を振った。「だとしても……」

「おれはスーパーマンじゃない」ナイメクはいった。「確かな計画がなかったら、たれも涸れ谷《ドライヴアレー》に連れていきはしない」

「そういうことじゃないの。あなたのことは信頼しているわ。だけど、危険の度合いを測るのはわたしの仕事なの。最終的な判断をくだすのは。これはほかのだれにもしてもらえないわ。この責任を放棄することはできない。これはわたしが負うべき責任で……」

声が小さくなっていき、途中でとぎれた。考えを凝らすあまり、彼女の表情はこわばっていた。

ナイメクはつかのま彼女の顔を見た。そして地図の前から離れ、彼女の肩にそっと手をおいた。

「メグ、聞いてくれ」彼はいった。「おれがボスから……ゴードから……学んだことがひとつあるとしたら、責任を負うってことのなかには、どんなときならだれを信頼して自由にやらせていいか見分けることも含まれているということだ」

部屋に沈黙が流れた。

その沈黙が見えない糸のようにふたりのあいだへ流れ出ていくあいだ、メガンはすわったままナイメクのほうに顔を上げていた。そのあと彼女は大きく息を吸いこみ、そこでそのまま一瞬止めたように見えた。そして長い大きなためいきをついた。

ナイメクが肩においた手のひらの下でメガンの筋肉がゆるんだ。

「あなたは計画を考えついたっていったわね?」と、彼女はいった。

「いや」彼はいった。「おれじゃない」

「じゃあ、だれが?」彼女はたずねた。

ウェイロンが自分の胸に親指を突きつけ、剃り上げた頭を上下させて一度だけうなずいた。

「あなたが」彼女はいった。

ウェイロンが再度うなずくと、長い剣の形をしたイヤリングが蛍光灯の光の下で小さくきらりと光った。

メガンの顔に笑みに近いものが浮かんだ。

「どういう計画か教えて、ロン」と、彼女はいった。

「いいですとも」ウェイロンはいった。「訊いていただくのを待ってたところです」

そして彼はメガンに告げた。

ブル峠

ブルクハルトが作戦の最終プランを決定したのは、グレインジャーから報告が入らないいま数時間が経過したときだった。操縦士の真の失敗は報告が来なかったこと以上に重大だ。そうブルクハルトは確信していた。

しかし、作戦のカギを握る要素はもっとずっと前から頭に浮かんでいた。じつをいえば、ブル峠へ戻ってきたときには概略が浮かんでいた。グレインジャーが成功していたとしても──あの男がアップリンクの保安部長を首尾よく消していたとしても──避けられない事態を先延ばしすることにしかならないのはわかっていた。

振り返ってみれば、どういう道をたどって失敗に至ったかは明白だった。うぬぼれと野心のうろこが目から落ちたいま、彼にははっきり見えた。アップリンクのロボット探査車を破壊し、その回収隊を拿捕《だほ》し、破壊活動《サボタージュ》が発覚し、その結果血が流れ、挙げ句、緊急の必要に迫られていたとはいえグレインジャーにあの仕事を任せてしまった。あの操縦士には荷が重すぎるとわかっていたのに……。いま思えば、あの道に足を踏み入れた日から、あの道に出てきた多くの分岐点に足を踏みこんだときから、自分の向かう先は決まっていたような気がした。

ゲイブリエル・モーガンは死んだ。あのアルベドという共同事業体《コンソーシアム》の巨大で精巧な土台は完全崩壊の淵に立たされている。これががらがらと音をたててくずれ落ちたら、多数の国に法律的、政治的な激震が走るだろう。

では、おれに残された選択肢は？　成功に向かって突き進むことのできる道はどこにある？……だめなら、わが身を救うちょっとした手段でもいい。残されたわずかな時間でウランの採掘と積み換えが行なわれていた証拠を消し去るのは不可能だ。大幅に減らすことすら不可能だ。たとえあの採鉱場を徹底的に破壊したところで、長いあいだ証拠を隠し通すことはできまい。物理的に自分をここから切り離し、南米の玄関口のひとつから小さな飛行機で姿をくらますことはできるかもしれない……しかし、部下の男たちを全員もしくはほとんど見捨てることになる。

おれのそばで勇敢に戦ってきた男たちを。おれがとんでもない誤りを犯したにもかかわらず、忠実に誠実につきしたがってきた男たちを。

絶対にできない。

彼らを見捨てるなんて。

凍った大地の地中深くでブルクハルトは決意を固めていた。上の峠に陣を張って一歩も引かない。あの敵も決然とした顔であそこへやってくるはずだ。

コールドコーナーズ基地

「ここにある不整地走行車（ATV）は何カ月か前にカリーニングラードから送られてきたものです。あそこが最新モデルを注文して手に入れたときに」と、ウェイロンが話していた。「ふたり乗りで、フルオートマチック、消音エンジンを搭載しています。うちの現地調査員はこれですっ飛ばすのが大好きでして」

CC基地一号棟の外にある暖房のきいたアーチ型のガレージのなかで、メガンはナイメクとウェイロンのそばにいた。きれいに並んだ十台の車両を見ながら彼女は思い出していた。

「〝作戦名ポリチカ〟のとき、マックス・ブラックバーンが使ったものだわ」彼女はいった。「あの当時、わたしは……わたしたちは、ロシアでいっしょだったわ」彼女は言葉をとぎらせ、ちらりとナイメクを見た。「あなたとサンノゼを出発する直前にあそこからグレードアップの要請があって、ふたりで承認したでしょう。あのとき、それまであそこの使っていた車両が氷の上にうってつけじゃないかって思いついたの。むだをしなければ不足も起こらない、でしょ?」

ナイメクはしばらく黙っていた。マックスの話をした彼女の声のなかの悲しみに気づかなかったように努めていた。

「VVRSの牽引フック銃だが」彼はいった。「あれもATVといっしょに送られてきたのか?」

メガンがうなずいた。

「そして倉庫に眠っていたの。この武器の梱包を解くことになるなんて皮肉ね。この目玉商品が本当に必要になるなんて思いもしなかったわ」

ナイメクは考えこんだ様子でうなずいた。

「ウェイロン、何人か連れてきて、銃を搭載しなおす作業の面倒をみてくれ」と彼はいい、それからメガンに向き直った。「そのあいだにおれたちはマックタウンから例の追加のヘリが手に入るよう手配しよう」

ブル峠

檻の扉が開き、そのあとガタンと鈍い音をたてて閉まった。

シェヴォーン・ブラッドリーはぎょっとした。しばらく前に機関銃《マシンガン》のこだまがやみ、彼女はしんと静まり返ったなかにいた。それだけに扉の音はやけに大きく響いた。

椅子とベッドに兼用できる簡易寝台に腰をおろして檻の壁に背をあずけていた彼女が目を上げると、あざのある男がなかに入ってきた。

護衛はついておらず、ひとりだった。

暗闇から悲鳴が聞こえたとき以来だ。護衛をともなわずに姿を見せたのは初めてだった。男は簡易寝台に歩み寄って無言で彼女を見つめた。

男の姿は簡単に見えた。檻はもう闇に閉ざされてはいなかった。男と話をして彼の質問に答えたあと、ブラッドリーの待遇は改善されていた。部下の男たちが戻ってきて頭上のソケットに裸電球をとりつけ、転がしてきた簡易寝台をなかに入れた。食事も前よりよくなっていた。

だが、彼らはスカーボローを連れ帰ってこなかった。あれから彼の声はまったく聞いていない。

あの悲鳴が聞こえたときから……

「だましたな」あざのある男がいきなりいい放った。

緊迫した静寂のなかでブラッドリーは男をまじまじと見つめ、なんのことかわからないふりをしようとした。もちろん彼女にはわかっていたが。

「うまくごまかしたものだ」彼はいった。「ドームの外側のカメラはおまえのいったとおりの場所にあった。しかし内側のカメラのことには触れずにおいたんだな」

心臓がどきどき音をたてていたが、彼女はなにもいわなかった。

「いうべきことをいわない嘘というやつだ、ちがうか《ニヒト・ヴァール》?」と、男はいった。

ブラッドリーは黙っていた。

あざのある男はさらに近づいた。腰の拳銃のホルスターに向かってゆっくり手が下りていき、握りの数インチ上で止まった。

「おまえは自分自身に忠実だった。勇気を見せた。しかしおまえの企みで四人の仲間の命が失われた」彼はいった。「それを聞いてうれしいか?」

ブラッドリーは男を見たが、まだ口は開かなかった。

「それを聞いてうれしいか?」と男は繰り返し、その激しい語気に彼女はたじろいだ。

「いいえ」と答えた彼女の声は震えていた。「ひとが死んでうれしいわけないでしょう」

あざのある男は彼女の顔をつくづくながめ、それからいきなり彼女の前にかがみこんだ。

右手はまだ銃のそばにあった。

顔は彼女の顔と同じ高さにあった。

「お礼におまえを殺すこともできる」彼はいった。「憐れみも良心のとがめも感じはしない。嘘だと思うか?」

「いいえ」

沈黙が降りた。

男は左手を伸ばして彼女の手首をぎゅっとつかみ、頰の三日月形のあざに彼女の手のひらを無理やり押しつけた。

「どんな感触がするかいってみろ」男はいった。

彼女の心臓は激しく打っていた。「わから――」

「いうんだ」

泣いてはだめ、とブラッドリーは自分に命じたが、目から涙がこぼれかけた。

「なんていったらいいか、わからない」彼女はいった。「なにをいわせたいのかわからないわ。あなたの顔が感じられるだけよ」

男は例のすさまじい眼光を放ったまま、さらにしばらく彼女の手を頰に押し当てていた。

それから握る力をゆるめ、彼女に体を引き戻させてやった。

「よし」彼はいった。「よく聞け、科学者。これからいいことを教えてやる。さっと記憶にとどめたくなるはずだ……」

コールドコーナーズ基地

ナイメクは水処理施設のドームに入ると大股で中央のプラットホームに向かい、探している男がどこにいるかポンプの作業をしている一団にたずねた。そしてその男のいるほうを指差された。

「マーク・ライスだな？」ナイメクは後ろから近づいて声をかけた。

男は肩越しに見上げてうなずいた。彼はプラットホームの近くでねじ曲がっている金属のパイプ連結器の前にしゃがみこんでいた。手に小さなプラズマ・カッター、頭部は溶接ヘルメットとマスクでおおわれている。

「話をしたいんだ」ナイメクがいった。「すこし手があいたときでいい」

「すぐあけます」

ライスはトーチのスイッチを切って立ち上がり、そばにある車輪のついたツール・カートの上にそれを載せると、マスクに送りこまれていた酸素を止めてガラスハッチを上げた。

「ご用は？」と、彼はいった。

ナイメクは相手を見た。鋭くとがった髪が何本か額に張りついている。ドームのなかは肌にしみるくらい寒かったが、にもかかわらずライスは汗ばんでいた。髪の色はコバルトブルーの縞が入ったブロンドだった。

「きみの資料を見た」ナイメクはいった。「アンカラの〈剣《ソード》〉にいたんだな。おれの昔なじみのガージが仕切っているところだ」

ライスは黙ってうなずいた。

「二、三年前、ガージは山からテロリストたちを追い立てるためにきみのチームを送りこんだ。騎馬隊を」

ライスはまたうなずいた。

「アップリンクの前は陸軍の特殊部隊にいた」ナイメクはいった。「第七五レインジャー連隊第三大隊。そうだな？」

「そのとおりです」

「その時期に戦闘に加わっている……タスクフォース・ソマリア、コロンビアの麻薬カルテル撲滅部隊だ……」

「はい」

「そして栄えある褒賞勲章をいくつか受けた」ナイメクはいった。「殊勲十字章と、すぐれた射撃にたいする勲章をふたつ……」

ライスはノーメックスの手袋をはめた手をふたりのあいだにさっと打ち振った。

「失礼ながら」彼はいった。「ブラックベレーをかぶっていたのはずいぶん昔の話です。馬に乗っていたのも――」

ナイメクは彼の視線をとらえた。「ロリー・ティボドーの説得で思いとどまるまで、きみは〈剣《ソード》〉を辞めるつもりでいた。それでさえコールドコーナーズ基地に転属させてもらえるならという条件つきだった」彼はいった。「よかったらわけを話してくれないか?」

ライスはしばらく相手を見て、それからひょいと肩をすくめた。

「カメラで撮影《シュート》する以外になにかを撃《シュート》つのがいやになったんです」彼はいった。「ここでの仕事は科学者たちのサポートが大半です。写真撮影による生態系の分析。そのほうが性《しょう》に合うんです」

「しかし、いまでもその鍛え上げられた目は大いに活用しているわけだ」

ライスはなにもいわなかった。

「狙撃手が必要なんだ」ナイメクはいった。「頼りになるのが欲しい。失敗をしないのが。多くの命がかかっている。ついでにいえば、おれの命もそのなかに入っている」

ライスは相手を見た。

「消息を絶った捜索隊を救出しにいくのですね」ライスがいった。

ライスの目を見つめたままナイメクはうなずいた。

「おれは腰抜けじゃありません」と、ライスはいった。

「だれもそうは思っていない」

ライスはうなずくと、「だったら頼りにしてください」といった。

ブル峠

　ブルクハルトが配下の男たちを率いて登り道の出口から黒い岩の隆起したところへ出ると、凍りつきそうな冷たい風がびゅっと吹きつけてきた。条線と呼ばれる大昔に氷河運動によって岩石の表面についた筋状の溝を、彼のブーツは横切っていた。

　一〇〇フィートほど下のブル峠は影におおわれていた。褪せたオレンジ色の太陽がブルクハルトの視線とほぼ同じ高さに浮かんでいる。手がもっと先まで伸びたらつかみとれそうな幻想に見舞われた。ここ数日はこんな感じだ。冬の闇が迫ってきたしるしだ。

　しかしいま彼の注意は、太陽のそばにある紫がかった赤い光のしみに奪われていた。こんなものを見るのは初めてだ。ほかの男たちもそうにちがいない。

　太陽の熱が上がっている兆候が初めて外に現われたものだ。

「すごい《マイン・ゴット》」内出血を起こしたような赤黒い光輝をブルクハルトの後ろから凝視していたランゲルンがいった。「なんだあれは《ヴァス・イスト・ダス》？」

　ブルクハルトは彼を振り返った。

「戦　い　の　神《デーア・ゴット・デス・クリーゲス》かもしれないな」ブルクハルトはいった。

　ランゲルンの目はゴーグルの奥で見開いたままだった。

「たしかに《ヤー》、隊長《マイン・ヘル》」彼はいった。「そうかもしれません《カン・ザイン》」

ブルクハルトは黙していた。そのあとランゲルンの腕をぽんとたたいて忘我の状態からめざめさせ、下の峠を身ぶりで示した。

「ここで戦い抜かなければならない《ヒーア・ミュッセン・アレ・ドゥルヒハルテン》」彼はいった。「わかるか《フェアシュテーエン》？」

「はい《ヤー》」とランゲルンは答え、うなずいて本当にわかったことを示した。

この身を切るような吹きさらしの段地《テラス》が敵の到着を待つ場所だった。

コールドコーナーズ基地

ピート・ナイメクが見守るなかで、要請を受けてマックタウンからやってきた二機のヘリに不整地走行車（ＡＴＶ）をとりつける作業を連結班が終えた。どちらのシコルスキーＳ76も、吊り下げ限度いっぱいの三台の車両を運んでいく。貨物のフックが先端の接続金具にすべりこむと誘導員が誘導棒を振り、連結班は離昇していくヘリのローターが起こす強烈な風から逃れるために急いでＡＴＶを離れた。

空中に静止していたヘリがこのあと上昇を始めると、吊り索の脚部からゆるみが消えた。真横に進む太陽のそばに出現した不思議な揺れ動く淡い紫色を背にして、ヘリは飛び去っていった。

ナイメクがメガンを振り向いた。装備を詰めたバックパックの重みを肩にずっしり感じていた。これで襲撃隊に合流できる。隊員たちは発着所に二機いるアップリンクのヘリコプターの片方に詰めこまれていた。

「変わりないか?」ナイメクがいった。

「だいじょうぶよ」メガンは極光の輝きから目を下ろしてナイメクの顔をじっと見つめた。「いっしょに行きたくてたまらないわ、本心をいえば」

ナイメクは微笑を浮かべた。

「おれにボクシングを教わってから、きみはずいぶん戦闘的になった」と、彼はいった。

メガンはミトンをはめた手で彼の胸をかるく打った。

「げんこつの殴りあいが性に合うのね」彼女はいった。「そのうち顔がカリフラワーにならないように気をつけなくちゃならなくなるわ」

「カリフラワーになるのは耳だ」ナイメクはいった。

「同じようなものよ」

ふたりは向きあったままそこに立っていた。

「行かないと」と、ナイメクは待っているヘリコプターのほうをあごでしゃくった。

「ええ」メガンはいった。

「あとを頼む。ここの男たちで充分に――」

「本当にだいじょうぶよ」彼女はいった。「この先も。この基地も」

ふたりは吹きつける冷たい風のなかでさらにしばらく立ち尽くした。そのあとメガンが前に進み出て彼を抱きしめた。

「ありがとう、ピート」メガンは彼の体に腕を回し、喉につかえたような声でいった。「本当に感謝しているわ」

ナイメクは咳ばらいをした。

「なににだい？」彼はいった。

「あなたがあなたであってくれたことに」と、メガンはいった。

ブル峠上空

「見えました……たぶ……例の……峡……思います……下に……えます……そん……シッ……シシ――ッ……さか……」

「チンストラップ1、よく聞こえない」アップリンクのヘリの操縦士の言葉にナイメクは助手席から耳を傾けていた。「状況を繰り返せ。どうぞ」

「クルクシ――ッ」

操縦士は顔をしかめてマックタウンから来たもう一機と通信を試みた。操縦士はジャステイン・スミスという針金のように細い体つきの黒人だった。まばらなあご髭がもつれあっており、話し言葉にときおり強いカリブ海訛りがまじった。トリニダード・トバゴの出身ではないかとナイメクは思った。

「チンストラップ2、兄弟《ブラザー》ペンギンと通信がとれなくなった」彼はブラザーをブラッダみたいに発音した。「チェックマークをつけたか確認したい。応答せよ」

「まぐ……そちら……ほぐぐこ──」

「もう一度いってくれ──」

「まだ……あんめで。さら……すじゅる……るき──……」

ナイメクはスミスに顔を向けた。「パチン、バリバリ、ポンか」ナイメクはうんざりしたように鼻を鳴らした。「安定させる方法はないのか？」

スミスは首を横に振った。

「すでにいろんな周波帯を試しているんですが」彼はいった。「電波障害は全帯域に及んでいます」

「うちのヘリをもう一度試してみろ」ナイメクはいった。ウェイロン隊を運んでいる運搬ヘリは、すこし前に編隊から離脱して会合場所へ向かっていた。

スミスはそのヘリに無線連絡を試みたが、ひずんだ雑音が返ってきて、ののしりの言葉をつぶやいた。

スミスは椰子《やし》の木と白砂が恋しくはないだろうか、とナイメクは思った。「当分、報告は入らないものと思うしかないな」ナイメクはいった。「彼らがしかるべき位置にいることを祈りつづけよう」

「向こうもこっちのために同じことをしてくれるでしょう」

「ああ」

ナイメクは風防の外に目をやり、渦を巻いている空の光を見た。最初は紫がかったしみが太陽の近くにひとつあるだけだったのが、いまでは燃え立つような緑と赤と青のスペクトルと撚《よ》り合わさって、水平線上をうごめく生きた一本のロープと化していた。

「なんて異様な光景だ」彼はいった。「天気予報士がきょうは晴れといっても、出かけるときは傘とゴム長靴を持って出たほうがいいこともある。しかし、太陽フレアと無線の通信障害は……こいつはまちがいなくやってくる」

スミスはハイウェイを走る車の運転手がハンドルにするような無意識の微妙な調節を操縦桿にほどこしながら黙ってヘリを操縦していた。

「上官」しばらくして彼はいった。「峡谷に到着します」彼の飛行ヘルメットがわずかに下へ傾いた。「あそこです、見えますか?」

あそこがデア《ゼア》と発音されていた。

のこぎりの歯のようなぎざぎざの斜面を縫うように続いている峠をナイメクが目でたどっ

ていくと、黒っぽい鮫の歯のような間道がぐんぐん迫ってきた。

彼はうなずいた。「インターコムは使えるか？」

スミスがスイッチに手を伸ばすとキャビンに雑音が炸裂した。

「残念ながら」と彼はいい、通信を切った。

ナイメクはシートベルトをはずしにかかった。

「揺らさずにいてくれ」彼はいった。「後ろに行って、声が出るうちにライスと話してくる」

ブル峠

峡谷の東側のとげ状の肩の上にトンネルの入口はあった。その外にいたランゲルンは無線電話機のスイッチを親指で切り、リボン状に広がる極光の下で考えにふけった。双眼鏡でヘリの姿をかすかにとらえたあとブルクハルトに連絡を試みたが、電話機から聞こえたのは意味のない耳ざわりな雑音だけだった。

峡谷の西側にいるケーニヒと峠の反対側のはずれにいるレイマンの分隊に呼びかけたときにも、同じようなとぎれとぎれの音が返ってきていた。

そうこうするうちに、もうベル212は双眼鏡の力を借りなくてもアップリンクのマークが見えるくらい近くに迫っていた。

くたばりやがれ《ツム・トイフェル・ミット・イーネン》と、彼は心のなかでつぶやいた。このいまいましい大陸《デム・ガンツェン・フェアフルーヘン・ライト》もだ。ランゲルンは頂上でいっしょに待機している残りの男たちのほうへ向きを変え、彼らに戦闘準備を命じた。

　ここから先は自力でやるしかない。

　半島のいたるところにいるあごひも《チンストラップ》ペンギン（和名はヒゲペンギン）にちなんでチンストラップ1と命名されたシコルスキーS76ヘリは、ブル峠とマケルヴィー谷が交わる場所に、つまり谷の連なる一帯を錨にたとえれば幹がリングの端とぶつかる場所に、不整地走行車（ATV）を吊っているヘリ自身の〝ひも〟を下ろしていた。ここでは峠の壁と壁のあいだがもっとも広くなり、ヘリの操縦士は下降気流という要素をさほど気にしないですむ。

　ここがロン・ウェイロン隊との会合地点に選ばれた理由はそれだけではない。サム・クルーズ隊がもうひとつ別の会合を果たしている別の地点と連携をとるためでもあった。アップリンクのヘリが降ろしたウェイロン隊は、吊り索の荷を受け取るために待ち受けていた。そこへチンストラップ1が尾根の上空に入ってきて彼らの頭上に接近した。

　彼らは五分たらずでフックをはずして荷をとりこんだ。

　壮麗な色が渦を巻いている空に向かってシコルスキーS76が離昇していくとき、ウェイロンはヘリを見上げてコクピットの男たちに手を振った。

「おれならあんな不気味な空に引き返したいと思ったかな」ウェイロンのそばにいた男がつぶやいた。

ウェイロンは男を見た。

「向こうもおれたちのいる場所に行きたいと思ったかどうか」と、ウェイロンはいった。そしてATVのほうへ向き直り、身ぶりで乗りこむよう男たちに命じた。

まもなく彼らは峠をめざして猛スピードで南へ進んでいった。

マケルヴィー谷

「チンストラップ2……こちー……兄弟《ブラッダ》……うっし……よで……ずー」無線にジャスティン・スミスの声が入ってきた。「どし……かぐに……でぎぎ……」

シコルスキーのピッチレバーを引いたマックタウンの操縦士は、アップリンクのへりからの送信が雑音にかじりとられて眉をひそめたが、たまたまカリブ諸島訛りに気がついた。ジャマイカ人の発音みたいだ、と彼は思った。

「聞き取れない」彼は受話器に答えた。「繰り返してくれ」

「もいぢ――」

「まだ聞き取れない」途方に暮れて、マックタウンの操縦士はいった。彼はしばらく考えこんで、なんの連絡かを推測した。そして自明の結論を得た。アップリンクの隊長機は基本的な状況報告を求めているのだ。

「貨物の投下と受け取りは成功」と彼は告げ、受信側にうまく伝わるようにと願った。

ブル峠

軽攻撃車両(LSV)はブルクハルトの指示どおり、ブル峠の東側の曲がったところを回りこんで待機していた。サーベラス山のマスチフ犬のような顔と向きあっているいまにも倒れそうな花崗岩の列柱の陰に隠れ、孤独なネコ科の狩人のようにこの一帯を見張っていた。ひょっとしたら偽装した豹のように。それともピューマだろうか。

そしていま、ロン・ウェイロン率いる襲撃隊が三台の不整地走行車(ATV)にふたりずつ分乗し、タイヤの回転で赤錆色の砂を跳ね上げながら峡谷とライト谷につながる狭い箇所に向かって猛スピードで進んできた。

LSVの乗組員たちは忍耐に専念し、アップリンクの小さな車両たちが自分たちから離れて峡谷のさらに奥へ進んでいくのをしばらく待った。頭上の狭い帯状の空から色のついた液体の宝石が雨のように降りそそぎ、油っこい見目あざやかなしずくとなってサーベラスのなめらかな黒い山腹をすべり降りてきた。

信じられない《ウングラオプリヒ》。運転席にいたレイマンという男はそっとそうつぶやき、終末の日まで生きながらえてもこんなものには一度とお目にかかれないだろうと思った。

そして車両のクラッチを握り、きびしい自然環境に嚙み裂かれた斜面の奥から勢いよく飛び出して、待ち伏せ攻撃を開始した。

ブル峠

採鉱場の入口前へ移動していく一五〇トン牽引トラックの監視が終わると、ブルクハルトは運転手と採掘作業員の一団を立て坑《シャフト》のなかに集め、彼らに望むことを事こまかに伝えた。

「無茶だ。できない。無理な注文だ！」ぴりぴりしている現場主任のひとりがいった。サスカチェワンのウラン採鉱場にいたことのあるこのカナダ人は、いわずもがなのドイツ語で再度反対を主張した。「そんなことは不可能だ《ダス・コムト・ニヒト・イン・フラーゲ》！」

「ほかにどうしろというんだ？」ブルクハルトが完璧な英語でたずねた。

「逃げ出すんだ！」現場主任の叫びが周囲の薄闇にこだました。「ここからケツをまくるんだ！」

ブルクハルトはどっと疲れを感じた。

そして「どこへ？」と、おだやかにたずねた。

これはM24SWSではない。彼がモガディシュ（ソマリアの首都）で遠く離れた場所から人員輸送車を破壊するのによく使っていたバレット・ライト五〇口径ではない。それよりわずかに軽い、グリーンベレーの狙撃兵たちが好んで使うハスキンズのたぐいでもない。これはVVRSのライフルだ。原型のフルサイズ版のほうだ。長さは一ヤード強、弾を装填《そうてん》した状態で重さは一〇ポンド弱。長さも重さも標準的なM16A2戦闘銃と同じくらいだ。すさまじい火力を浴びせて確実に犠牲を生み出すために製造された代物だ。

いまマーク・ライスが使えるのはこの銃だ。これで結果を出さなければならない。

彼はベル212の右側にあるスライド式の扉の外板の後ろに位置を定め、ひざをついた。風がかん高い音をたてながら乗員貨物兼用区画に吹きこんでいる。照準器のレンズをのぞきこむためにゴーグルははずしていた。

山の背にいる眼下の男たちが荒天用アサルト・ライフルでヘリに銃撃を浴びせかけてきていた。操縦士のスミスは峡谷の上空を縫うように敵の銃火を避けながら橇を下ろそうとしていた。片ひざをついたライスの体が前後左右に揺れた。敵は五人、ひょっとしたら六人かもしれない。白い冬用の偽装服から砂漠の灰褐色に近いものに着替えている。巨礫《きょれき》や突き出た岩の陰に隠れている者がいた。完全に姿をさらしている者もいた。装甲をほどこされていないアップリンクのヘリコプターの胴体に全員が弾を浴びせかけていた。金属と金属がぶつかるガンという音が、風のとどろきとプロペラのたてる音にまじって聞こえていた。

早く彼らを片づけなければならないのはわかっていた。

ライスは息を吸って吐き、目を細めて銃身の先を見た。それから、銅を含んだ砂のような色をしたパーカーのまんなかを狙って引き金を引いた。

赤いしぶきが飛び散り、切り立った斜面をパーカーがころがり落ちていった。

ライスは銃の狙う先を変えた。一撃目の引き金を引いた瞬間から、彼は本能につき動かされていた。裂けた肉やこぼれた血のことはあとから考えよう。ずたずたになった死体を見てあとから吐き気に見舞われるだろう。しかし、いま下にいるあの男たちはもはや人間ではない。生き物ですらない。あれは標的だ。たんなる的だ。

ふたたび標的を十字線に重ねたが、上に浴びせかけられる銃撃の雨をかわすためにヘリがすばやく横に動いたせいで、つかのま狙いがずれた。そのあと彼は標的をとらえなおして弾を発射した。

ふたたび血が飛び散り、標的はくの字に体を折って後ろに吹き飛んだ。ライスはまた狙いを変えた。こんどは動く標的だ。こんどの男は盾になる場所に向かって走りだしていた。ヘリを見上げ、ヘリめがけて弾を発射し、猛然と岩陰に走りこもうとしていた。ライスは息を吐き出して一発撃ち、動く標的をとらえた。

次の瞬間、肩にだれかの手が置かれ、耳の後ろから大きな声が張り上げられた。ナイメクだった。

「ちょっと待った、ライス！」ナイメクはいった。「ヘリを着陸させる！」

ヘリコプターは峡谷の南斜面の吹きさらしになった頂に危なっかしそうに着陸した。回転が止まっていないブレードの下のキャビンから男たちが飛び出してくると、ランゲルンはとぎれのない連射を浴びせかけた。

大きな岩の後ろにしゃがみこんでいたランゲルンは、ヘリの橇が着地する前に仲間の三人が死ぬところを目の当たりにしていた。ひとりはぼろ雑巾のようになって坂をころがり落ちていった。

ヘリの扉口にいる男は鷹の目の持ち主のようだが、こんど死の鉤爪に引き裂かれるのはあいつの番だ。

ランゲルンは新しい弾倉《マガジン》を武器に押しこむあいだだけ撃つのをやめ、足の親指の付け根に力をこめて巨礫の陰からぱっと飛び出した。そして引き金に指をしっかりかけ、ヘリから飛び降りた狙撃手に狙いをつけた。

ナイメクは躊躇しなかった。考えている時間はなかった。頂にいる敵のひとりが隠れていた巨礫から飛び出し、ただちにライスめがけて武器から弾を吐き出そうとしていた。ライスは別の弾の出所を探して、一瞬よそを向いていた。ナイメクの体は自動的に動いた。

ベイビーVVRSが体のわきから銃弾の雨を降らせ、手のなかで騒々しい音をたてた。男が山の背の硬い地面にくずれ落ちた。蜂の巣になった胸から前のめりに倒れ、それから仰向けになった。唇がかすかにわななき、スノーゴーグルの奥で目がつかのま空を見つめたあと、唇と目からぷつんと命の火が消えた。

ランゲルンの上の揺れ動く天空では、渦を巻く極光が、一瞬、たくさんの色がまじった魔物の虹彩のように見えた。

「戦いの神よ《デーア・ゴット・デス・クリーゲス》」と彼はつぶやき、上を凝視したまま最後の息を吸いこんだ。

混沌とした冷たい目がさらに近づき、彼を包むようにまばたきして閉じた。

岩陰に隠れた男たちと、なおもときおり銃火を交じえながら、ナイメクの隊はリュックからハーケンとザイルをとりだして断崖の頭の部分に金属の錨を投げ上げた。山の背にいた敵の守備隊が何人残っているか、ナイメクにはわからなかった。ときどき思い出したように銃を連発してくることからみて、せいぜい二、三人だろう。

ハンマーのたてるガチンという音とぱらぱら続く銃撃音のなかで、ナイメクは目をすばやく一八〇度動かし、グレインジャーから聞き出したトンネルの入口を探した。

いきなりそれは目に飛びこんできた。

ナイメクはヘッドセットでウェイロンに呼びかけたが、返ってきたのはバリバリいう耳ざわりな音だけだった。自分の短い連絡が届いたかどうか、ぐずぐず考えてはいなかった。ライスの肩をつかみ、別のふたりに手を振って合流を命じ、トンネルのほうへくるりと体の向きを変え、ベイビーVVRSの銃身の下に装着されている強力な戦術フラッシュライトを点灯すると、彼は男たちの先頭に立ってトンネルのなかに向かった。

厚い雲を刺し貫くひとすじの太陽光線のように、ナイメクの声がウェイロンの耳当てのなかのホワイトノイズを切り裂いた。

「おれはトンネルのなかへ進んでいる。懸垂下降チームも予定どおり下にいる」ナイメクはいった。「そのまま突き進め」

「了解しました」ウェイロンの耳には呟きこむような雑音が聞こえた。いまの返事は電磁波の妨害をくぐり抜けて届いてくれただろうか？　「目の前に峡谷が見えます」

いまウェイロンには見えていた。ぎざぎざの刃をした巨大な肉切り包丁で峠の壁から急いで切り出されたような、醜悪なごつごつした深い裂け目が。

それと同じくらい忌まわしい音も耳に届いてきた。彼といっしょに〈剣《ソード》〉の不整地走行車（ATV）があと二台、猛スピードで騒がしい音をたてているにもかかわらず、後ろから強力なエンジンのうなりが聞こえてきた。

なにかが追ってきている。そして距離を詰めている。

後ろの銃座にいる男を肩越しにちらりと振り返った。

「なにが来た？」ウェイロンはたたきつけてくる風に負けないように声を張り上げた。

射手は後ろを振り返り、追跡してくる軽攻撃車両（LAV）を見つけた。

「厄介な手合いです」と、彼はいった。

ウェイロンはアクセルをゆるめ、無線でサム・クルーズに緊急連絡を送った。

ウェイロンの送信はクルーズに伝わらなかったが、運のいいことに致命傷にはならなかった。

クルーズは計画を心得ていた。

ウェイロン隊のあとから峠に入りこんでその背後を守るために投下された襲撃隊は、マケルヴィー谷でチンストラップ2を迎え、そこで得た三台の不整地走行車（ATV）を駆って進んでいた。ぼろぼろにくずれた峠の西壁から敵の軽攻撃車両（LAV）が発進した直後、先頭を行くクルーズは前方にそれを確認していた。

最大馬力で猛然と前進し、砂丘走行車《デューンバギー》を戦闘用に改良した敵のLAVを射程に入れたクルーズは、いっしょについてきている仲間の車両に手を振って攻撃隊形に入るよう命じ、自分の射手に大声で射撃開始を告げた。

LAVの運転手は裏をかかれていた。そしてその事実を知った。

マケルヴィー谷から姿を現わした不整地走行車（ATV）の一団が、怒ったスズメバチのように猛然と後ろに迫っていた。レイマンが方向を変えては彼らの銃撃をかわし、後部の射手が一段高くなった持ち場で追っ手のほうを向いて、大きな弧を描くように機関銃《マシンガン》を打ち振り、つながった弾帯から銃弾の雨あられを吐き出していた。

スズメバチの車両隊はそれでも距離を詰めつづけた。二台がレイマンの左右に分かれ、もう一台が後ろにとどまって、機関銃《マシンガン》の連発をかわしていた。壁にきつく挟まれたこの峠では、追っ手より大きなレイマンの車両が回避できる空間はない。左右にぱっと躍り出たスズメバチに挟みこまれたときも、擲弾発射機《グレネード・ランチャー》を使う時間はなかった。前方で速度を落としながら後部の銃で弾を浴びせてくる先行のATV三台に向かって、まっすぐ突き進むほかに道はなかった。

包囲を受け激しい十字砲火にさらされたレイマンが驚愕と、信じられない気持ちのまじったののしりの言葉を胸のなかでつぶやいたとき、銃弾の雨が降りそそぎ、彼は座席にたたきつけられた。頭がくるりと回転し、体の大半が真っ赤なぬかるみと化した。

ピート・ナイメクがライス以下の隊員をしたがえてトンネルに入り、吹き抜けになった金属の階段から暗闇へ足を踏み入れた数分後、大きな疑問のひとつが解明された。

長い階段を急いで降りて三つめの踊り場まで来たとき、ナイメクの懐中電灯の光線が右手の石壁にあるくぼみを偶然とらえた。ナイメクは踊り場でしばらく足を止め、そのあいだ彼らはじっとそこを動かなかった。

くぼみには、封をした鋼鉄のドラム缶がぎっしり詰まっていた。

大型の五五ガロン缶だ。二、三段に積み重なっている。周囲をとりまく岩の奥まで何列か並んでいた。

缶には警告のラベルが貼ってあり、いくつかの異なる言語で印刷されていたが、どれも同じ内容なのはすぐにわかった。

ナイメクはざっと見渡した。

De rebut Radioactif.

Radioaktiver Müll.

Reciduous radioactivos.

Scorrie radioactive.

「ちきしょう！」ライスがののしりの声をあげた。彼は鋲《びょう》の打たれた踊り場のナイメクの直後にいて、英語の記されたドラム缶にフラッシュライトを向けていた。「放射性廃棄物だ。ここは核廃棄物の保管所なんだ」

ナイメクがうなり声をあげた。やつらがここでしているのはそれだけではない。トンネルに入る前に山の背の頂から見下ろしたとき、峡谷の底に大きな車両があった。土砂運搬トラックが何台か駐まっていた。あれでこの代物を隠しているのだ、きっと。地中深くにひそかに貯蔵しているのだ。しかし、やつらの活動は一方向ではあるまい。地中からもなにかをとりだしているにちがいない。

ナイメクは階段のさらに下へ目を向け、その方向にライトを傾けて道を照らした。「行くぞ」彼は告げた。「あれの心配はあとでしよう」

ブルクハルトは階段を降りきったそばの暗闇で待ち受けていた。右側のざらざらした岩壁にぴたりと背をつけ、アサルト・ライフルの銃口を上に向けていた。隊員のひとりが彼のそばで、やはり冷たい岩に背中をつけて立っていた。あと三人は反対側の壁に張りついていた。全員が暗視ゴーグルをかけている。

敵が駆け降りてくる音が彼らには聞こえていた。

ブルクハルトの耳は三組の足音を数えていた。そして、絶対とはいえないまでも、その先頭に立っているのはアップリンク社の保安部長、ピーター・ナイメクにまずまちがいないと思っていた。

もちろんナイメクに会ったことは一度もない。しかしあの男の頭のなかは読めるような気がした。あの男はたったひとつの目的のために、たったひとつの任務のためにはるか遠くの世界からやってきたのだ。その目的とは、行方不明になった組織の仲間を救い出すことだ。いまこの段階で、それ以外のことは気にかけていない。その点はグレインジャーもすぐに思い知ったことだろう。あの男が身柄を拘束されているとしたらだが、このアップリンクの攻撃はその証拠だ。

それ以外にこのタイミングと行動の正確さは説明がつかない、とブルクハルトは思った。上のほうからちらっと光が見え、彼はさらに体を壁にくっつけた。グレインジャーはたくさんの情報を漏らしたにちがいない。ナイメクとその配下の者たちをこのブル峠に導くことができるだけの情報を。彼らがこの峡谷にたどり着けるだけの情報を。しかしグレインジャーの最大の切り札は、アップリンクの捜索隊の居所に関する情報だっただろう。ナイメクにトンネルのことを教えたのなら――ヘリコプターがあの山の背に着陸したことからそれは明らかだったが――あの女の科学者が監禁されている檻にたどり着くには、そこの下り階段がいちばんの早道であることも教えたはずだ。

このピーター・ナイメクという男なら……

現場で先頭に立ち、つきしたがう者たちといっしょに命を危険にさらす男なら……あの男なら、ほかの人間に救出をまかせはしない。ブルクハルトは確信していた。先頭に立って階段を降りてくるのはナイメクだ。ブルクハルトが先頭に立って彼を迎え撃つことにしたように。

ナイメクが階段でふと足を止め、手を上げて後ろの三人を立ち止まらせた。理由は定かではなかった。少なくとも言葉では説明できなかっただろう。たんなる警戒心だったのかもしれない。あるいは、下のかすかな動きを、下のなにかの音を、下にだれかがいる気配を感知したのかもしれない。その点には確信さえなかった。しかし、はっきりするまでは慎重に進んだほうがいい。

「下がっていろ」と彼は命じ、肩越しにさっとライスを振り返った。「状況を確かめてから――」

下から銃撃の第一弾がほとばしり、ナイメクの言葉は途中でさえぎられた。

銃火が闇を切り裂くと同時にナイメクは横へ身をかわし、階段の手すりに身を投げ出して、残りの者たちにも同じことをするよう身ぶりで指示をした。戦術フラッシュライトの設定を投光《フラッド》に切り換えると、ひとつの人影が階段下の右側の壁から動きを起こしたのが見え、彼は

ＶＶＲＳの引き金を引いてお返しの一連射を浴びせた。男はさっと視界から闇のなかに消えたが、そのあと別の男が銃を振り上げるのが見えた。ナイメクがとぎれなく銃弾の雨を降らせると、床か、地面か、階段の下で男を待ち受けていたものがなにかはわからないが、そこに男が倒れこむのが見えた。

階段の下から連射の第二弾がやってきた。こんどは左側の暗闇からだ。ライスが銃を持ち上げ、戦術フラッシュライトの設定を〝スポット〟に切り換えて、凝縮された明るい光の円を銃撃者の胸のまんなかに向けた。

そしてすばやく一連射すると、男はくずれ落ちた。

「よし、移動だ！」とナイメクが叫び、先頭に立ってはずむように階段を駆け降りていった。いまこの階段で静止した的になっているのは賢明でない。

いちばん下の踊り場にたどり着いたとき、また動きがあった。三人目の撃ち手だ。ナイメクが銃火で暗闇を掃射すると苦悶の叫びが聞こえ、だれかがひざからがっくりくずれ落ちた。フラッシュライトの照らしているところにこまかな血の霧が散ってきらめきを放った。同時に〈剣《ソード》〉のひとりがナイメクの後ろから猛烈な勢いで階段を駆け降りてきた。ライスか？ 混乱のなかで確信はなかった。その隊員がとぎれのない弾幕を浴びせ、待ち受けていた銃撃者をまたひとり倒した。

そして静寂が降りた。しんと静まり返った。

ナイメクがさっと味方を振り返ると、すでに全員がいちばん下の踊り場にいた。

「全員無事か?」

三つのうなずきが返ってきた。

ナイメクは油断なく銃を左右に振り動かし、戦術フラッシュライトで階段の前の一画をくまなく照らした。彼らの前には四人の男が倒れていた。全員暗視ゴーグルをかけている。まだ待ち受けているのがいるだろうかとナイメクは考え、銃撃の口火を切って彼の最初のお返しの一連射をするりとかわした相手のことを思い出した。あいつは地面に倒れている男たちのなかにいるのか?

その疑問が浮かぶとほとんど同時に、手荒な答えが返ってきた。

ブルクハルトは隠れていた階段下の右手からぱっと躍り出て、武器の銃身を上げ、小気味のいい音をたてながらたてつづけに弾を発射した。弾はナイメクの足元の蹴込みを何カ所もへこませ、明るい火花のシャワーを降らせた。

ナイメクは隊員たちに下がれと身ぶりをし、VVRSの引き金を絞りながら階段を飛び降り、連発されている弾の源を銃に装着されたフラッシュライトで突き止めようとした。

機敏に動きまわってナイメクの銃撃をかわしたブルクハルトが、銃を持ち上げてふたたび一連射したとき、自分の撃った弾が手すりに当たって跳ね返るカン! という鋭い音がひとつだけした……次の瞬間、胸の左上をぴしゃりとたたかれたような衝撃が走り、その直後、同じ箇所に熱した針を突き立てられたような熱さが広がった。

ライフルの引き金に指を巻きつけたまま自分の体を見下ろすと、跳弾を受けたパーカーの心臓のあたりから血がしみ出していた。手から力が抜け落ちていき、荒天用アサルト・ライフルの銃口から吐き出される弾がふらふらと定まらないパターンを描きつづけるなかで、ブルクハルトは自分を見下ろした。

まったく、なんというお笑いぐさだ。倒れながらふっと笑みがこぼれた。


ナイメクが死にかけている男のそばにかがみこむと、男はなにかいおうとしていたが、なにをいっているかはわからなかった。

さらに顔を近づけ、男の暗視ゴーグルをはずし、バラクラヴァ帽を顔からとった。男の右の頬に見えた奇妙な三日月形のあざに一瞬目が釘づけになった。

「ディー・イロニー・デス・レーベンス」ブルクハルトはドイツ語でいった。

ナイメクは理解できず、頭を横に振った。

ブルクハルトは自分の間違いに気がついた。そして石の地面から頭を起こし、咳きこんで血を吐き出した。

それから、「人生は皮肉だ」と英語で声を絞り出した。

混濁する意識が薄れゆくなかでそういったつもりだった。

しかし、言葉は声にならなかった。

エピローグ

「妹があの子を引き取るんですって」ゴーリーがテーブルにつくとナンがいった。

「妹って？」

「マッカイのところの子よ。彼の妹があの子を引き取るんですって。立派なおうちみたいよ。旦那さんはエンジニアで」

「なら、あの子にはよかった」ゴーリーはいった。テーブルのまんなかに置かれた皿の上に焼きたてのパンが一斤、ナプキンに包まれていた。「このパンはおまえが焼いたのか？」布を取るとまだ暖かかったので彼はたずねた。

「そうよ」

ゴーリーは大きくちぎり取ってバターを塗りはじめた。「学校から帰るのが早かったのか？」

「ふだんと変わりなかったわよ」と、妻はいった。

「あの子のことは心配だった」ゴーリーは妻にいった。「大人になってどんな思いをするか心配だった」

「妹夫婦はあの子に話したりしないわ」

「どんな秘密もいつかはばれる」彼は妻にいった。「胸に収めきれないたぐいのことはある。いずれあの子は真実を知るだろう。つらいだろうが、あれこれ思い悩むよりはいい」

ナンはこんろの前でいそがしそうに立ち働いていた。ローストビーフとマッシュトポテトが作ってあった。平日にしては手がこんでいる。彼女は肉を二、三枚、薄く切り取って、高級レストランみたいにきちんとひと皿に盛った。

「どういう風の吹き回しだ、ナン?」

「これは晩餐《ばんさん》と呼ばれるものよ」彼女はいった。

ゴーリーは「たしかに」といって、少量のグレイヴィーソースを渦を巻くようにじゃがいもにかけまわした。じゃがいもにはいつもよりたくさんバターがかかっていた。彼の好みどおりに。医者からコレステロールについての警告が発せられているにもかかわらず。「便所の水漏れだな?」

「なんですって?」

「たっぷりのバターと交換に、なにかやらせようっていうんだろう、おまえ。さあ白状しな」

予期していた笑い声は返ってこず、ナンは自分の席に腰をおろし、テーブルにひじをついて両手にあごをのせた。「フランク、正直にいって。本当にあの子のことが心配だったの?」

「さっきもいったとおりだ」

「あれが引き金になって——考えたんじゃないの?——ほら、あの……」

結婚生活が長くなくても妻がなにを考えているかはピンときただろうが、長い時間を——二十六年という年月を——重ねてきた彼らにも口にしづらいある種の話題はあった。彼らの場合、そういう話題の数は限られていたが、だからといって口にしやすくなるわけではない。

「いにしえからの難題か」ゴーリーは小声でいった。

「ええ」

「正直にいうが、そいつは考えちゃいなかった、そんなふうにはな。果たすべき務めを果たそうとしていただけだ」

ナンはフォークいっぱいにポテトをのせて、ゆっくり食べた。口が空っぽになると、彼女はいった。「あなたはきっとすてきな父親になったでしょうね。いまでもそうかもしれないけど」

ゴーリーは声をあげて笑った。それから妻の顔をのぞきこんだ。彼女は見開きページのヌード写真に出てくるような女ではないが、スコットランドはそんな女に似つかわしい土地ではない。ナンはもっと実のある女だ。彼女なりに見開きページのどんな女より美しい、と彼は思った。

「子どもが欲しいのか、ナン？」と、彼はたずねた。

「ときどきそう思うことはあるわ。でも——」ナンは夫の目からすっと目をそらし、キッチンを見まわしてから目を戻した。「わたしは満足しているつもりよ、これが適切な表現ならだけど」

「気が変わったら教えてくれ」

「そうするわ」

「近ごろじゃ四十歳はそんなに年じゃない」

「四十歳だったらいいのにねえ。それともなあに、自分の年から端数を切り捨てるつもり？」

「おまえのだけにしておこう」ゴーリーはそういって、ローストビーフにフォークを突き刺した。

訳者あとがき

本書はトム・クランシーのＰＯＷＥＲ　ＰＬＡＹＳシリーズの第五作にあたります。原題は“The Cold War”。といっても米ソの二大強国が対立していた時代の〝冷戦〟のことではなく、極寒の南極を舞台に繰り広げられる戦いから取られたタイトルです。

本シリーズの主人公である米国の巨大企業アップリンク・インターナショナル社の創業者ロジャー・ゴーディアンは、全世界に衛星通信網を張り巡らせることで暴政や世界に暗躍する闇の勢力を排除しようという理想に燃えて、情報機関と特殊部隊の性質を併せ持つスーパーチーム〈剣《ソード》〉を創設しました。世界各地で起こりかけている不穏な動きを事前に察知し、つぼみのうちに摘み取るのが彼らの使命です。しかし、彼らの前には険しい道が待ち構えていました。

第一話『千年紀の墓標』では、ロシア大統領の突然死を機に起こったロシア国内の権力闘争を背景に、千年紀《ミレニアム》の到来に沸くニューヨーク・マンハッタンがすさまじい無差別テロに襲われます。

第二話『南シナ海緊急出撃』では、アップリンク社乗っ取りを画策する米国内の敵が出現。

同時に、マレーシアの衛星地上ステーションにいた〈剣《ソード》〉のナンバーツーが謎のインドネシア人集団に襲われました。ふたつの事件をつなぐ線の先に、環太平洋地域の軍事防衛構想をめぐる東南アジアの闇の勢力の思惑が浮かび上がってきます。

第三話『謀略のパルス』では、国際宇宙ステーション建設計画のために飛び立とうとしていたスペースシャトルが謎の爆発を起こします。ステーションの平和利用計画を逆用した陰謀の背後にいたのは、麻薬を生業《なりわい》にする闇の世界で〝悪霊《エル・テイオ》〟と呼ばれ恐れられている謎の人物でした。

第四話『細菌テロを討て!』では、その〝悪霊《エル・テイオ》〟が最先端のバイオ技術を駆使した病原菌の製造に成功します。これを用いたバイオ・テロによってゴーディアンと世界の運命は風前の灯火《ともしび》に。この危機に〈剣《ソード》〉と医療チームの精鋭が挑みます。

そして第五話が、本編『死の極寒戦線』です。

前作『細菌テロを討て!』から四カ月、アップリンク社はNASAと共同で火星探査車の開発にあたっていました。メガン・ブリーン副社長をヘッドに探査車の実験試走にかかっていた南極基地に衝撃が走ります。探査車がとつぜん消息を絶ってしまったのです。さらに、捜索回収に向かった科学者と案内人の一団からも連絡がとだえてしまいました。この緊急事態にゴーディアンは〈剣《ソード》〉の長ピート・ナイメクを送りこみ、彼に真相の究明を託します。

折りしも、地球から見えない太陽の裏側では、千年に一度というすさまじい太陽フレアの活動が始まっていました。科学者たちはいち早くこの事態に気づき、フレアが太陽の裏側から姿を見せたときには、社会基盤をコンピュータが支えるようになって以来人類が初めて経験するすさまじい電磁波がふりそそぐと警告を発します。

ここで訳者が連想したのは、かの偉大なSF作家アイザック・アシモフの『夜来たる』という中編。これは六つの太陽がまわりを巡っているために二千年に一度しか夜が来ない惑星で初めて夜を迎える住民の恐怖を描いた物語です。つまり、いまだかつて人類が経験したことのない電子の暗黒状態におちいった南極で、〈剣《ソード》〉は敵や謎と戦わなければならなくなるわけです。いったいどんな戦いが繰り広げられることになるのでしょう？　想像するだけでわくわくするではありませんか。

さらに、スコットランドの原発の町で連続して起こった不審な事故と殺人事件、ピカソの未発見の作品群をめぐって贋作画家とインターポールがパリで繰り広げる追跡劇と、世界各地を舞台に進行する複数の物語がやがてからみあい、恐ろしい陰謀の全容が浮かび上がってきます。

本編でもうひとつ忘れてならないのは、NASAの女性宇宙飛行士、アニー・コールフィールドの再登場でしょう。『謀略のパルス』で圧倒的な存在感を示したアニーですが、本書でもその魅力をいかんなく発揮しています。『謀略のパルス』の最後でほのめかされたピート・ナイメクとの恋は、はたして極寒の氷雪の上で熱く燃え上がるのでしょうか？

あとがきから読まれた方は、このあたりでレジへ向かわれると思います。本書の中身に触れるのはこのくらいにしておきましょう。

本シリーズを訳しながら、毎回のように、人間の世界にはまだこんな危機状況が潜んでいるのかと痛感させられます。同時に、危機的状況を予測できるような情報にわれわれはなんて疎《うと》いのだろうかとも感じざるをえません。

今回の舞台になる南極について、わたしたちはなにを知っているでしょう？

南極からなにを連想するかと日本人に質問したら、上位三つを占めるのは、ペンギンと、オーロラと、氷と雪の世界といったところでしょうか。そこに地球規模の陰謀の標的になるものがあるなんて、みなさんは想像できるでしょうか？

社会の基盤をコンピュータをはじめとする電子機器に頼っている現在の人類社会の危うさも痛感させられました。今回は太陽フレアの活動によって放射される電磁波が恐怖の的になりますが、科学技術の進歩とともに社会がさらされる危険は多様になり、その対策も困難の度を増してきているようです。

トム・クランシーの作品群は、人類にはこんな危険な状況があるよ、こんな可能性まであるよと、わたしたちのドアをたたいてくれています。玉座の上に毛一本で剣を吊して王の幸福の危うさを説いた〝ダモクレスの剣〟の比喩は有名ですが、平和の維持にも同じことがいえるのではないでしょうか。人類社会を揺るがす事件はいまも世界各地で勃発しています。訳者はそんな報道を耳にするたび、ひょいと目を上げると頭上に剣がぶら下がっているような錯覚に襲われてしまうのです。

　さて次作の予告を少々。アフリカ大陸全土に光ファイバー網の確立を目指すロジャー・ゴーディアンとアップリンク・インターナショナル社の前に、三作目、四作目で彼らを窮地に追いやった仇敵、〝悪霊《エル・ティオ》〟ことハーラン・ディヴェインが立ちふさがります。乞うご期待。

　そしてもうひとつ、朗報が飛びこんできています。『千年紀の墓標』のあとがきでも触れたように、本シリーズは当初、全六作で完結を予定していましたが、好評につき全八作に延長されそうとのことです。新しい展開にいまから期待が高まります。

　最後に蛇足ながら。本書三六五頁に出てくるジェイソン・ジオンビーに関するくだりですが、二〇〇二年のシーズンよりジオンビーはニューヨーク・ヤンキースに移籍し、ヤンキー・スタジアムでプレイしていることを付け加えておきたいと思います。

二〇〇二年六月

ザ・ミステリ・コレクション

死《し》の極《ごっ》寒《かん》戦《せん》線《せん》

［著　者］　トム・クランシー／マーティン・グリーンバーグ

［訳　者］　棚橋 志行

［発行所］　株式会社 二見書房
東京都文京区音羽1　21　11
電話　03（3942）2311［営業］
　　　03（3942）2315［編集］
振替　00170−4−2639

［印　刷］　株式会社堀内印刷所
［製　本］　明泉堂

落丁・乱丁本はお取り替えいたします。
定価は、カバーに表示してあります。

ISBN4−576−02112−5
http://www.futami.co.jp

千年紀の墓標

トム・クランシー／マーティン・グリーンバーグ

棚橋志行［訳］　パワープレイズ・シリーズ①

千年紀到来を祝うマンハッタン。大群衆のカウントダウン・セレモニーで無差別テロが発生した。容疑者は飢餓の危機にさらされるロシアの政府要人…！

本体829円

南シナ海緊急出撃

トム・クランシー／マーティン・グリーンバーグ

棚橋志行［訳］　パワープレイズ・シリーズ②

貨物船拿捕と巨大企業の乗っ取り。ふたつの事件の背後には日米、ASEAN諸国を結ぶ闇の勢力の陰謀が…。私設特殊部隊〈剣〉に下った出動指令は？

本体829円

謀略のパルス

トム・クランシー／マーティン・グリーンバーグ

棚橋志行［訳］　パワープレイズ・シリーズ③

スペースシャトル打ち上げ6秒前、突然エンジンが火を噴き炎に呑み込まれた！ 原因を調査中、宇宙ステーション製造施設は謎の武装集団に襲撃され…

本体829円

細菌テロを討て！（上・下）

トム・クランシー／マーティン・グリーンバーグ

棚橋志行［訳］　パワープレイズ・シリーズ④

恐怖のウィルスが巨大企業を襲う！ 最新の遺伝子工学が生んだスーパー病原体とは？ 暗躍するテロリストの真の狙いとは？〈剣〉がついに出動を開始！

本体705円

最新鋭原潜　シーウルフ奪還（上・下）

パトリック・ロビンソン

上野元美［訳］

中国海軍がミサイル搭載の潜水艦を新たに配備した！アメリカ政府は巨費を投じたステルス潜水艦〈シーウルフ〉を危険海域に派遣するが、敵の手に落ち…。

本体733円

草原の蒼き狼（上・下）

ロス・ラマンナ

山本光伸［訳］

現代に甦るチンギス・カーンの末裔、バトゥ・カーン。周辺諸国を次々併合し、一大強国と化した新モンゴル帝国に、世界は新たな戦争の予感に怯える！

本体733円

二見文庫　ザ・ミステリ・コレクション